锦书文化

锦绣凰图

下册

宫廷之中，不争则亡。

锦言妙鱼 著

廣東旅游出版社
GUANGDONG TRAVEL & TOURISM PRESS
悦读书·悦旅行·悦享人生

中国·广州

图书在版编目（CIP）数据

锦绣凰图．下册 / 锦言妙鱼著．-- 广州：广东旅游出版社，2017.1
ISBN 978-7-5570-0258-9

Ⅰ．①锦… Ⅱ．①锦… Ⅲ．①长篇小说－中国－当代 Ⅳ．① I247.5

中国版本图书馆 CIP 数据核字 (2016) 第 323449 号

出 版 人：刘志松
责任编辑：李　丹
责任校对：李瑞苑
责任技编：刘振华
选题策划：诸葛小菜　吴明华
特邀编辑：熊凌智
封面设计：黄　芸

锦绣凰图．下册
JIN XIU HUANG TU XIA CE

广东旅游出版社出版发行
（广东省广州市越秀区环市东路 338 号银政大厦西楼 12 楼　邮编：510180）
邮购电话：020-87347732
广东旅游出版社图书网
www.tourpress.cn
长沙银都印务有限公司
（长沙枫林三路远飞电器院内）
710mm×1000mm　16 开
19.5 印张　363 千字
2017 年 1 月第 1 版第 1 次印刷
印数：5000 册
定价：26.80 元

目录

CONTENTS

目录

CONTENTS

第二十五章
飞蛾

你用了四年的时间，好不容易从你的悲剧中走出来，为什么要放弃？

我用了四年的时间，还不够留住你吗？

以后的日子，让我来爱你、补偿你、保护你。

愉儿，你说可好？

我是慕冠愉，我爱了这天底下最最显赫的两位皇子，并且为他们所爱。我用尽全力爱了两次，也曾坠落悬崖，也曾拦腰折断，终不曾放弃。只因为相爱，是何等美好。

我知道，我要做的，不是端坐在他身旁受天下朝拜，也不是躲藏在他身后享荣华安宁。我要做的，是能站在他身边，携手同行。不一定举案齐眉，却一定心意相通。

做一个能站在帝王身边的女子，用爱一个帝王的方式去爱他，我用了两个四年的时间，坚定了这样一个信念：不管再难再痛，我终究要熬过去。因为我怕一旦我离去，他身边再也不会有这样一个女子。

我并没有赶得及在天亮之前回宫，叛军行动的速度比预想的要快，四海堂派出去报信的人才刚从密道离开不到一个时辰，便有叛军攻城的消息传来。

四海堂坐镇京城的是恩华。她告诉我，为防万一，大哥安排子戎带了八千人就隐藏在城外十五里处，一个时辰内便可进京。加上京城已有的两千人，四海堂完全可以以万人之势抵挡上三个时辰，直到援军进京。

然而我知道，最坏的状况已在眼前，一刻都等不得。不得已拿出大哥离京前交给我的四海堂印信，要求恩华立刻调动在京的全部人手跟我进宫。恩华尽管觉得冒险，却还是不折不扣地按着我的意思办了。

就在我带着人自西华门进宫的同时，叛军进了城，并且很快从午门攻入了紫禁城。情急之下，顾不得很多，我要恩华他们直奔乾元宫，就算是殊死搏斗，也要守过这一个时辰，保证文朗的安全。

我没有跟着他们一起，而是自芳华门进了后宫。在前面我帮不上忙，我要做的是尽可能地免除文朗的后顾之忧。

天已经大亮，后宫里却几乎看不到人。这让我觉得十分不妙，匆匆赶到景福宫。却见宫门大敞，院子里空无一人。我奔到内院，这才看到许多慌乱的内监和宫女挤成一团，见了我俱是惊惧无比，全都盯着我，却没有一个人开口说话。

“你们娘娘呢？”

我的问话声还未落下，就顿觉不好，连忙想回身退去，却已然晚了。两个侍卫似乎早就埋伏在此处，一齐朝我冲了过来。

第一次用剑过招，初时我并不占上风，东躲西闪了好一会儿才逐渐找到章法。而直到那两个侍卫躺倒在地我才发现，大哥教我的那些招式十分精妙，在真正面对敌人的时候，能招招制敌，个个都是杀招。

看着剑上滴了血，我心里也有些慌乱和害怕，呆呆地看着倒在地上的两个人，不敢相信自己竟然做了这种事。

我知道睿蓉肯定是不好了，两个丫头更是不乐观，自己又中了埋伏，心里又急又恼，一股强烈的恨意冲上头，当下也顾不得那么多，随手抓过一个内监：“快说！你们娘娘哪儿去了？有没有看见环佩、环铃？”

那内监瑟瑟发抖：“是，是，娘娘，瑾妃娘娘一早就被坤裕宫派来的侍卫给带走了，环佩她们跟着一起的。”

见我不出声，那内监又小心翼翼地道：“娘娘，各宫娘娘主子好像都被带过去了，娘娘你……”

我不想再听他多说，一把推开他，转身便往坤裕宫去。

坤裕宫可没有景福宫这么好进，远远就看到门口有十数个侍卫团团把守。青天白日的，就算我能翻墙而入，也无法躲过这么多双眼睛，这该如何是好！

“娘娘，娘娘！”

突然听见有人在不远处叫我，仔细看过去，竟然是小永，那个和桃云一起被我从锦粹宫带出来的内监。虽然还算衷心，但因着桃云的关系，这次回宫后就把他换去外院伺候了。

此时见他招手，我将信将疑地轻轻挪过去：“你怎么在这儿？”

小永道：“环佩走之前叫奴才在咱们宫里守着，但怎么也等不到娘娘。环佩、环铃在里面，奴才知道娘娘一定会来救她们的，所以就在这儿等着了。”

“到底出了什么事？”小永无疑选对了地点。

小永摇头：“一定是有大事，环佩、环铃还有长青他们都被抓进去了，环佩叫奴才见了娘娘就告诉娘娘，不要去，快走。”

我心里“咯噔”一下，环佩会这么说，就代表着她要我放弃，究竟是怎样的危险她才会如此说呢？

我沉吟了一下，对小永说：“你既然懂得在这里等我，那就一定知道，无论如何我都会要进去救他们。”

“娘娘……”小永呆了呆，轻轻点头。他看了看坤裕宫的方向，再看我一脸决绝的表情，“奴才可以去引开侍卫，刚才有位小主在门口吵闹着不愿被抓进去，还有个承泰宫的宫女想要闯进去，每次都会把所有侍卫都吸引过去。”

我没料到他会这么说，当即点了点头。

“娘娘，奴才还有一句话要跟娘娘说。”小永见我应了，面上带了些异样的光彩。

我道：“你说。”

“娘娘……桃云她虽然没有资格求得娘娘的原谅，但奴才还是想替她求一个恩典，一切缘由奴才已经告诉长青了，求娘娘将来能听一听桃云的故事。”小永说完，跪下磕了一个头，然后站起身，“娘娘，奴才去了！”

我一时并不理解他为什么要在这样的时刻说起桃云，但很快我便明白，小永是以一种拼命的模样冲向坤裕宫的门口，然后张牙舞爪地胡乱挥打。他一个普通内监，在侍卫面前，根本就是一种找死的行为。

果然，门口的所有侍卫都被他吸引了过去，并拔出了他们所佩带的刀。

我这才知道他是在用命为我拼一个机会，即使心里再痛，也不敢耽搁。趁着侍卫们被小永缠住的工夫，我迅速摸到墙边，借着一棵大树，纵身翻进了坤裕宫。

坤裕宫与我想的完全不一样，院子里不但没有侍卫，就连下人都看不见，这倒让我在安心之余踌躇起来——

正殿的门大敞着，里面空无一人。而我对这坤裕宫并不熟悉，以往每次来都是去正殿请安，除了这里，一时间都不知该去哪里找皇后。

这时候，我突然看到一个侍卫从门口进来，匆匆往里走，我连忙跟在他后面。

我不敢跟得太近，怕被发现，但看他走得极快，又生怕跟丢了。不过很快我便打消了顾虑，在一个较大的院落外面，明显是很多人在一起的嘈杂声隔着墙传来。如果说后宫妃嫔都在坤裕宫里，那便一定是这里了。

更让我笃定的是，我听到了睿蓉的声音。

开始的时候我并没有贸然往院子里面瞧，门口有两个带刀的内监把守。只见那侍卫与其中一个交谈几句后，三人便一齐朝里面去了。我趁机凑到门口，看到果然有许多妃嫔在里面。

皇后在廊下端坐，旁边是两个带刀侍卫。明嫔和洛婕妤是妃嫔中离皇后最近的，环佩跪在院子正中央，睿蓉则站在她身边。

一个内监到皇后身侧耳语了几句，皇后面色一变，站起来，朝着睿蓉和环佩厉声道："快说！瑜妃在哪儿！"

睿蓉和环佩自然不回答，皇后冷笑一声："很好！带上来！"

有几个内监从一旁拉出了环铃和小黛，还有我宫里的宫女小春和一个我叫不上名字的景福宫的宫女。

如果说这个时候我还能控制住情绪，小心地避在院落外察看情形，那接下来的状况便让我再也无法冷静思考了。

皇后朝着那两个宫女一指："本宫给你们脸不要是吧？便叫你们瞧瞧下场！"

众人尚未明白皇后要做什么，便有拿刀的内监和那个侍卫一齐，一人一个，手起刀落，竟当着这许多宫嫔的面让两个无辜的宫女血溅当场！

静得一瞬，随即便是许多惊惧的喊声，睿蓉更是痛呼出声："皇后！你……你疯了吗？！"

"都闭嘴！谁再吵闹，就是一样的下场！"皇后暴喝一声，全场瞬间噤了声，只剩下压抑的恐惧呜咽。皇后满意地扯了扯嘴角："还不说吗？"

随着皇后一挥手，刀又架到了环铃和小黛的颈间。

睿蓉转身对皇后道："娘娘，您这么做，就不怕皇上怪罪下来吗？"

"哼！"皇后的声音越发清冷，"都这个时候了，本宫还怕什么！"

皇后说着将手扬了起来，睿蓉哭得几乎要站不住："不要……"

环佩依然一言不发，直直地看着环铃。我看不见环佩的正面，却能看到环铃面上的绝望和坚定。一向机灵吵闹的环铃正以一种我从未见过的表情面对着全身都在剧烈颤抖的环佩，尽管她在流泪，却看不到任何屈服和恐惧，怎能不叫人扼腕。

眼看着皇后的手一旦落下，又将是两条性命，静妃突然间跪下："皇后何苦要如此多的性命，不为别的，难道也不想着为二皇子积德吗？"

皇后的面色一动，现出一点犹豫，涵嫔率先跪下道："娘娘开恩！"

众人也跟着跪倒在地。

但之前皇后脸上的那一丝犹豫很快便消失得无影无踪："哼！本宫看你们还是看不清现状，到了如今这个时候，你们自己的命都还不一定保得住呢，还有闲心来操心几个下人！"

我知道已经到了最后时刻，容不得我再犹豫，想起刚才发生的种种，心下满溢的恨意喷涌而出，使尽全力飞蹿过去，一剑起落，直接横抹了那个侍卫的脖子！

尽管锋利的青衫又薄又快，但由于我要避开被侍卫架着的小黛，冲过来的角度很偏，力道又大，血比刚才两个宫女的死飞溅得更加厉害。所有人都吓了一跳，而大家一愣的瞬间，又为我赢得了先机。我掉转剑柄，一剑刺进了挟着环铃的内监的胸膛。

我知道这院子里带刀的有三个侍卫和两个内监，还有一群普通内监。若要让他们缓过神来，别说救人了，连我自己抽身的可能性都很小，所以我必须在最短的时间内消灭最多的威胁，才有一线机会掌控局面。

我已杀了两个，离得近的还有一个带刀内监。他最先反应过来，举刀朝着我就劈。我一势已尽，而剑还插在之前那个内监身上，来不及拔出。明知是大忌，毕竟我的功夫火候尚浅，情急之下只好先缩身一躲，剑便离了手。

手里没了兵器抵挡，要躲那内监伸手致命的杀招，我便显得有些吃力了。越吃力就越吃紧，眼看着离剑又远了两步，而皇后身边的侍卫也已经表情狰狞地冲了过来。

就在这时，瘫倒在地的睿蓉突然爬起来，有些踉跄地一把推在那内监的腰上。附近的小黛和环铃是何等机灵，也顾不得危险，一左一右拖住了那内监的身子。

她们自然是拦不住他的，那内监几乎一下子就挣开了。但是有了这一顿的工夫，我已经跃起一步用力抽回了剑，再回身顺势让那内监撞到了我的青衫锋刃上，如此又了断一个。

侍卫们的武功往往要比带刀内监强上一大截，但料理接下来的两个侍卫却并没有费上许多力气。或许是我抱着拼死一搏的信念，或许是我的兵刃锋利高明，又或许是人们常说的，杀得性起，越发勇猛。总之我将从大哥那里学来的剑法全都胡乱使了出去，总算是有惊无险。

当我最后用剑直指皇后的时候，皇后的面上却不见丝毫惊恐，甚至都并没有多少意外。她只是淡淡地看了看我手中尚在滴血的剑，然后又看着我："瑜妃，你终于出现了。"

我看着皇后，如果说之前我对皇后的感觉只是单纯的成王败寇，谈不上多少怨恨，甚至还存着一丝理解，那么此刻我心里对于皇后、对于陈家，那是恨不得立时便要了他们的命。

"是，听说皇后在找我？"

皇后不说话，倒是她身后的明嫔十分不识时务："瑜妃你……你放肆！"

"我放肆？"

我狠狠瞪过去，吓得她一缩。我知道此时的皇后已经不足为惧，便放下手里的剑，环视众人，当即朗声开口："陈家拥兵谋反，已经攻入京城，此时皇后在后宫拘禁你们，到底为了什么，都糊涂了吗！若是天下易主，难道你们还能继续做你们的妃嫔不成？”

众人这才恍然大悟，纷纷带着惊慌，私议声乍起。

皇后见状，冷冷一笑：“瑜妃，别以为你占了一时上风就能大获全胜，莫说你没有任何本事化解外头的事，就连眼前，你也根本出不了这坤裕宫！”

“皇后竟这么自信？”我同样回她一个冷笑，“我手上有你，难道还怕出不去吗？”

“噢！是了，”我故意不等她回答便自己先摇了头，“我怎么糊涂了，皇后已是这后宫第一人，陈将军却还要执意谋反，若是天下易主，这后位也不可能再是你的，可见皇后在陈家眼里也实在算不得什么。”

皇后的脸僵了一下，尚在勉力顽抗：“伶牙俐齿救不了你们的性命，更救不了朝廷！本宫就算是死，那至少也是皇后，你又算什么！”

我并没有恼，盯着她看了好一会儿才道：“你处心积虑要做一个皇后、一个陈家人，陈家给了你后位，却又亲手毁了他。全天下的人都知道，他们拥立的绝不可能是你的孩子，而你却依然继续听从他们的吩咐。所以，你是想死吗？还是你早已死了？！”

我指着地上那两个宫女的尸身。

我竭尽全力地揭穿她、咒骂她，希望她也会痛，哪怕不及我所承受的万分之一。

皇后维持了那么久的高贵端庄终于开始支离破碎，她微微颤抖的嘴唇已经出卖了她，瞬间苍白的脸色昭示着她的摇摇欲坠。

于是我不再理她，转过身扶起睿蓉：“你还好吗？”

睿蓉点头：“姐姐，陈家真的谋反了？那皇上他……”

“先离开这里，然后我会去乾元宫。”

我并没有直接回答她，但是我想睿蓉已经知晓了答案。她异常坚定地道：“我和你一起去。”

我看着睿蓉，什么都没说，只是从地上捡起一把刀塞到她手里。她吓得几乎握不住，但能看得出她在拼命攥紧手指，于是我这才点了头：“好。”

我拉着她走到皇后身边，指着皇后对她道：“外面有很多人，我一个人冲不过去，所以需要皇后来做挡箭牌。我来开路，你押着她。”

我一把抓起睿蓉握着刀的手，架在皇后的脖子上：“睿蓉，你若怕，便是死！只有豁出去了才有生机，明白吗！你盯着她，她若有一丁点轻举妄动，你就杀了她！”

顿了顿，我又道：“杀了她，你就是皇后！”

睿蓉愣了一下，才缓缓地点了头。我不放心，又在人群里找到一个人：“良容华！你不是想要回你的孩子吗？”

“杀了她，孩子就还是你的！”我手指皇后，对着良容华道，“若是瑾妃下不了手，你便替她动手！”

良容华在这个时候表现得异常勇敢和坚定，稳稳地点头：“是，娘娘放心。”

我见状，这才又对众人道：“我不管你们平日里有什么恩怨，到如今，不想死就跟在后面，出了坤裕宫各回各的地方，关起门来自求多福！”

事态比我预想的更加严峻，老早就有皇后嫡系的内监趁乱跑出去报信。我们一群人才刚出了这处院落，很快便迎面遇上了前来解救的侍卫们。

尽管对方人不少，但毕竟是奉命保护皇后的侍卫，而非叛军，如果我能停下来挟持皇后以退敌，希望还是很大的。但身后这群妃嫔一见侍卫们冲了过来，一下子就慌乱起来。除了紧跟着我的六七个被包围了以外，后面那些很快便被冲散了。

我们与侍卫之间形成了一个危险的局面，直到出了坤裕宫，尽管他们没有继续动手，也没有放我们走的打算。我正踌躇着对策，却突然间来了援军。

一圈侍卫很快便被清理干净，本该松了口气，但当我看清来人是恩华的时候，立时便急了：“你怎么到这儿来了！皇上那儿呢？”

“小姐别急，我们赶到的时候，叛军已进了乾元宫。我们清理了外围，将他们一分为二，子戎又切断其后援，可以说是已经控制了局面。但由于乾元宫里情况不明，眼下谁都不敢轻举妄动。”

说到此处，恩华反而有些犹豫：“要不要强攻，还要听小姐的意思。”

我听着，知道尚不能高兴得太早，不知外面的叛军还有多少，援军何时能到，而文朗又在层层包围的中央。此时无论是围困还是强攻，于他而言都是危险。

“姐姐？”见我皱眉不语，睿蓉在一旁十分焦急。

思来想去，我也没了主意，只得对恩华道：“先过去看看。”

走了两步，我又停下来，让环佩、环铃带着恩华的人去仁寿宫保护太后。环佩不愿离开我，被我强推走。火既已烧到了后宫，太后那里想必也不会放过。而她也只有看见了我的丫头，才会安心些。

乾元宫外，双方的对峙剑拔弩张，子戎见了我便道：“这里危险！”

我没有应他，看看乾元宫门口的人，发现李兆松赫然在列，当即不顾恩华的阻拦，几步冲了过去。待站定在李兆松身前不远处，冲口而出：“李将军，你还认得我吗？”

“末将自然认得娘娘。”李兆松定睛看着我，面上不带什么表情，指指我身后的那些人，“只是不知这些原来是娘娘的人。”

我十分愤怒：“你既然记得我，便该记得你曾经是谁的麾下。如今你临阵变节助纣为虐，意图谋反，又算什么！”

“娘娘错了，变节的可不是末将。”李兆松征战多年，一直忠心不二，此时做下如此大恶，脸上却没有丝毫惭愧和挣扎，也不解释，只是平静地道，“娘娘要不要进去瞧瞧？”

“不过——兵刃不能带，”李兆松顿了顿，很快又给我泼了冷水，指指我手里的剑，还有我身后被押着的皇后，“而且皇后娘娘也要一起进去。”

他点名要皇后一起，那极有可能陈将军也在里面。没了武器，我根本没有任何自保的能力。况且皇后是目前我手上唯一的筹码，就这么送过去，怎么看都不理智。

但我最终还是决定进去，而这个决定自然也遭到了恩华、子戎，甚至是睿蓉的一致反对。恩华的反应尤其强烈：“你疯了吗，这样进去太危险了，也完全没有意义，我们没法和堂主交代！”

我阻止了恩华后面要说的话，知道她说得对，是为了我好，也知道这个时候讲道理肯定无法说服他们。于是我只是看着恩华，缓缓地问她：“恩华，如果现在被困在里面的人是大哥，你会不会进去？”

恩华没料到我会这么问，一时愣住，我又道：“我一定要去，你明白吗？”

果然，恩华沉默了一瞬后，没有再拦我。

我转而走到睿蓉身边，背对着皇后，拉起睿蓉的手，将她一直紧紧攥着刀柄的手指掰开，把那把刀接过来扔在地上：“睿蓉，没事了，我只进去看看，你好好的，在这里等我。”

“姐姐——”我的表情和疑似交代遗言的语气让睿蓉有些害怕。她知道自己帮不上忙，也知道不可能跟着我进去，已经完全失去了主意，连话都说不上来，只是不可抑制地流着眼泪。

之所以带着她来到这里，是因为这样一场惊天动地的劫数背后，无论成败，都将会是天翻地覆的结果，所以我希望睿蓉能在场。如果输了，她该在。我想，文朗会希望看到她的。

如果赢了，她更该在。只有这样，平乱有功的名单中才会有她。

也只有这样，待后位易主的时候，她才会是第一顺位。

至少，我已经让全后宫的妃嫔都看到。我想，这也是我唯一能为他们做的了。

我把手里的青衫塞给睿蓉，睿蓉看看我，又看看那剑，露出惊讶而担忧的神色。我极轻微地摇了摇头，示意她不可声张。随后，我毫不犹豫地走向了李兆松。

李兆松向我点头："娘娘请。"

乾元宫里的叛军并不算多，几百人的样子，均严阵以待，密密地围在大殿外面。见李兆松带着我和皇后进来，自动让开了一条路。

走上台阶后，李兆松推开大殿的门，我一眼便看到了文朗，他也立时看到了我。

不知道是出于什么原因，我们分开不过一夜而已，可在我而言，却像隔了半生，久久不能开口。

大殿里的其他人本来全是背对着我的，见状都转过身，我这才顾得上瞧这些人。大多不认识，看衣着是军中将领，而居中的是陈将军。

让我有些意外的是，他身后不远处站着乔静云和致凡。

陈将军瞪着我，忽地笑了，不再理我，转而看向留在门口没有进来的李兆松："既然人都到了，也就不必再废话了。"

我不管他说什么，只不动声色地朝文朗那边移动。就在离文朗只剩两三步的时候，我听到后头有人进了大殿，文朗只往那边看了一眼，瞬间就变了脸色。我见状，也忍不住回头看。不想这一回头，那两三步的距离我就再没有走完。

因为此时走进来的，是文川。

不是模糊的影子，也不是昏暗的夜晚，而是在这样一个宽敞明亮的大殿里。有许多人看着，他就站在那里，朝着我微笑。乔静云看着，致凡看着，文朗看着。

我突然便明白了为什么李兆松会说变节的不是他，为什么皇后说我不可能力挽狂澜，为什么陈将军看到我会笑，会等我到了才让文川出来。

因为如果站在文川的角度，我嫁给了文朗为妃，带了四海堂的人进宫来，要说变节的人，该是我。

我不知道到底是陈将军利用了文川，还是文川主导了全部，而文朗又扮演了什么样的角色。

抑或是从头到尾，就只有我一人糊涂。

我张了张嘴，终是没有发出声音。

倒是他温柔地唤我："愉儿，你来了。"

愉儿，你来了。

文朗曾经无数次在我出现的时候说过这句话，我却从未在文川那里听到过，也从未想过这话会在这样一个场合从这样一个人的嘴里说出来。

见我不出声，他又继续开口："愉儿，外面的人是你带来的吗？"

我有些茫然地点了点头，他的面色沉下来，指着文朗，语气平淡中带着指责："愉儿，你当真选择了他吗？一个想要你死的人。你可知道，当年是他害了我！"

"你！"身后的文朗想必也很惊讶，听到这句，才终于有了反应，"你说什么！"

他却不理文朗，只是看着我，恢复了那异常温柔的神色："愉儿，无论如何川哥哥都不会怪你。只是如今，还是那个问题，如果我要做大事，你会帮我吗？"

我呆呆地看了他一会儿，缓缓地回过头，看文朗。

文朗看着我，似乎想要解释，却又说不出，只是摇头，又惊又急："愉儿，那不是他。"

泪水开始一颗一颗地掉，我这才开口对他说了第一句话，哽咽得几乎不能说出口："川哥哥，你回来了。"

他笑着点头，我则哭得更加恣意。许久，我深吸一口气，拿出四海堂的印信，摊开给他看："这是四海堂的印信，拿了这个，就可以让他们退走。"

"也可以让他们弃暗投明，"对我的话，他却并不满意，"对不对？"

我愣了一下，身子一抖，道："对。"

心痛得要命，几乎让我喘不过气，但我最终还是要说，因为这才是关键："但是川哥哥，愉儿有话问你。"

"为什么……为什么那么久你都不来找我？为什么你如今又出现了？"我不等他回答，自顾自地说着，并遥遥一指文朗站着的方向，"你要做的大事，是要抢朗哥哥的皇位吗？"

"愉儿，我只是拿回自己的东西，"他看看我手里的印信，又看看我，"还有你。"

"那么，曾经的誓言你还记得吗？"我知道自己坚持不了多久，丝毫不敢停下，必须要做一个最后的确认，"这几年过去，我们都早已不再是当年的我们。若你此次夺了大位，站在你身边的又会是谁？"

他看了我一会儿，用那么温柔又深情的眼神看我："愉儿，川哥哥怎么会忘呢？无论过去多少年，不管谁会说些什么，你都会是我的皇后。"

我心里的大楼轰然倒塌，面上泪如雨下。

第二十六章 死生

我低下头，一种无法描述的痛无声地蔓延。痛，如果只是痛，也便罢了。

偏偏这是一种无法言喻的矛盾。因为在我问出这个问题的时候，自己都不知道希望有一个什么样的结果，今日这大殿，这乾元宫，这整个皇宫，这座京城，有着比平日里多出数倍的人聚集，可是却没有一个人能了解我在这一刻的心情，是一种怎样的孤独与绝望。

我终于重新抬起头，泪眼迷蒙："川哥哥，到如今，我还有资格站在你身边吗？"

"当然。"他温润地笑着，朝我伸出手，"愉儿，来——"

再一次回过头看文朗，我并没有多少时间在眼神里加入什么讯息。我只是想看看他，无论他懂或不懂。

"愉儿！"

在我挪开眼睛的那一刹那，文朗叫我。我几不可察地顿了一下，没有理会他。

再看他，依旧是浓烈又满怀期待地等着我走过去。我做了一个决定，似乎有些动摇地同样伸出了手，脚下却没有动。他注意到我的犹豫，朝着我走了过来。

他拉到我的手时，我顺势与他换了一个方向，站到了他和陈、李两位将军之间。

也许是我饱含渴望的泪眼触动了他，也许是不想被我看得这么仔细，也许是他太需要我手里四海堂的印信了，他犹豫了一下，终是将我拥入怀中。

众目睽睽，我以皇妃的身份被别的男子拥入怀中，许是毁了我一辈子的名节。但此时，这却是我最需要的。

有那么一瞬间，我越过他的肩膀看到他背后的文朗。文朗没有动，只是直直地看着我们。只那么短的瞬间，我却依然看清了他的眼神。那里面没有愤怒、怨恨，只有深深的哀伤。

我将手环绕在他的背后，慢慢地掏出了袖口里的紫衣。

是的，我当然会带着它，在把青衫交给睿蓉的时候，我便把紫衣抽出来隐在宽大的衣袖里。本来是为皇后或是陈将军准备的，不想却留给了他。

为了防止身前这个武功奇高的男人有所防备，我不能高举猛落，只是缓缓抬起手，用尽全力，将紫衣狠烈地刺入他的背心，并对准了心房的位置。

其实他还是觉察到了，在最后一刻想要推开我，用了极大的内力在我身上，几乎就要让我功亏一篑。但我既是拼了命，又怎么可能放弃！任凭那翻涌的气血迅速吞噬着我的生命，终是不肯放松半分。

所有人都来不及反应，包括最先，也是唯一看到过程的文朗。

直到他的身子缓缓滑落，才发现我将紫衣刺得那么深，完全拔不出来。我知道自己一定受了内伤，气都不敢深喘，只好放了手，任由他倒下去。

也直到他倒下去，身后的人才有了反应。好几个人慌乱地奔上前来，有的惊呼，有的拔出刀剑，作势便要动手。

李兆松和文朗都朝我走过来，我连头都没有抬，也不管有没有危险，眼睛直直地看着尚未死去却明显没有生望的他，不闪不躲淡淡地开口："你不是文川。"

"你说什么？"李兆松止住了动作，不敢置信地问我。

"李将军，"开口的是慢了两步赶到的文朗，"他不是二哥。"

李兆松呆在当场，看看那人，又看我和文朗，依旧一副怀疑的模样。

我这时看到一直站在边缘的乔静云并没有凑过来，而是把致凡的眼睛给捂住，不让那小小的孩子看到这血腥混乱的一幕。

"王妃，"强压着胸口越来越剧烈的绞痛，我按着她的位分朗声叫她，"你早知道他不是，对不对？"

乔静云看着我，什么都不说，只是紧紧地搂着致凡，眼睛却是看向陈将军。

其实此时已经完全不需要乔静云说什么了，她立在原地没有冲过来的行为和表情已经出卖了她。看李兆松的样子已然信了大半，面上开始有了懊恼和慌乱。

我感觉自己有点站不住了，转过身想要休息一下。正在此时，乔静云却突然开了口。

"是的！他不是他！"她的声音凄凉又绝望，却还硬要表现出一丝得意，"我从一开始便知道，比你发现的要早得多。毕竟，我才是他的妻子。"

尽管我早已确认，但当这样一个佐证到来的时候，心依然狠狠地抽搐了一下。已经虚弱到笑不出来的我，轻轻叹了口气："是的，你是他的妻子，连我都要叫你一声王妃。也许你会说一切都是迫不得已，可那又如何，终究是你背叛了他，背叛了皇家，而不是我。"

乔静云惨白的脸色已经再也吸引不了我的目光，我强撑着，再看李兆松："李将军，他的确扮得很像，定是筹备数年之久。如今真相已知，你要悬崖勒马。"

我知道，此时的李兆松对自己铸下如此谋反大错一定懊恼至极，为防他骑虎难下，必须为他找一个台阶。文朗立时明白了我的意图，也看向他。

李兆松见状，“扑通”一声跪在文朗面前，几乎流下泪来：“皇上！罪臣糊涂啊！请皇上降罪！”

还有两名将领也跟着一同跪了下来，文朗伸手要扶起李兆松，他却不肯起来。文朗肃然道：“行了，此事容后再议，先收拾残局吧。”

李兆松当即应声，才刚要起身，却突然听见院子里喧闹了起来。

他当即站起身挡在文朗身前，指使另一个人出去察看。可那人还没走到门口，门便被撞开，一眼望去，院子里的兵将已混战成一团，中间还夹杂着四海堂的人。我尚未反应过来，就见已经有一个人飞快地蹿了进来，竟然是大哥。

紧跟着进来的，是二哥和石睿尧，援兵到了。

形势瞬间彻底反转，局面也很快得到了控制。

得了旨意，李兆松得以和大哥、二哥他们到外头去善后，很快院子里的打斗便平息了。

我心里紧绷着的弦这时终于松了下来，此时身体却开始不听使唤。没人注意到我的异样，在这种扭转乾坤的关键时刻，文朗和大哥、二哥他们俱有太多事要办，更是全然顾及不到我。

睿蓉不知什么时候进来了，一把扶住我：“你怎么了？”

我寻到一个支撑，喘了口气，下意识地去看文朗，不想却刚好与他四目相对。文朗见我如此，当即变了脸色，大步朝我走过来。

看着他，我心里即使再难受也依旧欢喜，因为他表现出了无限的关切和焦急。尽管我与睿蓉站在一处，但我看得出来，此刻他只看着我一人。

我们全都忽略了一个极其危险的人，一个完全不该被众人忽略的人——

一直没有什么言语和动作的陈将军。

如果我能收敛自己眼神中表达的渴望，甚至略微掩饰一点自己的痛楚，文朗也不会着急到选了离我最近的路线——从那几个被包围的叛党将领之间穿行而过。

实际上事情突变的时候文朗已经穿过包围圈了，离我不过几步之遥。当我看到陈将军突然起势从一个兵士身上劈手夺下一把刀，朝着文朗冲过来的时候，文朗毫无防备。离他最近的又只有我和睿蓉，我满溢的情怀瞬间魂飞魄散。

陈将军一生征战，手上功夫自是高强，那几个押守的兵士根本拦不住他，其他人又都离得远，没有人料到他会在大势尽失的情况下奋起发难。

睿蓉抓住我胳膊的手瞬间收紧，这一刹那，我脑中闪过所有最坏的念头。我想要喊叫，想要冲过去，却一动也动不了。

就在我陷入绝望的时候，最意想不到的情况发生了——

“皇上小心！”皇后飞快地斜插过来，一把推开了文朗！

“爹！”皇后拦在文朗面前，对着陈将军嘶吼，“事到如今，你收手吧！”

“滚开！”

陈将军见一招不成，许多人又迅速靠近，满脸恼怒，也不管皇后是不是在前面挡着，挥刀就砍！

不知是出于善良的本性，还是不愿意成全皇后，文朗并未由得皇后血溅当场，而是一把将她拨至一边，自己挥起一掌隔过这招。但他的手上毕竟没有兵刃，面对陈将军的刀，应对起来总是有些吃力。

我拼命提着一口气，从睿蓉手里夺过她一直拿着的青衫，挥剑就朝陈将军刺去。

我只想帮文朗拖延一点时间，等待在场的其他高手过来救驾。

救自然是救得下的，陈将军只有一个人，大哥和二哥一齐攻过去，文朗自然立时就安全了。他与睿蓉一起被石睿尧挡在身后，我则被中间缠斗的三个人隔在了另一侧。

大哥、二哥的功夫好，陈将军怎么看都是必败无疑，不过是在垂死挣扎罢了。

果然，很快他便败势尽露，险象环生，身上被刺了好几道伤，越来越无力阻挡。我看着看着，突然喊道：“不能让他死！”

说罢，我看向文朗。隔着人影晃动，我和文朗依旧能看清彼此。陈将军不能这么轻易就死掉，他还没有为他所做的事付出代价，给全天下人一个交代。我想，文朗一定懂的。

“爹！你放弃吧！非要送了命才甘心吗！”皇后向陈将军哭道，随后又跪在文朗身边哀求：“皇上，千错万错，求你留我爹一命吧！”

“抓活的。”文朗自然不会理皇后说什么，但他懂我，很快便开口吩咐。

闻言，二哥一计杀招立时收势，只是用剑指着已经遍体鳞伤的陈将军，给了他一个半跪地喘息的机会。大哥见已无危险，收手退到一旁。

陈将军看了看皇后，又看了看文朗，以及周围的人，尽管眉目依旧不忿，终是没有再站起来，而是双膝跪地，放下了手里的刀。

就在所有人都以为他会束手就擒的时候，不想他却突然重新抓起了地上的刀，猛地起身！

吃过方才的亏，许多侍卫立刻挡在文朗身前。可是令所有人都没有想到的是，陈将军此时的目标并不是文朗，而是他身后的我。

他极快地后撤，朝我袭来。我眼看着没有任何防守之力，一下子被他挟持在手。他旋身箍住我，刀横在我的脖颈上，暴喝道："都别过来！动一动，我便要她的命！"

我猝不及防，被陈将军拖着往后踉跄了好几步。

文朗立时便急了，飞快地拨开挡在他前面的人，几步走到大殿正中央，大哥则铁青着脸从另一个方向紧跟其后。陈将军见状，将刀向上一提："都别动！"

"陈鹏展，你放开她！"

这时文朗第一次连名带姓地叫陈鹏展的名字，像是在表达着他此刻的愤怒与焦急。只是碍于横在我脖颈上的那把刀，即使再急也不敢多往前一步。

陈鹏展见所言奏效，手上的劲力放松了些："皇上，老臣不想做什么，只想做一个交易。"

文朗愣了一下，并没有多考虑，回头吩咐石睿尧："把其余的人都带出去！"

石睿尧闻言，押了其余叛党将领，并抬了那还未断气的假文川离开了大殿。我知道文朗这样做就是在为谈判清场了。一个帝王竟会与一个叛贼谈条件，是何等的耻辱。

但他依旧是肯的。

就在李兆松也要奉旨离开大殿的时候，陈鹏展突然道："李将军还是留下做个见证吧，若是陈某不得善终，李将军想必也会是同样的下场，也好早为自己谋条退路。"

陈鹏展何等聪明，若是文朗对他陈鹏展食言，李兆松难免兔死狐悲。

文朗默许了李兆松留下，看着陈鹏展："你想做什么交易？"

"陈某想向皇上求一个体面，对皇上来说，轻而易举，并且于朝廷并无半点害处。"陈鹏展缓缓说出自己的意图，"陈某自愿交出兵权，辞官告老，只求朝廷给一个体面的说法，并且，永不追究。"

"至于四海堂，"陈鹏展又转向大哥，"陈某深知四海堂的实力，想要的不过是一条生路。不知慕堂主觉得陈某的命与令妹的相比，孰轻孰重？"

我听了顿时呆住，陈鹏展这是要一个体面的逃脱，将一切罪恶抹杀，从此逍遥法外，高枕无忧，他绝顶聪明地为自己的罪孽寻了一条最安全的退路。

"好，"先开口的是大哥，几乎没有什么迟疑，"四海堂本不涉及朝廷之事，此次参与实在是情非得已。况且要寻的人已寻到，只要你放过愉儿，四海堂自会放过你。"

"好！痛快！"陈鹏展闻言甚喜，又一半向大哥试探，一半向文朗施压，"慕堂主领万人之势，自是一言九鼎，说一不二的。"

此时，所有人都看着文朗，而文朗看着我。

我不管别人说什么，只盯着文朗，几乎眼睛都没眨一下，默默表达着我的坚决，告诉他，不可以。

可是随着文朗的犹豫一点一点消失，我的心也一点一点往下沉。终于，他开始躲我的眼神，我不顾一切地颤抖出声："朗哥哥，不可以！"

尽管我那么焦急地哀求他，文朗依旧是做了决定。他的目光越过我，看着我身后的人，任凭我怎么努力，他都不再看我。

"好！"

绝望淹没了我，我不知道为什么会是这样的结局。我不知道文朗这样做是为了朝廷多一些还是为了我多一些，但这就等于最终我们没能替文川报仇！

"朕答应你，君无戏言。"

一句"君无戏言"，像是要逼我死心一般，霍然浇灭了我全部的希望，心里凉得如冰窖一般。我不是不明白文朗的心意，也许在他的心中，逝人远不如生者来得重要，帝王的尊严及不上朝廷大局之重，就算是被我怨恨，也不能危及我的性命。

陈鹏展得到了满意的答案，知道自己的险胜是借了我的命，自然懂得见好就收："多谢皇上成全。"

我呆呆的，如未听到一般。大哥皱着眉，轻声道："愉儿，把剑扔了。"

闻言，我看看大哥，又看回文朗。我不知道文朗想要与我说些什么，尽管他的眼里有些许抱歉，更多的是焦急，我却只看到了一个帝王，一个真正的帝王。

手里的青衫还在，我能感觉得到，却几乎已握不住它。

越来越站不住了，我想，如果我要说什么、做什么，已经没有多少时间了。

一切又回到原点，我曾靠着信念活过来一次，现在复又要靠着信念支撑自己。然而此时，我连信念都将再一次失去。如果这世间已经抛弃了我，我又该如何？

我想要对文朗说些什么，却终究放弃了。

过了好一会儿，我才对陈鹏展低声开口："皇上和慕堂主都答应你了？"

"是。"

这样的称谓在陈鹏展听来并没有什么异样，可听在文朗与大哥的耳朵里，便已是一个危险的信号。我当然不会等着他们来阻止我，当即用尽全力提了一口气，突然握紧青衫，挣开早已放松警惕的陈鹏展，回身向他刺去！

同时冲口而出道："我却没有答应！"

我早已细细地想过，尽管陈鹏展身受多处伤，但都是些外伤，与根基无碍。而我的身手本就拙劣，拦个侍卫或内监尚可，内伤之下面对陈鹏展则完全没有动手的功底。再加上文朗和大哥眼看着，他们一定会上来阻止。

所以我只有一次机会，一招，一瞬间。

于是我只是毫无顾忌地欺身刺过去，把唯一仅剩的一点气力全都用在脚下，紧紧跟住大惊之下飞快后退的陈鹏展。眼看他背后就是墙，再退无可退，我们之间的距离又近到他根本施展不开右手的刀。

至此，我微微笑了。

我早知道仅凭这一把剑和我的一招一式根本没能力杀掉他，我要拼的，不过是逼他出手罢了。

我给他的选择是——要么被我的剑刺穿胸膛，要么杀了我。

我要的就是一个玉石俱焚的结局。

那样无论如何，他都活不了了。

果然，在最后一刻，他终于出手了。

陈鹏展丢掉手里的刀，竭力侧了侧身，一掌直接拍在我的剑刃上，然后顺势用手肘顶向我的颈下。我早已是强弩之末，完全是毫无防守地撞上去，随即就被反弹开来。

不愧是身经百战的老臣，情急之下，他还是选了一个最不会要人命的办法。

被击飞到空中的那一刹那，我看到朝我奔过来的文朗和大哥。只差那么一点，他们谁都来不及救到我。

我终于松开了右手，任青衫落下。我知道，我和这把剑都已经完成了各自的使命，不必再执着不放了。

没能听到青衫落地的声音，这个时候我的背部已经重重地撞到大殿里的一根硕大的柱子上，听到的是沉闷的撞击声，和骨头碎裂的声音。

这一撞，紧接着又摔到地上。手臂自是没能撑住身子，最终仰面躺倒的时候，已经不知是痛极还是生命将逝。我连叫都没有叫一声，平静得如一摊洒落的清水，逐渐四散。

喉头的甜腻终于化为鲜血涌出，大口大口的，温热腥甜。

文朗冲过来的样子有些跌跌撞撞，先到一步的大哥双手一拦，阻止了他要抱起我的意图。

“愉儿！”文朗浑身颤抖着叫我，眼中有泪，“愉儿——”

我看着文朗，就那么深深地看着，带着一点感念，带着一点遗憾，带着一点留恋，带着一点恨。我想，我是在与他告别了。

我用了四年最美好的时光，经历了多少艰难困苦，也曾伤心糊涂，也曾灰心绝望，却终究走了过来，只因为有爱。

我感激文朗对我的好，他也曾真心想要照顾我，也曾爱我爱到卑微，甚至是妥协。然而我的爱到头来，只是在那样一个时刻，眼睁睁看着他毫无条件地站在了她的身前，一如方才的他们。没有安慰，没有解释，仿佛我才是会伤害到他们的那一个。

那一刻，我终于明白，这世间的女子万千，人人皆是不同的，又人人皆是相同的。

我想，或许是我终究没有找到爱一个帝王的方式，又或许是每一个女子陷入爱，都会变得糊涂。

我用尽全力爱了两次，当爱坠落悬崖，我靠着信念挺了过来；当它再一次拦腰折断，我真的痛到不能再活。

是真的要告别了吗？

我张张嘴，突然想要说点什么，却被血猛地呛到，眼前瞬间模糊一片。最后一个景象，是文朗拼命在叫我，可他在说些什么，我已经听不清了。

所有声音都离我而去，身上的痛也离我而去。我以为死亡会是闭上眼睛，然后堕入黑暗。不想这最后一刻，我的眼前却是白茫茫一片，逐渐变得苍白刺眼，直至淹没了我。

如果能这样死去，也很好。

如果这就是我的结局，至少我来过，爱过，也被爱过。

我并没有死去，至少是，还没有。

我单薄的身体再支离破碎，毕竟是倒在了这座皇宫的最中央，倒在了天底下最不凡的两个人面前。有文朗和他的整个王朝，有大哥和庞大的四海堂，有环佩，还有一群殚精竭虑的太医。我想要安静地离去，并不是一件容易的事。

即便如此，我却也没有活过来。

我受的伤实在是太重了，有那么一次，我隐约醒来了一小会儿，只是从意识恢复到睁开眼之间，只是那么短短的一段时间，带给我的却是无边的不可承受之痛，是粉身碎骨般的撕心裂肺。

如此几次过后，我开始祈求上苍，带我走吧，不要再醒来。这人世间我已无可留恋，只剩下哀伤苦痛，为何还要一次次把我推回来，让我一遍遍徘徊在生死边缘，重复忍受这样的折磨。

老天终于眷顾了我一次，渐渐地，我不再醒来，我的意识正以一种似离还在的方式离开自己的身体，游走在现实与虚幻之间。一边是寂静的美好，一边是黑暗的嘈杂。

在我的身边，有时嘈杂，有时静谧，有许多人的声音，有的熟悉，有的陌生，我知道，他们全都拼了命地想要留下我，却不曾问过我的意思。我多想告诉他们，我已经放弃了，不要再抓着我不放。可是我醒不过来，开不了口。

我开始不断地看到文川，也不知道是梦境还是幻觉，一直看到他，看到我们曾经在一起的点点滴滴，一幕一幕。我这才发现，原来我与文川在一起的时间并不算久，相处的日子更少，连回忆都显得有些单薄，单薄得让人觉得心疼。

当文川终于带着久违的微笑向我伸出手，仿佛在说："来，愉儿，我等你很久了。"

当我看过了我们所有的过往，终于等来这样的画面的时候，不知是出于思念，还是因为一段难舍的牵挂，那一刻，我怦然心动。

然而当我伸出手，想要跟着他去的时候，却蓦地坠入一片黑暗。

瞬间幻灭，我难过得几乎要哭出来，同时又吓得一动也不敢动。因为我感觉意识重新回到自己的身体里。寒冷，压抑，全身有些发麻，整个人的感觉清晰又缥缈，似乎在云端，又似乎在水中，如梦如幻的感觉让我有些迷茫。好一会儿后我才意识到，我是真的醒来了。

也不知有多久没有睁眼，感觉眼前有些模糊，勉力眨了好几下，才看清楚了。

应该是夜里吧，屋里点了灯。还好，没有亮到刺眼。满屋都是浓浓的人参混合汤药的味道，嘴里也有些发苦，大概是含了参片的缘故。

微微动了动头，就看到了守在我身边的环佩。是过了很久吗，这丫头，怎么会瘦成这样？

环佩同时也看到了我，她本就通红的眼睛更红了，有些不敢置信地开口："小姐？"

我轻轻地眨了一下眼睛作为回应，本以为她会欣喜若狂，不想她却摇着头，满脸泪水掉落："小姐，求求你，不要放弃好不好？那么多苦你都扛过去了，不要离开我们……"

环佩"呜呜"地哭着，是那么恐惧，那么绝望，我很想安慰她，却什么声音都发不出来。

这时，我又看见了文朗。

不知什么时候，他站在了门口，想必早有人狂奔过去通知他了。见我看他，他连忙冲到床边，在我身边坐下。我看到他紧紧握住我的手。其实我是感觉不到的，只是从他憔悴的神情、消瘦的脸庞，还有布满血丝的双眼看出他的激动，以及他的恐慌。

“愉儿，”文朗的声音有些颤抖，还有些拼命压抑的情感，“愉儿，对不起——”

“聂禾在这里，他一定可以救活你！但你必须拥有信念，不能放弃！”

“他们说你会醒来，只会醒来这么一次。愉儿，我盼你醒来，却又怕你醒来。”

“愉儿，不要离开我好不好？我错了，你再给我一次机会，也给自己一次机会，好不好？”

“愉儿……愉儿……”

我看着他语无伦次，心里也是哀伤。

只是我已经给不了他回应了，生命之烛在迅速熄灭，我只是觉得累。我想，当年文川也是在这样的感受下强撑着一口气在等我的吧。

安详的时刻总是短暂的，我很快就开始喘不上气，眼睑如有千斤重，让我无力再支撑。我用力眨了几下，终究扛不过，继而缓缓地闭上。

在合眼的一刹那，我看到的最后一幕，是文朗的泪，大颗大颗地落了下来。

“愉儿！”文朗失去了最后的理智，嘶吼起来，“不要！你睁开眼，再看看我——”

同时伴随的，还有环佩的声音。环铃的，还有旁的一些什么人，我已经顾不得了，我是真的累了。文川再一次出现在我眼前，伸出手呼唤我，要我随他而去。

“愉儿，你与二哥在一起的时间不过四年，我也用了四年时间，还不够留住你吗？”

“你用了四年的时间，好不容易从你的悲剧中走出来了，为什么要放弃！”

文朗的声音逐渐低了下去，他一定是悲伤的，我不知道这一刻会不会成为他一生的梦魇，但以这样的方式离开，对他来说，的确太残酷了。

朗哥哥，对不起，离开你，我也很难过。

就在我以为一切都结束了的时候，他的声音突然又一次传来——

“愉儿，如果一定要以生命为代价，我们已经失去了一个孩子，难道还不够吗？！”

不知为什么，已渐渐坠入虚无的我，清晰地听到了这一句，瞬间僵硬，整颗心霍然揪成死结。也不知道是出于怎样的力量，我强硬地咬了牙，拼了命地想要再一次醒来。

孩子——

怎么可能！

我和文朗有了一个孩子，还不曾知晓，便已失去。

泪水开始顺着我的眼角滑落，心中无比疼痛。

“愉儿，别哭。”文朗轻轻抚过我的泪，“孩子还会有的，现在我只要你答应我，不要放弃，好吗？”

我依旧说不出话，依旧无法支撑，但在心里却已经深深地后悔了。

“愉儿，以后的日子，就让朗哥哥来爱你、补偿你、保护你。”文朗将我的手贴在他的脸颊上，“愉儿，你说可好？”

我再一次闭上了眼睛，铺天盖地的伤痛袭来，再一次将我淹没。

但我知道，我还是会再醒来的。因为我感觉到了他，他的悲伤、他的力量，还有他的承诺。

哪怕微薄，哪怕虚弱，在最后一刻，我终于用尽全力握紧了他的手。

第二十七章 新局

弘元四年二月初二夜，大将军陈鹏展联合李兆松拥兵两万围困京城，于初三寅时二刻入京，卯时入乾元宫，困弘元帝文朗，意图逼宫谋反，另立新君。皇后陈氏同时在后宫起事，欲挟帝宠妃逼其就范。

纵帝早有防备，调派援军已近，未料叛军仍抢得一步先机，置帝于重重包围之核心。后因江湖帮派的介入和李兆松的临阵倒戈，五万援兵于初三巳时进宫勤王之时，危机已解，叛党悉数被擒下狱，帝无恙。

如此撼天谋反之举，由发至止不足一昼夜，消息一出，举朝震撼，天下哗然，皆道显赫百年的陈氏一族将就此覆灭。然论罪处置之事，帝却压而不发，且一连月余甚少露面。朝野议论，陈鹏展高位数十载，党羽众多，牵一发而动全身。帝自慎之，百官皆恐受其牵连，一时间无人敢奏，人人自危。

所有的传言里，没有文川，没有大哥，没有睿蓉，也没有我。因为这些人是不能出现在这样的事件里的，至少不能为天下所皆知。

陈鹏展下了狱，却没有罪名；皇后遭圈禁，却没有被废。近臣问了几次，太后催了几遍，文朗都不为所动。渐渐地，也就没人再提了。因为靠得近的人们已能看得明白，文朗是在等我，等着我活过来，等着我醒过来。

极重的内伤、外伤，再加上小产，彻底将我的身子击垮了。我没有当场死去，已是一个奇迹。大哥和闻讯赶进京的宣伯用他们所能想到的各种办法帮我续命，只是续，维持着那一口气不断。

七日后，四海堂以其庞大遍及天下的分支将神医聂禾从人海中挖了出来，也顾不得其愿不愿意，火速送进了京。

二月十六，我醒来了一次，就是文朗拼了命留下我的那一次。

我再醒来的时候，已是三月。我永远不会忘记睁眼的那一刻，满屋的人喜极而泣，让我突然间觉得，自己有这么多人在意着，不忍辜负。

我的境况开始一天天有了好转，文朗风雨不改日日过来瞧我，每每都要待上好一会儿。有时候是在窗边的榻上看奏折，有时候就坐在我床边，也不管我是睡是醒，总要耽搁一阵子。

这一日文朗来的时候，我正觉得躺久了身子不大爽快，想要挪个地方起身靠靠。文朗见了，吩咐环佩去拢个火盆放那榻下，自己则小心地将我抱至那边，并帮我寻了个得力的姿势，问我："今日觉得好些吗？"

"嗯。"我点头，伸手想要去推开窗子，却被文朗抓住了手不让。我带着些不甘，"一连在屋里头待了好几十日，都春天了，还不许瞧瞧吗？"

文朗偏是不许，握着我的手不放："才好些，你便多忍些日子，好不好？"

一句劝阻被他说得小心谨慎，温和到近乎商量，我自然能体会到他的满心关怀和带着后怕的担忧。看他抓着我的手，我不忍也无力反对，只得默默地顺从。

文朗起身到外间的桌上拿了东西来给我看。

我接过来，却未展开。待文朗重新坐下，我将身子靠入他怀中，才道："这么正式的旨意，想必不是给愉儿的。"

"朕答应你的事，总是办了。"文朗的声音就在耳边，让我觉得心里十分踏实，"你且看看。"

说着，文朗拣了一份圣旨展开。我注意到，这圣旨尚未用印的，且内文竟是他的亲笔，列举了陈鹏展的六条罪状。除了第一条谋害前太子洋洋半篇之外，后面的几条都是结党营私、贪赃枉法之类的寥寥几句，最后的结论是削官去爵，罚没家产，发配西北。

对于陈鹏展最终能留得一命我并不感到意外，但足以株连九族的谋反大罪在这份旨意中竟然只字未提，还是让人觉得诧异。

我尚未问出口，文朗已轻轻叹了口气，颇有些无奈："陈家上下为官百余年，于三朝皆有贡献，很受先帝和先祖皇帝倚重，先祖皇帝甚至下赐了免死符于他家。到如今，且不说其党羽众多，单是亲眷，就早已深入皇家之中，实在是杀之不易啊。"

尽管我知道大凡高官行事恣意者自然有其的有恃无恐，却不知还有这样一层，免死符这种东西，纵观朝野上下，也没见谁家真的拥有过，想不到他陈家竟有。

谋反之事压下不提，一定有其中的道理。但若是此等事情都能压下，那么四年前的旧事重提，其艰难程度可见一斑。尽管文朗不说，但我知道绝非是他一语带过的这么简单，也明白了手中这份圣旨的分量。

我不是个不明事理的人，只是面对这个陈鹏展，这个被我恨到极致的人，终是不能轻易释怀罢了。

"愉儿……"见我不出声，文朗带了些担忧地唤我。

“这个，”许久，我伸手指着罪状中的“结党营私”一条，“现在正是朝廷用人之际，会不会牵涉很多人？”

我这样问已经表达了充分的理解，文朗自然也明白。我没有回头看他的表情，却能感觉他松了口气，道：“并不会深究。”

我勾了勾嘴角，没再说什么。

文朗见状，将我手中的圣旨接过去，铺开在小桌上，提了笔，在那旨意的末尾，郑重地提笔落了两个字：钦此。

我看着这盖棺定论的两个字，连带着想起了那曾经被篡改的手谕。如果当时文朗在末尾结了这两个字，有许多事恐就不会发生了。到如今，不知他是不是刻意要当着我的面来写这结尾，借此告诉我，他再不会让这样的事情重演。

这时我才发现，文朗连玉玺都带了过来。他将那传国之物让我拿在手中，一半是惊讶，一半是因着那玉玺实在沉重，让我几乎抬不起手来。最后还是文朗握着我的手，将那玉玺端正地盖在了圣旨之上，算是正式给陈家落了个结局。

四年，我用了四年时间为文川的死寻一个罪魁，为自己逝去的爱人寻一个祸首。从京城到千里之外，复又回到深宫，只为了一个交代，终是得偿所愿。尽管这期间的代价大到不敢回想，却终究是完成了。

我眨了眨眼，泪水还是落了下来。

同样如我所料，这份是废后的旨意，略略写了皇后的罪行，都是些无关痛痒的，也未提及谋反之事。末了是废后位褫夺封号，贬为贵人，迁入冷宫。

看着这份文朗和太后都已落过大印的旨意，我一时不明白他的用意，带着些疑惑递还给他。

“那日后宫里的事，睿蓉略说了个大概，除了皇后，还有谁牵涉其中。”文朗接过来随手放在桌上，道，“该赏该罚，以及没了的那些个追封及抚恤，预备一齐办了。朕想听听你的意思。”

我看着文朗，眼神交错间已明白了他的心意：“那等事，要说牵涉，是一定有一些人在其中的。但想来前皇后当时并未言明，就算是附和的那些，也大多是趋炎附势，不见得有谁是着意谋反十恶不赦的，所以并不急着处置，等些时日还能发挥些作用。”

“哦？”文朗挑眉，“怎么说？”

“愉儿先大胆猜测一下，这回出了这么大的事，朝廷上都没有公开下什么定论，只重办了陈家。党羽之说也只是提提，并不深查，朗哥哥的意思不就是想给朝野上下一个悬而不落的震慑，让人人皆小心谨慎，恭顺自律。这样才好在这种关键时期平稳过渡，对朝廷和皇家，都是最好的方式，对吗？”

文朗面上现出些许赞赏，道：“不错。”

“那么，”我见状，接着道，“后宫里也是同样的道理。”

“皇后被废已有了足够的威慑，该贬该罚的自不必说，此时定是忙不迭在为自己寻退路。朗哥哥以前说过，有些人，不求他能倒戈相向，至少可以免成忧患。若是用得好，也许还会有额外的收获。”

“至于那些该晋赏或抚恤的，若是现在要办，愉儿无力操持，只能交给太后或者静妃。可若是那样，倒还不如留着，待新后册立再行封赏，也可让众人念新皇后的好。”我顿了顿，又道，“立后之事，朗哥哥想必不会拖太久吧。”

文朗点头不语，愣愣地看了我一会儿：“听你说了这些，才让朕相信，你是真的回来了。”

我也看他，带着浅浅的笑：“愉儿从不曾离开过。”

说了好一会儿话，我的身子终是顶不住，觉得有些累了。

这一日之后，文朗复又忙碌起来，每日能过来的时辰越来越不确定。渐渐地，都不能日日露面了。我也是这才知道，他为了我，积压了多少朝务，除了一些刻意压下的决断，还有许多本应处理的日常政务，也都丢弃一旁，荒废了一个帝王应有的勤奋。

大哥和聂禾相继离开了京城，我不知道大哥与文朗有着什么样的约定，大哥不肯说，文朗也语焉不详。总之四海堂几乎全数退出了京城，带着他们的君子之约。

我想，尽管没能死在我的手中，他要付出的代价恐怕只会更大。

两份圣旨一出，也就宣告着文朗给这一个多月以来悬而未决的大事做了一个了断。前朝对于陈鹏展罪状的反应异常激烈，谁都想不到犯下如此滔天大恶的人，最后的罪名竟然是四年前的旧案。尽管依旧是滔天的罪，却充分表达了朝廷的态度，让有些人安了心，也让更多的人重新悬起了心。

与文朗有几日没有碰面，好容易他来一次，我却还睡着。现在我出不得房门，有些话，见不到他的人，旁人又传不得，着实让人心急。

很快，我所担心的事情还是发生了。这一日，环佩告诉我，娘进宫来了。

距离上一次生辰相见，我与娘离别得并不算太久，不足半年。但这半年里实在发生了太多事，生死关头都走了一遭，所以我见到娘的时候，哭得像个受了委屈的小女孩。

“小姐，你要小心身子！”

环佩见我如此，十分着急，又不敢当着娘的面说起我的伤势——尽管外头传得很多，但娘深居简出，想是应该不知道那些细节。

娘也是控制不住地掉眼泪："我的愉儿啊，怎么瘦得这么厉害？你爹听说你病了，跟皇上提了几次想来看你，皇上都没有应。娘总怕是有什么事，一直担惊受怕，到如今终于获准了，就赶紧进来瞧瞧你。却想不到会有这般严重，到底是什么病？"

我看看环佩，犹豫了一下，还是按照对外宣告的理由告诉娘："是愉儿小产了。"

这个理由也就是瞒瞒外头的人，传闻再多，毕竟没有亲眼所见。但在后宫里是绝对说不过去的，那么多人看着那日的景象，后来文朗又起了硕大的干戈倾力救我，若只是小产的话，实在很难自圆其说。

"啊——"娘呆了呆，这才满面心疼地道："娘便是担心有这方面的事，我可怜的孩子，不是有环佩在你身边吗，怎么还会……"

"才不足一月，尚不知道便没了，"提起这个，我总有些难过，垂下眼睑，"许是太不小心，又许是这孩子来得不是时候，终是没那个缘分吧。"

"愉儿，你年纪还小，孩子总会再有的……"娘怕我伤心，小心翼翼地劝着我，"可出了小月了？"

"嗯。"我收了泪，微笑着点头，好让娘安心，"愉儿没事，娘放心。"

"那……"娘有些犹豫，试探着问我，"皇上他怎么说？"

"皇上？"我有点奇怪娘会这么问，感觉她似乎还有旁的意思，"他自然也觉得遗憾。"

见娘沉吟着不说话，我也不再猜测："娘到底想说什么？"

"愉儿，外头……传言很多，你爹想问问你的意思，也好尽早为你筹划。"娘似乎在努力寻找一个合适的说辞，"皇上他……是否有意立你为后？"

我愣住，感觉十分意外，皱眉道："为何会有这种说法？"

"本来你爹也是无意的，知道你淡薄这些，并不奢望什么，外头只是倪家与石家在争。"娘顿了顿，觉得不妥，又改了口，"其实也不是他们在争，你爹说，陈家倒了，倪家对后位势在必得，拉拢了许多朝臣附和。但皇上似乎属意石家，也有一批顺着皇上意思的人支持。这两边，一个有势，一个有功，许多日了也没个说法出来。"

"便是如此，又与愉儿何干？"

"前几日，李将军在朝上提议了立你，也不知怎么的，一夜之间，反倒是支持立你的人占了大多数。见此，你爹和你二哥也就不敢说话了。因为皇上没有反对，倪家和石家也都没了动静。"

娘观察着我的神色，面带疑惑地问我："愉儿，你……怎么说？"

我咬着唇，心有点沉，李兆松提我自然有他的用意，感激还是示好我尚不清楚，但无论如何都是大大地坏了文朗的计划。倪家位高权重，对于谋反平乱之事，想必是知道些内情的，石家更是心知肚明。若是我真的卷入了后位之争，事情便有些棘手了。

“愉儿？”娘又叫我，问出她真正关心的问题，“皇上他待你，是有心的吧？”

“娘，我过得很好，”闻言，我缓缓露出笑容，给了她答案，“但是皇后之位，是睿蓉的。”

娘离开后，我沉默了许久，心里想着，恐怕自己的太平日子又要过到头了。

娘来了这一趟，我才知道自己已经处在了一个什么样的关键位置，这才知道文朗在面对着怎样的难题。

然而到了眼前，尽管我不知道文朗在犹豫什么，但至少他是在犹豫。我也还是忍不住会想象，如果文朗明日公开反对立我，我会怎样；如果他最终决定立我为后，我又会怎样。

我想，在这一点上，没有人能轻易释然。

在没有想清楚现在问文朗是在帮他还是在干扰他之前，我先迎来了一位不速之客。

“小姐，小姐！”第三日的午后，环佩轻轻地推醒我，“太后来看你了。”

我有些迷糊，还没听清楚她说了什么，便赫然看到立在环佩身后的太后。我一下子惊醒了，连忙挣扎着要起来。

“太后，”我吓了一跳，有些不知所措，“臣妾……”

“成了，”太后向前走了一步，很快便开口打消我试图下床的意图，“就别起来了。”

自出事以后，我就一直没有见过太后。但无论如何，从来没有太后来看望妃嫔的道理，能免了我多日请安已经算是额外的恩典。可如今太后不但来了，还是在这样一个立后的敏感时期，这样一个白日的午后，人人都能看见，这代表了什么。

“叫人都出去吧，”太后吩咐的是她身边的孙嬷嬷，“哀家要与瑜妃说几句话。”

待人都走了，太后也没有急着开口，而是转过身看向窗外。已经入了四月，外头的青葱翠绿早已开始蔓延。午后的时辰，日头很好，明亮得有些晃眼。太后似乎是在看风景，又似乎只是在思考。

“瑜妃，”过了一会儿后，太后才出了声，“前两日，你家里人来过了？”

“是，”我不明所以，按照规矩，“承蒙皇上和太后恩典。”

“既然来过了，”太后慢慢转过身，盯着我问，“外头的局势想必你也是知道了。”

我知道太后在问什么，却不明白她的用意，愣了一下，还是如实回答：“是。”

“太后，”我有些无辜地扯了下嘴角，带着困惑，“太后这么问，臣妾到底该怎么答呢？”

太后听了我的话，感到有些意外，倒也不怒不恼，缓缓走到我的床边坐下来，这让我真的诚惶诚恐起来。

“愉儿，”太后看了我好一会儿，突然这样开口叫我，“有些事并非哀家的本意，却非行不可；还有些事是哀家想做却不能做的。每每遇到这些事，总是会觉得无奈。你替川儿做的事，哀家都知道，你对皇上的心，哀家也明白，所以今儿个才来的这一趟。”

“历朝帝王身边，形形色色总会有几个特别的女子真正得了帝王的心意，一旦有谁出色得令所有人钦羡，便成了所有人的对手。想要活下来，就要站得稳；而想要留下来，却要站得高；能站得又高又稳的，少之又少，但这才是后宫和皇上所需要的。哀家这么说，你能明白吗？”

太后的神情和语调让我在意外中又有一些感动，隐隐让人觉得熟悉。我没有出声，只是轻轻地点了点头。

“那么……”太后话锋一转，“便立你为后。”

我想不到太后会说出这样的话，当即一怔，头一下子有点晕：“啊——”

太后也没有等我的回应，而是淡淡地陈述：“尽管清除了眼前的威胁，朝廷依然不算稳固，动荡仍在。立后之事不宜久拖，这是谁都明白的道理。”

“是，”我总算恢复了自己的思考，“但立后之事，想来皇上自有他的判断。”

我没有应，算是默认，太后却是一笑：“皇上属意瑾妃，哀家怎会不知道。但若是他无意于你，又怎么会到这会儿还没有下旨？哀家不过是顺水推一把罢了，也算是给你的补偿。”

我摇头：“但臣妾并没有那个心，还请太后体恤。”

“太后，臣妾大胆说一句，”我略一踌躇，还是决定赌一把，道，“若皇后要在三妃中择一，那么，瑾妃才是最适合的那一个。”

“哦？”太后丝毫不动声色，“何以见得？”

“皇上大局在握，股肱不缺，此时已非四年前，并不需要依靠外戚来支撑朝政，却依然需要仰仗重臣来治理江山。”我平淡而大胆地陈述，希望从点滴中洞悉太后的想法，“若是倚靠，需委以权力与地位，以示重视，妥协让步，也都是有的。而若只是仰仗，则需诱以未来，悬而不予，才好把控，才能防止水满而溢。”

“况且经过此前一劫，后宫需要的更应是一位没有威胁的皇后，温和无害，不是吗？”

太后进而问我：“你觉得自己会成为皇上的威胁？”

“臣妾当然不会，”我坦然地看着太后，有些动情，“只是有些事，不是不想就能阻止。而有些事，也不是闭上眼睛就看不到的。愉儿很怕被推上那个位置，会失去了自由。”

“什么样的自由？”太后似乎在品味我的话，少顷问，“你爱皇上吗？”

我笑了，惹得太后也一起勾了嘴角。过了一会儿后，我才道：“我的爱，是希望站在他身后的风雨陪伴，而不是坐在他身边接受天下人朝拜。”

“哀家当年也不是皇后，却熬到了最后。”太后微微沉了脸色，“你是想效仿哀家？”

“臣妾愚钝，哪敢与太后相较，若能多伴皇上几年，也就是臣妾几世的福分了。”

“你可一点都不愚钝。”太后恢复了神色，说出她最后的担忧，“皇室后宫，有谁能真的温和无害，不过一时的假象罢了。过不了几年，便都是一个模样了。”

太后看着我，若有所指：“皇上现在犹豫不决，想来也有同感。以瑾妃的身世和品性，就算做了皇后，也恐难服众。到时候，这后宫难道要哀家来帮她收拾吗？”

我到这个时候，才终于明白了太后的意图。

太后不见得不明白现在该立谁为后，我所说的那些道理，她看得比我更透彻，兴许早就在心里掂量过轻重，知道无论是为前朝政局还是后宫平衡，睿蓉都是最合适的人选。

但太后又担心睿蓉身家气势不足，前压不住朝臣，后压不住妃嫔。到时候我和静妃虎视眈眈，莫说联手了，只要我不伸手帮协，睿蓉都很难走下去，所以必须提前探一探。

如果我和慕家能表明态度无意后位并且支持睿蓉，在前朝没人能说出什么来，支持立我的人也不好再反对睿蓉，那这事便顺理成章了。在后宫，我不但不能拆自己的台，还要感念太后的成全，自会全力辅佐帮协，为太后解除后顾之忧。

太后当真是这后宫的第一人，精明睿智无人能及。她知道文朗的犹豫，知道我对文朗的心，知道睿蓉绝非静妃的对手，于是甚至等不及我身体好转，便早早地拖我入战场，逼我表态，逼我为眼前这个局面做一个承诺，推进一个结果。

即使是这样，也没什么，至少她告诉了我，现在的我除了整日困在房内，还能为文朗做点什么。

所以我看着太后，给了她想要的承诺：“太后放心，臣妾知道该怎么做。”

太后走后，我并未耽搁，不顾环佩的拼命阻拦，硬是起身，穿戴齐整地往乾元宫而去。

朗哥哥，你不来见我，那我便去找你。

站在乾元宫门外，看着这两个月不曾来过的几乎让我丧命的地方，与之前数年相比并不曾有任何变化。其实在这皇宫里，无论多大的事都能被这一片气势吞下，不留半点痕迹。

常远看到我的时候，吓得脸都白了，忙不迭地进去通传。很快，文朗就匆匆奔了出来。见了我后紧赶几步，皱紧眉头，低声喝道：“愉儿，你怎么出来了，疯了吗！”

我想我当真是疯了，不管不顾地跑出来，不过是上轿下轿这几步路，就已经让我心虚气短，几乎站不稳。见文朗恼我，我也一句话都说不出来。

文朗自然看到了我的虚弱，顾不得再说什么，忙一把搂住我，半扶半抱地把我拥入勤政殿，在东侧殿榻上坐下，随即又斜靠好。

文朗这才发了火：“愉儿！你这是在拿自己的身子当儿戏吗！伤得那么重，才见了好，又这般胡闹！”

文朗看看我，压着火气没再说什么，只是把常远和环佩都赶了出去。

“愉儿，”他有些无奈地在我身边坐下，“你若出了什么意外，可怎么是好！”

“朗哥哥，”我笑了一下，“没事的，你别担心。”

“皇上，”这样的称谓让他脸上有了几分沉重，我看着他，顿了顿才缓缓开口，“你以前说过好几次要给愉儿一个四妃的位分，不知现在还算不算数？”

文朗呆了一下，定睛看我。我以一个温柔又期待的表情与他对视。我想，如果两个人有那份心有灵犀，不需要我多说，他便能懂得我的意思，才所谓默契。

“自然算数……”

这一句过后，文朗沉默了，我知道他已明白我的心意。

“愉儿，”文朗握住我的手，“你都已经这个样子了，还叫你不得安宁。你今天会来，是谁说了什么吗？”

“我娘都进宫来了一趟，还需要谁说什么呢，大概我已是最后一个知道的了。”我轻描淡写地摇摇头，“朗哥哥也没打算瞒我，不是吗？”

见文朗点头，我垂下眼睑，咬着唇没有出声。

“愉儿？”见我没了反应，文朗轻轻叫我。

我抬起头，有些负气：“皇上是想立愉儿为后吗？”

文朗意外于我的情绪，语气里含着探究：“你怎么了？”

“朗哥哥，为什么要我做皇后？”我深吸一口气，声音有点颤抖，“是因为要扶持慕家压制丞相？是为了顺应朝臣的意思，还是为了给后宫一个交代？”

“自然都不是，”文朗不解，带了点小心，“愉儿，你怎么会这么想？”

“我还能怎么想……”抽回被他握住的手，我的眼里弥漫着泪水，“如果不是这些，便是因为睿蓉的无力承担，倪家又虎视眈眈，所以退而求其次吗？”

文朗被我的模样吓了一跳，忙抓回我的手：“愉儿，别哭别哭，朕当然不是这个意思，你胡乱想什么呢，小心身子。”

“朗哥哥，你是皇上，是天底下最大的主子，普天之下都是你的。宫里那么多女子，包括睿蓉，包括愉儿，都是先臣后妾。我从不奢求你只爱我一个，甚至不奢求你以我为先。但是，请不要在你给了另一个女子承诺后，再给我那个位置。”

我开始淡淡地述说自己的心情，文朗只是握着我的手，静静地听。

“所以此刻的我只想陪在你身边，哪怕只是看着，也不想对着整个后宫的女子端庄贤良，不想再成为挡在睿蓉前面的那一个。爱你的人太多了，你又能爱几个？如果你要我做皇后，那你能放得下她吗？”

“愉儿——”

直到我有些疲惫不再开口，文朗才出声。好在他并没有说什么，没有点头也没有辩解，只是抚着我的胳膊，那么温柔地看我，无声地安慰，表达着歉意和理解。

这样就够了，我知道，无论如何睿蓉都永远是他心里的一轮明月，有着不可取代的地位。我和文朗都不可能忽略它，只希望文朗能清楚地看到我们的不同，给予我们不同的位置。

“朗哥哥，别再犹豫了，这是你该给她的，也是我当初进宫的愿望。”

文朗没有回应，也便是默认了。我又道：“石家平乱有功，睿蓉一向最得宠，又育有长公主，只要朗哥哥坚持，太后点了头，想来不会再生什么事端。立后旨意一下，由她亲自提请后宫的奖罚封赏，到时候册封礼上一齐册了，众人皆会感念，便也就稳妥了。”

“嗯。”文朗点了点头，“你自是想得周到。”

我此时又想到一事，道：“对了，还有一事要问朗哥哥的意思，已耽搁了好久。”

“嗯？”

“当时乱党进宫的时候，为了挟持前皇后，愉儿一时情急，答应良容华将二皇子归还她抚养。想来咱们当初那么做也是权宜之计，现在不知道是不是妥当？”

文朗想都没想，当即道：“并无不妥，你定了便是。”

我点头：“那回头叫睿蓉一起办了吧，愉儿哪有精力管后宫的事。”

文朗搂紧了我，脸上带着些无奈的宠溺：“允你淑妃如何？”

我自是浅笑着点头。

第二十八章 卷土

隔了一日，立后的旨意便下了，同时昭告天下的还有我被册为淑妃，以及两家亲眷的一应封赏。一时间，前朝后宫俱是轰动。

三个关键人选，睿蓉本是最不被看好的一个，她的支持者只有文朗和极少数朝臣。论起家世背景，她更是排在三人之末，所以人人皆以为皇后不是我便会是静妃，谁都没料到会是这样的结局。

尽管我没能依着众意成为皇后，但至少也是有了相应的补偿。淑妃在名分上虽比不过皇后去，却也是弘元朝四年来第一次册封一品妃，且独居四妃之一，无人比肩。明眼人皆看得出来，我几乎与睿蓉拥有同样举足轻重的地位。

礼部很快便拟了日子上来，文朗顾念我的身子不济，特钦选了六月初二。不料太后却要求把大典提前在四月办了，个中缘由并未明示。文朗与她深谈了一回，竟也同意了，将日子定在了四月二十八。自从肆意跑了一趟乾元宫后，我才见好的身子又不行了，时好时坏。好的时候能去院子里散步，不济的时候连起身都不能。

文朗自是着急，叫了太医院使几乎住在了翊仁宫，并环佩一起得出的缘由依旧是我的身子曾经受过重伤，损耗严重，本就不易恢复，近日却又是忧心劳累所致。直惹得文朗更加严密地封锁了我周围的消息，下旨不准任何人前来探望打扰。尽管又是这种我最不喜欢的方式，但我已无力也不敢再有异议。

距典礼还有两日的一天午后，我小憩醒来，觉得精神尚可，便撑起身子坐到窗前。环佩端枸杞参茶给我的时候告诉我："小姐，皇后娘娘来了。"

我愣了一下，这才意识到她说的是睿蓉。

"小姐？"环佩见我不语，又道，"皇上吩咐过，不管谁来，你都可以不见的。"

"哪有那么严重，"我扯出一抹笑，"快请她进来。"

"可是小姐……"环佩皱眉不肯。

我道："环佩，那是睿蓉。"

"那小姐可不能再多说伤神了。"

我自然点头称好，环佩看着我有些犹豫，想再说什么却又没说，转身出去了。

看到睿蓉的时候，我有一点意外。她的气色并不是很好，面色略显苍白，有种不得安眠的颓态，不知道是什么困扰了她。

睿蓉看着我，笑道："姐姐，你可好些了？"

"好不好的，也就这个样子。"想起自己的困境，我不免有些哀怨，带了点自嘲，"皇后就别挑我的礼数了吧。"

"姐姐你说什么呢！"睿蓉一呆，显得有些焦急，"你这样……我……"

我停了一下，笑了："看你，怎么现在连开玩笑都不行了。"

睿蓉的神色这才正常了些，我又道："你现在的身份不同了，人前可不要再叫我姐姐。就算没人挑你，也总会有人来挑我的不是。"

她却不接我的话，只说："皇上下了旨不让人来翊仁宫，这么多日我也不敢过来。今儿个早上他又出宫去了，临走前我问能不能来看看你，他不置可否，我便大着胆子过来了。"

"不看到你，我总是不安心，"她顿了顿，垂下眼睑，"可是看到了，就更觉得担心了。"

"皇上最近常出宫吗？"我一皱眉，印象里每天都能看到文朗啊。

睿蓉点头："是宗亲的事。"

她一说，我便记起来了。每年四月都有宗亲宗庙祭奠，好几日的繁复礼仪，按理该是由太后或皇后出面的。就算睿蓉尚未行册封礼，也该是太后或者太后指派某个高位妃前去，怎么会是文朗去了？

见我不解，睿蓉道："太后抱恙，已经好几日不见人了。"

我这才若有所悟，点了点头。

睿蓉又与我说了一会儿话，不外是一些宽慰之言或者轻快趣事，见我有些气喘微咳，她也就站起来说要走，嘱我好好休息。

"姐姐，"睿蓉此时却又止了步，"后日的册封典礼……"

我惨然摇头："我身子不济，想是去不了的。"

见睿蓉黯然不语，我又安慰她："封后与册妃不同，规矩礼仪难免会多一些，要祭天，要进太庙，还有朝臣参拜那些，都是皇后的特权。就算我去了，也不能陪你。不过好在有皇上在你身边，到时候照礼官说的按部就班便是了。至于回到宫内的礼仪部分，与册妃无二。不要怕，你是皇后，记得拿出皇后的范儿来。"

"姐姐，我会尽力的，你别为我担心。"睿蓉一副极失望难过的样子，犹豫了一下，还是有些茫然地问出口，"姐姐，为什么会这样？我从未想过会是这样。"

为什么会这样，我不知道睿蓉到底问的是哪一样。是没想到她最终真成了皇后，我却不能陪她去见证这一刻，还是没想到后位之争会发生在我们之间？抑或是没想到我们姐妹一场，一路坎坷，终是爱了同一个男人，同一个帝王。

睿蓉的问题让我有些唏嘘，张了口，却答不上什么来。她见状，也不再问，脸上重又堆了笑："姐姐，你好好休息，养好身子，回头我再来看你。"

心里一转念，我想起一件事，开口叫住睿蓉："睿蓉！"

她回过头："姐姐？"

"后宫的奖罚封赏都拟好了吗？"

睿蓉一愣，随即道："都好了，姐姐放心吧。"

一旁的小黛睁圆的眼睛和欲言又止的模样更增加了我心里的笃定，犹豫了一下，我强压着胸口那股血涌翻心的难受，还是道："睿蓉，我也闷了多日，你若没什么事，不如多陪我坐一会儿吧。"

睿蓉呆了呆，有点讷讷的："好。"

我伸出手，示意她回到我身边，又对屋里的三个丫头吩咐："你们都出去，我与皇后说说话。"

对环佩无声的抗议我视而不见，终是把她们都赶走了。

"睿蓉，以后我不能挡在你身前了，"待屋里只剩下我们俩，我拉住她的手，"但是，我依然在你背后，你明白吗？"

睿蓉直直地看我，眼睛里很快蒙上一层水汽："姐姐，你这样对我好，我……"

"睿蓉，"我打断她，"要朝前看，不要让太多的昨日干扰了你的未来。况且，也许过不了多久，你就不会这么想了。"

她似乎没有明白我说的话，似乎又只是在刻意忽略，笑容有些落寞："皇上说——不能让这些事扰了你的休养。"

我也不理她怎么说，自顾自地说："虽说是奖惩封赏，终是以封赏为主，各人都依着位分给些赏赐，殁了的那些追封个位分，没人挑得出什么。赏得薄的，便是惩了。至于真需要惩降的，日后再寻个由头就是。"

"主位里没人，需要立几个能帮得上忙的。"

"当初为了局势，把二皇子从良容华身边夺走给陈家，总是亏欠了她，早晚是要补偿的。与其将来为旁人用了，不如由你说出来，把孩子还给她，再给她个主位，她自会对你感恩戴德。段家十分谨慎，不会奢望那些够不着的。但毕竟有皇子在，以后在后宫里或是太后面前总是说得上话。"

睿蓉听了，一句一句都忙不迭地点头，并没有什么不情愿。不知是已经看开了这些，还是焦头烂额到无暇计较。可无论如何，总是让我觉得欣慰。

“至于低位分的那些，得脸不得脸的，嫔位以下大都可以晋一晋。一级还是两级，也就由着你的喜好亲厚了。左右平日里的晋位都是皇上定，也就这么一回，你提了，皇上肯定应允，能多笼络些人总是好的。”

说到此处，我只觉得胸口越发不舒服，真有些坚持不住了，仍勉强道：“不过这一切，你都要拟好了尽快送去给太后看，就算她不看，你也必须走一趟。在仁寿宫门口站上一会儿，才能堵了旁人的口。若是晋位上太后有什么更改，自然随着太后的意思，大不了补些赏赐，也就齐了。”

之后我匆匆叫了环佩送睿蓉离开，此时便连话都说不出来了。一直躺到晚上，才觉得好些。

入了夜，文朗照例过来看我。他看着我极差的脸色，阴沉着一张脸，前后斥责了一番才把人都赶走，对着我说的第一句话便是：“睿蓉的封赏单子，是你帮她拟的吧。”

我闻言，不否认也不辩解，只是淡淡地问：“有不妥吗？”

“你经手的，哪会有什么不妥！”文朗又气恼又无奈，“已经送去给太后瞧了。”

“哦。”

我知道这样轻描淡写的话语肯定会惹来文朗的不满，果然，他见我不再回应，于是提高音量：“愉儿！”

“朗哥哥——”我与文朗直视，用一种带着点无辜的声音问，“你是不喜欢我干涉皇后的事吗？那我以后再不插手就是。”

文朗面上一僵，嘴角抽动了一下，声音低沉：“朕当然不是这个意思！”

不是这个意思，文朗却没有继续说下去，只是带着一种复杂又纠结的神色将头别开。

我看着文朗，心里偷偷叹了口气，涌起一股微妙的心酸。

三年的后宫生活让睿蓉坚强了不少，也改变了许多。她不再是当年那个遇到困难只会哭泣或者寻求保护的小女孩，她已经懂得自己要什么，以及自己需要负担的责任。她开始尝试着自己解决问题，自己去面对她必须要面对的人和事。

所以这么多日以来，她没有找过谁。

文朗完全可以亲自替睿蓉拟出这样一份名单，但对于后宫派系的了解，对应该封赏的尺度，他却并没有我清楚。他可以帮睿蓉做到维持平衡及稳定，却无法替她判断可以信任谁、倚仗谁。太后又抱恙在身，静妃负气，唯一能帮得上忙的，也就只有我了。

他没有拆穿睿蓉的意图，却告诫她不可拿外头的事来扰了我的休养。他不愿有任何事打扰到我，对于睿蓉的请求，却只是不置可否。

不置可否，搁在旁人身上，还是或可或不可。而在睿蓉，其实便是默许了。

如果他允了睿蓉来找我，而我最后又没有伸出援手的话，对他来说算是最最平衡的一种结果吧。那他对谁都不会觉得有亏欠，还可以继续一边一半地爱着两个截然不同的女子。

但世上怎么会有这么好的事呢？

我不但帮了睿蓉，还帮得很彻底，同时还因此再一次卧床不起。

我想，在我们三人之间，其实我是懂文朗的。也许他们都不够懂我，我却真的可以理解他。

于是我看着他，缓缓地笑了，很温柔。

“朗哥哥，天晚了，今夜可曾召了谁侍寝？”

这种日子，我知道他一定没有，却还是想问。

“没。”文朗摇头，不明白我所指。

“原本朗哥哥今晚是要陪睿蓉议封赏的事的吧？既然都已经拟好了，又没有召谁侍寝，那么……”我故意眨着眼睛，带了些羞怯，“皇上是不是可以留下来陪臣妾睡呢？愉儿如今可是有名正言顺伴君天明的资格了呢。”

文朗看着我，也缓缓地笑了，那笑容很温暖。

夜已深，两个人都没什么睡意。我窝在文朗怀里，他环着我的肩膀。我搂着他的腰，将头枕在他的臂弯，有一句没一句地说着话，直到我有些撑不住眼皮，沉沉地睡去。

第二日，连文朗什么时候走的我都不知道，只觉得自己睡得又沉又久。许是前一日耽搁得太晚，醒来都近午时了，整个人的状况还是不好。服了药后，觉得头昏昏沉沉的，又继续睡下了。

我的嗜睡让环佩十分担心，却又查不出缘由。太医则说不必多虑，只要能服药，亦能叫得醒，多睡些也是无妨。可环佩还是不安，寸步不离地守在我身边。我每次醒来都能第一眼就看见她。

待我觉得真正醒来已是夜半，确切地说，应该是即将天亮的寅时前后，因为我听见了隐隐的礼乐声。应该是册封大典的外宫部分已经开始了，将持续到卯时完毕，过后再进入后宫进行后半程。

我发现，这时环佩没有在我的床边。

我想叫人拿水喝，又觉得几个丫头已累了多日，想是已经休息了，便不忍再叫她们，于是自己起了身。

走到桌旁拿起一个杯子，我还来不及倒水，突然听见外面有着低低的言语，间或还夹杂着小声的抽泣。这让我有些疑惑，也顾不得喝水，探身出了内室的门。还没进前殿，我就看见环佩和环铃两个人背对着我，并肩坐在前殿门口的台阶上。

殿里没有点灯，我倚在廊柱的阴影里，不远不近刚好能听到她们说话，又不致被发现。

“姐，”环铃的哽咽中带着一丝气愤，“我就是想不通，这些谣言到底是从哪里来的！”

“环铃！”听得出环佩刻意压低了声音，转过头朝后面看了一眼，让我几乎以为是自己被发现了。好在她很快又回过头去，“你小声些！就不怕把小姐吵醒吗！”

环铃后面的话被堵了回去，有些委屈和负气地用手抹着眼泪。

“我知道。”环铃闷声回答。

过了一会儿，她又道：“外面已经开始热闹了。”

“是啊，”环佩也细细听着远处越来越明显的礼乐声，“现在这整座紫禁城，也就咱们小姐还能安稳地睡一睡了。”

“对了，”环佩像是又想起了什么，“等小姐醒了，册封大典的事你一个字都别提。”

“嗯。”环铃点头应声。

我听着觉得十分意外，难道是外面发生了什么特别的事，全都要瞒着我？可是又会有什么事呢？文朗来的时候并没有异常，现在能听到礼乐声，也就证明典礼已经顺利开始了，难道还能生出什么枝节不成？

想来想去也想不通，两个丫头却也不出声了。就在我刚准备开口问的时候，环铃突然又开了口，似乎在自言自语地感叹：“其实皇后娘娘也挺可怜的。”

“皇后都是皇后了，”环佩的声音淡淡的，“有什么可怜的。”

“可是……为什么那么多人要反对她呢？如果是小姐做了皇后，也会有这么多麻烦吗？”

“也许吧。谁知道呢，不过小姐肯定会有办法应对的。”

“你说，”环铃凑近环佩，问出了一个吓我一跳的问题，“今天的册封大典，太后和静妃娘娘真的不会出现吗？”

环佩想了想，给了环铃一个答案：“静妃娘娘那边说是丞相夫人病得重，要她出宫探望。不管是真是假，反正皇上是允了，今儿个她自然是不会出现。至于太后嘛，就不是咱们能知道的了。”

“所以说皇后也挺可怜的呀，好好的一个册封大典，后宫里连个主事撑场面的人都没有，以后一定会被人笑话的。”环铃还是替睿蓉唏嘘，末了又补上一句，“好在不是咱们小姐做皇后。现在我觉得啊，小姐做淑妃也是挺好的。”

环铃的话让我有点哭笑不得，也不再躲藏，欣然走过去道：“原本你觉得不好吗？”

“是呀。”环铃随口应了才发觉不对，吓得跳了起来，“啊！”

环佩也连忙站起来，惊讶过后急道：“小姐！你怎么出来了！”

“醒了，就出来了。”我看着环佩，扬起手中的杯子，“找水喝。”

“我去，”环佩接过杯子，扶住我的手臂，“外头凉，快进屋去。”

“我觉得精神还好，”我却不太愿意，闭了眼睛深吸一口气，“想在外头待一会儿。”

环佩见状，连忙跑进屋里，很快就端了一杯温热的清水出来，顺带还拿了一件薄衫给我披在肩上：“小姐，水，小心着凉。”

我接过来抿了两口：“外头怎么说我的？”

“不过几句浑话，环铃胡乱听来的，不必理会。”环佩掩饰着。

我则笑了：“既然是流言，总是有起源的，不妨说说看。你们家小姐我什么场面没见过，鬼门关都走了一遭了，还能被几句话吓死不成？”

两个丫头对视一眼，还是由环佩先开口：“外面说……说小姐你之前造了杀孽，手上沾了人命，所以才没有被选为皇后，还说……”

环佩咬着唇不肯说了，环铃也怯怯地偷看我。我心里一转念，接口道：“还说我身上杀孽太重，应了劫数，这身子想是好不了了，对吗？”

见她们不吭声，也就代表被我说中了。

“看来，还是有人用了心的。”我淡淡地道，看着无比紧张的两个丫头，复又笑了，“如你们所说，不过是流言而已，又何必在意。”

“后宫里没人撑场面是不行的。”看看天已亮了，听着礼乐的声响越来越大，我换了个话题，“这不光是皇后的笑柄，也是皇上的。因为皇后，是他的皇后。”

“所以……”我转过头朝着礼乐鸣奏的方向，微微仰起头，“我去。”

环佩当即睁圆了眼睛：“小姐，你疯啦！”

“时候不早了，”我看看天色，估计很快外宫部分就要结束了，“环铃，快些帮我收拾。”

环佩却突然抓住我的手臂不让我走。

环佩则一副快要哭出来的样子：“小姐，上一回由着你去找皇上，你回来就成这样了，奴婢这回绝不让你出门了！”

“环佩，你是个懂事的，况且哪一次我要做的事，你能拦得住？”我也有些着急，沉下脸，“我非去不可。”

环佩听了，一下子跪在我面前，开始流泪：“小姐，你说非去不可，奴婢当然拦不住你，可奴婢恳请你爱惜自己的身子。你若有个什么好歹，叫我们何以容身？今儿个你去了，若是有事，奴婢一定以死谢罪！”

环佩的话让我心里一紧，哪里忍心再摆主子的架子伤她：“你快起来。”

环佩不肯起来，我也拉她不动，只得叹了口气：“环佩，你听我说。”

“静妃的事不寻常，倪家能在这个时候把静妃接回家，皇上还能允了，一定是有什么妥协在里面。会是什么呢？还有太后，睿蓉跟我说她抱恙不见人，我本以为太后只是想磨炼睿蓉，但现在看起来还有更多的事。外头的这些情况太后不可能不知道，如果不是默许，那便是管不了。又会有什么太后都管不了的事呢？”

环佩愣住，仰头看我，我一字一顿：“是朝政。”

“陈家倒了，倪家暂时不能动，这是根基。”

“小姐，你说的奴婢都明白，你是为了皇上。可是你也不能不顾自己呀！”环佩已不像刚才那样激烈反对。

我微微地笑了，知道环佩已经动摇：“况且我今天过去，其实也是在帮自己。如果我能好好地出现在众人面前，那些谣言不就不攻自破了嘛。”

环佩没有再拦我，而是匆匆跑去配药。环铃则拉着我到屋里，帮我梳妆打扮。

按品大妆，环铃费了好大力气才用细粉胭脂将我那苍白中见青的面色给盖下去，现出白里透红的模样。对镜而视，我看到自己依然是美丽的，只是当真消瘦了。

环铃帮我绾好发髻，问我钗环上的意思。依着规矩，淑妃的正式典礼装扮该佩一主十副共十一支钗。四妃以上方可佩戴的金凤，纯金打造，衔珠点翠，与皇后发髻上的是同款相似，区别是皇后佩在发髻正中，而我只能斜插一侧。

并没有庞大的身形或是耀眼的光芒，却无可忽视，这是主钗，乃身份的象征。

主钗并无可议，我看着一起送来的十支华贵无比的珠翠碧玺皱了眉。这么沉重的钗簪，若是十支都上了发髻，很快我就会累到抬不起头来。想了想，我抓了四支给环铃，另拣了四支叠花碧玺和两支累丝珍珠钗，都是轻巧些的，勉勉强强凑够了十支。

装扮妥当，已是卯时三刻。顾不得歇一歇，我服下环佩端来的补气提神的药。从味道上的淡淡清香辨别，似乎她还在里面放了一点绿螭。在环佩絮絮的念叨中，我终是觉得不放心，又灌下了一大杯浓浓的参茶，这才将精神酝酿得有些底气，然后便出了门。

宫内的册封礼一向是在承先殿，这里也是除了乾元宫之外内外宫的另一个交界之所。我赶到的时候，已能看到帝后同乘的鸾驾仪仗驶入，有大批的朝廷官员跟随其后。

后宫众人皆立在承先殿外广场西侧，前朝官员列队东侧。我想，也就是立后这种大事，才能看到前朝后宫全部齐聚一处的场面吧。

鸾驾慢慢停在了中央，依着规矩，要等所有人都列齐了，才会请帝后下车。

从我一出现在最外侧，就早早地被人看见了。消息迅速传遍后宫这边，有着齐刷刷的惊讶目光袭来。想来前朝那边应该也得知了，因为我分明看到了爹和二哥转过头来朝这边看。

时辰刚刚好，我既没有错过也不必等待，更不用理会和回应旁人的目光和言论。如入无人之境般，我穿过后宫的所有妃嫔走到最前面，在怡贵嫔和岚贵嫔身前正中站定，这里是我的位置。

文朗和睿蓉手牵着手从鸾驾里出来的时候，先是环视这一大片黑压压的人的宏伟景象。紧接着，他们便看到了我。

他们看到我的时候，面上有着毫不掩饰的惊讶。很快，睿蓉的表情就转为惊喜和感动，文朗阴沉的脸上带着心疼和薄怒。

我看到他们并肩而立的时候，突然觉得有些羡慕，很是羡慕。

当然，这些都只是一刹那。我们并没有时间对视，随着礼官的高声呼喊，我带领着整个后宫盈盈拜了下去，以淑妃的身份。

承先殿外有着二十九级宽大的台阶，文朗率先站到了顶端，走这一段路，没有人能与他比肩，哪怕是皇后。

直到他站定后转过身，面对着众人的山呼万岁，轻轻地摆了手，自有主礼官大声呼喊：“免——”

众人复又“呼啦啦”地站起身，这时有司礼内监捧了皇后的金册和金印立在一旁。文朗看了一眼，向睿蓉伸出了手。

主礼官按部就班：“请皇后娘娘受封金册，掌后宫印——”

这下轮到睿蓉拾级而上，大红的礼服勾勒出睿蓉娇小却坚毅的身形，缓而坚定地走向文朗，一幅十分美丽的画面。

我看着睿蓉的背影，觉得有些熟悉。

记得刚入宫那年，还是德顺二十八年，十月初七，贵嫔册封礼。几乎是同样的场景，没有这么盛大，却有着一个相似的背影，那个端视前方，高贵娴雅，稳稳而过的，是贵嫔陈雁羽。

唯一的区别，是那品红礼服背后绣着的是大朵的金线牡丹，而非眼前的金丝凤凰。

那时的陈雁羽，已然有了皇后的风范。因为尽管后来她达成所愿成了皇后，却不过短短两年便失去了，当真如梦一般。

我记得很清楚，那一日是我的十六岁生辰，在这皇宫里的第一个生辰。

此时的冷宫里，必然也能听到这边的礼乐。对于曾经亲历过一次的她，想必感受会更加深刻。

睿蓉跪在文朗面前，听一侧的主礼官在念异常冗长的册封文。我看不到她的表情，只能看到文朗在微笑着看她。直到司礼内监端着册印凑过来，由文朗一一展给睿蓉看了，再交在她的手上。

帝王亲手相授，象征心心相印，举案齐眉，这是只有皇后才有的殊荣。

睿蓉接了，谢恩，再转放到另一名司礼内监的托盘上，过后自会有人送去坤裕宫。接着文朗拉起睿蓉，朝承先殿而去，三跪三拜至礼成。

到此时，该是礼毕的时候了。主礼官见文朗二人站定，正要宣布，却见文朗与身边的常远说了几句话。紧接着，常远就跑到主礼官那儿传旨。那礼官一愣，看了看文朗，也没敢多问，随即喊出口的却是——

“请淑妃娘娘受封册印——”

所有人皆一呆，我更是怔住。这并不合规矩，册后大典未毕，百官仍在，淑妃的册封属后宫封礼，并无须朝臣见证，文朗又何以如此呢？

很快就有司礼内监跑到我身边，低声提醒：“娘娘，请上前受封。”

那台阶不过二十九级，往日里从不觉得多，此时我却走得有些吃力。费力蓄好的精神并不如想象中持久，我好容易才来到文朗面前，跪下，才得以喘息。

文朗更改了大典的顺序，好在册封文是早已备好的。主礼官对着我同样念了长长一串歌颂赞美的词藻之后，淑妃的册印便捧至了我的面前。

我伸出手刚要去拿，文朗却伸手把那盛着册印的托盘轻轻推开。动作不大，想来除了眼前这两三个人，旁人都没发现。

我有些意外，连谢恩都忘了说，文朗已然拉起了我。碰到他的手的时候，感觉他抖了一下。他的手暖热，我的则格外冰凉。

文朗皱了一下眉，没有再让我去承先殿叩拜，只是将我拉至身侧，并非是合乎规矩的睿蓉的下首，而是另一边。

尽管知道不妥，我却并没有更正。因为此时文朗在左，睿蓉在右，我若去睿蓉那边，就几乎要站在礼台的中央，那样，似乎就更不妥了。

于是我只是抽回了手，并且往后退了一步。

主礼官见文朗再无动作，顺势结束了大典：“礼毕——”

广场上的所有人重新跪下：“皇上万岁，皇后千岁——”

文朗和睿蓉对视一眼，站在礼台中央，受了这雄伟的一拜。

我成了这整个承先殿广场上唯一没有跪拜，也不受跪拜的人。这一刻，文朗站在睿蓉的左边，而我站在他们的左边。

承先殿的册封礼结束以后，该是文朗带着睿蓉去仁寿宫参拜太后。尽管太后多日不见人，但规矩不能少，还是要走这一趟。而我册的是一品妃，算最名正言顺的妾室，也要跟着一起去。

司礼监的手脚极快，我来的时候，承先殿外还只有帝后的两顶大轿候着，待出来时，已经添好了我的。

去仁寿宫本来想着只是走一个过场，不料到了门口才一通传，太后便宣了进。文朗和睿蓉感到十分意外，特别是睿蓉，一下子紧张起来。估计是提前收到了不见的信儿，这会子不知太后又是个什么心思。

“儿臣参见母后——”

文朗和睿蓉并排跪了，我则依着规矩跪在睿蓉的斜后方。

我是不能称母后的，便道：“臣妾参见太后。”

“嗯，免礼吧。”

文朗闻言，起身走到太后身边：“母后身子可大好了？”

“不妨事，”太后笑呵呵的，“快坐。”

文朗在太后一侧坐了，睿蓉和我要依例册封后听训，并不能起身。

正如我所料，太后的神色尚好，并无什么病状。可看穿戴上却是寻常服色，也没有大妆，想是之前也的确没有见我们的打算，不知是什么原因让她改变了主意。

太后和蔼慈祥地道：“皇后自今儿个起便是这后宫之主了，这皇后的本分，你可懂得？”

“是，”睿蓉小心谨慎地答，“为后者，当修德自持，和睦宫闱，勤谨奉上，绵延后嗣。”

“嗯。”太后微笑着点点头，“有些话，虽是老生常谈，却还是要说一说。为妃嫔，不过是要守着六个字‘礼贤端德淑慎’，做皇后，却有十六个字，那多出来的部分，你自要牢牢地记清楚，遇到事，才知道该怎么做，方能显出你与她们的不同。”

“是，”睿蓉郑重地垂首，“儿臣谨遵母后教诲。”

“那么，提起和睦宫闱，绵延后嗣……”太后话锋一转，“这皇上在位四年了，膝下却只有两个皇子和一位公主，实在是太少了点。在这方面，皇后可要上心些。”

睿蓉看看文朗，低声应道：“是。”

太后还是笑眯眯的：“依哀家看，不如过些日子再选一回，也算给后宫添些新气象，皇后也能历练些。”

“才册了皇后，怕是不大妥当。”见睿蓉没了词，还是文朗开了口，“去年也定了隔年一选，就明年再说吧。”

太后语气温和却毫不让步：“前朝新提拔的官员家的，总要赶紧选几个进宫来，以示皇恩。”

此时太后趁势问睿蓉：“皇后的意思呢？”

睿蓉见文朗都不再说话，又怎么可能说出什么旁的，只得应声点头：“儿臣听母后的。”

太后这才满意地笑了：“那回头皇后就瞧着时候办吧。”

太后的话说完了，文朗和睿蓉各怀心思没话说，我则不敢贸然插嘴，一时间，几人都有些沉默。最后还是文朗想起一事：“母后，你看那个后宫封赏的单子可有不妥？”

“哀家看了，并无不妥，你们酌情办便是，”太后看看睿蓉和我，最后把目光落在睿蓉身上，“拟得很好。”

睿蓉闻言，一躬身，却没说出什么话来。

太后不以为意，又看向我：“淑妃现在是后宫里中宫以下位分最高的了，平日里要谨言慎行，处处表率，为皇后分忧，就是为皇上、为哀家分忧，明白吗？”

“是。”我听着，终于轮到我了，也就证明这一场算是要谢幕了，“臣妾谨遵太后教诲。”

果然，很快太后便道：“成了，坤裕宫还等着呢吧？回吧。”

第二十九章 敲山

坤裕宫，满院的人，主子娘娘、宫女内监站了一大群，齐齐迎接着这座宫殿在本朝的第二个主人。文朗牵着睿蓉的手穿过人群走进正殿的情景，温馨而美好。

其实从我到了坤裕宫一下轿，就有些后悔了。我整个人感觉非常不好，心慌气短，胸口隐隐作痛，直有些像当年骗大哥现身时弄巧成拙的势头。我知道这是身子在向我告急，心里忐忑着，盼望自己千万要撑过这一场才好。

“娘娘，”到底有人沉不住气，凑到我身边，“你休养多日，可叫我们十分想念呢！”

“是啊！”有人起了头，自然就有旁人附和，“皇上都不让去瞧，待娘娘可真是好。这回淑妃娘娘的册封也算是众望所归！”

“娘娘，外头发生了许多事，娘娘还不知道吧？”

对于这些别有用心又言不由衷的话，我懒得理会，只是随便应了一声：“嗯。”

知道不开口总是堵不住她们的嘴，我强自打起精神，面上带了些不耐烦：“贵嫔说笑了，该知道的，本宫自然知道。不该知道的，也没那个心思。”

我用这样的称呼和语气对纯笙说话，让她有几分意外。

也就是这一会儿的事，我已经觉得几乎站不稳。好在文朗和睿蓉总算是换好了常服出来，端坐于上首。

我敛衽垂睑，领着所有妃嫔按着规矩跪了行大礼，算是后宫正式拜见新后。睿蓉微笑着，端庄体面地说了几句场面话，姐妹和睦，亲如一家之类的，也就叫了起。

极正式的场面，正殿里头全是主子，除了文朗和睿蓉，各人俱是自己。丫头们都候在外头没有跟进来，我身边没有人扶，从地上起身的时候已经有些吃力。不得已，我用手撑了一下地，才立起身子。好在我是跪在最前头的，除了上面的文朗和睿蓉，想来应该没人瞧见。

我才刚起身，睿蓉便匆匆忙忙道：“淑妃坐吧！”

我咬牙抵抗着那股猛烈的眩晕，带着感激地看了一眼睿蓉，却实在说不出话来，只得就近坐了，没有开口谢恩。

文朗不知是在帮睿蓉圆场面，还是在帮我圆失礼，很快便对着怡贵嫔和岚贵嫔道："你们也坐。"

那二人恭敬地谢了恩，坐在我对面，位分差着几级，不敢与我对坐，前头空了一个座位，且是斜坐着，把规矩礼仪守得滴水不漏。

看得出文朗面上是满意的，见众人都是一片和气静谧地候着，便示意常远宣旨。

第一个宣到的便是良容华，晋为贵嫔，居承泰宫主位，且可接二皇子回去抚养。

良贵嫔此时再也抑制不住欢喜，直流下泪来，颤抖着声音接旨，有些语无伦次地连连谢恩。好在她尚有理智，除了只偷偷看了我一眼外，并没有把我扯进来。

接下来是涵嫔，出乎所有人的意料，从正五品嫔一跃四级晋为正三品贵嫔，居静安宫主位，惹来众人一片惊羡。

说起来，往日里唯一有此殊荣的只有睿蓉，那还是弘元元年睿蓉有身孕的时候。如今对于宋碧宁，既无身孕，又不算得宠，能如此晋位，也不知文朗到底是顾念宋家多一些，还是由着睿蓉的意思多一些。

再往后，我的意识已经有些模糊了，直到发现所有人都站到中间，我才回过神来，知道这是该告退了，下意识地也站了起来。

不料起得猛了，胸口一阵剧痛，心里瞬间翻江倒海，知道这是大大的不妙。于是我拼命压抑着，勉强走到众人前头。

宣旨完毕后，已经有了四个主位贵嫔，不知为何，我还是越过四个人的身躯看到了后面的洛婕妤，以及她面上闪过的一丝愤然。

深吸一口气，我跪下去领着众人谢恩："臣妾谢皇上、皇后娘娘。"

可我没有出声，因为根本开不了口，嘴唇有些抖，唾液开始增多，想咽下去，却有更多的涌上来。无法，只得紧紧地抿着唇。

"行了——"睿蓉得体地开口，"都累了好一阵子了，快些回去吧。"

至此，今日我勉力要做的事便算完成了，只要站起身，走出去，后面的事自有环佩去操心。

场面一时有些死寂，因着礼数，身后的人都要待我起身以后才能动，但是我却发现自己已经完全动不了了，稍一使力，那股翻腾的气血便几乎要涌到喉头，眼前开始发黑。

冷汗开始涔涔地冒出来，我想要向文朗求助。尽管他近在咫尺，我却完全开不了口。

好在已经不需要我表达，文朗和睿蓉都看出了端倪。睿蓉的反应明显些，急得作势就要站起来，却被文朗一把拦住。

文朗没有动，目光越过我朝后面看，沉声道：“淑妃留下，余的回吧。”

听见身后窸窸窣窣的声音，人很快就走光了，然后我看到文朗和睿蓉一齐站起身朝我过来，心下一松，身子随即歪坐在地上。

文朗跨了一大步到我身边扶住我：“愉儿，怎么了！”

我摇头，一个字都说不出来。

他想要把我扶起来，才一动，便被我霍然抓紧他的手给阻止了。我用帕子掩了嘴，闷咳了两声，忽地就顿住，既不敢动，也不敢再咳。

我分明感觉到，嘴里一片腥甜。

“愉儿！你要不要紧？”也许是我瞬间浮上来的惊恐的神色吓到了文朗，他睁圆了眼睛，连忙转头对睿蓉急道：“快传太医！”

趁着文朗一分神的工夫，已经压抑不住的我猛地推开他，也顾不得头晕目眩，还有胸口那一波更猛烈的痛感，转身跌跌撞撞地朝门口奔过去。我脑子里只想着，无论如何也不能污了这正殿。

环佩就在外头的院子里，见我这副模样，满脸意外，也急急忙忙地朝我跑来。

我早已失去平衡，到了门口处，一下子就被门槛绊倒，直跌了出去。

环佩刚好赶得上接住我，被我撞得歪倒在地上，吓得魂飞魄散：“小姐，你怎么了！”

一大口血呕出来，我和环佩的衣裙上都是溅落的斑斑血迹。文朗吓坏了，打横抱起我的时候，整个人分明在颤抖。

此时的我感觉身子没那么难受了，只是虚弱得想睡，我费力地去看文朗：“朗哥哥，我不要在这里，送我回去。”

文朗皱紧了眉，略顿了一下：“好，你好好的，我送你回去。”

我紧紧抓着环佩，吸一口气，话出口的时候已经有些撑不住了：“环佩，查那参茶……”

“愉儿！你说什么？”文朗没有听清，再追问我的时候，我已说不出话来。

文朗见状，一下子停下脚步，我听见他厉声喊着环佩。环佩迅速搭了我的脉，一会儿后道：“没事的，皇上，没事的！”

他这才继续将我抱上早已等在门口的轿子，将我送回翊仁宫。

直到天色渐暗，我才清醒过来，身边只有文朗一个人。他见我醒来，忙问：“愉儿，你怎么样了？”

我动了动身子，摇摇头："没事，并没有如何。"

"都这样了还叫没有如何？"文朗瞬间气恼，又连忙压下去，"当真吓死朕才甘心吗？"

"的确还好……"我顾不上与他解释，看看天色，"这都什么时辰了，你怎么没去宫宴？"

文朗却头也没歪一下："晚些去不打紧。"

"朗哥哥，今天是什么日子，那可是睿蓉的册封宴，你要叫她一个人撑场面吗？"

"愉儿，不要总为别人想，你想过你自己吗？"文朗的表情有些复杂，看不出是心疼还是无奈，"睿蓉她懂事的。"

文朗起身去一旁的桌上拿过内务府派人送来的淑妃金印，回到我的身边，认真地放在我手中："朕总觉得，这要亲自放在你手里才好。"

我看着自己手里握紧的那一小方金印，沉甸甸的，微微勾了嘴角。

再抬头看文朗时，我催着他："你快去吧，别再过来了，今晚很重要。"

我还是错过了这场宫宴。

文朗重新回到了日日守在我身边的状态，不过我的状况却并没有想象中那般凶险，只调理休养了三两日，便大有起色，且一日好过一日。

"愉儿，这几个月凶险迭出，看着你现在，朕总算能放心些。"打发走了院使，文朗又说起环佩，"也亏得你身边有这么个丫头。"

他微笑着去看环佩，一旁的环佩却沉默得有些吓人，不回话，也没有反应。

其实自那日从坤裕宫回来之后，环佩便是这样了，让做什么就做什么，只是不眠不休，一言不发。

而我的好转，并非是太医院新开的方子有多么神奇，只是停用了以前日日饮用的参茶所致。

如果说是那参茶被动了手脚，那么每日环佩亲手捧给我的便都是一杯毒物，每每想起，难免令人扼腕。看着环佩这个样子，我甚至都不知该如何安慰她。

"愉儿？"见我发呆，文朗叫我。

"环佩？"在事情查清楚以前，我还没想好要不要告诉文朗，于是打发环佩离开，"你先出去，我与皇上说说话。"

环佩点头，安静地离开。

这时文朗突然笑道："现在这个丫头怎么不催着你休息了？以前每次来，若是你睡着了，她都敢把朕挡回去。"

我面上一顿，随即故作诧异地睁圆了眼睛："不会吧？"

“朕难道还骗你不成，”文朗心情甚好，哈哈笑着，后有些感触地道，“可见这丫头才是真正待你好的人。”

我正要与文朗嬉笑几句，却忽地发现环佩在门边停下，踌躇了一下，终是回过身，走近几步“扑通”一声跪下：“皇上，奴婢该死，配不起那样好的话！”

文朗十分诧异，带着疑问看看我：“这是怎么了？”

文朗自然知道这是有事，沉默了一下，没再追问。在我面前他总是这样，少了一些帝王气息，多的是温润和蔼，给予我足够的尊重，从不会摆出帝王的架子来压我和我身边的人。

见文朗这样，我知道不能再瞒他，在心里仔细斟酌了一下语言，开口道：“我每日服用的参茶，恐怕是被人动了手脚。”

“你说什么！”文朗的脸色骤然变了，转过头去看环佩：“怎么回事？！”

“回皇上，小姐的汤药参茶都是奴婢或者环铃亲自经手，按说是绝不会有差错的。只是……”环佩满面痛悔，“只是并没有改变什么方子，自从停了那参茶，小姐的身子便当真一日日地好了起来。”

“这么大的事，方才你还想瞒。”文朗歪头看我，眼神阴晴不定，“难道你的意思是，算了？”

“怎么能算了！”我垂下眼睑，有些愤恨，“我好不容易才活下来，又这么不明不白地中了毒，想来总是让人不甘心的。”

我再看文朗：“只是我还没想好该怎么查。”

见文朗面露不解，我有些凄然地道：“我身边的这些人都是随我一齐经历过风雨的，若是问题出在我宫里，那对我来说，当真是另一个悲剧。”

“而若是蹊跷出在别处……”我缓缓看向文朗，“承蒙皇上照拂，这送到翊仁宫的参，可是今年的岁贡。”

文朗闻言皱了皱眉，懂了我的意思。

他缓和了语气：“愉儿，让朕去查，然后给你一个交代，如何？”

我愣了愣，点头：“好。”

“你去，”文朗得了我的话，随即吩咐环佩，“把一概相关器物都交给常远封存，叫他宣太医院所有人进宫！”

环佩得了旨意，忙起身就要去，文朗却又叫住她：“等等！”

“先不要声张，对外只说淑妃的身子依然如故，该去内务府领的份例药材，一样不少依旧去领。”

“是。”在大事面前，环佩从不多问，点头而去。

在文朗的重压下，一群太医几乎把太医院都给搬了过来，直塞满一整个偏殿。

好在这翊仁宫大得很，也由得他们折腾，查书试药，上下翻验。

文朗一得了闲便来盯着，总免不了斥责他们一番。我日日瞧着，也不过问，也不准环佩过去插手，就只冷眼看着，在心里反复勾勒那个想要我的命的、卷土重来的对手。

自古以来，为人臣子的，何以竭力，在主子眼中，不外乎重赏或重罚。重赏则尽心尽力，重罚则不敢不尽心尽力。盛世赏，乱世罚，恩还是威，端看帝王的心思。

文朗素来并不尚此，大多时候淡定平和，然而每每事关于我，都会另他难免破例。这一回又是这样，在他的严令下，太医院殚精竭虑三个日夜，总算是有了结果。

我从来都不怀疑环佩的能力，毕竟她师从聂禾五年，人勤谨，天分又好，在我身边照顾了我八年，从未出过差错。所以这次能有一种她察觉不出又查验不出的毒物从她的手中溜过，实在是一件不简单的事。

常远进来禀报的时候，我正和文朗下棋。

“皇上……”常远作了个揖，带着一贯的小心，“太医那边，请皇上过去偏殿一趟。”

好几日了，太医们终于派人来请文朗，这意味着什么，我们都清楚。

文朗见状轻轻一笑，吩咐常远：“叫院使过来回话。”

“微臣参见皇上、淑妃娘娘。”

文朗随意摆手叫了起，也不多话，道：“查实回报吧。”

“是，”院使站起身，犹豫了一下，谨慎倒不拖沓，“回皇上，经臣等查实，淑妃娘娘之前的身子长久不愈，甚至还一度恶化，全是因为中了毒。”

尽管已经大概知道缘由，待真的确认时，文朗还是皱了眉：“你们日日守着，怎么会中毒？”

院使举起手中的一支参：“依臣等看，问题是出在这支参上。这参中含有沄炘草的毒，沄炘草是一种至热至寒的毒物，极其罕见。”

我闻言也是一惊，与文朗对视了一眼，还是他开口问：“可有解？”

不想那院使却摇头：“沄炘草起源外邦，我朝并无种植记载，也几乎不曾见过。此物无色无味，性杂且不可逆，几乎与所有药草相克，误服之人，医药无用，且服药越多，毒性越甚，轻者损毁身子，重者——衰弱而亡。”

文朗手中的棋子“吧嗒”一声落在了棋盘上：“你说什么？”

院使见状连忙解释："皇上不必忧心，这参中的毒素含量不大，想来是为了掩饰药效，并没有直接下毒，而是将人参用毒草汁水浸泡了，再晒干而致。臣等查验过药方，淑妃娘娘所服的汤药补品中人参的用量很少，故而中毒极浅，并不碍事。"

"当真不碍事？中毒有多少时日了？"

"大约是半月左右，原本娘娘中毒不深，本该察觉不出的，按照这个用量，约莫要月余才会有所发作。且就算发作出来，也不会疑到这参上。如今早早发现，总是庆幸，是娘娘吉人天相，皇上洪福荫蔽……"

"闭嘴！"

没等院使说完，文朗猛地一拍棋案，那棋子一颗颗都跳起来，噼里啪啦滚了满地，直接毁了这一盘好棋。

文朗站起身，压抑许久的怒火终于爆发出来："朕把淑妃交给你们，你们就是这样尽心尽力的？中了毒还一无所知！"

院使吓得"扑通"一声跪在地上，连连磕头："皇上息怒，臣罪该万死——"

一旁的环佩也白了脸色，不声不响地一齐跪下。

"你的确罪该万死！"文朗怒气未消地斥道。

眼看文朗压不住火，要说出什么处置的话来，我在一旁轻轻拉他的衣袖："皇上。"

文朗这才强压了情绪，重又坐下来："可查了来源？"

那院使沉吟了一下，语出惊人："这参是在送来翊仁宫之前，就被人动了手脚的。不光这翊仁宫中的，这两日新送来的参亦是含毒。"

院使说得胆战心惊，我听得心如刀绞，知道若不是那日我执意要去册封大典，也不会服了环佩配的一剂强药，不会灌下一杯浓浓的参茶，也就不会因药毒相撞剧烈发作于坤裕宫。当时觉得是祸，而此时看来，倒是阴差阳错的福。不然如今的我就算还留得命在，想必也是无药可治，只能苟延残喘了。

文朗有些不耐烦地把那院使打发出去，看着他沉默不语，我突然觉得有些心酸，黯然地嗫嚅："能如此大费周章，原来，愉儿是这样被人痛恨着。"

他的眼睛骤然阴沉，抓住我的手："愉儿，你别这么想。"

文朗的语气坚定起来，又无限温柔地用手摸我的头："愉儿，朕只要一想起差点又要面临失去你的危险，就会胆战心惊不得安宁，所以一定要查，不光是为了你，也是为了朕自己。"

我咬了唇，说不出什么来，只是顺从地点头。文朗这才回身："常远！"

"是。"常远一躬身，等着文朗吩咐。

“叫院使去乾元宫候着，还有赵安康！”文朗拍拍我的手，转身迈步朝外面去，边走边继续吩咐常远，“叫皇后也过去。”

五月中的时节，天已经有些热，我的身子也好得差不多了。那群太医离开以后，我跟文朗要求不要再派太医常驻，只让太医院使隔日来问诊。

闲来无事，随意在宫里走走，环佩照理是不该这样一直跟在我身边的。她是这翊仁宫的管事姑姑，以前的景和宫只有这里的一半大小，桃云管事的时候，我都很少能看到她在跟前。想到桃云，我忽地记起一件事：“环佩，长青呢？”

“他和环铃去内务府点领份例了，”见我不解，环佩又道，“只是些日常的布匹金银之类，便叫他们去了，食物和药材还是奴婢自己去的。”

我并没有多问，只是点点头：“回头叫他得了空来见我，我有话要问他。”

“小姐，”环佩沉默了一会儿，才道。“环铃现在稳重了许多，处事也清透明理，待明年她满了二十，就把这宫里的管事之职交给她吧。”

“便是不满二十，也不打紧，有我开口，那赵安康还能说什么不成。”我看她一眼，语气不紧不慢，“只是，为什么？”

环佩犹豫了一下，说出了她经过深思熟虑的话：“小姐，奴婢面对的事务繁多，力有不逮，以后想全心全意在你身边照顾着，不想为了旁的事分心。”

环佩的心结我是知道的，她一直觉得我会中毒完全是自己的错。我停下脚步，转身看她：“环佩，你不要这样，这件事不怪你。”

环佩跟了我这么多年，自然能明白我的意思，摇头道：“小姐，你不用宽慰我，照顾好你从来都是奴婢的责任。这几年，我已经辜负了你太多的信任。即使你不责怪，奴婢却不能原谅自己。”

我一怔，没想到环佩是如此自责。

“能在贡品上动手脚的人绝非善类，非一人双手可为。毒草从哪里来，又是怎么能接触到贡品，毒液泡晒后再混进去，都不是简单的事。说起来，礼部、内务府、宫外都少不了人参与其中，用的又是那无色无味的罕见之物，剂量还把持得刚刚好。若不是阴差阳错，咱们到现在还无从察觉。”我第一次仔细地给环佩讲这些，轻轻地摇着头，“这个局比以往的都要大，我都看不透，也无从防备，更何况是你。”

见环佩还是没有释然，我叹了口气：“你已经跟了我十年，占了我生命的一半，以后会是多一半。”我微笑着看她，有些动情，“所以，在这个皇宫里，你和环铃是我最亲的人。我们是亲人，是姐妹，你懂吗？”

环佩垂了眼睑，一滴泪缓缓滑落：“是。”

我别开眼，环视了一圈翊仁宫，心有感慨：“原来已经十年了，入宫也有四年，今年我二十岁，大环铃一岁，小你一年，已经把你们二人的年华都给耽误了，竟一直不曾留意。你内疚于我，殊不知该我自责才是。”

“小姐！”环佩有些着急地转到我身前，“你这是说的什么话！打从进宫，我和环铃便早已把年华抛却脑后，再不可说这些！”

我一愣，轻轻地笑了，也是说不出什么来，只得道：“你若是不愿意做这个管事姑姑，我便叫赵安康再调派一个过来。至于环铃，我还要留着她陪我说说话，那么繁重的活，我怕她过不了几日便会喊苦，也亏得你忍心。”

环佩见状苦笑了一下，知道我不肯妥协，也只得作罢。

我正要与她说些别的，突然有内监进来禀报：“娘娘，皇上派人来传，请娘娘到坤裕宫去一趟。”

我连忙回房换了衣衫，重新绾了头发，乘一顶小轿到了坤裕宫。

早已有人通传了，一进正殿，里头坐着的那些个妃嫔便都站了起来。

我看见文朗和睿蓉坐在当中，恭敬地行了礼，再看看周围那些向我施礼的，还真有不少人，五品以上的都在。

不过这正殿中最显眼的还是当中跪着的两个人。一个是明嫔，一脸惶恐；另一个是个宫女，看着有些眼熟，一时却又记不起来是哪个。

“淑妃快坐。”

睿蓉很快发了话，我按规矩回了半礼以示谢恩，早有人让了最上首的一张椅子给我。坐下了再看那宫女，一会儿后，我才忽地想起来她是谁。

这人是坤裕宫的宫女，确切地说，是以前陈雁羽做皇后的时候，坤裕宫的宫女。

我对这宫女的印象则另有原因，前一年我被那样一份手谕赐死的时候，跟着陈雁羽一起来宣旨的，就是这名宫女。

“这许多日了，还没拜见过淑妃娘娘，是臣妾的失礼。”静妃恭敬地向我施礼，“臣妾拜见淑妃娘娘，娘娘身子可大好了？”

最先开口的是静妃，倒让我一怔，很快便微笑着回应：“是，多谢静妃关心。”

地上跪着的明嫔忙开口：“娘娘，不关臣妾的事，你要相信臣妾呀！”

我有些意外，为何是她说这话，不禁转头看文朗和睿蓉，想着有个人能出面解释一下。

文朗一直抿着嘴不出声，我看他，他都没什么表情，只是阴沉着脸，还是睿蓉开口道："后宫彻查的时候，在这个宫女的随身物品里发现了沄炘草粉末，太医院已经证实了。"

睿蓉一指那宫女："她叫燕月，现在是明嫔宫里的。"

我这才明白明嫔在急什么，心里不禁浅笑一下，悠悠地看过去，直让明嫔本就忐忑的面色更加苍白："皇上！娘娘！这……这与臣妾真的没有关系呀！"

明嫔见这般辩解并没有生效，转而辱骂那个叫燕月的宫女："你这个贱婢，到底是谁指使你的，还不快些说出来！"

燕月恭敬地跪在那里，呆呆的，既不看谁，也不说话，如石雕泥塑一般。

我看着燕月微微眯了眼，心里有些疑惑。若不是她，为何不见一句辩解？哪怕是替人顶罪，或是受人要挟，至少也会有胆怯恐惧啊。

但是在她身上，却什么都没有体现。

真的会有人内敛到这种地步吗？这还仅仅只是一个宫女而已，我知道燕月不可能是要我命的那个人，开始感觉到对手的可怕。

"燕月，"我叫那宫女，引得她抬头看我，"你认得我吗？"

"自然认得，"燕月平静地回话，"淑妃娘娘。"

"你原来，"我斟酌着字词，"是坤裕宫的吧。"

"是，"那燕月毫不犹豫地承认，"奴婢是伺候皇后娘娘的。"

"放肆！"开口呵斥的人是静妃，也许她等了许久就是在等这样一个机会，"你伺候过的早不是什么皇后娘娘了，还要胡说吗！早该拉出去掌嘴了！"

话至此，便不需要多说了，我不会附和静妃，却也没有阻拦她，自有一旁的人去接这个话头。只是在这坤裕宫里，文朗和睿蓉都在，静妃如此不合时宜地开口处罚，实在是不符合她的做派，倒会令人生疑。

"等等！皇上！这贱婢以前是皇后……"明嫔如抓住了救命稻草般，却也同样说错了话，"哦不，陈贵人身边的，一定是受了她的指使来害淑妃娘娘的！也害了臣妾，还请皇上明察啊！"

平时最不喜插手这些事的涵贵嫔突然开了口，说得貌似不经意，却字字珠玑："自己宫里的人，明嫔怎么会不知道来历呢？"

"这……"明嫔显然知道这燕月的底细，却是死都不能承认，"臣妾也是一时不察。"

自然还有其他落井下石的人——

只听岚贵嫔道："陈贵人身在冷宫，又如何指使？"

道出关键的还是涵贵嫔："既然是以前陈贵人身边的人，怎么没有跟着去冷宫或者遣去做杂役，倒去了明嫔宫里？这些，想来明嫔也是不知道的吧？"

一句话让几个人都无语，涵贵嫔看起来是在逼问明嫔，实际却是给明嫔寻了个极好的台阶下，让她能有机会咬出旁的人来。

不想一向没什么头脑的明嫔得了这个台阶，却没有立刻分辨出什么缘由，反而是飞快地朝旁边瞟了一眼。从我坐着的位置来看，约感觉她是在看怡贵嫔和洛婕妤的方向。并没有看得很真切，但已经给了我极不好的感觉，隐约觉得此事恐怕有份参与的人颇多。

果然，很快就听见岚贵嫔开口："明嫔平日里是浮躁些，但总是恪守规矩的，想来不至做下这等事。单凭一个作死的宫女，实在不好冤了她。"

一直不曾言语的睿蓉总算又有了声音："这燕月是谁做主调入延秀宫的，是不是叫赵安康来问一下？"

睿蓉这话是对着文朗说的，文朗尚不及回应，静妃突然站了起来："是二月间臣妾做的主，当时也是看这丫头可怜，受了陈贵人的撒气毒打，又有延秀宫里的人来求，也就做了个顺水人情。"

"哼！"文朗终于出声了，却是满心的没好气，"好一个顺水人情！起先问起来的时候为何不说？若非淑妃认出了，你还打算就瞒下去了？"

静妃的脸色有些发白，当即跪下，不再说话。

"淑妃，"文朗歪过头，语气郑重，"淑妃怎么看？"

我在想，或许文朗只是想问一个我的态度。

他到底在担心什么呢？

"臣妾并无看法，"我浅浅一笑，"既是后宫的事，便要请皇后娘娘替臣妾做主了。"

"押入天牢，"文朗站起身一指燕月，对着睿蓉说，"由皇后亲自审问。"

睿蓉忙起身应了，不及多说什么，文朗便称还有朝务，也未对静妃和明嫔有任何说法，便匆匆离开了。

坤裕宫外，众人四散而去。我坐在轿中，满腹疑惑均不得解。眼看就快到翊仁宫了，在轿外走着的环佩突然轻声叫我："小姐……"

我侧了头："嗯？"

"小姐，后头跟着咱们的，好像是涵贵嫔，去往静安宫不该走这边呀。"

我闻言回头一看，果然是一顶三品轿跟着，心下一思量，便吩咐停轿。

下得轿来，我微笑着看同样从轿子里钻出来的涵贵嫔："贵嫔这是要往哪里去？"

"自是要去淑妃娘娘宫里。"涵贵嫔爽快地承认，"娘娘怎么提前下轿了？"

“天气甚好，想下来走几步。”我一挑眉，“可有兴致陪我？”

“臣妾当然乐意。”涵贵嫔笑意盈盈地走到我身边。

“你今儿个是怎么了？”我漫不经意地问她：“从没见你掺和过那些事。”

涵贵嫔答得同样云淡风轻：“你给了我一个贵嫔的位分，我总要替你出些力吧。”

我嗤笑一声：“怎么是我给你的？”

“你当我是明嫔那起子糊涂人吗？皇上和皇后都不会有晋我的意思，也就是你，总看不得我闲着。”

我赞赏涵贵嫔的精明，同时也注意到她话中所含之意：“明嫔？”

“是啊，被人利用了还不自知。”涵贵嫔道：“你不会真的信是那个宫女要害你，或是陈贵人指使的吧？”

我摇头：“当然不会是她们。”

“据我所知，皇上早已将此事细查过一遭，有了什么结论还未可知。只是……”她思索了一下，“他又重新将事情丢到皇后那儿查，这其中是个什么意思，便要你自己去揣摩了。”

我觉得心里那些隐隐的感觉逐渐清晰，却还是不确定：“你的消息倒是灵通，不过你的话还没有说完，又叫我怎么揣摩？”

涵贵嫔轻轻地笑了，随即靠近我身侧，轻声道：“表面上看事情与静妃她们脱不了干系，可实际上，一些证据却是指向皇后的。”

我神色一凝，心里“咯噔”一下，文朗的异常言行一下子全能解释得通了。他何至于此，便是与我说了又能如何？

我心里沉甸甸的，说不出是什么滋味，许久才张口：“那，你怎么看？”

她却摇头：“我看不出来，若是她们其中之一，可够你应付的。若不是……”涵贵嫔叹了口气，“要什么人才能设这么大的一个局，把所有人都圈在里面呢？”

随后她又笑了：“闭门不出都能惹进这么大的麻烦，你的日子过得还真是精彩啊。”

“是啊，”我闻言，也缓缓笑了，“的确很精彩。”

第三十章
四年

我和涵贵嫔在园子里胡乱逛了一阵子，慢慢踱回翊仁宫的时候，已经过了半个时辰。远远就看见一顶明黄的轿辇停在门口。

环铃守在一旁，见我们回来了，连忙跑过来："小姐，你去哪儿了，皇上等了你好一会儿了。"

"皇上待你可真是不一般，平日里可没见他等过谁。"涵贵嫔有些感慨，轻轻摇了摇头，"得了，那我就回去了。"

我点头，吩咐环佩去送，自己则跟着环铃进了翊仁宫。

我立在门口没有动，文朗却几乎是瞬间就发现了我，可见他也根本没把心思放在奏折上。

他把手里的折子往案上一丢，几步走到我身前。看得出来他有点着急，话出口却还是挺温和："愉儿，你去哪儿了？"

"看天色好，在园子里走了走。"我将手放在文朗伸过来的手中，"碰到了涵贵嫔，见你在，人家到门口便回去了，我已叫环佩去送了。"见文朗这样，我有些忍俊不禁："皇上说是有政务，怎么又跑到愉儿这里来了？按着时辰算起来，该是从坤裕宫直接就过来了吧？倒是没人能管得着你。"

文朗作势佯怒，还没说话呢，常远就进来了。他跟我作了个揖，对着文朗道："皇上，倪丞相在乾元宫求见，说是有要事。"

"瞧瞧，这不就来管着的了。"文朗苦笑一下，脚步往外走，到院子里突然又停下来，转身看我，语气变得有些让人摸不清："愉儿，你好好的，朕晚上再过来，有话跟你说。"

我自是点头，送文朗出大门的时候刚好看到环佩回来了。

"小姐，"环佩走近我，"皇上怎么走得这么急？"

我看着文朗的轿辇没影了，转身往回走："丞相找他。"

我径直回到屋内，少顷，环佩进来说："小姐，长青叫来了。"

"娘娘，你找奴才……"长青作势要跪，我摆摆手："行了，站着说吧。"

"是。"

“长青，我问你，”把屋里人都清干净了，我仔细看着他，直入正题，“小永曾给你留过什么话吗？”

长青面上一僵，有些不敢置信地看我。我又道：“有关桃云的。”

“娘娘，”长青呆滞过后显得有些激动，“你终于问起了，奴才还以为你不会问了呢！”

我不明白：“哦？”

“小永当时叫奴才起了誓，若非娘娘主动问起，这辈子都不可透露半句。”

我了然地点头，心里有些怪自己拖了这么久：“那么，是怎样的一个故事，现在你可以告诉我了。”

“娘娘，小永与桃云是同年进宫的，关系一直亲厚。关于桃云，小永说，桃云还有个姐姐，叫谢桃伊，早他们两年入宫，以前也是锦粹宫的宫女，德顺二十五年死了。”

“怎么又是一家姐妹俩入宫啊，这内务府选宫女的时候都这么大意吗？”

长青不明白我为何要说“又是”二字，却也没有问，只是照实回答：“都是家里孩子多，养不起，送进来一个，见过得还行，隔两年便再送一个进来。只要换个姓氏，再使些银子，也就能进来了。反正不是大选期间，谁又会去查呢。”

长青意识到自己失言，连忙收了话，小心地看了我一眼，见没有异样，才又道：“出路便全看个人造化。其实宫里有许多这样的宫女，只要不是孪生的，大多瞧不出来。”

“二十五年……”我顾不上长青说的那些，突然隐约记起桃云还叫巧梅的时候，与我说过的话。

由于那是我入宫的第一天，所以印象格外深刻些，忙问长青：“我记得二十八年我入宫的时候，桃云那时说她领了巧梅这个名字有三年了，难道，她姐姐便是前一任巧梅？”

长青点头：“正是。”

我皱眉道：“怎么死的？”

“说是染了急病，某一天突然就消失了。但实际上，她并没有死。”

我无疑是感到意外的，一个宫女的生死为何还要隐瞒：“那她现在人在哪里？”

“奴才知道的也不详细，小永跟奴才交代的时候很匆忙，并没有说起这些细节。”

我若有所悟地点头：“还有什么？”

“小永说……”长青小心谨慎地看着我，“说桃云是被人以她姐姐作为要挟，被迫无奈才做出了那等泯灭良心之事。她不敢求得娘娘原谅，只是想让娘娘知晓。”

“那么，始作俑者是谁？”我沉默了一会儿，问：“她姐姐又是怎么一回事？”

长青到此时却不肯再说了：“奴才不知。”

我盯着他，皱了眉：“长青，你有所隐瞒。”

“娘娘！”长青的反应有些激烈，一下子跪了下去，“小永说，桃云姐妹的事咱们知道就好，娘娘不必管，也管不了。”

“这话是小永说的，还是你说的？”

“奴才们都是这个意思！”长青的眼神真诚中带着纠结，“娘娘已经吃了许多苦，好容易才安稳下来，那些旁的事，就由着它去吧！”

长青的话给了我很深的触动，我没有再追问，过了好一会儿才道：“行了，你去吧。”

夜晚，文朗依言而至。我欣然拉着他喝茶、下棋，又煞有兴致地传了夜宵。对于日间发生的事，或许是不知道要说什么，又或许不知道该怎么说，总之，文朗不提，我也就不问。

直到夜深了，我躺在他的臂弯中，两个人都没什么睡意，俱是沉默。

过了好一会儿，我忽地侧过身搂着他：“朗哥哥，今年会再选秀吧？”

他有一点意外，却没多问：“嗯。”

我垂下眼睑，似乎在自言自语：“自从二皇子之后，宫里的确许久没有孩子降生了，也难怪太后着急。”

我很想文朗能说点什么，他却还是那样一副淡淡的模样，继续用一个“嗯”字来打发我。

我彻底泄了气，垮下脸。以前我确实不会注意这些，突然觉得自己很蠢，竟然问出这种尴尬的问题，什么时候自己跟文朗说话也要这么拐弯抹角了？

文朗这时终于开了口：“愉儿，你要说什么？”

“朗哥哥……”此时我反倒释然了，“我想，再要一个孩子。”

文朗平和的面上突然一怔，让我的心都跟着一颤。

他看着我：“等过些日子，你身子好利索了。”

我也明白现在自己的身子尚不宜受孕，环佩也已经嘱咐过好几次了，于是粲然地笑着点头，重新窝在他怀里，用手环着他的腰，有些赧然：“没有人会这么问吧？”

不料文朗却坦然道："有。"

"啊！"我吃了一惊，转念想想也对，这宫里哪个女子不希望能有个孩子，只是她们真敢说出口吗？

我咬了一下唇，继续问："那皇上是怎么回答的？"

文朗轻轻一笑："朕不吭声，大多时候，朕并不期待与她们拥有一个孩子。"

他继续道："这后宫里有许多人，有的可怜，有的可恨。有的可以是知己，能聊上一阵子；而有的是棋子，即便不愿，依旧要敷衍。有的就只是路人，即使面对面，也没什么话可说。朕也曾尝试对她们好，因为这座皇宫无论对谁，都是一生的年华；无论过程和结果如何，人人皆拥有一个无辜的起点。"

"只是后来……"他停了一下，用手抚着我的长发，"朕发现你们会受到伤害，这才明白，多情才是无情。"

"可是朗哥哥，"我不知道该以一种什么样的语气来说这句话，以及表达这话背后的意思，"不管你喜不喜欢，如果你一直不增添子嗣，只会有更多的女子被送进这后宫来。"

文朗低声应："朕知道。"

"那敢问皇上……"看着文朗假装不悦的样子，我浅笑道，"会期待与愉儿的孩子吗？"

"期待之至。"

自从二月起，我便再未出现在众人面前。自睿蓉册封一个月以来，因着文朗的旨意，我没去请过一次安，今日既好好地出现了一次，便再没有理由继续闭门。我低声道："朗哥哥，愉儿的身子也好得差不多了，从明儿个起，便恢复了每日定省如何？"

"再过些日子吧。"文朗重新用胳膊拥着我的身子，"愉儿，明日朕要去一趟皇陵。"

"啊！"我迅速在心里算着日子，不大明白，"今年不是大祭，需要去皇陵吗？"

"不是祭奠，"文朗道，"是有私务。"

"哦。"我不知道文朗为何要告诉我这个，对文朗来说，即使是私务，也不是我该问的。

"愉儿，你要不要一起去？"

听到这句话的时候，我感觉自己的身子僵硬了一下，想起元年那一回自己的任性和文朗的大发雷霆，不想拒绝，却也不敢点头。

文朗注意到我的反应，轻轻拥紧了我："一起去吧。"

没有大队的侍卫，没有恢宏的仪仗，也没有礼官记载和坤裕宫报备，天刚亮，文朗便带着我不声不响地离开了皇宫，直奔西郊皇陵。

时隔三年，同样的五月，再一次来到皇陵，在文朗的安排下，并没有惊动很多人。一驾马车，几个随侍，靠着一块金牌直接驶进了内城。

望着那两扇巨大的门，我拼命回忆着上一次来这里时的心境，涌上来的却全是文朗知晓后伤痛的表情，让我一时却步。

"怎么不进去？"见我踌躇，身边的文朗拉起我的手往那边走去。

走了两步，我停下来，寻了个话头："朗哥哥，你不是说来皇陵有事要办吗？"

"不急，"文朗温和地笑笑，"走，朕陪你进去。"

见我还是犹豫，他又道："还是你想自己去？"

殿内比上一回所见明亮了不少，文朗站在我身边，对着灵位开口："二哥。"

我紧跟着文朗，用几乎同样的语气："川哥哥。"

我与文朗对视一眼，并没有再多开口。我以为自己一定会有所悸动，不想真的再一次面对文川的灵位时，心里却异常平静。

过了好一会儿，文朗叫我："愉儿，之前那个袁兆阳假扮二哥的时候，"他犹豫了一下，然后问出一直以来的困惑，"若不是坚信二哥已经不在了，朕几乎看不出破绽。你又是怎么识破的？"

我一怔，没想到他要问的是这件事："到处都是破绽，愿不愿意去端看发觉了。当我挣扎着跳出来以后，才发现自己愚昧得近乎可笑。"我有些苦涩地扯了一下嘴角，"从一开始，还记得那封信吗？画了皇室纹样封口的那封。"

见文朗点头，我又道："尽管你从来没有问起过，但你一定知道，那里面是有一页信笺的，只是后来它自己烧掉了，什么都没剩下。"

"是磷粉。"文朗倒是明白其中的原因，"为了防止秘密外泄，绝密信都是用的撒过磷粉的纸。"

我紧接着又问："朗哥哥，如果是你，给愉儿这样一封信，你会用这种纸吗？"

"不会。"文朗愣了一下，仿佛若有所思，"是啊，二哥自然更加不会了。"

只不过那个时候的我，根本已经失去了思考的能力。

"如果说你把我从仁寿宫拉回来的时候，我还尚有疑惑，那后来乔静云的出现，以及她要带致凡出宫的事，就彻底迷惑了我。于是我着急了，糊涂了，所以……”我无疑是懊悔的，垂下眼睑，“所以那夜我去了乾元宫，惹出那么大的事，还差点把二哥给拖下水。”

“可惜啊，为了致凡，不能把她怎么样。”文朗轻声安慰我：“愉儿，你不必自责，其实这并不能怪你，乾元宫哪是那么轻易就能进去的，自然是有人事先安排好，支走了门口的人。”

我并不能释然：“可毕竟是因为我吸引了侍卫们，才让小喜有机可乘的啊。”

“再后来，他问我肯不肯帮他。”此时，我已缓缓落下泪来，“他竟然这样问我，川哥哥怎么会这样问，这样为难我来对付你？可是当时，我满心都被一个活生生的他撑满了，根本就想不到这些。”

文朗连忙拥住我的肩膀：“好了愉儿，不说了，也不想了。”

“朗哥哥，”我倔强地不肯停下来，“那段日子，有人冲锋陷阵地送死，有人旁敲侧击地铺垫，关键时刻还有人故意放消息给我，这是一个几近完美的局。”

“愉儿……”文朗的眼中满溢心疼，“是朗哥哥没有照顾好你。”

我看着他，过了好一会儿才道：“朗哥哥，其实你来皇陵根本没有什么事务要办，是不是？”

文朗并没有犹豫，也没有隐瞒：“是。”

“我只是想带你来看看二哥，”他转过头去看文川的灵位，“趁着他还在。”

我呆在当场，原来是这样。

文川离开我们已经四年，他的陵寝想必已经造好，是该迁过去了。一旦他的棺椁离开这里，在这玄武殿内剩下的，也就仅仅只是一个牌位了。

我并没有再流泪，而是深吸一口气，点点头，心里十分感激文朗能带我过来。我知道文川已经在这里待得够久，是时候离开了。

我转过身，走近几步，对着那牌位，也对着这整个玄武殿，告诉他：“川哥哥，朗哥哥把江山和愉儿都照顾得很好，你可以放心了。”

片刻，我转回身子，上前拉住文朗的手臂：“朗哥哥，我们走吧。”

文朗再一次深深地看我，并没有说什么，便带着我离开。

“愉儿，”慢慢走在皇陵里的青石路上，文朗打破了沉默，有些艰难地问了我一个问题，“有许多事，你为什么不问？”

我不知道文朗指的是哪一桩，只是明白大凡让他为难的，不是我，便是睿蓉。

于是我只是微微勾了嘴角：“我为什么要问？”

“好像朕总是有许多问题问你，”文朗带着几分自嘲，“你这样说，倒显得朕小气了起来。”

我停下脚步，仰起头看他："朗哥哥，你问我是因为你爱我，对不对？"

文朗一怔，随即郑重地点头。

"所以……"我缓缓地笑了，"我不问，也是因为我爱你。"

再次离开这一片肃穆之地，这一次我没有再回头。因为这一段路，有文朗陪在我身边，牵着我的手走过。

回来的时候一路缓行，文朗不顾常远和几个侍卫的阻拦，让马车尽量选些山清水秀的村落山林蜿蜒而行。从并不遥远的皇陵出发，足花了好几个时辰才回到京城。

见环佩掀了帘子，把身子从车外挪了进来，我便知道这是进了城。

"到哪儿了？"文朗突然问她。

环佩低声回答："回皇上，前头就是新武大街了。"

文朗听完看看我，我则没吭声。

我家就在新武大街上，并不算很热闹，却是众多朝廷官员的家居住所。外头的人一定想不到，这样一架算不上华丽的马车里，会坐着当朝帝王和淑妃。家里人更是想不到我和文朗此时会从门前路过。

把轿帘掀起一条缝朝外窥视，刚好看见路过了我家别院。我忍不住红了眼眶，怕被文朗看见，也不敢回头，只是有点哀怨地嗫嚅："这好几年才与家里人见了几回，总是不逢时，不是有这样的事，就是碰上那样的难，都不曾好好与他们叙些亲情。过些日子，要再跟皇上求个省亲的恩典才是。"

"何必过些日子呢？"文朗的声音里带着笑意和宠溺，吩咐一旁的环佩："你先去叫门，让车不要停留，直接从后门进慕家。"

"啊！"我吓了一跳，也顾不上怕文朗瞧见我的模样，忙回过身，"这怎么行呢！刚还说你有分寸不会胡闹，这会儿不是胡闹又是什么！"

"是省亲啊。"文朗一挑眉毛，"算起来，你的家人也是朕的亲戚啊。"

"这叫什么省亲！"我横眉竖眼，却又不敢大声，"哪有皇上陪着妃嫔省亲的，偷偷摸摸，还走后门……"

"那怎么办？"文朗笑眯眯的，"不然咱们大摇大摆地从正门进去？"

这话让我一时语塞。

"虽然朕去皇陵并没有什么事务，出宫却是的确有事要办。"文朗别有深意地笑着凑近我，"你大哥在京城，却躲着不见人，要见他一面实在不易。本想着叫环佩去联络的，不过既然此时到了这儿，直接登门也无妨。有四海堂在，你总会安心了吧。"

我惊得呆了呆，大哥在京城？是刚回来的还是一直没走？躲着又是什么意思？

感觉一大波讯息朝我涌来，我的脑子有点混乱。

“去报信，就说我回来了，从后园子进去。不要声张，也不要提及皇上。”我这般吩咐环佩，她忙应声去了。

与上一次的夜访不同，这一回是青天白日直接进了后院，待环佩把闲杂人等都清出去以后，我和文朗才下了车。爹娘他们闻讯赶来的时候，我已经在拉着文朗看以前最爱的一汪池塘。听到前院那边传来脚步声，我让文朗稍等，自己先从假山后面绕了出来。

人来得十分齐，除了可雯和蓝裳，旁人都在。

“愉儿！”

娘见了我惊讶不已，看看我，又看看爹，两人俱有些犹豫，惊也不是，喜也不是。后头跟着的几位姨娘和嫂子更是面面相觑，三哥喜形于色，二哥则皱了眉，朝着我身后张望。

还是爹稳妥些，问一旁的环佩：“淑妃怎么回来了？”

环佩哪里敢答啊，只看着我，我见状忙凑过去：“愉儿拜见爹娘，来得太突然，来不及派人报信。”

爹问：“可是有什么事？”

“没事，”我低声说道，眼睛朝身后的假山望了一眼，小声对爹说，“皇上在那儿。”

“什么？！”爹的脸立刻变了色，惊讶又不敢大声，“这……”

二哥看出了端倪，走过来跟爹耳语了两句，两人连忙绕过假山去拜见。

在我的要求下，娘让大嫂和二嫂把孩子们带出来给我看，其实我要看侄儿也不急于这一时，主要是想让可雯和蓝裳尽快现身。

鸿远三岁多了，正是活泼好动的时候，一刻也闲不住。看得出来大嫂很宝贝这个孩子，眼神里透露的全是宠爱。

我逗了鸿远一会儿，又去看二哥新得的儿子，才刚过满月，蓝裳亲自抱着给我瞧。我微笑着用手指摸摸小娃儿的脸颊，问蓝裳：“叫什么名字？”

孩子一般都是满月的时候取名，不料蓝裳却道：“还没有取名。”

“啊？”我有些意外，“为什么？”

蓝裳垂了眼睑：“夕蓝的意思是与可雯一般，将头一个孩子过给姐姐。既如此，便想等着过后再取名。”

我不置可否，问她：“二哥怎么说？”

“娘娘，”蓝裳抬头看我，“这是我该做的，不需要他怎么说。”

我看着她，从她的话里听出了二哥的态度。

若是二哥同意，又怎么会拖到现在还没办。

我并未主动与二嫂陆言美说话，好一阵子她都一直安静地立在一旁，认真地听我们说话。直到提起孩子，她脸上才有了掩饰不住的欢喜。

膳食上有常远寸步不离地把关，外头也预备得差不多了，下人们便开始进进出出布置厅堂。每每见了我，他们总要行礼，而有常远在一旁，我又不好太坏了规矩，也就不在这边添乱耽误时间了。不想脚才刚迈出偏厅，就看见了大哥。

“身子都好了吗？”大哥温和地对着我笑。

“早好了，”我满腹疑惑，“大哥，原来你真的在京啊。”

“什么叫真的在京？”大哥听我这么说，皱了眉，“你听谁说了？”

“还能有谁啊，”我用眼睛瞄了一眼正堂那边，不用我解释，大哥肯定已经知道文朗在这里，“他说你在京城，只是躲着不见人而已。”

“嗯。”大哥答得并不犹豫，继而看我，“愉儿，你在担心什么？”

“他说他有事找你，”我咬咬唇，怕大哥与文朗之间有什么事情，问出一个傻傻的问题，“你知道是什么事吗？”

“不知道。”大哥自是摇头，“打算什么时候回宫？”

“一会儿应该就回了吧，”来得突然，也没什么计划，我含糊着，“明日还有早朝呢。”

“嗯。”大哥看看我身后，“叫环佩留下待几天，宣伯在京城。”

我眨眨眼，一时没明白大哥的意思。刚要再开口问，身后已传来环佩的声音：“小姐，你在这儿呢，夫人说晚膳预备好了，可以去请皇上了。”

大哥却但笑不语，我也不再耽搁，迈步朝正堂走去。

晚膳时，在文朗的坚持下，除了几位妾室立在一旁伺候外，让爹娘和两对兄嫂都围了桌坐。爹见状也不好阻拦，只得在我和文朗的身侧各安排了一个空位，以示位尊。

“皇上，”一些例行的礼数之后，我道，“咱们来得真是巧，二哥得了儿子，才刚满月呢！”

“哦？”文朗看着二哥，“既如此，那要恭喜冠群了。”

二哥连忙起身推谢，我笑着对文朗道：“之前皇上亲自赐婚给二哥，不如今日再来个恩典，给孩子赐个名讳如何？”

文朗不知内情，更不会问孩子是谁生的，自然称好，转头问爹：“是何辈字？”

"回皇上，"看来此事也是爹的烦恼，只见他忙答，"是鸿字辈。"

"鸿……"文朗略一思量，"便用'逸'字如何？"

众人齐声称好，起身谢恩。二哥见状也无法再说什么，只有二嫂一时呆滞，还是大嫂推她，她才反应过来，眼眶不禁都噙了泪，话也说不出来。

文朗摆摆手，对爹说："今儿个不是正式出行，做不得数，过几日你上个折子。"

爹躬身应道："是，老臣遵旨，回头叫冠群和言美带着鸿逸进宫谢恩。"

入了夜，文朗动身回宫，却意外地允我在家住两日，说左右淑妃病着也不是一天两天了，年祭之前会派人来接我。我欢喜得溢于言表，对他千恩万谢。

全家人低调而郑重地送走了文朗，不出意料的，大哥随即便不见了人影。

我在家的时间不算长，却是进宫四年来第一次不需要顾及身份和规矩，门外没有等着一顶奢华大轿和无数仪仗，院内也没有围着一圈侍卫随扈尽忠职守，时刻提醒着我不同于常人的地位和远不如常人的自由。

我仿佛又做回了那个承欢爹娘膝下的无忧无虑的小女孩，满载着暖意，细处欢愉。

五月二十二日晚，年祭的前一日，在文朗的安排下，我无声无息地回到了翊仁宫。

"小姐！"环铃见我独自一人回来，忙问，"环佩呢？"

"大哥留她有些事，过几天就回来。"我自回来便觉得有些异样，环铃凑近我："小姐，听说皇上与皇后娘娘动了怒，两人拌了几句嘴，后来皇上拂袖而去，皇后娘娘哭了好久呢！"

"是什么时候的事？"

"昨天夜里。"

我皱眉，觉得事有蹊跷，昨夜的事怎么会这么快就传遍："继续说。"

"小姐，今儿个一早皇后娘娘来找过小姐。"

"她亲自来的？"

自从册封这么久以来，睿蓉即使有天大的事也不曾亲自来找我，看来这回是真的遇到难处了。

见环铃点头，我问她："那你是怎么说的？"

环铃小心翼翼地瞧我，仿佛做错了事一般："小姐你不在，环佩也不在，奴婢就照皇上吩咐的，说小姐病了，不见人。"

"可是……"环铃咬咬唇，又道："皇后娘娘分明是知道些什么，她听了以后只说了一句‘原来她真的不在’，奴婢还没反应过来呢，她就走了。”

我感觉脑子里有点乱，听睿蓉的意思是知道我出宫了，她又怎么会知道呢？

顾不得理顺这些信息，我问出一个最关键的问题：“他们究竟是为了什么事吵架？”

“小姐，”环铃说出了最终的答案，“燕月中毒死了，在天牢里。”

燕月与睿蓉，我迅速给她们之间做了一个关联，张了张嘴，话却未出口。

环铃瞧着我的模样，替我把话说了出来：“据说那燕月被关进天牢后，就只有皇后娘娘和小黛去探过。”

六月初一，例行的仁寿宫请安。等太后的空当，文朗也来了，免了众人的礼，看不出喜怒地立在那里一言不发。

太后出来的时候，我第一眼就觉得有情况，那是一种未加掩饰的怒气和不满，相信不光是我，许多人都看得出来。

“皇上来了！”果然，太后一开口语气就是沉的。

“是，”文朗一躬身，“儿臣给母后请安。”

太后没有应声，众人连忙随着一齐跪了行礼。

“成了，都起吧。”

太后叫了起，一句闲话没说，便对着这群妃嫔发了难：“后宫的事，哀家不过问，却不代表不知道。祭月里，也不想插手那些，只是这眼看着半个月过去，议论纷纷的，都传到外头去了，像什么样子！怎么出了事就打算这么糊弄过去？这后宫到底是怎么管的！”

睿蓉忙垂首：“是臣妾失职，还请母后责罚。”

“责罚倒不必了，皇后也是新接手，有不周的地方情有可原。”太后的语气忽地缓和，进而跟了一句：“不就是死了个宫女吗？听说还是已经认了罪的。现在死了不是畏罪便是灭口，哀家就不信能难查到什么分儿上去！叫内务府的人来，哀家亲自查，皇后也跟着学学。”

“母后，”睿蓉还没应声，文朗却先开了口，“如母后所言，案情并不复杂，后宫的事，便由着皇后去历练吧，想来也差不多快有结果了。”

太后微一抬眼：“皇上又打算插手吗？”

文朗一低头：“儿臣不敢。”

文朗只说不敢，却没有妥协。太后有些愤怒，却又不好发作，憋了一会儿道：“也罢，既然皇上说是后宫的事，便由着你们后宫去办。淑妃身子不好，又是有牵涉的，就不必插手了。静妃协助皇后去查，三日后回报！”

紧跟着太后就摆摆手："散了吧！"

不管是不是与文朗置气，太后明确要求我置身事外，我也正好乐得清闲，一整日耗在翊仁宫，既不出门，也不会客。

当然，这时候也没什么人会来找我，想凑热闹的不会往这边来，想躲事的更不会来招惹我。

夏日炎炎，闲情逸致的背后，我心里是有些莫名烦闷的。每每回想起睿蓉的模样，总觉得这里面包含了很多我所不知道的情绪和过程，我不喜欢这种感觉，是一种被排斥在外的荒凉感，让我泄气又负气。

"小姐，涵贵嫔来了。"

三日之期的第二天，环铃有些兴奋地跑来后园告诉我。

我悠悠地走向正殿的时候，涵贵嫔就立在门口瞧我。没有丝毫焦急的模样，她反倒微微笑着说："天怪热的，你倒有心思在外头待着。"

"园子里自有阴凉的地方。"我淡淡地开口。进了屋，涵贵嫔并没有拐弯抹角："我的来意想必你很清楚。"

我不置可否地回应："嗯。"

涵贵嫔见我没了下文，又追问了一句："这件事，你不打算管吗？"

"怎么管？"我轻描淡写，"太后明确地将我排斥在外，我总不好硬凑上去吧。"

涵贵嫔不吭声，意味深长地看我，我知道这话打发不了她。

这整件事情说小不小，说大也不大，在皇宫里实在算不得什么，太后完全可以不理。不过既然她发了话，就不再是睿蓉压得住的了，总是要给个结果出来，静妃……

想到这儿，我不由得在心里摇摇头。推开我，把静妃丢给睿蓉，太后这是成心在跟文朗过不去呢。

我带着些无奈地叹了口气，问："就算要管，也要有人告诉我事情的来龙去脉，人家关起门来发愁，我能怎么着？"

"皇后去过一次天牢，与那燕月说了甚久的话。后来她身边的小黛去送过一次饭食，当夜燕月就中毒死了。太医验过，那饭食中便是含毒的，这一点被皇上硬压了下来。不想也没瞒过几日，静妃那边就知道了。"

我这才皱了眉："皇上压下的事也能泄露？"

"现在也无暇分辨过程，皇后想脱身不难，但小黛估计很难全身而退。皇后又哪里舍得，静妃也不见得是个善茬。太后催得紧，皇上又不发话，就那么僵持着。至于皇上，他昨晚去了我那儿，愁眉不展的。"

我没有应声，涵贵嫔已经是极聪明透彻的，只是有些事她无从知晓。对于我和文朗、睿蓉之间，她了解得还很少。

过了好一会儿我才开口："行了，我知道了。"

"小姐？"涵贵嫔走了以后，环铃终于忍不住问我，"会是皇后娘娘做的吗？"

我轻轻地摇头，睿蓉再糊涂，也不至于布一个局把自己陷在里面，况且还为难了文朗。从表面上看，这局很有陈雁羽的范儿，但细节上却拥有更多的冷静和环环相扣，背后那个人到底会是谁呢？

我并没有过多犹豫，开口道："咱们去趟冷宫。"

第三十一章 深处

冷宫地处后宫西端最深处，一条长长的有些压抑的巷子通过去，两侧都是高墙，大些的软轿都掉不过头。

这也是一处极大的宫院，据说原来是有名字的，不知从哪朝开始，一些犯了错的妃嫔都被安置在这边，只许进不准出，渐渐便叫冷宫了。

有一些人，被贬时还带着位分进来，每个月的份例虽然多被克扣，衣食却还尚可，陈雁羽就是这样一个。

陈将军家虽然没落了，陈氏却还是有许多枝叶散在各处。肱骨大臣，皇室亲眷，都能寻到陈家的踪迹。随便谁照应一下冷宫中的陈雁羽都不是什么难事，何况她还有着一个贵人的位分。

发现有人站在她门口的时候，陈雁羽先是有些焦急地抬头，见是我后现出惊讶的神色，似乎她的确在等什么人，只没想到会是我而已。

愣了一下，她才开口："是你。"

我不接她的话，只道："我只知道，无论你在等谁，左右是等不来了。今儿个我大大方方地朝这儿走了一遭，她们……谁还敢来？"

我特意用了"她们"来形容，是想试探一下到底我在与多少人对立，陈雁羽面上并无什么异样："你想知道什么？"

我直接问出口："燕月，是你的人吧？"

陈雁羽淡淡地笑："你认为我凭什么会告诉你？"

"你不需要告诉我，我只是觉得她没办成什么事，却死在这个节骨眼上，实在不太像你的风格，有些好奇罢了。"我注意着陈雁羽的反应，果然见她的笑容瞬间僵在脸上。我趁热打铁，露出一副惊讶的表情，"好几天前的事了，你不知道吗？难不成没人告诉你？"

"她死了……"陈雁羽讷讷地嗫嚅，"怎么会死了……"

"如果她是你的最后一步棋，那么抱歉，你已经被抛弃了。"我本也没有打算陈雁羽真能告诉我什么，不过是来确认一下燕月与她的关系，没想到她的反应这么明显，"罢了，我看你也不必说什么了，好自为之吧。"

说罢，我转身就往外走。

“你不想知道那手谕的事吗？还有桃云、石睿蓉，你的几个好姐妹……”

见我停下来，陈雁羽的声音在愤恨中显得越发得意：“你身边害你、出卖你的人还真不少呢！”

不可否认，她句句都戳中我的要害。我转过身，面对着陈雁羽嚣张的气焰，怒极反笑：“你说得对，经历过一些背叛和辜负之后，我总要长些记性。陈贵人，看来你在这里过得还不错，却不知陈老将军在西北边境过得好不好，改天我让大哥派人去瞧一瞧他。”

陈雁羽白了脸：“你敢！”

“我有什么不敢的，”我冷笑一声，背对着她，“逞口舌之快的时候不要忘了，你在冷宫，而我位至一品，背后还有一整个四海堂。就算在宫里我不便与你计较，在外头，你陈家没了兵权，又凭什么与我斗！”

陈雁羽当即没了声音，我也再不多言，迈步便走。直到走到院子里，背后复又响起急促的脚步声：“等等，我们做一笔交易如何？”

我看着她，缓缓眯了眼睛……

出来的时候，看到冷宫的管事姑姑正与环铃凑在一处攀谈，极用心，连我走近都没注意。还是环铃看见我说：“小姐，要回去了吗？”

我点头，留意看过去，环铃在一旁告诉我：“这是这边管事的孙姑姑。”

从装扮上看，她已经是宫里姑姑的最高品级了，我不咸不淡地应付了一句：“孙姑姑辛苦了。”

那边自然有备好的话：“哟！瞧娘娘说的，奴婢哪敢当啊！这地方荒僻，别辱了淑妃娘娘才是！”

“嗯。”随意应了一声后，我不再多留，迈步出了冷宫。那孙姑姑一副想说什么又不敢说的模样。

我看在眼里，犹豫了一下，还是停下来：“孙姑姑，你想说什么？”

孙姑姑答道：“奴婢只是，不知道该怎么说……”

我看着她，给了她一个台阶下：“这冷宫最近很热闹吧？都有谁来过？”

“是，回娘娘的话，”孙姑姑等的就是我的主动询问，面上总算露出如释重负的神色，“洛婕妤来过几次，还有明嫔主子，都是来找陈贵人的。”

“还有呢？”

“这……”她小心地瞧了瞧我，然后才道，“怡贵嫔身边的丫头前两日来过一次。”

见我没有反应，孙姑姑忙不迭地说："来了也没去见陈贵人，只是吩咐奴婢外头的事不准告诉陈贵人知道。奴婢虽说是个管事，其实也就是个下人，自是听命，且也知道这其中的厉害。娘娘今儿个来了，也就绝不敢隐瞒娘娘。"

这孙姑姑是何等聪明之人，早就察觉到不对。本来陈雁羽就是从皇后的身份被贬过来的，消停了没两个月，眼看来的人一个比一个有分量，知道早晚要出事。碰到我，她说了总比瞒着受连累的好。

"行了，我知道了。"

没有再多表示，我转身离去，心里辗转回味陈雁羽说过的话，不知道可信几分。但无论如何，都印证了一些，也颠覆了一些。

到翊仁宫门口时，我停了下来："环铃，你去想办法把内务府的赵安康和锦粹宫的徐素请过来一趟，不要声张，也别说是我找他们。另外，再去乾元宫找常远，让他尽快安排环佩回宫。"

环铃见我总算开了口，也不问缘由，连忙应声。我迈步朝里走："叫长青来见我。"

心乱无眠，辗转反侧，震惊、愤怒、无奈，一夜尽纠缠。

三日之期的最后一天，清晨的第一缕阳光照进屋里的时候，我盯着那一片明亮，心中渐渐平静了。

"小姐！小姐！"梳妆完毕，我正打算要去坤裕宫的时候，环铃突然跑进来，"出事了！"

我早知今日不会太平，却没料到来得这么早："怎么了？"

"小姐，刚才奴婢去乾元宫问常公公环佩什么时候回来，就碰到坤裕宫去乾元宫报信儿的，说今儿个一大早，小黛竟然亲口承认是她毒害了燕月。静妃娘娘要押小黛去见太后，皇后娘娘不让，非要等皇上去。可皇上还没下早朝，于是就僵在了那儿。"

我锁紧了眉头，心里不懂小黛为什么要这么做。莫说那燕月的死与她没有半点关系，就算是有，她以为自己认了就能帮睿蓉解困吗，简直是糊涂！

"小姐？"

"自然是瞒不住的，没准现在太后都已经知道了，不过是在等着看呢！"我迅速思量现状，问环铃，"问到了没有，环佩到底什么时候回来？"

"问到了，说昨夜没有找到人，今早才联系上，已经在路上，再半个时辰就能到了。"环铃点着头，"常公公说皇上下朝还要一会儿，问小姐是不是先去帮皇后娘娘抵挡一下？"

正说着，外头长青的声音就响起："娘娘，坤裕宫来人了，说是有事让娘娘赶紧过去一趟。”

我本来已经站着了，仔细想想，又慢慢坐下：“不急，先等环佩回来。”

“小姐！”环铃睁大了眼睛，“为什么？”

“此时唯一的办法就是拖延，然后让皇上干涉，睿蓉已经选了最好的办法。我不去，皇上不去，静妃绝没胆子闹起来，那边便只能僵着。即便再难看，也不会出格。而我需要环佩的信息，少安毋躁。”

环铃似懂非懂地点头，不再开口，依旧愁容满面。

环佩一回到翊仁宫便被守在大门口的环铃拉来见我，早觉出异常的环佩开口便问：“小姐，出什么事了？”

我知道已经耽搁得够久了，不及与她多说：“快走，去坤裕宫。”

路上我问环佩：“叫你查的事如何了？”

环佩神色凝重：“小姐，那沄炘草果然是出自宣伯那边。”

我注意到她称甲宣为宣伯：“他不知情？”

环佩摇头：“他也是听大少爷说起才知道小姐被沄炘草所害，说还是去年，有位旧识用其他稀罕物与他换了几株沄炘草去。这件事大少爷也知道，近日也已经打听过了，的确是年初的时候辗转流入的京城程家。”

“洛婕妤家？”

这倒让我很意外，她有这个胆子？

环佩知道我要说什么，点点头：“大少爷查到前些日子有批贡参不知何故被连夜运走，大少爷想法子弄回了一些给宣伯查验，果然与咱们宫里的一样，是被浸过毒的。”

我没有出声，心有点沉。礼部仓库，那是什么地方？除了礼部的高官，还有谁能有这个本事。

果然，立马就听见环佩接着道：“礼部仓库那边没有被盗或是闯入的记录，连封条都完好。若不是大少爷用了特殊手段查到，这批贡参简直就是神不知鬼不觉地被动了手脚。”

我抬眼看她：“所以呢？”

“所以，肯定是有礼部的人参与呀。”环佩露出一副忧心忡忡的模样，“大少爷叫咱们要多加小心。”

环佩在身后接过话道：“大少爷说，这些皇上都已经知道了，让小姐自己斟酌以对。”

“我知道了，”深吸一口气后，我吩咐她，“还是要去内务府查查出入典册，就算毒不是在宫内下的，从燕月那儿搜出来的沄炘草总是来自外面，案发时皇上查得急，她们来不及多做准备，想来定会有破绽。”

门口并没有文朗的轿辇，都这个时辰了，不知为什么他还没有到。

一进大门，一眼便看见正匆匆从里面出来的常远。他见了我，忙紧几步过来：“淑妃娘娘！你可来了！”

“怎么了？皇上没来吗？”

“还没呢，本已下了朝，被急务阻了，这不叫奴才先过来瞧一眼，就赶紧回去了。”常远回头朝正殿那边瞅了一眼，压低了声音对我说，“娘娘赶紧进去吧，依奴才看，皇后娘娘不大压得住场面呢。”

“嗯。”我点头，“你去吧，左右这事还是要皇上来拆解。”

常远应着，小跑着去了。

我走到正殿门口，看见后宫大多数妃嫔都在里头。小黛跪在中间，睿蓉站在上首，一脸的忧郁焦急。

我欣然走上前去，稳稳地施礼：“臣妾参见皇后娘娘。”

睿蓉见了我，明显有些激动，向前迈了一大步：“淑妃来了。”

我知道我和文朗的许久不出现给了睿蓉极大的困扰，让她在期待中带了一丝惶恐和疑惑。我此刻无法跟她解释，只是转过身，对着一群向我行礼的妃嫔说道：“众位姐妹不必多礼。”

众人复又坐下，我继续道：“臣妾来迟了，不知道这是出了什么事？”

静妃果然在一贯的冷淡中含了一丝谨慎：“便是在议燕月莫名死在天牢的事。”

我将头转过来，看着小黛：“主子们说话，你跪在这儿做什么？碍手碍脚的。”

小黛抬头瞧瞧我，有些反应不过来：“奴婢……”

怡贵嫔打断她：“娘娘有所不知，这丫头已经招认是她毒害了燕月。”

“啊……”我惊讶不已，回头看了一眼小黛，又转过头来看怡贵嫔，“所以呢？”

怡贵嫔大大方方地看着我：“静妃娘娘的意思是，带这丫头去向太后复命。”

我点点头，眼睛朝着睿蓉瞄过去：“那皇后娘娘的意思呢？”

可惜此时睿蓉不知是没有跟上我的思路，还是在想别的什么，怔怔地没出声。

好在自会有人帮我解围，涵贵嫔的声音适时地响起：“皇后娘娘的意思是，等皇上来了再做定夺。”

下首的明嫔站起身，声音依旧尖锐：“不如赶紧带去给太后复命，到时候严加审问，是何缘由，由何人指使，就都一清二楚了。”

“放肆！”

我还没抬头，话已经厉声出口。不可否认，我心里是对这些人带着恨的，强自忍了许久，此时终于有了机会。待我看向她，话语更不留情：“你是什么身份，主位里说话，哪有你插嘴的份！”

明嫔吓得一愣，讷讷地道：“臣妾，臣妾只是也想知道……”

“想知道什么？”我缓缓走过去，“动机吗？何人指使？你现在就一清二楚了吧？这丫头是皇后娘娘身边的人，难道是皇后指使的吗？那燕月害了本宫，她死了，是本宫的动机吗？是不是要把我们一齐绑了去见太后啊！”

“啊……这……”明嫔哪里还敢说话，“臣妾不是……”

明嫔的眼睛偷偷朝怡贵嫔那边看，我狠狠地盯了她一会儿，也不说话，突然一个转身，一巴掌就扇在了坐在怡贵嫔旁边的洛婕妤的脸上，发出极清脆的一声响。

洛婕妤被打蒙了，用手抚着脸：“娘娘！你……”

“你什么你！这是什么地方！”我的声音依旧凌厉，用力发泄着心里的愤怒。我朝着睿蓉那边看了一眼，又狠狠剜了一眼旁边的怡贵嫔，“皇后娘娘始终站着，你倒敢坐得安稳！是进宫的时候没学规矩，还是故意不把皇后放在眼里！”

我此时假装略消了气的样子，走到睿蓉面前，双手扶了她到上首的主位坐下：“娘娘且坐。”

扶她的时候我才发现，她浑身都在微微颤抖。

尽管睿蓉已经坐下，那些人却没人敢坐，全都一副站也不是坐也不是的样子。我这才又悠悠地开口，话里没有半点含糊，声音却放得缓慢又温和：“皇后娘娘说等皇上来，那就等皇上来，哪里那么多废话，都反了不成。”

此时适时响起的，是门外内监的声音：“皇上驾到——”

刚刚好，文朗出现得简直恰到好处。我很有默契地，待所有人都跪了行礼的时候，没有低头，恰好看到文朗对着我微微一笑。我没有过多地与他对视，很快就别开了眼。

文朗不发一言地穿过一地的妃嫔，没有叫起，也没有看谁一眼，甚至都没有多给我一个眼神，只径直走过来扶了睿蓉至上首坐下。

“都起来吧，”文朗开口的时候终于歪了头看向我，语气略微温和：“淑妃坐。”

我规规矩矩地施礼，坐下来，拥有了一个观察所有人的机会。

我丝毫不动声色，恢复了往日的模样，如方才完全没有发生任何事情一般，安安稳稳地维持着我一品妃的风范。心里却觉得此刻的自己有些像那昔日的陈雁羽，仗势虚伪，又让人无可挑剔。

“说吧，是怎么一回事？”

这里是坤裕宫，睿蓉在，我也在，文朗却在给了众人足够的威慑之后，把问题直接抛给了静妃。

她恭敬地福了身子：“是，臣妾等正在与皇后娘娘议燕月暴毙天牢的事，太后给的期限到了，想着该如何与太后回禀呢。”

“嗯。”文朗没有任何表情地应了一个字。

静妃朝着小黛的方向微微侧了头：“本也是桩无头案，不想今儿个一早，皇后娘娘身边的宫女小黛突然承认是她害死了燕月。事关重大，臣妾不敢妄断，特来问皇后娘娘的意思。娘娘说是等皇上来了再行论断，也就拖到了这会儿。”

顿了顿，她又道：“毕竟是涉及淑妃中毒的事，太后又问得紧，实在是大意不得。”

文朗听了果然没有出声，只是皱了眉，眼睛慢慢往小黛那边扫过去。

我站起身：“皇上，关于这件事，臣妾有话想说。”

文朗看着我：“你说。”

“臣妾想着，那燕月早已招认了罪行，自知没有活路，若说是畏罪自尽，想来也是有可能的。”我摊摊手，“左右是个该死之人死了，咱们又何必在此事上多费心思。”

我这个理由其实是站不住脚的，我知道，文朗也明白，所以他没有回应什么，也不需要他回应，早有人趁机揪住了话头。

“娘娘此言差矣，费心思的可不光是咱们，还有太后呢！”

开口的是洛婕妤，她被我扇了一巴掌，正有一肚子的委屈和愤慨，话说得毫不收敛：“再说了，便是该死之人，也不能死得不明不白的。这动机和缘由便是第一条大有可疑，总要查清楚了才好。”

“那么，我来告诉你！”我复又转过头来对着文朗。

“臣妾原来住在景和宫的时候身边有个宫女名叫桃云，家里姓谢，是个管事姑姑，后来失火死了。那燕月的本名叫谢桃伊，是谢桃云的姐姐。”

此言一出，在场众人无不惊诧，特别是睿蓉。只不过不知道她惊的是燕月的身份还是我对于此事的知情，抑或是我接下来可能要说出来的内容。

不过我却并没有说出什么大不了的：“宫里的规矩，姐妹俩不可同时入宫，那燕月隐姓埋名多年，为的就是姐妹能在宫中团聚。因着一些人刻意地扭曲，让燕月坚信桃云是因臣妾而死，于是她对臣妾便是恨之入骨。燕月动手的时候，便是抱了必死的心，既然事情败露了，便随即自尽了。”

洛婕妤已经白了脸，静妃在一旁总算又开了口："如此说来倒也通顺，只是淑妃这么说，可有凭证？"

"自然是有的，这里是一份供述。"

我从袖中拿出一封小笺交给常远，看着常远递到文朗手上，我才悠悠地补充："是冷宫里陈贵人的亲笔。"

平地惊雷一般，好几个人的脸色瞬间变了，被早有观察的我瞧了个正着，心里暗暗添了一分笃定，看来陈雁羽所言不假。

"据陈贵人说，当初这个燕月是洛婕妤问她要，她那时自身难保，便依着洛婕妤的意思寻了个由头将燕月赶了出来，不想却被歹人利用了。"我意犹未尽地落井下石，似笑非笑地看洛婕妤，"怎么？婕妤不记得了？"

文朗看了小笺上的内容，脸色阴沉地站起来，一旁的睿蓉见状，也忙跟着站起身。洛婕妤吓得忙不迭地跪了："皇上，臣妾……臣妾……"

文朗沉声问："你有何话说？"

洛婕妤眼看无人替自己解围，看似咬咬牙刚要说什么，突然怡贵嫔向前一步挡在她的面前："皇上，即便是洛婕妤问陈贵人要了燕月，也不能证明淑妃中毒就与洛婕妤有关。在宫里头，姐妹们之间讨要个奴婢之类的并不算稀奇。"

文朗见是怡贵嫔出来说话，倒是一顿。

怡贵嫔冯纯笙出自刑部尚书膝下，姐姐冯纯萧是恒安王妃，是文朗的四嫂。恒安王是文朗目前唯一的兄长，淑太妃也健在，宫里宫外多少要看些面子，连太后都对那边多有照拂。

加上怡贵嫔在宫里头一向温婉得体，人又是个痴心的，文朗不会看不出来，对她一直还算是礼遇。

"这事一会儿害得静妃失察，一会儿让皇后为难，现在又惹得贵嫔着急，真是让我惶恐呢。"我淡笑着瞄了一眼怡贵嫔和洛婕妤，转过身来看文朗，"皇上，臣妾觉得事已至此，也就不必深究了。这后宫的事，想来皇后娘娘自有分寸处置，眼下最要紧的，是赶紧跟太后那边回禀，免得太后担忧才是。"

文朗不出声，我看看涵贵嫔，又朝小黛示意了一下。

涵贵嫔会意道："正是如此，洛婕妤想要燕月那奴婢，怡贵嫔帮着说了话，静妃娘娘做了主，想来人人都是因着机缘巧合凑到一块了。至于这小黛，倒是一心为着主子，因着自己去了趟天牢，就敢把这天大的罪名给担下来，忠心可嘉，办事却是糊涂，真不知是该赏还是该罚。"

小黛听了忙匐下身子："奴婢也是一时糊涂，没想那许多，奴婢该死！"

“皇后和静妃酌情向太后回禀，余的，皇后瞧着处置吧。”

说罢，文朗称还有朝务，匆匆离去。

文朗一走，殿中更觉尴尬，一群人各怀心思，都不言语。

最后还是睿蓉打破了沉默：“要没什么事就都散了吧，静妃一会儿随本宫去趟仁寿宫，给太后回个话。”

众人早已待不住，听了这话纷纷告退离去。我转身刚要走，却被睿蓉叫住：“淑妃留一下。”

我一愣，敛衽点头，停下脚步，冷眼看着这些女子陆续离开。静妃本是要等睿蓉一起走的，见状也是谨声告退：“臣妾在外头候着。”

待人走尽，睿蓉看着我，一时无言。

“我以为……”许久后，睿蓉道，“你不会来呢。”

睿蓉的话让我瞬间有些感慨，轻轻一笑：“怎么会呢。”

睿蓉点头，眼看着她的眼里温柔中带着哀伤：“姐姐，难道你就从未想过真是我杀了那个燕月吗？”

我平静得如同没有听见这句话一般：“太后那边想好怎么过关了吗？”

睿蓉有一点意外，忽地举起陈雁羽的那份证词：“姐姐，这……”

“这是真的，”我知道她是在怀疑这纸上内容的真假，心里觉得有些讽刺，咬咬牙，很快就打消了她的顾虑，“我与陈雁羽做了一个交易，她希望这件事到此为止，不要再查下去。而作为交换，她给了我这件事情的前因后果。”

陈雁羽告诉我的其实比这件事更多，但是我不能说，回想起她提出条件时的表情，那种云淡风轻的坚定让我久久难忘。

——你的条件是什么？离开冷宫？

——离开又如何？你未免把我想得太肤浅了。桃云和燕月的事，无论你已经查到了什么地步，知道了多少，都希望你能到此为止，并且不要让宫里其他人继续追究下去。无论是皇后、皇上，还是太后、太妃。

——我有那么大本事？

——有没有是你的事，皇后的手段如何，你我皆清楚。莫说你是淑妃，就算不是，后宫也早就是你的天下。你想办的事，哪有办不成的。

不合常理又毫不意外，睿蓉没有问为什么，只是缓缓点了点头。

“姐姐，”睿蓉低头沉默了一会儿，“以前你总会告诉我该怎么做，现在却开始给我选择了。”

不等我答话，她又道：“好的，我知道该怎么做了。”

我的心里有些酸涩，她说得没错，也许我与睿蓉真的再回不到从前了。

我抿了抿唇："你也该去太后那边了，我先回去了。"

在迈出殿门的一刹那，我还是停了下来："睿蓉，你要知道，无论如何，我都不会是你的敌人。"

无论如何。

"是，"睿蓉点头，走到我面前，诚恳的表情中略带歉意，"我知道的。"

夜里，我早早地吩咐环佩关了宫门，一个人闷在屋里，躺在床上，辗转反侧。

文朗来的时候我是知道的，尽管他刻意放轻了脚步，但还是一进门就被我察觉了。

文朗没有叫我，只是轻轻地在我身边躺下来。安静了好一会儿，他不开口，我也不想出声，两个人就这样各怀心思地沉默着。

没有悠长的气息和放松的身躯，懂点功夫的人都习惯听身边的动静。我知道他没有睡，他很快也发现我醒着："愉儿，你醒着？"

我淡淡地开口算是承认："皇上来了。"

文朗本来是要起身的，听到这话突然一顿。我看不到他的表情，但我想如果我回过头去，一定可以看见他刹那皱起的眉。

他凑近我，缓缓从背后环住我的身子："愉儿，你生气了？"

我有些抗拒地推着他伸过来的手，嘴里否认："没有。"

文朗抓着我的手按下来，声音沉沉："还说没有？"

我不喜欢这样的气氛，看似包容，又含了暧昧，让人忍不住期待，却又忍不住猜测，他与其他妃嫔之间是否也是如此？

文朗见状也是无言，一会儿后，听他叹了一口气："愉儿，朕很想你。"

心微微一颤，我涩涩地开口："偌大的翊仁宫摆在这儿，明明是你躲着不见，现在又有什么可念叨的。"

"是，"文朗倒是坦然承认，"没想到闹了半天，最后还是要你来出面。"

我身子一僵，文朗随即放松了手臂，任由我转过身来："你说你躲着不见我，就是为了不要我出面？包括带我出宫，让我回家，都是因为这个？"

文朗的嘴角带了一抹无奈的浅笑："嗯。"

"我就知道……"

我不是个钻牛角尖的人，既然他都认了，我也就没理由继续抓着不放："太后那边过关了吧？"

"嗯。"文朗顿了顿，道，"今儿个睿蓉跟太后提起，准备着手选秀的事。"

"哦，"我心里赞睿蓉的聪明，尽管她可能极不情愿，可这却是最有效的办法，用选秀来让太后放弃追查燕月的事，何尝不是另一个交易，“太后一定十分欢喜。”

“自然，”他有些如释重负，“睿蓉能主动提起，自是再好不过。太后大悦，赞睿蓉淑德识大体，那燕月的事根本问都不问了。”

我点头：“那就好了。”

“正中太后的意，”文朗赞叹着，“愉儿，有你在，真的很让人放心。”

“那么……”我盯着他的眼睛，“选秀的事，我不管。”

文朗愣一下，随即笑道：“好，不管。”

弘元四年六月十五，选秀的旨意诏告天下，宣各地官员选送适龄女子入宫参选。新后册立不足两月便大开后宫之门选秀，人人皆道新后贤德，对于选秀之事的勉强而为之也逐渐变为尽心尽力。

如我所言，对于选秀，我当真是毫不插手。无论是人选还是礼则，一概没有意见，谁来问都是一句话——听皇后娘娘的意思办。

但我也并不清闲，怡贵嫔和洛婕妤暂时动不得，另一件事却是不能再等了。

和嫔进了门，恭恭敬敬地行礼：“臣妾参见淑妃娘娘。”

“不必多礼，坐吧，”我随意摆摆手，“咱们是一家人。”

她又是一礼，这才歪着身子坐下，依旧一副小心谨慎的模样，一如刚入宫的时候。

“言玉，你进宫也有一年多了吧？”往日里，我一般会叫她的名字，“过得可还好？”

“是，臣妾是去年三月里进的宫，”她浅笑着答，仔细着措辞，“有皇上的隆恩和娘娘的关照爱护，自然过得很好。”

和嫔陆言玉，二嫂陆言美的亲妹妹，是这宫里唯一与我家沾亲的人，进宫的时候才十四岁。

我微微笑了一下：“言玉，在我面前，你实在不必这般客气。”

她欠欠身子：“是，言玉记下了。”

一味应承，从不反驳，这便是众人眼中的陆言玉。

“知道为什么叫你来吗？”

她小心地轻轻点头：“臣妾听说，姐姐进宫来了。”

“是啊，皇上给二哥的孩子赐了名，他们进宫来谢恩，说是还要过来这边。”我欣然道，“我想着，你们姐妹俩也许久未见了。”

陆言玉的眼睛一下子放光，欢喜得几乎像个孩子般地跳起来：“真的！多谢娘娘！多谢娘娘！”

我不理会她：“言玉，自你进宫起便是这样，在天真无邪中含了卑微无助，在客套谨慎中带了小心翼翼，温和无害，毫无心机，这在皇宫里是很难得的。”

“这一年，发生了许多事，生死成败，撼天动地，刀光剑影也有，人人自危也有，没有人能不为所动。”我深深地看她，“你掩饰得很好，只是过于好了。”

第三十二章 相欠

陆言玉的眼睛微微睁大了一些，慢慢站了起来，满面的困惑不解，带着或真或假的无措：“娘娘，你说什么呢……”

我直直地盯过去，缓缓道：“沄炘草浸毒人参的事，是你经手的吧。”

陆言玉的眼神猛地颤动了一下，毕竟只是十五岁的女子，能掩饰到这个分儿上，已经很不容易。

“从开始到最终，你们一直想让我陷入一个误区，要么是静妃，要么是皇后，无论是谁，都会让我们三人陷入互相猜忌之中。如果我没有猜错的话，你们也不见得确认真能除掉我，只是如果能引起我与皇后的反目，那么无论成败，你们都会是赢家。”

陆言玉知道自己已无从否认，却也不愿如此认输，抿着嘴一言不发。

“去年我生辰那日，景和宫来了不速之客的事也是你告诉前皇后的吧？”从她毫无变化的表情中我看出所言不假。

“你在我身边潜伏了那么久我都没有发觉，如今一朝暴露，想过原因吗？”

我勾勾嘴角，淡淡地指出：“是你们太贪，想用一个完美的计谋圈住所有人。殊不知在这后宫里，急于求成就等于死路一条。在这一点上，你们终是不如陈雁羽。”

“言玉，”少顷，我一字一顿，“为什么？”

她沉默着，不否定也不为自己辩解，一如燕月。这让我忽地有了一种猜测，试探着开口：“你这么做，就不怕慕家一损俱损？到时候，又置你姐姐于何处呢？”

“不要提我姐姐！”本来平静的她果然被激发，“你们利用得她还不够吗！”

陆言玉的脸上展现出一种从未见过的坚决和愤恨，与她天真可爱的模样极不相配：“我爹死得早，我娘软弱，在家里没有任何地位，姐姐在家就受尽同辈人的欺负，好容易太妃发了恩典给选了人家，以为苦尽甘来可以逃离这个家，结果没想到你家竟然拒婚，她几乎寻了短见你知道吗！”

“这样也就罢了，好容易她认了命，可是你们一朝有了难，又扯了她来救急！她看似风光地嫁入了你们慕家，嫁给了她心心念念的人，她欢欢喜喜的，却一进门就看见一个先她进门的妾室！一个青楼女子！你们以为别人都不知道吗？”

她的笑容看起来十分诡异：“如你所说，若要人不知，除非己莫为！”

“这件事，”我垂了眼睑，有些难以启齿，“的确是我们对不起她。”

“说得轻巧！”

陆言玉越发激动：“你生辰时召亲眷入宫，却在召她的同时还一同召了那个怀了身孕的妾室，这算什么！把我姐姐与那青楼女子一同看待吗？她已经受尽冷落，还要接受一个妾室的怜悯，把那女人生的孽种塞给她，要她对你们感恩戴德，欢欢喜喜地进宫来谢恩。你们慕家欠她的，太多了！”

我沉默了好一阵子，说实话，我是真的无言以对。

我惊讶于蓝裳身份的泄露，心痛于陆言玉的偏执误会，遗憾于自己在这整件事中扮演的角色。

见我不出声，陆言玉道：“你的问题我答了，现在轮到你回答我了。”

我抬眼：“你想知道什么？”

“是谁告诉你的？”

我看着她，缓缓摇了摇头：“言玉，不需要谁告诉我，你还不明白吗？在这宫廷里，最不可信的就是人言。对于真相，不光要用眼睛去看，还要用心去看。”

她不明所以：“你看到了什么？”

“我看到我出宫的事被皇后知道了，这是你的一个破绽。然后我看到礼部的贡参被人动了手脚，礼部仓库是何等地方，只能是与礼部有关的人经手才能办到。在宫里，只有你和皇后家里有礼部官员。”

她微怔，很快又问：“那为什么不是皇后呢？”

“旁的都不必说，这等涉及贡品的罪名，皇后家里几年前曾经历过一次，几乎闹得家破人亡。她深知事情的严重性，绝不会这么做，况且累及家人也不是她会做的事。”

卸下满面的愤恨，陆言玉的表情有些复杂：“我既输了，便任由你们处置。只一条，不要牵连到我姐姐，想来你们也不至如此。”

“我不是在与你争一个输赢！”我皱眉，“你知道你做了什么吗？”

陆言玉一仰头：“当然知道！”

“你不知道！”

一些我也分辨不清的情感翻涌着，让我略微失去了冷静：“你以为一切都如你看到的那般？你为你姐姐谋不平，你与她们凑在一处谋事设局，无论事成事败，得益的都是她们。对你和你姐姐能有任何好处吗？”

“你只看到了你恨我，可曾看到我一直在尝试弥补？你是陆家的人，这一年多来，太妃可曾关照过你一句？没有我撑在这里，你以为你能有立足之地？回头看看与你一同入宫的那些人都在哪里！如你所说，你姐姐已经不幸，若你再在宫里出了事，叫她如何自处？”

“你看到一个先进门的妾室，你可看到他们一年多的情分生生被一个指婚打断？你看到妾室的儿子过继给你姐姐，可看到一个将才满月的孩子忍痛相送的母亲？在这之前，你看到了慕家拒婚，不假，但你可看到了这背后的阴谋？你叔父陆崇举又是怎么当上礼部主事的！”

话到此，我意识到自己已经说得太多，眼睛不自觉地朝内堂那边看了一眼。陆言玉面上则有些僵，张了张嘴，没说出什么来。

一个声音自我的斜后方响起，回答了她：“因为我们是家里最无关紧要的两个，牺牲了我们，成事，受益的是陆家；不成，也无可惋惜，不足挂齿。”

我自然知道是谁，陆言玉见状却白了脸色，惊讶道：“姐——”

二嫂陆言美一早过来时便被我留下，我想着陆言玉的事不能再拖了，便叫她候在内堂。

她此时也是情难抑制，顾不得看我，脱口而出：“言玉，你怎么能做这种事！你知道闯了多大的祸吗！你……你糊涂啊！”

“姐！”陆言玉度过最初的惊愕，上前一步，有些不敢相信，“你在为他们家说话？”

陆言玉伸手一指我：“你的不幸难道不是她造成的？你怎么可以……”

“言玉！”二嫂厉声打断了她，“我的幸或不幸，你有没有问过我？你凭什么替我判定！我已经拥有了想要的生活，难道你要亲手毁了它吗！”

二嫂的声音已经带着哽咽：“言玉，娘是怎么教我们的？无论境况再恶劣，都要心存感恩之心，你的平和乐观更胜于我，连家里那些人你都能不计较，为何进了宫却变成这样？如果你出了事，你让姐姐怎么活，让娘怎么活……”

在发现了她所做的一切都是无谓之后，随着语无伦次的辩解，陆言玉终是撇过头，有些狼狈地转身跑了。

二嫂向前迈了一大步，想要追上去，却硬生生停下来，突然转过身，“扑通”一声跪在地上：“娘娘，言玉犯下如此大罪，不敢替她开脱，只求你能看在言美的分儿上，饶过言玉的性命！”

我皱眉：“你起来，听我说！”

二嫂站起身，怔怔地看着我。

我问她：“你今日是与二哥一起进宫来的吧？见了皇上，他怎么说？”

“也没说什么特别的。”二嫂仔细回想了一下，“谢过恩，皇上留了你二哥说话，就叫我过这边来了。”

“这便是了，”我道，“莫说这等赐名的事是否当真需要过来见我，毕竟明面上是爹请旨赐名，与我并无干系，就算是需要过来，又怎会单叫你一人到后宫来？让你和二哥一齐，或者召我过去乾元宫，岂不都更合乎礼法？”

看二嫂还是不甚明白，我又补充道：“这件事涉及甚广，前朝后宫都脱不了干系，是皇家绝不能姑息的，早晚都要有一个论断。与其等着以后夜长梦多，不如趁着眼前一场选秀拖住太后和皇后，由皇上来出面论处。”

“环佩！”我把候在门外的环佩叫进来，“你带二嫂去和嫔那边，再去皇后那儿回话，就说我安排她们姐妹俩相叙。”

二嫂点点头，满眼感激，点头示意：“那我就去了。”

“二嫂……”思来想去，我终是在二嫂迈出门的一刹那叫住了她，问出了一直困扰我的问题，“这……真的是你想要的生活吗？”

她看着我一怔，随即轻轻勾了嘴角，眉宇间的愁绪依旧，却含了一分恬淡：“陆家虽然人丁众多，却是门多户多，一向争斗不休。我爹早逝，娘贵为长嫂，却没有任何地位，弟弟又年幼，自是受尽欺辱。后来太妃突然说要指婚，太后还传了我进宫，这种事落到我们这一支的头上，本就是不正常的。”

“但我当时根本不愿去想这些，只觉得欢喜。”二嫂有些窘然地笑了一下，“现在想想，那时候的欢喜和期待，也说不清到底是因为你二哥这个人，还是仅仅想要快快逃离陆家。”

“愉儿，”沉默了一会儿，二嫂第一次开口叫了我的名字，“我可以这样叫你吗？”

我平静地回应：“当然。”

“愉儿，谢谢你。”

轮到我怔住，她又道：“有许多事是言玉偏激了，一叶障目，也怪我太宠她，没有教给她足够多的道理。自从嫁入慕家，爹娘慈爱，兄嫂和睦，我早已把自己当成慕家人。冠群和夕蓝本是良偶，是我硬生生加入了他们，现在我们三人相处得很好，我很感激。你们对我本就没有什么亏欠，反而是我该感谢你。”

顿了顿，二嫂很肯定地告诉我：“所以，是的，这就是我想要的生活。”

环佩带二嫂离开后，我赶走了环铃，一个人出了翊仁宫，漫无目的地在园子里闲逛。卸下一桩心事，却并不觉得轻松，心里依旧闷闷的。

想在这样一个选秀之前的午后寻一个清静清凉之处并不容易，明日的选秀让整个后宫都有些躁动不安。日头正高，园子里却是人来人往，不光是下人，一些平日里并不常见的低位妃嫔，似乎也一下子都冒了出来。也许是挫折，也许是成长，现在的我不需要多少姐妹和朋友。位分高的，不会是朋友，不是敌人，便是因着共同利益的党羽；位分低的，大多想借着我完成她们的梦想。一想到她们的梦想同样是我的枕边人，便不会吝于大大方方地用地位和等级去轧出一条界线。

一如现在，尽管我已经尽量挑僻静的湖边行走，独自一人的我依然吸引了两个小才人的注意。

大概是才人，又或是常在，两人只带了一个宫女，十分交好的样子。看服饰是七品，略略眼熟，却叫不上来名字。年纪不大，长得也还好，不知是弘元二年还是三年入的宫。

看着两人恭敬殷勤又带点忐忑地跪在地上行礼，我本该随意挥挥手错身离去，连话都不多说一句的，此时却不知为何有些呆滞。

“起来吧，”我破天荒地开口询问，“你们……是哪一宫的？”

我的问话是有些尴尬的，一般问宫女、内监才会这么问，但要说什么话，我总得先知道她们的身份才好。

“回娘娘，臣妾叫何珠儿，这是宋月棠，我们都是住在永安宫的才人。”其中一个丝毫不以为意，反倒满面欢喜地答，谈吐倒还过得去，“娘娘怎么一个人出来，让臣妾们伺候娘娘纳凉吧。”

“成了，”我突然觉得自己有点多此一问，摆摆手，“本宫不用伺候，你们去吧。”

两人虽有些失望，却也无法，只得复又恭敬地施了礼。

我不再出声，绕过她们，寻了条去往一处凉亭的小径，迈步而去。

“娘娘……”

我已走出一段距离，忽地听到有人唤我，回过头，就看那个何珠儿拎着裙角小跑了几步过来，带着一点犹豫地咬了下唇，道：“娘娘还是……别往那边去吧。”

我停下，没什么明显的反应，只是淡淡地等着她自己说完。

“方才我们过来的时候，皇后娘娘在那边。”何珠儿小心地看我，“可能是在等人，说不让人过去打扰，便把我们打发离开了。”

我看着何珠儿：“你怎么就确定我不是刚好要去见皇后娘娘呢？”

她怔了一下，随即垂头道：“臣妾该死。”

“不妨，你说说看，”我轻轻地笑了，“难得本宫想听。”

“皇后娘娘与淑妃娘娘交好，整个后宫的人都知道，你们见面相叙，根本无须这般谨慎。”果然很快就听到她开了口，“况且眼看着明日就是选秀，此时皇后娘娘特意出来见什么人，一定是有很重要的事，不便在坤裕宫，也不愿被人打扰。”

见我不出声，何珠儿又赶紧垂下头："臣妾妄言，娘娘恕罪！"

"的确是妄言，"我在心里赞赏她聪明又懂得分寸，拿捏得刚刚好，让人生出几分喜欢，"不过你忽略了一点，正因为明日选秀，所以今日坤裕宫会非常忙乱，人来人往的，本宫与皇后娘娘说话也会受到颇多打扰，出来选个僻静之所，倒也算不得稀奇。"

何珠儿见我并无不悦，像是松了一口气的样子，笑着点头施礼："是，臣妾愚钝，不敢再打扰娘娘，臣妾等告退。"

"永安宫，"我略微想了一下，开口止住她的脚步，"永安宫没有主位吧，是归哪宫代管？"

何珠儿听了我的问题，眼中有一丝狡黠和俏皮闪过，"我们是归广明宫怡贵嫔娘娘管辖的。"

我勾了一下嘴角，明白了何珠儿想要传达的意思，心里略微迟疑了一下，还是道："过两日，你到我宫里来一趟吧。"

"是，"她并不掩饰欢喜，紧接着追问，"臣妾和月棠一起去可以吗？"

我瞄了一眼她身后那个一言不发的宋月棠，不置可否："随你。"

看着她二人并肩离去后，我轻轻叹了口气。何珠儿无疑是聪明的，并不明说，却成功地把信息传递给了我。怪不得我几乎没有见过她，更别提文朗了。这样一个优秀的小才人，怡贵嫔当然看得很明白，哪会允许任何可能给自己带来威胁的人出头。

当然，这都不是最重要的，何珠儿当然不会自寻死路去与睿蓉为难，她想要告诉我的是——睿蓉正在秘密会面的对象，怡贵嫔。

这一日的晚些时候，文朗的一道旨意传遍后宫。经查，沄炘草投毒案中，冷宫陈贵人涉案，贬为庶人；明嫔涉案，贬为庶人打入冷宫；洛婕妤着意隐瞒，降为贵人；静妃疏忽失察，罚俸三月。

这道旨意选在选秀之前的时刻突然下发，既让太后无心干预，又让后宫哗然，文朗的确运筹得恰到好处。

这一点我明白，我想，睿蓉和怡贵嫔也明白，她们在打算些什么，才是我要关注的。

然而当我真的开始留意起睿蓉和怡贵嫔的时候，接下来的月余，她们却再没有任何动静。日日请安，依旧不冷不淡地维持着她们以往的模样，甚至没有再单独见面。这让我不禁开始怀疑，许是我多心了。

这期间还夹杂了太后做主为文朗的六弟常永郡王选妃，从确定正侧妃的人选，到选日子、定贺仪，都是后宫分内的事，让我和睿蓉颇忙碌了一阵子。

再加上中选入宫的那十二名秀女也是不肯安分，还在锦粹宫学习礼仪规矩的阶段便闹出了不大不小好几次事端，皆是要睿蓉去操心。由于里头涉及太后的本家侄女朱盈盈、李兆松将军的外甥女郑澄玉以及另两个太后亲选的重臣之女，处置得轻了重了都不妥当，我免不得要在一旁给睿蓉帮衬些主意。

这给了我一些错觉，仿佛我们二人又回到了从前姐妹携手的时光，从不曾改变。于是我没有再去关注睿蓉与怡贵嫔的事，连何珠儿后来来找我，都被我不咸不淡地打发走了。

那日已是八月上，新秀女们册封后的第二日午后，祺嫔和涵贵嫔来翊仁宫找我。我叫环铃备了冰盆瓜果，三人正有一句没一句地念叨着新册的这些个妃嫔，以及那些不得宠的旧人的表现，就见环佩匆匆带进来一个内监跟我禀报："小姐，皇上召小姐马上到冷宫去一趟。"

我赶到冷宫的时候，太后已经在了，只一眼，我便知道迟了——

当然会迟了，睿蓉和怡贵嫔、洛贵人都在，并不难猜，是她们引文朗来的。既是刻意瞒了我，等文朗想起召我的时候，当然一切都会来不及了。

我来了，不过是当个看客，以及，在必要的时候做个人证。

陈雁羽、王依瑶和冷宫管事的孙姑姑一排跪在那边，太后站在中间，满面惊讶。

文朗面上没什么表情，看到我，示意我过去。

众人包括我的目光焦点都在太后面前立着的那个小男孩身上，眉清目秀，看起来比致凡大两三岁的样子，怯生生的，显然被这一群人的包围给吓到了。

我是知道这个孩子的存在和身份的，或者说，我应该是知道的。只是我答应了陈雁羽不再追查，所以尽管有所推测，却也不曾追寻他的下落。万万没想到，竟然就在这冷宫里面。

"这是……"太后端详着这个孩子，有些难以置信地开口，"文晖的孩子？"

"是恒安王的骨血，"答话的是睿蓉，"德顺二十六年正月里出生的，六岁多了。"

"确实吗？"太后看了一眼地上跪着的三个人，"怎么会养在这儿？孩子的娘是谁？"

"孩子的娘是个宫女，"那三个人自是不会应声，出人意料开口的是怡贵嫔。仿佛还嫌不够惊人一般，她看了文朗和我一眼后又道，"也不陌生，就是前些日子死了的燕月。"

"什么！"

一言既出，惊奇的似乎只有太后一个，旁人俱是沉默。文朗看看我，脸色变得有些阴沉。不知是因为这棘手的事端，还是我的毫无异色。

经过了最初的惊讶，太后环视众人一周，开始有些愠怒："这究竟是怎么一回事！怎么瞒了这么多年！"

恒安王自德顺二十八年成婚后，正妃侧妃好几人，几年来无一人有所出。眼看着他近年来身子越发不好，医药俱不见起色，唯恐断了这一脉。淑太妃早就焦愁不已，太后也是跟着着急。之前听文朗说过，太后想着再过几年若还如此，就选一名皇子过继过去，于是更催着文朗多纳妃嫔，好早日开枝散叶。

如今突然冒出来一个已经六岁大的恒安王亲生子，也难怪太后会喜怒交加。

"不敢欺瞒太后。"怡贵嫔"扑通"跪了下去，"起先臣妾也不知情，还是因着燕月一案，虽然那宫女认了罪，臣妾总觉得尚有疑点，与皇后娘娘禀报后，想再细查一下动机和缘由，不想竟得知此惊天之事。"

文朗走到太后身边道："母后，此事事关重大，还是容时再查吧。眼下淑太妃那边，要不要知会一声？"

"自是要知会，这事……"太后闻言，缓和了语气，沉吟了一下，道，"一会儿让皇后带着冯家的去一趟，好歹是沾着亲的，此事还是越少人知道越好。"

文朗点头称是，睿蓉连忙跟上来，与怡贵嫔一起施礼应了。

因着文朗的遮挡，我没有看清细节，只见洛贵人突然上前一步跪倒在地，大声道："太后，皇上！臣妾冤枉啊！那燕月一早就是陈氏身边的，只怪臣妾糊涂，误听人言将其要了出来，后来才受牵连担了罪名。如今看来，定是这陈氏早早便谋划好了，以其子相挟，让燕月伺机而动谋害淑妃，并企图借小世子东山再起，还求太后和皇上明鉴！"

太后问洛贵人："照你所说，那你是误听了谁言？"

我以为洛贵人会说是陈雁羽，却不料她想都没想，伸手一指王依瑶："便是那王氏！"

被人指到了头上，王依瑶也就不能不开口了，连忙有些惊慌地摆手道："怎么是我，这……明明……"

她想要说什么，看表情似乎又改了口："这不关我的事啊，都是陈……陈氏让我这么做的！"

陈雁羽猛地一歪头："你说什么？！"

不知是心虚还是害怕，王依瑶看也不看她，俯下身子同样道："请太后和皇上明鉴！"

“明鉴什么！”太后扫了一眼文朗和睿蓉，“难不成还冤了你！”

太后的面色极阴沉：“今儿个你们一个个的都出来喊冤，早前做什么去了！”

“太后息怒。”怡贵嫔上前一步凑到太后身边，道，“因事关重大，她们一时糊涂害怕，也是有的。”

“哼！”太后对着陈雁羽怒道，“陈氏，你怎么说！”

此时的陈雁羽面色有些发白：“我与淑妃被害之事无关！”

“那欺君之事呢？”当即追问的是睿蓉，她此时表现得比平日里要强硬得多，看来是势在必得，“把小世子藏在你这里是无可推诿的吧？”

“太后、皇上，还有更重要的呢。”怡贵嫔接话，“小世子自出世起便被藏在冷宫，已有数年之久。而陈氏在被贬入冷宫之前就知道此事并加以胁迫利用，属故意隐瞒欺君，图谋不轨，此情有冷宫的孙姑姑为证。”

见众人皆把目光投向自己，那孙姑姑倒是毫不含糊，没有任何犹豫：“是，回太后、皇上、几位娘娘，贵嫔娘娘所言属实。”

“属实为何不报！”太后呵斥道，“这冷宫里藏了这等大事，都嫌活得太久是不是！”

孙姑姑连忙俯下身子磕头，也不辩解：“奴婢该死。”

这是要置她于死地了，四面楚歌的陈雁羽认清了眼前的事实，终于失去了冷静：“这是要斩尽杀绝吗！我都已经在这里了，你们为什么偏不放过我！”

“若说燕月和这孩子的事，你们哪一个能脱得了干系！你们敢说不知道吗！”

陈雁羽狠狠地盯过每一个人，从我的角度能看得出太后在跟着陈雁羽一个一个地看，可文朗却没有，他甚至都没有转过头去看看睿蓉。

“就连淑妃……”陈雁羽的目光看向我的时候，面上有了细微的变化，“就算你往日里不知情，那燕月死了之后，我就不信你没有查出来。究竟是谁在害你，你难道不明白？”

这话里是含了些许期盼的，她再刚强的一个人，在这样的关头依然希望我能替她说上一两句话。

所有人都看了过来，包括太后和文朗，就仿佛我成了最关键的那一个。

众口一词，太后已经起了疑，从文朗的目光中能看出，他似乎也是希望我能有所表达的。

但我还是没有，眼前的这个女人几次差点害死我，还有一些比身体损伤更加痛彻心扉的感情的失去，那些伤痛还历历在目，我又怎能轻易原谅。

我就那么冷冷地看着陈雁羽，既没有闪躲，也没有任何表情，如同我也参与了对她的绞杀一般。我无声地给了她一个答案，也给了众人一个答案。

陈雁羽的面上开始涌现绝望，不怒反笑："好！好！是我糊涂了，你怎么可能会替我说话。罢了，若是你想要我的命，我是无话可说的！"

"但是你们！"陈雁羽忽地站直了身子，用手指着怡贵嫔、洛贵人她们，凌厉的声音有些吓人，"你们有什么资格！这座皇宫里有谁是干净的！我已至此，你们却还要斩尽杀绝，就不怕遭报应！"

"行了。"

正如我所料，一直不曾开口的文朗在这时出言打断，声音不大，却是威严并带着薄怒，惹得众人一起看过去，知道文朗这是要裁决了。

陈雁羽本来情绪极激动，闻言很快闭了嘴。我不知道是不是我的错觉，竟然看到她在绝望中带了一点哀怨。

"陈氏，"文朗的声音是温和的，没有高高在上，也没有怒目相向，只是有些疲累，有些无奈，"朕且问你，这孩子是不是恒安王的骨肉？"

不知是因着文朗的温和还是那句陈氏的称谓，陈雁羽的嘴唇抖了一下，并没有犹豫："是。"

"可确定？"

"千真万确。"

"那么，你便是早知道了。"文朗盯着他，带了些责怪，"为何不报？"

陈雁羽的内心一定是矛盾的。她站着，昭示着抗争。而沉默，又表达着顺从和无言以对。她能说什么呢？在这样一座皇宫，不是每件事都有原因的，文朗不见得不懂。我想，也许他只是觉得失望罢了。

"朕本以为，你不过是为家族所累。"文朗摇摇头，"可现在看来，终是朕看错了你。"

说罢，文朗不再看她，转过身对太后道："母后，这边荒僻，早些回吧。"

太后微微皱了眉，没说话，点头率先离去。

"皇后带着贵嫔去一趟和寿宫，再找个妥当的宫院安置这孩子，余的都散了吧。"文朗本是要跟着太后离开的，后又停下来吩咐，"这件事，谁也不许泄露半句。"

出乎所有人的意料，文朗并没有裁决什么。无论是孙姑姑、王依瑶还是陈雁羽，都没有任何结论，这让剩下的那几个人在意料之中有点尴尬。

多留亦无趣，众人很快便匆匆离去。

走之前，睿蓉似乎试图要与我说点什么，被我不着痕迹地避开。我只是守着规矩施了半礼，不看她，连一个眼神也不让她捕捉到。她迟疑了一下，便带着那孩子与怡贵嫔一起离开了。

我心里是不痛快的，且不说这里面的阴谋是不是有她的份，这样大的事，她选择瞒着我，在最后关头我还是选择了站在她这一边。也许她便是笃定了我对陈家的怨恨，笃定了我会对她和文朗无条件地支持，所以才敢这样安排。

这里面有没有利用的成分我不知道，但无论如何，我的心里终是觉得堵得慌。

本次选秀新晋的妃嫔中，太后的侄女朱盈盈和李兆松的外甥女郑澄玉都封至嫔位，与当年陈雁羽和静妃相当，这在一般的选秀中是不多见的。此外还有两个良缘，数个贵人、美人等，大多出自功臣良将之家。

依着惯例，文朗连续几天召了新晋妃嫔侍寝，一时间，后宫如换了风向一般。

这日是二十，逢十的日子文朗大多是去坤裕宫，再加上近期宫内的形势，我知道他铁定不会过来，所以就早早地睡下了。

不料一觉醒来，竟发现文朗坐在我的床边。屋内只有一盏小小的守夜烛火，我愣了好一会儿才反应过来，支起身子："朗哥哥……"

文朗略带歉意地看我："吵醒你了。"

"没，"我摇头，坐起来掀了床幔，"愉儿一向睡得浅。"

文朗道："朕记得，你以前睡得还好。"

我站起来，本想叫环铃进来的，又觉得文朗该是有话要跟我说，于是自己过去点了灯，再端过来放在床边的圆几上，这才笑笑："朗哥哥这个时辰过来，该不会就想说这个吧？这是从哪宫来啊？"

文朗没有回答我的问题，对于我的受伤，他终是觉得歉疚："朕只是觉得总照顾不好你。"

"不过是尚未调理得很好罢了。"我宽慰他，说笑道，"不如皇上叫人多多送十全大补药进来，也让整个后宫看看愉儿有多得宠。"

文朗这才笑了，拉我坐在他身边，附和道："好，明日便办。"

"愉儿，"过了一会儿，文朗终于入了正题，"那个孩子，要送去王府了。"

第三十三章
生路

我闻言一愣，意外于事态发展得如此顺利："啊？真的？要送去封地吗？"

"是，路途并不遥远，四哥身子不好不便进京，已立了诏收为养子。京城派人直接送过去，过些日子再封为世子。"我的惊讶让文朗有些感慨，他说完了又添了一句："愉儿，也就是你会有这般反应。"

"不然呢，要说众望所归、可喜可贺吗？"我勾了勾嘴角，"既是养子，便是不肯放弃过继皇子的意图了，王府左右都是不吃亏的。"

"无论如何，总算是了了一桩事。"文朗没理会我对王府心思的揶揄，松了一口气的样子，"至于过继的事，等几年再说吧。"

"既是了了，也总是好的。"

我嘴上宽慰他，心里却知道即便是这件事，也不值得文朗在这半夜跑一趟来告诉我。我隐约猜得到他的来意，却犹豫着要不要问出口。过了好一会儿，我才挑了一个稍微偏移的角度开口："会怎么处置陈雁羽？"

文朗没有直接回答我，而是微微皱了眉："这整件事，朕有些糊涂。"

"我知道燕月有一个孩子，但并不知道是恒安王的，也不知道会被藏在冷宫里，更不知道……"

我明白文朗的不解，坦然道："其实我也糊涂，除了这个，我知道的并不比你多。"

"朕知道，"文朗没有任何怀疑地点头，"如果你参与了这件事，定会办得漂亮得多。"

"呵，"我别开眼睛，涩涩地自嘲，"多谢皇上夸奖。"

文朗看了我一会儿，有些了然地道："愉儿，你不想谈，是吗？"

我知道他想说的是睿蓉，在这件事里，睿蓉扮演了至关重要的角色，让文朗和我都不得不站在她那边，也就是置陈雁羽于死地的一边。我当初想要为文川报仇的时候，哪怕要赔上性命，都不曾使过这种手段。一想到这些，我的心就会骤然揪成一个疙瘩。

"如果你想说的是皇后和怡贵嫔她们，想要我替她们圆一个借口，"我转过头看他，有点难以抑制地表达着自己的情绪，“那么是的，我不想谈。”

一句话之后，两人俱是沉默。

好一会儿后，终是我体谅他的难处，想要率先开口。不想他也是一样的心思，抢在我的前面打破了这份煎熬：“陈雁羽这次是逃不过了。”

见我神情一顿，文朗又道：“突然冒出一个这么大的世子，生母还死了。谁瞒了，又是被谁利用了，总要有个人背这些罪名。”

我小心翼翼地问：“赐死吗？”

文朗没有回答，算是默认，有点寞落地唏嘘：“以前每每听到父皇赐死后宫之人总觉得残忍，都曾是日夜侍奉身边的女子，就算是厌极了，关入冷宫再不相见便是，何来非要夺去性命。”

“现在轮到自己了，才明白有太多的枝节要顾，一环一扣。赐死，让她体面地离去，反倒不是最无情的那一种了。”

“如果是这样，”我沉吟了一下，“回头旨意让愉儿送去吧。”

“你知道的，”见文朗愣在当场，我笑了一下，“这样，我跟她就扯平了。”

文朗深深地看我，我则欣然回望。一会儿后，他缓缓点头：“好。”

“天都快亮了。”结束了一个话题，我看看天色，“躺一下吧，还要上朝呢。”

“嗯。”他应了，却没动，“愉儿，还有件事。”

“哦？”我挑眉看他，“什么事这么谨慎？”

“愉儿，虽说四哥无子，但那孩子出身不高，过去封地唯恐被人瞧轻了去。于四哥，于皇家都是脸上无光。本来可以多加些封赏的，但此次行程仓促，五日后便走，不及多准备。”看得出文朗在斟酌着词句，又补充了一句，“是朕的意思，你知道，也是为防着夜长梦多。”

“所以朕想着，该派些有分量的人去送一趟。毕竟是家务事，还是宫里出面比较好，也堪比封赏了。”文朗细辨着因果，告诉我，“现已有了坤裕宫的管事姑姑代表朕、中宫和太后，广明宫那边也派了人跟去，姑且算是娘家亲眷了。”

看得出文朗是有些为难的，却还是非说出来不可：“朕想着，不如让环佩跑一趟，算替那孩子长个脸。”

“左右十来日就回来了，并没有多久。”文朗带了点小心地看我，“愉儿，你看呢？”

我本就对被硬扯进这件事里十分不悦，眼下要是一同派人出面，岂不是彻底沦为棋子？文朗特意强调是他的意思，可到底是不是他的意思，还未可知。

可文朗既然开了口，我能怎么拒绝？察觉到我的排斥之后，他甚至都没有说出一次睿蓉的名字，全是坤裕宫、中宫之类的描述，他这么有心，我又怎能矫情。

没有反对，便是应了。两人躺下，俱无睡意，却也无话。

木已成舟，环佩即使再不乐意也只得收拾细软上路。临走前，她絮絮地嘱咐了环铃大半夜，一应小心事项。亏得环铃在我身边多年，又早已独立承担起了我的起居照应，不然非被环佩逼疯不可。

饶是如此，我依然看到了环铃可怜兮兮的求助的眼神，也是笑道："好了环佩，知道的是你要出门办差，不知道的还当你是出阁嫁人，再不回转了呢！不过是十来日，哪需要这许多话。"

环佩松了一口气，随即摇摇头："奴婢只是觉得不放心，有些心神不宁的。"

"也不是头一回分开，之前我出宫两个月，不是也好好的。"我安抚着她，"路途劳顿，还是早些歇着吧。"

环佩点点头，还是小声地嗫嚅了一句："宫里可比外头危险多了。"

我挥挥手："行了你，还有这一宫的人呢，偏你这样不放心。快去快去！"

八月底的天气依旧炎热，但那一条长长的甬道却让我走得心凉如水。我不愿意回头去看，确切地说，是去看那个小匣子。

依旧是那般精致的小匣子，里面有薄薄的一页纸，上面寥寥数字，外加两方红彤彤的印记，轻飘飘又沉甸甸地宣告着一个结局。摆在陈雁羽面前的时候，本该无比得意的我突然觉得有点可笑，不足一年，这情景一模一样地重演。同样的两个人，只是对调了位置。这场景惊人的相似，还惊人的讽刺。

陈雁羽用手沿着那匣子的边缘轻轻抚着，我没有按部就班地宣旨，她也没有打开来看。好一会儿后，她先开了口："就是这样了吗？"

我没什么表情，道："你希望会是怎样？"

"不会怎样，从你逃掉开始，我就知道早晚会有这么一天。由你送来，也不算是辱没了我。"她云淡风轻地摇了摇头，轻轻地拍了拍那个匣子，"至少，这里面货真价实。"

她顿了顿，道："皇上派你来，是打算补偿你？我不明白，他……一直没有告诉你真相？"

她眯着眼睛看我，紧接着又道："还是你没问？你不敢问？"

不可否认，陈雁羽的话正中我的软肋。我突然明白了那种与对手惺惺相惜的感觉，明白她曾经的那句"你要提前退场了，少了你这样一个对手，本宫会觉得遗憾"的含义。要比对手自己更了解对手，在这一点上，我和陈雁羽做得都不够好，所以现在我们才会各有各的失意。

"我来这一趟，是我问皇上要求的。"我不理会她的揶揄，"有些事我不明白。”

“不明白？”陈雁羽看都不看我，“其实你明白，只是你不愿相信罢了。”

“为什么留下这个孩子？在燕月死之前，甚至你进入冷宫的时候，你就该除掉他，哪怕是送出宫去。有如此大的破绽，你竟然还敢与我做交易。”

“你想知道？”陈雁羽的笑容十分灿烂，“我偏不告诉你！”

我承认自己有些阴暗和自欺欺人，希望通过对手的破绽来掩饰和平衡自己的弱点。

“你觉得我输了，河东河西，现世报？不错，可这就是命，是赌注便会有输赢，我自己选的，心服口服。”她看着我的眼睛，一字一顿，“所以，我不曾输。”

“可你也不曾赢！”见我不吭声，陈雁羽又道：“你很好，但还不够好，因为你始终陷在感情里，这样那样一堆无用的东西。我从来没把石睿蓉当对手，你知道是为什么吗？因为她不够强，更因为皇上对她无条件地袒护！把她当对手，我只会永远输下去。”

我站起身，一句一句把她的话还给她：“后面的事，你自己知道该怎么办，我也就不旁观了。相信你也是个聪明人，不必等着奴才们帮你动手。”

“你看，”她笑得恣意，“哈哈哈——”

离开之前，我想到一件事，又转过身：“二皇子回到良贵嫔那儿过得很好，至于燕月的孩子，封了世子，三日前已经启程送去恒安王封地了。”

我猜到一种可能，试探着说出来看她的反应：“算是送你安心上路了。”

“你以为你在跟我炫耀给了那孩子一条生路吗！”

陈雁羽忽地就暴躁得近乎狰狞：“我告诉你，我给他的才是生路！你那一条是死路！我等着看你们的报应！”

她的反应实在是强烈，让我在短时间内并没有参透其中的含义，下意识地皱了眉：“你说什么？”

“你以为王府真的会要这样一个孩子？放弃过继一个正统皇子，永保一脉尊贵，反而要这样一个血统低下、身份堪忧的孩子作为王府传继？就算恒安王肯，王妃肯吗？太妃肯吗？她冯纯笙肯吗？！”

陈雁羽狠狠地盯着我，几乎要冒出火来：“如果能成，我早送去了，一个名正言顺的世子总比偷偷摸摸更有利用价值！”

陈雁羽的愤怒变成了狠狠的嘲笑：“慕冠愉，你聪明一世，是不愿信还是不敢信？对于这个孩子，冯纯笙比我更早知情，却拖到这会儿才说出来，难道只是为了要我的命？只要天没有塌下来，谁都动不了她。她什么身份，是这宫里最安枕无忧的那一个。她会为了杀我而害她姐姐放弃皇子，接受这个孩子？你未免把冯纯笙看得太简单了！”

我怔在当场，心里不断地告诉自己这只是陈雁羽的危言耸听，她不过是在用一种极端的方式来表达一个失败者的失意。但心底总有一个声音在提醒着我，她说的也许是真的，我不是也早就怀疑过吗？如果是真的，会怎么样，要怎么办？

我正胡乱想着，突然听见守在门口的环铃在低声呵斥着什么人，转过头去，看到外头是一个面生的粗使婆子。便是那种粗使宫女过来的，升不成嬷嬷，随意给些权限，管些粗使丫鬟和内监。

那婆子领了个小太监，在跟环铃说着什么，面上有些焦急紧张的模样，像是想要进来。环铃自然拦着，隐约听见她道：“便是此等事，也要你们管事的来回话，你来算什么？再说了，这事你该报哪里报哪里去，找我们娘娘做什么。”

我问：“外头什么事？”

环铃回头见我察觉了，走进来，看看陈雁羽，欲言又止。

我本就心里烦怠，便催她：“倒是什么事，说吧。”

她则有些凝重地告诉我：“刚他们来报，说王氏暴毙了。”

我一时没有反应过来王氏是谁，顿了顿才一惊，冲口而出：“王依瑶？”

环铃点头：“是。”

我几步迈到门口，问：“怎么死的？”

“娘娘饶命！娘娘饶命！”那婆子忙不迭地磕头，话都说不清，“那王氏今儿个一早就没见出来，也没人想着去看，直到刚才想起来，一瞧，竟然就死了。与奴婢无关，娘娘救命啊！”

我心下一沉，竟然就这么死了？这样的形容，我就知道代表着不寻常，不然这婆子也不会语无伦次地求我救命了。

王依瑶死了，在这个关头，刚好把小世子送走，陈雁羽赐死，我在冷宫的时候，这绝不是什么好兆头。

见我发愣，那婆子匍匐着朝我爬了几步：“娘娘饶命！娘娘救命啊——”

我低头看她：“我救不了你，该找谁找谁去吧，就说她病了几日，无医无药地殁了。你若聪明，知道该怎么说。”

我心里杂乱，总觉得有些事被忽略了，可一时又捕捉不到。对上陈雁羽的眼神时，甚至显得有些狼狈。

“你倒是菩萨转世，见一个救一个。”陈雁羽冷哼一声，“死得好啊，以为卖了我就能活命，这才叫现世报，来得好快啊！”

顿了顿，她又仿佛感叹道：“死了人也不见什么动静，这冷宫里当真连个管事的人都没了。那孙姑姑几日见不着，想是跟着伺候小世子去了？罢了，她也照顾了那孩子多年，跟着去了也好。”

孙姑姑的确是被派跟去王府了，一早就能看得出她对整件事知之甚深，又是孩子认得的，文朗有此等安排也合情理。

但若不是文朗安排……

电光石火，我的后背冷汗涔涔地冒出来。

“各宫都派了人？她们都派了谁？”陈雁羽意犹未尽，微笑着问我，“你呢，你又派了谁？”

我想这一刻自己的脸色一定骤然变得十分难看，因为陈雁羽的面上分明现出越发浓郁的得意和嘲讽，尽管那并掩饰不住内心深处的哀痛和悲伤，也依旧让我乱了阵脚。

我疾步冲出屋子的时候，环铃刚好回到门口：“小姐，这就走了？不要安排……”

“环铃，”我打断她，“办完后面的事，然后去坤裕宫找我！”

环铃不明所以，怔怔地点头，身后传来陈雁羽的声音：“木已成舟，这才叫木已成舟！”

我没回头，急急地走，想要快些逃离她近乎癫狂的笑声。却发现自己如魔怔了一般，无论离开多远，那尖锐的声音依旧响彻耳畔，久久让我无法自拔，甩也甩不掉，完全失去了思考的能力。

满脑子只剩一句——不会的，不会的。

坤裕宫外，我没有进去。

一顶明黄的轿辇停在那里，昭示着文朗此时正在里面的事实，让我望而却步。

我并非是害怕当着文朗的面质问睿蓉什么，尽管我一直担心会与睿蓉有相视而陌的那一天。但这一天如果真的来临，我想我也已经有了足够的勇气和立场去面对。

但我不知道文朗在这其中是否知情，又知情多少，毕竟是他开口要求环佩前去的，也只有他能让我点头应允。如果连陈雁羽、冷宫的婆子都看得出阴谋，连环佩都会觉得心神不宁，那么文朗就没道理毫无察觉。他在这中间到底扮演了什么样的角色，会不会是他为了平衡和消融这一切，默许环佩成了一个牺牲品。

所以我只是站在门口，没有进去，也没有人看见我。不知过了多久，直到环铃无声无息地站在我身边：“小姐，事情都办妥了。”

我转过身，无比疲累地说了一句：“回吧。”

环铃看出我的异样，不敢多问，亦步亦趋地跟着我，一路无话走回翊仁宫。到了门口，我总算停下来：“环铃，以前环佩在宫里是怎么联系大少爷他们的，你知道吗？”

“大致知道，”环铃点头，随即又摇头，“可宫里已经很久没有联络人了，自小姐你受伤之后，就再没见环佩联系过。”

我垂下眼睑，知道环铃说得不假，当即有点沮丧。过了一会儿，我又道：“你还是去尝试着联络一下，另外叫长青想办法去乾元宫打听一下小世子他们的行程，算起来这两日就该到了，会有信报回来。派人守在那边，一有消息立刻告诉我。”

“小世子？小姐怎么不直接问皇上？”环铃有些不解，忽又一惊，“会有什么事吗？”

“别多问了，”我扭过头去，“快去办。”

消息传来的时候，我接连两日的食不安寝终于得到了印证，也让我在刹那间痛极、悔极。我深深地懊恼自己为何没有在之前冲进坤裕宫去质问，为何偏偏桎梏自己于那些虚妄的恐惧之中，为何我明明有机会阻止，却生生错过了。

环铃跌跌撞撞地跑进来，尚未开口，我便已从她惨白的脸色和浑身颤抖中得到了讯息。我猛地站起来抓住她，张了张嘴，却甚至连问都不敢问。

“环铃……”

环铃一句话也说不出来，我紧紧攥着她的手，眼神转到随后进屋来的长青身上，深吸一口气，问他：“长青？”

“娘娘，出事了。”

这个答案并不意外，却无比沉重，让我话出口时都有些气短：“说。”

“今儿个曲阳来了急报，昨日那边接应的礼仗并未按时等到小世子一行车马。因着日日皆有飞鸽报信，想来不会耽搁太久，便多等了半日，仍不见踪影，于是派人沿路快马去寻，才发现……”

长青皱紧了眉，咬了咬牙才说出后面的话：“小世子他们遭遇了山贼，侍卫死伤殆尽，几辆马车更是全数翻进了山涧。”

“什么！”我有再多心理准备也万万料不到会是这种境况，当即呆住，讷讷地挤出一句，“那随行的人呢？”

长青看着我，满面悲怆：“娘娘，据报说——无人生还。”

“无人生还！”当这句话重重地撞在心上，好一会儿我才想起来，又问长青：“皇家车队走的是官道，怎么可能有山贼出没？”

长青道：“京城辖界都是走官道的，路上还有下级官员随护。后来进了冀中地区，官道受阻，为了不耽搁行程，改道走了山路。”

我一听便急了：“谁允许随便改道的！官道受阻为何早没有报？”

“说是因暴雨所致，巨石滚落官道不及清理……”长青犹豫了一下，走近一步道，“娘娘，奴才有句大不韪的话，不知当讲不当讲。”

我看着他，轻轻地点头。

“娘娘，奴才家里是冀东的，与冀中相邻，据奴才所知，现下这个时节冀中雨水并不多，更别说能冲落巨石的暴雨了。”长青的脸上有着愤恨和难过，“娘娘，你说这……”

我勉强理了理思绪，吩咐长青：“祺嫔家里昨日有人进京省亲，她家是山东的，想来也要走冀中的官道，你去问一问，记得隐晦些。”

“是。”长青点头。

看着长青就要走出门去，我又叫住他：“等等！”

长青回头：“娘娘？”

我咬咬牙，问：“这事，皇上那边是什么反应？”

他呆了呆，然后才告诉我：“奴才听相熟的茶水内监说，皇上收了报，叫不让声张，另派人知晓了太后和皇后娘娘那边。奴才怕被人瞧见，匆匆赶了回来，后头的事便不知道了。”

我的嘴角抖了一下，终是没说出什么，只道：“知道了，你去吧。”

我的心沉得更加彻底，很快吗？若是打算通知，早该到了。

再看环铃，她安静得让人心痛，眼睛通红却没有掉泪，只呆呆地看着长青离去的方向，如痴傻了一般。

我轻声唤她：“环铃？”

她僵硬地慢慢转过头，满面困惑，仿若孩童般地问我，声音轻飘飘的：“小姐，她死了吗？”

比起上一回环佩被关进暴室时几近崩溃的环铃，眼前不哭不闹的她更让我撕心裂肺。我腾出一只手扶了她的肩膀，声音有些颤抖：“环铃——”

她却还是一个模样，眨眨眼，如犯了错的孩子，无辜又空洞地问我：“小姐，为什么？”

到这里，我终于再也忍不住，泪水滚落下来。

当环铃也终于落下泪来的时候，她缓缓松开我的手，那双被我攥了许久都不曾恢复温度的手，伴随着她那么哀伤的声音：“小姐，你知道的是不是？去冷宫的那天，你站在坤裕宫门口的那天，你叫我们去打听消息的那天，你就知道是不是？你为什么不去找皇上？为什么放弃了？”

“又或者，”我的凝滞让环铃不可阻挡地继续猜测下去，“从一开始……”

我为什么不去找文朗，为什么不问清楚，为什么不去阻止？！两天的时间，有多少种可能，我为什么什么都没做？！面对这样的质问，我是真的无言以对，连解释的立场都没有，只是摇着头，洒落一地痛悔。

“为什么会这样！”环铃呜咽着想要退开，“小姐，那是环佩啊，你舍得吗？”

她松开手的那一刹那，我以为我连环铃也要失去了。

我在慌乱间一把抓住环铃的肩膀：“环铃！环铃！你不要这样！都是我的错，是我不好，是我糊涂了、犹豫了，是我害了她，我早该想到的！”

环铃泪眼蒙眬地看我，怔了怔，才重新窝进我怀里，痛哭失声。

“小姐，对不起，我不是……”

她泣不成声地想要解释，我则拍着她的背，告诉她不必说，我都懂。

过了好一会儿，终于能略略思考的时候，一直隐约觉得有什么不对的我忽地想到了要做的事，猛地拉起环铃：“环铃！这样不行！我们要去找她！”

她睁大了眼睛，眼神有些涣散，显然无法理解。

“如果是昨天出的事，今天消息就送到京里，这太快了。”我盯着环铃，强迫她集中精神听我说，“你也听到了，马车翻入了山涧，他们根本就没有时间去确认便说无人生还，这只是推测，对不对？”

她呆呆地点头，眼睛里闪过一丝光芒，却随即熄灭：“可是小姐，那是山涧……”

“那又如何！话都是听那边说的，谁知道是不是真的翻下去了。就算是真的，那是一个什么样的山涧，有多高、多深我们都不知道，哪怕有一丝希望，也不能放弃！”我紧紧抓着环铃的手，一字一顿，“我们去找，活要见人，死要见尸！接她回来，好不好？”

“可是我们要怎么去找呢？联系不到大少爷的人。”环铃有点不知所措，显得无比慌张，“要去找皇上吗？”

我愣了一下，缓缓摇头：“不，我们出宫去。”

翊仁宫偏殿的小屋里，一把小铜锁打开，青衫紫衣静静地躺在里面。这一双姊妹剑还是文朗亲手拿回来给我的，破了后宫里天大的规矩，允许我留在身边。

我再一次望着它们，在这样一个时刻，许多情愫不约而同地涌上心头，让我一时有些失神。当日大殿里的惨烈情景几乎还在眼前，我不知道今天若是再拿起，是不是还放得下。

并没有多少时间犹豫，青衫毕竟太过显眼，也许我还没到宫门口就会被拦下，于是我仅仅抓了小小的紫衣握在手里，再隐入袖中。

出宫本该是顺着围墙走芳华门的，但不知是心中没有把握，还是潜意识里有愤恨和不甘，我竟带着环铃选择了从后宫最大的园子穿行而过，从那么多宫院门前一一而过。

走过坤裕宫的时候，我强迫自己不要往里面看，还告诫自己现在不能被任何事耽搁了，环佩或许还活着，她在等着我去救她。哪怕她死了，也在等着我去接她回来。

为了凸显坤裕宫的尊贵地位，接下来一段长长的路和一大片园子都十分开阔，并没有其他宫院。直到再转过一道弯，才是广明宫。尽管走了许久才到这里，我依然感觉这两宫离得格外近。

广明宫大门处此时有不少人进出，只是当我在人来人往里看到了一个熟悉的内监时，就再也挪不开眼睛。

这是睿蓉宫里的内监，无论睿蓉在哪儿，每每都是他守在门口。此时在这里看到他，就证明睿蓉也在。

门口并没有坤裕宫的轿辇，空荡荡的，甚至没有一顶最普通的软轿。冀中出事的消息应该是刚刚到达睿蓉那里吧，为何她这么快就出现在广明宫，还是以这样一种低调的方式？

一种无法抑制的猜测迅速蔓延，文朗封锁了消息，睿蓉第一时间去找怡贵嫔，我成了被彻底孤立的那一个。这一刻，无论她们是在里面庆贺胜利还是密谋后路，都让我的心在瞬间痛得如刀绞，几乎渗出血来。

全身骤然发紧，我狠狠地咬牙，迈步进了广明宫。

除了刚进宫的那段时间，这两年我几乎没有登门过广明宫，今日突然闯进来，这里的宫女和内监见了我都十分诧异，忙不迭行礼。我全当未见，只一门心思朝正殿去。确切地说，是朝刚刚从里面迈步出来的睿蓉面前而去。

睿蓉本是半垂着头走出来的，发现我接近的时候才一抬头，一副吓了一跳的样子，张了张嘴，却没说出什么。

我站定在她面前，看了她一瞬才开口："你知道了？"

睿蓉当然明白我在问什么，眼睛直直地看着我，有些瑟缩，轻轻点了点头。

我哽咽着，紧跟着问她："你满意了？"

她呆了呆，随即连忙摇头："姐姐，我……"

然而我只是用一种冰冷失望至极的声音打断她的话，并告诉她："睿蓉，从此以后，再也不要这样叫我了。”

说罢，我转身便走。

“姐姐！你等等！”睿蓉在后面追着叫我，丝毫不顾及是不是会被人听到，又或者，她是故意想让人听到，“你听我说……”

至此，一股愤怒涌上来，我猛地转过身去：“你要说什么！贡参案中你做了什么？你不开口没人问你！燕月的死你又做了什么？你无话可说我替你挡了！你现在想说什么？你们想要陈雁羽的命的时候怎么不见你说，你们设计拉我下水的时候怎么不见你说！”

“你们想要从我身边除掉环佩的时候怎么不见你说？那可是环佩啊，你真下得去手！”泪水在眼眶里打转，我强迫它不要掉下来，“现在你又想说了，你不觉得很可笑吗？”

睿蓉的泪却已经掉了下来，有痛悔，有内疚，唯独没有辩解，一如我面对环铃的指责一般。但在我眼里，这些一概都是假象。我给了她那么多次机会，那么多无条件的挺身而出，换来的却是环佩的惨死，叫我怎能不恨！

“我也没有想到会是这样，”睿蓉终于开了口，只这样说，“我真的没有……不该是这样的……”

“你早该想到的，”我深吸一口气，直直地盯着她，“从你做下第一件事开始，你就该想到，早晚会有这样面对我的一天！”

睿蓉不再说话了，只是重又垂着头，仿佛在回味我的话，又仿佛只是在挣扎。好一会儿后，她才用一种刻意压抑出来的平静中夹杂着绝望的声音道：“刚刚太医诊断，怡贵嫔已有了两个月的身孕。”

这是一句完全出乎我意料的话，原来广明宫的骚动来源于此。

两个月，她的身孕已经两个月了！

本来我还在质疑一向办事不留痕迹的她为何这一回敢把自己置于争斗的中央，一反常态地事事出头，敢把睿蓉和文朗一齐算计进去，甚至连太后的反应都在她的计算之内。原来她早就预留了后路，在清理了所有的障碍之后，再爆出身孕的消息，事后就算追究到她的头上，凭着腹中的皇子，谁又能拿她如何！

何等精明，何等手段！

突然之间，我怒极反笑。

“是吗？”我用力勾了嘴角，对上睿蓉失意的眼睛，用最温和又最狠烈的口吻道：“那我更要进去看看她了。”

进入正殿内堂的时候，太医正笑眯眯地恭喜怡贵嫔，说着一些极尽恭维赞美的话。见我进来，立时在惊讶中带了点胆怯，又见我身后跟着去而复返的睿蓉，连忙问安。

我和睿蓉俱是不理，我更是低沉着声音道：“出去！”

那太医有些年纪了，是何等有眼色，看多了后宫百态，见状随即躬身道：“是，臣这就去给皇上报喜，臣告退。”

怡贵嫔愣了一下，很快就在脸上堆了殷勤：“啊！淑妃娘娘真是稀客呀！”

我淡淡地笑：“纯笙，恭喜呀！”

“唉，不必谈恭喜了，”她迅速换上一副悲伤落寞的神色，“臣妾得了孩子，恒安王世子却身遭横祸，世事怎会如此无常……”

说着，她作势要拿帕子去抹泪，我只冷哼一声：“还是要恭喜你的。”

不知她是没听出来还是故意忽略我的话里带刺，很快甜蜜地低头扫了一眼自己的小腹，再抬头刚要开口，又被我后面的话给堵了：“你成功地算计了皇后，干掉了一群障碍，还让她说不出什么来，天塌下来也有人替你背黑锅，现在又有了身孕，真是多喜临门哪！”

怡贵嫔面色一沉：“娘娘这么说是什么意思？”

“你不明白什么意思？”我也沉下脸，“你杀了那么多人，连个孩子都不放过，就不怕夜不安枕，有冤魂找你索命吗！”

“娘娘这话是从何说起，莫不是说臣妾与此事有关？”怡贵嫔知道我来者不善，也不慌张，摆出一副惊讶莫名的样子，“臣妾身在深宫，怎么可能做得如此大事。况且臣妾和皇后娘娘也都失去了身边亲近的人，娘娘你便是心里悲痛也不能如此污蔑……”

“冯纯笙！”我厉声打断她，逼近一步，愤恨地道，“你敢以你腹中孩子起誓你与此事无关吗？若是有半点虚言，你的孩子便永远到不了这世间，胎死腹中，不得超生！”

她果然迅速变了脸色，身子僵了僵，终是没有胆量起这个誓，在我冷冷的逼视下兀自反抗：“淑妃如此诅咒皇嗣，就不怕太后和皇上怪罪下来吗？”

说着，她瞟了一眼我身后的睿蓉：“皇后娘娘可是听见了的。”

我丝毫不为所动，也完全不关心睿蓉会是怎样的表情和反应，连眼睛都没挪开一下：“你谋害世子都不怕，我有什么可怕的！”

睿蓉并没有任何回应，我不知道她是出于什么样的考量，总之这让怡贵嫔有点恼羞成怒：“他算哪门子的世子，那个血统卑贱的孽种有什么资格与我腹中孩儿相较！”

“你已经达到了目的，”睿蓉突然轻轻地开口，“就不能给那孩子一条生路吗？”

“皇后娘娘这是什么话，生路死路的，可不是我给不给！”怡贵嫔俨然没把睿蓉放在眼里，“一个贱婢所生，躲在宫里无名无分多年，一朝被发现，还妄想进入王府？岂不笑话！也不看看自己是什么身份，奢望了不该高攀的，遭了横祸，只能怪自己命贱！”

“还有那么多人跟着一起送命！”一直无声啜泣的环铃终于忍不住哭出来，“也都是因为命贱吗？”

怡贵嫔看都没看环铃一眼，仿佛全无这个人，这句话。反倒是她身边一个贴身的宫女呵斥了一句：“放肆！不怕惊了贵嫔娘娘的胎吗？”

当着我和睿蓉的面，这宫女敢这么说定是有了怡贵嫔的指示，变着法地想赶我走。我知道此时若是急了，后面便没话可说了，于是不管心里再恨，依旧勉力维持了冷静，如怡贵嫔一般只当没听到。

她见没有奏效，很快皱了眉对那宫女道：“皇后娘娘还没说话呢，哪有你说话的份！还不赶紧赔罪！”

那宫女不愧是怡贵嫔贴身的人，聪明异常，连忙浅蹲一礼：“是，奴婢该死，做奴婢的本就该为主子分忧，再不敢胡乱说话做事，不然哪天横死了，也是活该！”

环佩才刚刚出了事，这等话听起来是何等刺心。就算我还尚有理智，悲痛至极的环铃怎么可能忍得下，当即作势便要冲过去：“你说什么！”

我一时没来得及反应，那宫女见状，急忙挡在怡贵嫔身前：“你要干什么！不要命了吗？！”

环铃很快被那宫女和一个从外头跑进来的内监扯住了要往外拉，尽管势单力薄，终究是拼了命般在挣扎厮打。

混乱中，我分明看到了她嘴角的一抹笑意。

一股怒火猛地涌上头，“轰”的一声炸了。

“住手！”

我骤然出口的声音吓了所有人一跳，我指着即将被拖出去的环铃，大声道：“我看今天谁敢动她！”

“娘娘何必如此动怒呢。”趁着众人俱是一怔的工夫，怡贵嫔的声音适时地响起，“这丫头当着皇后娘娘和咱们的面发了疯，我这身孕若是动了胎气，就算皇上答应，太后也绝不会容忍，娘娘难道还要袒护她不成？”

我几步过去一把拉回环铃，一字一顿地告诉她：“别哭，不怕。”

话音刚落，我又狠狠甩了那口出恶言的宫女一巴掌，连同那个内监一起：“给我滚出去！”

回过头来，我用尽最后的一点克制，咬着牙问："这么说，这整件事你是认了？"

"看来娘娘今儿个就是来兴师问罪的了。"怡贵嫔盯着我，忽地笑了，丝毫不见忌惮地抬高了声音，"认了怎样，不认又怎样？出了这个门，终是我有身孕，你没有证据，你能将我如何！"

"你说得对，我没有证据，你认与不认，我都不能把你如何……"

最后一点理智消失殆尽，我全身紧绷，一个箭步窜上去，一把抓住怡贵嫔的衣衫。

"你！你！你要干什么！"怡贵嫔当即吓得花容失色，"快来人！快来人呀！"

那个刚被我扇了一巴掌的宫女急急忙忙跑过来拉我的手臂，还有那个内监也凑了过来。虽说一时还不敢伸手，却总是碍事。

我一皱眉，松开怡贵嫔，转而一个重手甩开那个宫女，让她直接跌到了窗边，把一个花架撞倒，花瓶稀里哗啦碎了一地。

"你不是很会做奴婢吗！主子叫你滚出去你听不懂是不是？"我心里本就恨她话语里影射环佩，此时更是手底下毫不留情，"是不是要我来教你什么叫横死，什么叫活该！"

在场几人面面相觑，场面一时有点安静，最先反应过来的是被我堵在身后的怡贵嫔。她见势头不对，一句话也不再多说，轻轻挪了几步，突然就想从我的身边跑过去，直奔门口！

我哪会给她这个机会，她没有丝毫功夫底子，从一起步就被我发现了。我猛地转身一把截住她，用手肘把她推向墙边，心里的恨意全化为手上的力道，丝毫没有收敛，直让她的后背重重地撞在了墙上。

在场之人无不发出惊呼，一撞之下，怡贵嫔更是几乎背过气去。好一会儿她才颤巍巍地缓过来，强硬的气势已然消失大半："淑妃，你……要做什么！放开我！"

"我要做什么？"一想起有那么多人因眼前这个女人而死，其中还包括环佩，我就怒不可遏，手上又使了力，"你看不出来吗！"

"你……"怡贵嫔身子娇弱，哪经得起这阵仗，"救命……救命啊……"

睿蓉此时也是慌慌张张地跑过来："淑妃——姐姐——你这是做什么？"

第三十四章
秋意

我这是在做什么，这一刻我也不甚知道。自我十五岁至今，一路走来不过几年，于我却像过了几生。许多的人和事都在变，但我始终觉得自己是理智的。无论存亡还是颠覆，我都尽力挽回或者挽救，只求获得一个对旁人来说最好的结局。

哪怕几次在生死关头，我都保持着那该死的理智，把自己禁锢在一个闯不出去的牢笼里，赔上了性命也依然觉得自己牺牲得伟大又值得。

所以这让我几乎忘了该如何释放本性，压抑了太多心中的渴望和愤怒，当终于爆发的时候，我自己也不知道到底是要做什么。

我一走神的工夫，手底下略微松了些，怡贵嫔得了这个喘息的机会，拼了命地大叫起来："淑妃疯了，要杀人啊！外头有没有人，快去找皇上，找太后啊！救命啊！"

我此时再不迟疑，将右手袖中的紫衣反手亮出，抵在她的脖颈上。未发一言，却成功地让她的声音戛然而止。

紫衣的紫色是那种暗暗的光芒，在怡贵嫔雪白的颈子边显得格外冷冽。我毫不放松的手力让她深刻知道事情的严重性，呆了呆，脸色开始白里透青。

不过之前怡贵嫔的几声号叫还是让院子里有点乱起来，睿蓉见状也顾不得我，连忙跑到门口，朝着几个想要跑去报信的下人喝道："都给我站住！今儿个谁敢出这个门，明儿个就是你的死期！本宫把话撂在这儿了，你们瞧着办！"

说罢，她又吩咐身边同样吓傻了的小黛："快去找皇上！"

她再转回来，急急地对我说道："姐姐，你快放开她，她毕竟，毕竟……"

睿蓉没有说出口，我却明白她其实想要说的是，她毕竟怀着身孕，而那是文朗的孩子。我想在这一点上，睿蓉一定比我更加难受，因为我分明看到她眼里的犹豫，犹豫着到底要不要阻止我。

怡贵嫔却在此时突然像抓住了救命稻草一般："皇后！皇后娘娘救命啊！我肚子里还有孩子，是皇上的孩子啊！纵使我有再多的错，可他是无辜的……"

"你也知道无辜！你连一个六岁的孩子都不放过，他难道不无辜？我的环佩，她难道不无辜！"我闻言狠狠地啐道，"你这样狠毒的女人，有什么资格替他生儿育女！有什么资格谈论无辜！”

“贡参下毒的事是你做的吧？离间皇后和静妃，嫁祸洛贵人和王依瑶，你做得很好，几乎天衣无缝。”

“然后你布一个局要陈雁羽的命，拉皇后下水，同时利用了皇上和太后，又稳又狠，做得更好，甚至比陈雁羽还要强些。”

我伸手一指睿蓉：“哪怕你现在想要那个位置，也已经由得你。就凭你的本事，我都可以当看不见！”

“我已经袖手旁观了，甚至替你们当了一回棋子都没说一句话，可你偏偏还要来跟我过不去，夺走我身边最重要的人。”我咬咬牙，“所以，你这是在找死。”

怡贵嫔彻底慌了神：“世子的事是我一时糊涂蒙了心，可那也不能全怪我啊，你以为就只我一个人想这么做吗？你根本不知道，这事很多年以前就是注定的，你难道不明白吗！而且环佩的事也不能全怪我，是皇后跟皇上提的，叫环佩一起去，说只有皇上跟你开口你才会答应，我在皇上面前根本说不上话，你知道的！”

“你！”睿蓉一听就急了，又一副无从辩解的样子，“可是我怎么知道……”

“睿蓉，”我没有等她说完就打断她，“你看，这就是你选择的伙伴，她只会不断地欺骗你、利用你，到关键的时候再出卖你。”

“我从来不会这样对你，可你却选择信她。”我喃喃道，感觉无比悲哀，“陈雁羽死了，王依瑶死了，所有知情的人都死了，让我来帮你最后一次好不好？”我对着睿蓉轻轻地笑了，转过头来看怡贵嫔，“我来帮你除掉她。”

“你见过我杀人的，”我似乎是对睿蓉说的，却对着怡贵嫔，“你也见过吧。”

“只要这样划过去，”我将紫衣缓缓地挪动了一下，一丝血痕很快展现，“就好了。”

怡贵嫔的泪比那滴血更快地落下来：“不要……不要……”

我知道只要我这一剑下去，只要一个瞬间，有太多事情会就此改变。

一尸两命的背后，也许悄无声息，也许尽人皆知，也许我将再不能被容于这个宫廷，背负起我所无法承担的后果。以后会怎样，这些我都想得到，可我不在乎。

“纯笙，”依然是一个瞬间，我做了决定，用力握紧紫衣的剑柄，告诉眼前这个曾称为姐妹的女子，“记得，下辈子不要进宫来。”

手起剑落的一刹那，一只突然出现的手死死地抓住了我的手腕：“愉儿！”

文朗终究是出现了，比预期的早，比盼望的迟。

紫衣刺下去的势头蓦地止住，我并没有表现出多少意外，朝文朗的方向微微侧了头。进还是退，我没有动作，也没有挣扎，我着等着文朗的下文，等着听他会说些什么。哪怕是无谓的解释，或是空洞的安抚，我只想听他会说些什么。

然而他却在那一声之后再无声音，甚至都没有企图开口的势头。我的心渐渐沉了，不知道这代表着无话可说还是无言以对。这就是文朗，他在最后的一刹那阻止了我，却不肯给出只言片语。

一直不曾溢出的泪终于掉落，因着浓浓的失望，还有浓浓的难过，这就是我心爱的那个人，在我最需要听到什么的时候，他却只是沉默。

“皇上！皇上！”在最初的魂飞魄散之后，几乎昏过去的怡贵嫔又活了过来，声泪俱下地哭喊着，“皇上救命啊！淑妃她疯了，她要杀臣妾，杀臣妾肚子里的孩子啊！求皇上为臣妾做主啊！”

尖锐的声音划破了一时的僵持，我猛地一颤，想要抽回被文朗抓住的右手。文朗却是早有准备，以他的底子，若是着意阻止，我又哪里挣得开。

我看着怡贵嫔哭得越发恣情，也许是坚信文朗不会让她血溅当场，不管紫衣是不是还在我的手里，她就如虚弱得站不稳一般，作势想要朝文朗靠过来。

那种表情和动作，在一个经受了巨大的惊吓，又怀着身孕的女子身上出现，任哪一个男人见此也会毫不犹豫地将身边的旁人推开，伸手扶上一把。

无关感情，只是本能。

怡贵嫔便是太过笃定于此，于是才让我有了接下来的机会。

紫衣突然从右手掉落，在旁人看来，就如我已经放弃了一般，连文朗的手劲都有放松的势头。不过那也只是一刹，我一个旋身，左手从半空中接住紫衣，挽了一个剑花，顺势便朝着靠过来的怡贵嫔刺过去。

青衫紫衣，这一双姊妹剑本就是可以在关键时刻双手并用的。紫衣短小，铸造之初便是为左手而置。我每每右手持它，几乎是在当短刀匕首用，糟蹋了一把绝妙短剑，全因大哥所教的不过几招左手手势，无非自救或置敌，都是狠烈无比的必杀技。大哥说，能不用，便不用。

饶是文朗功夫再好，终是与我交手的次数太少，对我的套路并不熟悉，玩笑打闹又做不得数。在我受伤之后更是连玩笑打闹都没有了，从未看过我正经使剑。

此时我左手剑招一出，他立时便知不好，却已没有机会再拉住我。

怡贵嫔本是想靠入文朗怀里的，不料等待她的却是一把尖刃。她在那一刹从娇纵到惊恐的表情转换相当精彩。

文朗毫不犹豫地出手，用着他身为帝王所必须熟练的一招制敌的方式。知道我脚底下的功夫好些，他使了内力扣住我的脉门，欺身而上截住我的同时劈手切在我的腕上。紫衣应击而落，叮叮当当掉在地上。他只一招，立刻反转了局势，一气呵成，干净利落。

那一刻我是意外的，并非意外于他会对我出手，这本就是我逼他做出的选择。我只是惊讶一个必败的局面被他轻易反转，原来他的功夫这样好，我竟从来没有见过。

我猝不及防，根本来不及也没能力抵挡。实际上我甚至也没打算抵挡。在这一点上，我想，他也是很意外的。

情急之下，文朗有着他必须阻止我的理由，过程快得他根本来不及收敛和拿捏力道。我的大穴被扣住，又被他的内力一冲，胸口当即就是一拧。紫衣撒手后，我往后退了两步才勉力站定，皱了皱眉，紧紧咬了唇。

我并没有伤到，文朗再怎么样也不会真的下重手，只要多退上一步卸掉力，连痛都不会痛一下。只是倔强上来，是一种我自己都说不清的别扭，偏偏要硬扛着。再加上那么多悲痛的复杂情绪涌上来，眼泪一颗一颗往下掉，直难受得说不出话来。

文朗则是一副吓坏了的样子，一解了那围，立即就松了力道转而扶住我，连脸都变了色。

我别开头不看他，文朗显得焦急不已，刚要开口说些什么，忽地听见外头有人禀报："启禀皇上，太后听说怡贵嫔已有身孕，特派了仁寿宫的孙嬷嬷过来探望。"

是常远的声音，刻意提高的声音仿佛在提示着屋内的人，麻烦来得比预计的要早多了。

文朗示意睿蓉去外面应对，睿蓉会意，走到门外，想来那孙嬷嬷已经候在外头。文朗放开我，向前走了几步，谨慎中带着些紧张。

小黛见状，连忙跟在睿蓉身后出去并关了门，就听见睿蓉说道："本宫替贵嫔多谢太后关爱。"

孙嬷嬷道："奴婢参见皇后娘娘，不知是否可以当面向贵嫔娘娘道喜？以表太后的探望之情。"

"贵嫔初知身孕，身子不适，已歇下了。"睿蓉随口说出的理由再正常不过，"皇上也在里头呢，孙嬷嬷先回吧。"

孙嬷嬷并没有再坚持，声音中带着笑意："是，是，奴婢恭喜皇上、恭喜皇后娘娘，奴婢先行告退了。"

文朗盯着怡贵嫔，一字一顿："方才朕在外头都听见了，从现在开始，你给朕安分些！"

文朗说这句话的声音不大，却是斩钉截铁。莫说骤然变色的怡贵嫔，就连我都感觉意外，他听见了……怎么可能？

与此同时，刚好推门进来的睿蓉仿佛突然站立不稳一般，歪歪地靠在门框上，惹得小黛连忙去扶。

她当然也听见了文朗最后的那句话，同怡贵嫔一样当场变了脸色。文朗的这句话在她这里要比在怡贵嫔那儿有震撼力得多，怡贵嫔至多不过是拼命否认辩解、哭闹求饶，但于睿蓉，我还真想不到她会做何感想，又会有何反应。

文朗快步再一次来到我的面前，扶住我的双肩，并不在乎自己说的话有没有被旁人听到。

“愉儿，你伤到哪里没有？”

我仰头看他：“皇上要问责吗？”

文朗没料到我会这样说，皱了眉一怔。

此时，后头的怡贵嫔意识到不好，再一次瘫倒在地：“皇上！臣妾知错了，再不敢造次，还请皇上看在臣妾肚子里的孩子的份儿上……”

说着说着，她便是一副接不上气来的样子。

睿蓉也突然上前一步，张了嘴，却没说出什么。

我看看眼前这三个人，感觉与他们之间再没有话说。既然文朗没有当场追究责任的打算，那我也没必要在这里多留，所以只是轻轻地挣开了他的双手，从他身边擦肩而过。

经过环铃身边的时候，我低声说了一句：“我们走吧。”

才迈出门，眼泪又不争气地掉下来，后面响起文朗的喊声：“愉儿，你等等！”

我却是不理，还加快了脚步。

见到我和文朗一前一后出现，院子里的下人“呼啦啦”跪了好多。

文朗紧赶几步，再一次抓住了我的手臂。毕竟是众目睽睽之下，我能感受到他小心翼翼的力道。于是我没有挣扎，顺从地被他拉转过身子，用满脸的泪水对上他满眼的心疼。

与此同时，我看到怡贵嫔也从屋里追了出来，声音不大地喊着文朗，跌跌撞撞一下子绊倒在门口。尽人皆知她是怀着身孕的，院子里和屋子里的所有下人见状连忙全奔了过去。那边的声音嘈杂而混乱，倒让我和文朗身边骤然清静下来。

“愉儿，你要不要紧？刚才……”

“我今天就是来杀她的，我不管她是不是怀了身孕，如果你要问的是这个，这就是答案。如果皇上不打算现在抓我进天牢，那么我就要出宫去，我要去找环佩，你要拦着我吗？”

我泪眼迷蒙，终是忍不住质问他："那可是环佩啊，你怎么可以……"

"愉儿，不是这样的。"后头出了那么大的乱子，文朗却连头都没有回一下，只急急地对我说，"环佩的事不是你想的那样，你听朕说！"

"都这会儿了，你还要说什么！"我一下子甩开他的手，再也压抑不住。面对文朗，我激动得无以复加，哭喊道，"你们全都要我听你们说，可又有谁听过我说？"

我指着屋子里的方向："有多少次我可以站出来说话，为了她我都沉默了。又有多少次我本应站在一旁不说话，却不得已蹚进了浑水。你上天入地地护着她，于是我也毫无立场地站在她这边。到最后，却落得如此下场。我失去了环佩，是你们亲手杀了她！你要否认吗！"

我不想哭了，哭泣根本不足以表达我此刻内心的难受："你不觉得你很残忍吗？"

我声泪控诉地表达着压抑已久的激烈情感，有那么多委屈，那么多不满，让文朗整个人被深深地触动，他凝滞的表情昭示着他的震惊。其实也不是震惊，其实有许多事他都很清楚，只是为着一句多年前的承诺而故意忽略了。此刻骤然揭开，个中滋味无从描述。

我想我们彼此都需要时间，背离还是救赎，都不是一时半刻可以决定的。

这时，屋子那边越发混乱了。下人们进进出出，只见睿蓉匆忙朝我们跑过来，后头还跟着常远。停在文朗身后的时候，她先是看看我，然后才有点犹豫地对文朗开口："贵嫔连惊带吓，又跌了一跤，不太好。"

"皇上去瞧一眼吧，"睿蓉咬咬唇，"怕是要小产。"

文朗愣了一下，好像要转过头，却又没有，只沉声道："小产便小产，叫太医就是了。"

此言一出，纵是睿蓉不喜怡贵嫔的身孕，也还是呆愣在当场，话都说不出来。

后来想想，也许文朗在睿蓉面前是一种更温柔的模样，从未展露过他作为帝王的冷硬一面。突然乍现，也难怪睿蓉不敢置信。只是不知她的惊讶到底是为了文朗的无情多一些，还是为了造成这种无情的根源多一些。因为在她的脸上，还有掩饰不住的悲伤流露。

只这一句，文朗没有再关注怡贵嫔，甚至都没有关注睿蓉是不是离开了。他沉默了一会儿，对一旁的常远说："去吩咐芳华门和西华门，就说是朕的意思，淑妃要去哪儿，都不得拦阻。"

我知道文朗和睿蓉都在看着我，我却不再看他们，而是转过身走到环铃身边，拉起她的手离开，只留一个萧瑟的背影给那两个各怀心思的人。

这一刻，我把这座后宫抛在了身后，无论生死还是小产，帝王还是皇后，只手撑天如何，母仪天下又如何，都是他们的事。

到我，云深孑立，不过茕茕一人。

有常远传的口谕，我顺利地出了芳华门，朝西华门而去的时候，他亦步亦趋地跟着我，几次想要说什么，都因我的沉默而未能出口。一直到了西华门前，他才忍不住开口道："娘娘，你真要出宫吗？"

悸动过后，悲伤和心痛压得我有些疲惫，我点了点头，没有出声。

没有得到我明确的回应，常远显得有点无措，本来想说的话更是说不出口。

"娘娘……你若是走了，皇上他……"

出宫去只是一时的决定，让我在混乱的时候有一个下意识的目标。眼看着正站在西华门门口，然后呢，然后我该怎么办？

西华门的侍卫与内宫的芳华门不同，他们从未见过后宫妃嫔这样出现在他们面前。饶是有常远跟着，他们也依旧掩饰不住脸上的惊奇。还是常远呵斥了几句后，他们才全部低下头去行礼。

"你回吧，"我终于开了口，却只是这样对常远说，"好好照顾他。"

"娘娘！"我这样的吩咐让他忽地有点恐慌，"你什么时候回转，奴才好在这儿接你。"

我听了垂下眼睑，什么时候回，要不要回，这个问题对我来说现在还太早了，所以我轻轻摇了摇头，转身便往外走。

"娘娘——"常远再一次叫住我，小跑几步到我跟前，"娘娘，有些事奴才不该多嘴的，可还是要说一句。方才去广明宫之前，皇上去了翊仁宫找娘娘，可惜娘娘已经离开了。"

"环佩的事，皇上已经尽力做了最好的安排，只可惜……"常远低头踌躇了一下，并没有继续说下去，只是道，"希望娘娘能给一个机会听皇上说。"

说罢，常远施了一礼，退了回去。

我并没有多少时间回味常远的话，宫门外是一片开阔的禁地，不远处熙熙攘攘的街上的行人虽然并不多，但因着之前并未来得及换装减饰，我和环铃的一身宫装显得十分惹眼。尽管只是常服一件，但毕竟是出自淑妃份例，已有不少人好奇地看了过来。

环铃与我一般心思："小姐，咱们现在该怎么办呢？"

我抬手把发髻上的贵重钗环摘了几支下来，塞到环铃手里，说出我现在唯一能想到的办法：“我们去找四海堂。”

“啊！”环铃有些意外，忙不迭地把首饰收好，“大少爷不是早就叫四海堂退出京城了吗？小姐你知道去哪里找？”

我叹了口气：“不知道，已经很久没有大哥的消息了。”

虽说我笃定在京城一定还有大哥的人，可要找起来一时却无从下手。环佩的事让我又慌又急，也顾不上细细地计划，拉着环铃就直奔那个以前有出城地道的客栈。

思来想去，如果四海堂悉数全退，那他们在京城唯一要守着的也就是这个地方了。

后门锁着不得而入，我就大着胆子从正门进去。里头的伙计一看见我，立刻殷勤地迎上来。他开口之前先上下打量了我们一番，很快就掩饰了他的诧异：“夫人二位可是住店？”

我让环铃掏了一小锭金子出来给那伙计，道：“叫你们掌柜出来。”

在宫里，一般都是打赏金子或是首饰，所以我们身上并没有外头常用的现银。况且我也是故意出手大方，才好尽快引起他人的注意。

掌柜出现得很快，同样殷勤，满脸堆笑：“夫人有何吩咐？”

我取下手腕上的一只镯子，轻轻地放在了掌柜摊开的手里。这种极品翡翠在宫里都算是上品，在外头更是罕见，价值远胜多少锭金子，却不是常人能估量得出来的。我这样做，就是要看这掌柜是不是识货。

成功地收获了那掌柜的惊诧目光后，我心里有了底，语出惊人地添上一句：“我要找四海堂的人。”

见那掌柜没出声，我又补了一句：“很急。”

掌柜却连头都没抬，让我几乎以为自己找错了人：“夫人要找谁请尽管吩咐，小的这就派人去打听。只是不知道这是个什么样的堂会，主要做什么营生？”

我抿抿唇，知道这样问是问不出什么的。如果这人不是堂里的，多说只会给我也给四海堂招来麻烦。如果他与四海堂有关系，那只这一句就已经够了。

所以我只是摇摇头：“给我一间上房。”

简单地安顿好后，我打发环铃出去兑换银两并采买衣物。我想我必须做好找不到帮手，要自己去冀中的准备。

在二楼的屋里等了好一会儿，算算时辰环铃也该回来了，此时我突然觉得有些不对劲。外头十分安静，这对于一间青天白日开门迎客的客栈而言，就算位置再偏僻也是不对劲的。

我将窗子打开一条缝朝楼下瞧，院子里方才还有三两个人，现在一个都没有了。我正要思量对策，突然看见环铃从外头回来，才刚进客栈的门，那小伙计就迎了上去，指着后面跟环铃说了一句什么。环铃刚一转身，那伙计便飞快地一把掳住了她！

我看得魂飞魄散，也顾不得自己手无寸铁，推开窗子便纵身跳了下去！

落地才发现不止一个人等在楼下，见状全朝着我扑过来。我知道自己找对了地方，事情却变得麻烦起来。我没时间说话，也没人听我说话，两招便打退了那个伙计，拉着环铃就朝大门跑，想着先让他们停手再来解释。不想还没跑出两步，那门就"哐当"一声关上了。

面对一个围困的局面，进不得，又没有退路，于是我把环铃拦在身后，急道："都住手！你们听我说！"

一个看起来是管事的青衣人一抬手，让大家暂时停下来："你要说什么？"

我刚准备说明来意，想想还是谨慎为妙，便问他："你们……是堂里的人吗？"

我故意把话说得亲近，那人盯着我一皱眉，还没说话，就听旁边那个掌柜道："先拿下再说，免得节外生枝！"

说罢，几个人又是不由分说地朝我扑过来。我功夫本就不算好，此时还拉着一个环铃，更是捉襟见肘。情急之下，我从一个身手较差的人手里劈手夺来一把剑，把战线伸展开来，才算勉强支撑住，连声喊着："慢着慢着！把你们管事的人找出来，恩华，或者甲子御、甲子戎，有没有一个在京城的？"

这几个名字倒是起了作用，却没能阻住他们的攻势。有一个声音问我："在不在的，有切口吗？"

很好，这话总算是承认了他们的身份。

"没有！但我的身份绝对值得你们停下来听我说！"

"你若清白，"那青衣人一刀向我砍过来，看得出不是杀招，"束手跟了我们兄弟去，自有你说话的地方！"

那一刀来势极猛，手里的剑又实在是沉重，我格开的时候虎口震得直发麻，心里又急又恼，忍不住跺脚道："我若能跟你去，还能不去吗！倒是有完没完！"

说罢我将剑一撤，斜在身侧，彻底不再抵挡："我姓慕！"

那人哪料到我会如此，加上我说出的姓氏实在是特别，劈过来的一刀硬生生改了方向，最后有些狼狈地横刀于身前："你说什么？"

"她说她姓慕。"

一个女人的声音响起，让所有人都是一怔。我转头看去，心下总算稍安。因为从后院走过来的，是恩华。

那青衣人手里的刀并没有放下，试探着叫恩华：“坛主？”

“在京城，会有几个年轻女子站在你面前说她姓慕？”恩华瞟了他们一眼，没好气地道，“还不住手！”

青衣人眨眨眼，一副恍然大悟的样子，刀剑连忙都撤了：“难道是……”

恩华一皱眉：“谨慎！谨慎！留你们在京城的时候，总堂主是怎么吩咐的！”

青衣人却是半句也不敢辩解，连忙朝着我一躬身，道：“属下鲁莽，险些伤了小姐！”

“放心，堂主他没在京。”恩华嘴角带着一抹笑，斜眼睨了我一下，“不过，若是出了什么差错，会有另一个人把这里荡平。”

对于恩华暗指文朗的揶揄，在场的那些人是不太明白的。我朝着恩华走过去：“既是看到我这身打扮，你还有心思说笑！咱们在冀中有没有分堂？我有急事！”

“冀中？”恩华听我这么一问，有点惊讶，表情很快肃谨下来，“进屋说。”

才一进屋，恩华便问我：“你是为了朝廷车队在冀中被伏击的事来的？”

“是！”我心里一阵冲动，“你知道？”

“当然，”恩华一皱眉，“我这回进京就是为了这件事。”

我十分惊讶，看恩华一副如临大敌的样子，完全想不清楚四海堂为何会关注于此。

“昨儿个午间，四海堂在冀中的曲阳分堂突然被朝廷围剿了。”恩华语出惊人，“堂口里上下百余人，死伤了一些，大部分全被抓了。”

“朝廷？怎么会……”我呆在当场，迅速想着其中的利害关系，“难道说……”

“不错，”恩华点头，“便是因了伏击的事。”

见我完全说不出话来，恩华紧接着道：“四海堂与此事绝无干系。你知道的，自从堂主与上头有了协定，便……”

“我知道，”我打断她，“宫里是今儿个才得的信，所以，不会是他下令抓人的。”

恩华点头表示接受，问：“那你出来是为了什么？”

“冀中那边现在是什么情形？”我没有直接回答，而是追问道，“大哥怎么说？”

“我没有去那边，直接进京了。堂主与我一同出发的，去了冀中。”恩华明白我的担忧，郑重地告诉我，“涉及朝廷，堂主自会慎重。”

我咬着唇，想不到事情竟如此复杂，信报说是昨日午后才知道世子一行出事的，为何午间就派了兵围剿？是信报有误，还是……

电光石火间，我吓出一身冷汗，一把抓住恩华的手，急道："这是个阴谋。将伏击的事安到四海堂身上，抓了人，就是为了等咱们的反应。知道四海堂一定不会善罢甘休，而一旦四海堂出手，那就彻底说不清了！若是真有预谋，那边绝对会有所准备，到时候定是两败俱伤的局面，这会儿堂里应该在冀中聚了不少人吧？"

恩华的面色也有些发白："临近几省的堂口派出的已有几千人了，那么多人被抓，消息传开，现在各地都源源不断地有人赶过去。"

"你先别着急，"恩华随即又安慰我道，"好在堂主第一时间赶去了。有堂主在，分堂的兄弟不会贸然行动的。"

"你马上派人，"我心里依旧不得安宁，"不，你还是亲自去一趟，要确保双方不要起任何冲突。只要局面可控，后面的事我自会想办法，你叫大哥相信我！"

"另外，"事情的变化已经超出了我的预料，对于环佩的生死，我心里更加没了底，"我身边有个叫环佩的丫头也在这回的朝廷车队里。你只要跟大哥说，他就知道。"

"她对我来说很重要，无论如何请帮我找到她，无论付出什么代价……"我攥紧恩华的手，深吸一口气，防止眼泪掉下来，"无论生死。"

恩华见了我的样子，微微蹙了眉，稳稳地点头："好，我去。"

天色渐晚，恩华很快就叫人备好了细软，说着就是要走了。正在这时，外头突然又乱了起来，刀剑声重又响起。

院子里一时倒还没有打斗声，看来那个管事的青衣人是学乖了，不敢轻举妄动。恩华听了动静，忙蹿出去看，我紧跟其后。

恩华一直跟在大哥身边行走江湖，功夫很好，又刚好站在门口，待我跟出来的时候，已经听见恩华凉凉的声音："今儿个咱们这里可算是热闹了。"

又是这种场面，我很不喜欢这种场面。

何其相似，又是这样一个小小的院落，我站在门口，他站在院里，两人相视无言。

"行了，都收了吧，小心戒备。"恩华看看我们二人，对着那些剑拔弩张的弟子随意地挥了挥手，"这就是我说的另一个人，会荡平这里的那个，来得可真够快的。"

文朗冲着恩华温润地点头一笑："多谢。"

"不敢不敢，"恩华连忙摆手，话语意味深长，"是我该敬佩才是。"

接着，她朝着我道："我走了。"

"辛苦。"我点头，"路上小心。"

“对了！”恩华还没出大门，又停下脚步，也不知是说给我听，还是故意说给文朗听，“虽说咱们在京城已经没有分堂，但还是有几个人在的。堂主说，如果你出现，这些人就都归你调配了，包括周边几省的人，都是使唤得动的。”

“那个是左大鸿，”恩华伸手一指那个管事的青衣人，“有事吩咐他就成了。”

左大鸿随即朝我一躬身，我有点意外，又有点尴尬，不知该有什么反应。

“这处地方应该是安全的，你要住的话可以随意住下来，有足够的人保护你。”恩华瞄了一眼文朗，又补了一句，“如果没人来围剿的话。”

说罢，恩华转身离去，留下一院子的人和一个瞠目结舌的我。

文朗则一直表情淡淡，一袭青衫伫立，仿佛全然没有听见看见一般。

“你们……”无论如何都不能让这些人就这样看着我和文朗，“不必守在这儿了。”

四海堂的等级风格不亚于皇宫大内，没有一句异议，左大鸿那些人便应声而退，极快地就不见了踪影。

“你……”我看着文朗，又看看门外，“没有带人？”

文朗摇头：“没有。”

“天还没黑透，你就敢出宫来，还一个人都不带，就敢往这种地方来！你疯了吗？”

心里有些懊恼自己的在意，哪怕有无数埋怨和怀疑，哪怕是环佩命悬一线，面对文朗的孤身犯险，我依旧是在意的。

一堆乱七八糟的感情横冲直撞地飞蹿，最后全被我胡乱一撇，化为一腔冰冷：“皇上这会儿过来，有什么事吗？”

文朗神色一顿，迈步朝我走过来：“愉儿！”

我却转了身朝屋里走，路过环铃的时候道：“你先出去。”

环铃看看我们俩，没敢说什么，出去时顺便带上了门。

我转过身，对着文朗道：“冀中伏击的事，与四海堂无关。”

“嗯。”他不置可否地应了一声，“我不是为了这事来的。”

我注意到他竟然抛却了那个尊贵的自称，心里不由得一动，很快又强压下去，并不躲闪地直言：“愉儿不值得皇上孤身犯险。”

“也不算犯险，”文朗微微笑了一下，几乎带着点自嘲，“你不是也早就知道抓人不是我的意思，四海堂难道还能吃了我不成。”

“愉儿，”文朗随即皱了眉，上前一步想要抓住我的手臂。我不着痕迹地避开他，说是不着痕迹，其中的刻意已经让两个人很是尴尬。文朗的手停在半空中，我低头盯着那修长的手指，一时也是无言。

看了好一会儿，我极力忍住想要去握他的手的冲动，看似平静地开口：“听常远说，你去了翊仁宫找我。”

文朗的声音很平静：“是。”

我勾了勾嘴角，并不抬头看他，感觉有点伤心，还有点失落：“算起来，如果你是从那边赶去的广明宫，那么你冲进屋前根本就什么都没听到，你只是在诈她，是吗？”

愣了一下，文朗僵持的手放了下去，依旧毫无波澜地回答：“是。”

泪缓缓地落下来，我分不清心里到底是感动还是失望。是感动于文朗对我的用心良苦，还是失望于原来他不知道，他还是不知道。

他的声音开始有点嘶哑：“愉儿——”

我摇摇头，眼泪“吧嗒吧嗒”地往下掉：“不必说，不必说。”

“找我要说什么？常远说，环佩的事该给你一个说话的机会。”我终于抬头看他，“我在听。”

文朗的面上瞬间浮现受伤的表情：“愉儿，只是因为他这样说，你才愿意听吗？”

我并不想正面回答这个问题，也无从回答。又是一小会儿的沉默后，我问：“她的身子怎么样了？”

我对那个女人的恨甚至发展到不愿提起她的名字。

文朗淡淡地道：“小产了。”

尽管早就想到会是这个结果，我却还是一怔，心里有点难受，觉得自己终是再造了一桩罪孽。

文朗再伸手过来的时候，我没有闪躲。他执起我的左手，将衣袖拉起一点，露出手腕。我这才发现手腕上红肿着一团紫黑，动一动，真是有些痛。

是他阻拦我的时候弄的吧，我左手动得少，心里又是高度紧张，折腾了一下午，竟都没发现，也未觉得痛。

想要缩回手，文朗不肯放，我也就不敢动。他只轻轻转动我的手腕，确认筋骨没有受伤后，才喃喃地低声道：“愉儿，对不起。”

他低着头，我看不到他的眼睛，却还是从声音里听出他的内疚和痛悔。咬咬牙，我用力抽回手，逼得他不得不抬起头来看我。

“你每次说‘对不起’都会附带着一个承诺，我每次都傻傻地相信。可是每次都意味着我将失去什么，我已经不能再失去了。”

“环佩和世子一起，单乘一车走在整个车队的最后面，为的就是不显眼，并安派了人跟着。”也许是我的伤让文朗痛到心里，他没有再纠结于我是否愿意听他的解释，而是开始缓缓地叙述。这对于一个帝王来说，算是一种屈辱吧，“不曾想，依旧徒劳。”

过了好一会儿，我才略微平静下来，觉得这盛夏已如隆冬。

我想，有些话，是到了该说出来的时候了。

“一直一直以来，我都告诉自己，她是你心中的一轮明月，皎洁无瑕，无可比拟，不要试图赶超，做第二名就好。我让自己牢牢记住，千万千万不要再逼你做选择，特别是从那纸手谕之后。”

“我一直以为自己是坚强的，再苦再难，我都能熬过去。我竭尽全力学会爱一个帝王，哪怕你肩上背负江山社稷，哪怕你身边花团锦簇，被忽视、冷落，我都坦然接受。可事到如今我才发现，爱一个帝王并不难，难的是爱一个心里早有了旁人的帝王。”

我看着文朗的眼睛，他也看着我，那是一双多么温柔的眸子，让我愿意为之付出一切。

我的声音逐渐嘶哑，我没有哭，因为哭泣会耗掉太多力气，我怕自己的话说不完就会倒下去。

“可是我爱你，你爱她，在我们三个人之间，我永远是那第三个人。这是我们之间永远无法逾越的鸿沟，越不过去，迈一步，就是粉身碎骨。即使是粉身碎骨，也越不过去。”

“这大概就是这世间最远最远的距离了。”

“我已经用了足够久的时间和足够大的代价去证明这一点，我失去的，早已不仅仅是你们看到的那些，早已不仅仅是一个环佩。之前几乎送了一条命，我都没有懂，直到今天，我才终于懂了。”

“还记得当年我要求你册我入宫的时候说过的，待将来尘埃落定，大仇得雪，你江山稳固美人得抱……”

顿了顿，吞咽了一口口水后，我咬牙：“朗哥哥，就如我所愿，赐我一处安静之所吧。”

文朗愣了愣，温润的眸子里霍然蒙上了雾气。他像是提问，也像是在回忆着说出一句：“赏日月美景，与四时为伴。”

我料不到他竟能记得我曾说过的这句话，一时间百感交集，许多话哽在喉头却一个字也说不出来，只是轻轻地点了点头。

他低头去看我的手腕，那么直直地看，好像要把那一小团瘀伤看出更深一层的东西来。沉默了好一会儿后，他才缓缓吐出一句话：“愉儿，我终是伤了你。”

重又抬头看我的时候，他问："想出宫？"

"不，"我摇头，"我只是出来找环佩的，找到了，自会回去。"

文朗看我，似明还惑。

"我不能让你为难，"我淡淡地笑笑，有意无意地环视这间屋子，"也不能让大哥为难。"

他一直帮我揉着伤处的手突然停了一下，眯了眯眼："愉儿？"

我没有解释，只是静静地看他，相信他一定能明白。

文朗当然是明白的，他是这个庞大帝国的掌舵人，掌管着天下生杀。

大哥是本朝第一大江湖帮派的首领，在江湖和商界，四海堂都拥有绝对的话语权。

面对着日益壮大的四海堂，文朗比谁都清楚其中的利害关系。朝廷与四海堂的微妙关系之所以现在还能平衡，全因我在文朗身边。

而现在已经有人在试图打破这种平衡，一旦打破，后果我想都不敢想。

"你不需要背负这些，"文朗皱眉，"从来都不需要。"

"每个人都要背负自己所应该背负的，一如你，一如她。"

我踮起脚，轻轻吻了一下他的唇："我爱你，但我决定不再爱了。因为爱会让我痛，因为我的爱已经成为你的负担，而你的负担已经够多的了。"

文朗眼中的雾气逐渐浓郁："愉儿，为什么要放弃？"

"因为我待你好，"我缓缓笑了，笑得那么灿烂，"比她好。"

第三十五章 不速

第二日傍晚，我接到冀中的飞鸽传书。三日前出事的朝廷车队有百人遇难，未发现幸存者，同时也未发现世子和环佩的尸身。

第三日，消息再次传来，发现车辆残骸，却未见尸身。

当希望乍现，带来的却是比听到噩耗以后更加剧烈的心急如焚和坐立难安。再加上朝廷与四海堂的对立局势渐明，大哥坐镇冀中，恩华和甲家兄弟也都在那边不得离开。而我从未接触过江湖事务，唯一在京城的左大鸿办事尚可，心思和主意却是没有，让我简直比之前的几日更加手足无措。

一连三日，文朗都是趁着夜色出现，每每都耽搁一两个时辰，一个人来，一个人去。

他一来，左大洪便会领着人远远地退开去，不会与我说起任何堂里的事。对于文朗的身份，他应该是有些猜测的。我不说，他也就不问，但他眉宇间的些许敌意让我本就不安的心里更添几分焦虑。

对于这些，文朗也从不会问。哪怕是有关环佩的事，他也只是淡淡地叙述得到了什么消息、收了谁的折子、有什么进展，一句半句的，说给我听了，便不再多说什么。只是他依旧用药膏帮我治疗手腕的伤处，慢慢地揉散瘀血。他的样子是那么小心翼翼，仿佛捧着一件易碎的珍品。

我突然浑身一颤，这才意识到，什么无人疗伤、偷得宁静，全不过是我自己骗自己的借口。我只是放不下他，尽管说了绝情的话，也依旧放不下他。

骤然明白后，我心里的愤恨乍起，恨他的良苦用心，更恨自己的拖泥带水。

抽回手，我认真地将衣袖整理好，轻描淡写道："成了，这伤已经好得差不多了，皇上明儿个就不必来了。"

文朗一愣，有些吃惊地看着我："愉儿——"

"本来嘛，"我笑笑，特意甩了甩左手，"这不算什么伤，既然皇上在意，那愉儿也不忍辜负了一片好意。如今没事了，就算皇上觉得有什么亏欠，也已不相干。天下大事那么多，就不必记挂了。臣妾过几日回宫后，再自行就离宫之事向太后请罪。"

文朗的嘴唇有点抖："愉儿，你说什么？"

"皇上怎么这般健忘，三日前才说过的话，这就不记得了吗？"我别开眼，"可惜我却没有再说一次的兴致。"

他满眼的伤痛此时在我看来只是觉得好笑，终于觉得痛了吗？

我看看外头，面上依旧带着笑："天色不早了，皇上该回了。"

文朗愣了一会儿，然后点头道："不错，是该回了。"

我满意地点头，站起身就要朝门口走去。正在此时，却见从不会在这会儿出现的环铃急急忙忙地推门进来："小姐！找到了！找到环佩了！她还活着！还活着！"

环铃拼命点头，又哭又笑，随即泣不成声。

我赶紧追问："她人怎么样？"

"受了伤，但性命无碍。"顿了顿，只听左大洪又道，"堂主说过些日子再派人送她回京，叫小姐放心。那边，不碍事……"

说着，他有意无意地朝文朗瞟了一眼。

我皱眉，知道这是有事，大概还有什么消息是不方便说的，于是硬生生压了压情绪，转过身去看文朗。

文朗明白这是在请他离开，没表现出什么，只是走到我的面前："愉儿，环佩还活着，我也很高兴。"

我笑了，尽管眼里噙着泪，这个笑容倒是发自内心的："嗯。"

他没有再说什么，转身离开。那一袭青色的背影有些萧索，很快就消失在夜幕中。

我一直看着，直到看不见了，才吸了口气，对左大洪道："进来说。"

环铃关好门，左大洪这才压低声音道："与环佩姑娘一同找到的，还有小世子。"

我"啊"了一声："他也活着？"

"是，"左大洪点头，"几乎毫发无损。"

我很惊讶："这怎么可能？他明明与环佩同乘一车，没道理……"

"详细情况还不知道，"左大洪摇摇头，道，"据目前所知，除了咱们，至少还有两拨人手在找他们。其中一方先得了手，是甲坛主亲自带了不少高手去把人抢回来的。具体的，相信很快会再有消息。"

我对左大洪道："加强戒备，咱们继续等消息。"

翌日的夜晚，本以为前一日被我以那样的方式赶走的文朗不会再来了，不想他却还是如之前的每夜一般，悄无声息地出现在院子里。随着他一起出现的，还有青衫紫衣。

我看着他把已经合为一体的两把剑放在桌上，微微有些讶异，开口依旧冰冷："皇上这是为何？"

文朗听我这样问，微微闭了眼，并没有转头看我，只是看着那剑。他用手轻轻抚过剑柄，声音飘忽而又缓慢："愉儿，在我生命里的前面十八年，我从未想过自己会处在这个位置上。"

"小的时候，因为上面有两位皇兄，我身上并没有被赋予多少期许。等大些了，母后膝下还有二哥，母后也偏爱二哥，我从未觉得不妥。因为我觉得他就是一个天生的王者，天下自该是他的。后来二哥众望所归地当了太子，我真心替他高兴，也替自己高兴。"

"自从继了位，每天有无数人叫我皇上，他们诚惶诚恐，殊不知我也一样。渐渐地，我强迫自己习惯，君临天下除了代表站在权利的顶端，同时也意味着站在责任的底端，千钧压顶，没有喊累的权利。这就是帝王，是人人口中喊出的那句'皇上'。"

"至于后宫，母后总是怪我宠得太专一，干涉得太多，其实我只是累，想找人说说话。几桩不大不小的事出了以后，让母后很失望。我觉得自己很不孝，尽管母后不说，但我知道她一定会因此想起二哥，二哥就不会让她失望。"

"于是我开始时刻牢记自己的身份，再不敢恣意，也不敢忘情，不得不去那些女子身边的时候，我只好沉默。偶尔也会为着某个目的故意说些什么话，在听到她们小心翼翼地喊'皇上这样，皇上那样'的时候，我渐渐不再觉得不安，取而代之的是一种异样的麻木。"

"我就这样时刻提防着，不得一丝松懈。还好，我有睿蓉，还有你，所以尚能偷得喘息。"

"睿蓉成为皇后以后，不知为什么，在她面前，我总有种莫名的担忧，也就越来越少在她面前开口。于是我只剩你了，可现在，我连你也要失去了。"

文朗顿了顿，转过头来："愉儿，你可知道，时隔两年，你再一次叫我皇上，已是一种惩罚。每一声都如一根尖刺，深深地戳进我的心里。痛，却让我清醒。我想，这是我应得的。"

我睁大眼睛望着他，喉头有些颤抖，是那种吐不出来又咽不下去的感觉。眼前的这个人是帝王啊，就算有再多辛苦，再多负担，我都从未想过，他竟是这般寂寞。

我张了张嘴，刚要说什么，却被文朗阻止："愉儿，听我说完，这些话，也许再没有机会说第二次了。"

"你说得对，你和睿蓉是完全不同的，这让我一度不知该如何是好。我想要照顾你，却发现你足以照顾自己。你的好，让我会时常觉得这宫廷埋没了你，觉得自己配不上你。"

"对于睿蓉，我想我一直是觉得亏欠的。她曾是一个那么好的女子，第一次遇到，那么惊惶无措、楚楚动人，有一种柔弱中的倔强，平白让人生出保护之心，让我在尚不能掌握命运的年代，轻易就给出了承诺。从那时开始，保护这个女子几乎成了我心中最重要的那一个信条，又深又牢，不计代价，更不计对错。"

"我不想替自己辩解，也没有任何立场辩解，我从不认为你是我们之间的第三个人，却不曾明白地说出口。我从未曾想要牺牲你，却对于许多事选择自欺欺人、视而不见。我保护她，是因为一个承诺；你保护她，却是因为我，这是不对的。"

"朝廷和四海堂的问题，相信我和你大哥一定能想出一个办法的。相信我们，就算是需要一个平衡的筹码，也绝不会是你，我们不会允许这样的事情发生。"

"今天把你的剑拿来给你，尽管四海堂有足够的实力保你平安，但身边有件顺手的兵器总是好的，知道你喜欢靠自己。"

"无论你是早已做出决定，还是尚有疑虑，都不必急。因为要怎么做，你只需要告诉自己，不必理会其他任何人，包括我。"

文朗说得很认真，那深黑的眸子里有着无限的温柔和惋惜，还有那么多伤心和不舍。

他走到我的面前，我仰头看他，感觉视线有点模糊。还好，泪水还没有多得想要流下来。

文朗慢慢地抬起手，轻轻地抚摸我的头发。我没有躲，甚至还有一点期待。然而就在我以为他会把手落在我的肩膀上的时候，他却将手收了回去，伴随着的，是一声轻叹。

"愉儿，谢谢你肯听我说。这么多话不是本朝皇帝说给你听的，而是文朗，是你永远的朗哥哥，朗哥哥也永远会在这里。"

文朗转身离开的时候，我感觉自己的心都被带走了一样。我知道他这一转身，是真的不会再来了。

许久后，我缓缓转过头，那桌上放着的，是孤单却亲密的青衫紫衣，还有一块小小的金符。最高等级的权限，任意进出皇宫的那一种。

泪水终于掉了下来，他竟然，给了我自由。

两天来，没有人问我与文朗之间到底发生了什么，也没人问起青衫紫衣是如何出现的，连得知环佩生还的消息之后无比雀跃的环铃都不曾开口。我不知道在她眼里我发生了怎样的变化，惹得她寸步不离地跟着我，却一句话都不敢问。

左大洪突然站在门外，冲着我一抱拳：“小姐。”

我神色淡然：“什么事？”

左大洪这才迈步进来：“刚接到冀中的信，环佩和小世子昨日已经启程进京，大约两日后可达。”

一旁的环铃听了欢呼一声：“真的？太好了！”

我则皱了眉，问：“还有小世子？”

左大洪点头：“是。”

“可知是谁护送？”

“是甲坛主，并几位总堂弟子。”

“算了，”听到如此阵势，又有甲子御亲自出马，想来定出不了什么问题，我摆摆手，“左右再有两天就能知道，还是不劳烦了。”

环佩他们到得比预计还要早。两日后的凌晨时分，我得了消息，匆匆穿衣出来的时候，两辆马车已停在门口。我心里忽生急切，几步跑过去，却被一幕硬生生地止住了动作。

环佩是被甲子御抱下车的，她那么虚弱地窝在甲子御怀里。经过我身边的时候，我才发现她竟伤得那么重。她见了我，只睁了睁眼，话都说不出一句。

环佩迷迷糊糊的，人既不清醒又不安稳，我也不敢叫她。看着环铃一副想哭又不敢哭的样子守在一旁，我把甲子御从屋里拉出来：“快说，到底是怎么回事！”

“小姐，”甲子御这才顾得上喊我一句，眼睛看看屋里，压低了声音，“你先别着急，轻微的内伤并不要紧，主要是外伤，碍不着性命。本应静养些日子再动身的，不想她只要稍清醒些，就喊着要回京，谁说都不依。加上那边也是剑拔弩张不安宁，堂主便吩咐我先送回来。路上几日颠簸，伤势有些反复，又发了热，就成了这样。”

“那现在怎么办，”听闻环佩这样胡闹，我真是又急又气，“要赶紧请大夫呀！”

“嗯。”甲子御点头，此时的他倒是比以往要沉稳，“京城有相熟的名医，人和医术都是信得过的，名贵药材也齐全，我现在就去。”

我自是称好：“快去快去！”

甲子御刚要离开，忽地又转过头：“小姐，还有件事，小世子的生还可能朝廷还不知道，堂主说先把人给送回来，叫小姐拿主意。”

对于小世子的事，我是有着很多疑问的，听甲子御这么一说不禁更加疑惑。不过此时我满脑子都是环佩，只是随意地点了点头。

如甲子御所说，大夫的确是不错的。到天亮时，环佩的高烧已明显消退，人也安静地睡下了。

我的心稍稍安定了些，千恩万谢地送走了大夫后，我坐在环佩的床边发呆。环铃忙了大半夜，此时才想起来劝我去歇着："小姐，去睡一下吧，大夫说她至少要中午才能醒。"

我的确有些累，揉了揉额头，知道自己不比两个丫头，熬不得夜，也就点头站起身来。环铃陪我出来，一眼便看见甲子御守在门口。我这才想起小世子的事，问："那孩子怎么样了？"

"出事后受了惊吓，再加上这么些天日夜奔波，身边也没什么熟悉的人，一直哭闹。"甲子御道，"才刚勉强睡下。"

我皱眉沉吟了一下，问环铃："之前在宫里叫你办的事，把人安置在哪里了？"

环铃先是一愣，随即明白过来，道："城西五里，二少爷给找的地方。"

我想了想，道："一会儿你去找左大洪，叫他安排把人接过来，要办得隐秘些，别惊动了二哥。"

看看甲子御几天不曾合眼的样子，我心里万分感激："环佩的事，有劳你了。"

"小姐说的哪里话，"他神色一凛，"这是属下分内之事。"

"你也累了几日，难道到了这里你还不放心吗？"我笑笑，没有再说那些客套话，"快去歇会儿吧。"

"不碍事。"他却摇摇头。

我点点头，转身离开。

因为心里装着事，我只睡了个把时辰便醒了。去瞧了环佩，说是还睡着，随即便被左大洪和甲子御拖去议事了。

这客栈门面不大，后头有一大一小两个院子，我和环铃、环佩都在小院，大院里一圈二层小楼住着几十名海津派来的弟子，倒还宽敞。但小世子并不适合混居其中，同时甲子御又带了十来个总堂的人，一下子显得拥挤起来。

商议之下，我让左大洪将东边不远的一处大些的院落盘买下来，既让大家住得舒适，也能把人员分散。毕竟这处客栈是守着密道的，平日里偏僻冷清，这些日子一下子聚了这么多人已经开始惹人侧目了。

那处院落本就空了许久，我们给了个很好的价钱，很快便收拾妥当。我再去看环佩的时候，她已醒了，略略靠坐起，正一口一口喝着环铃准备的参汤。见我进来，她挣扎着就要起身。

我赶忙几步过去，一把扶住她按住，还没说话眼泪就掉了下来："你再胡闹，我……"

苛责的话终是说不出来，我叹了口气："你吓死我了。"

"小姐——"环佩虚弱地笑笑，脸色苍白，不过总算是有了生气。她的声音很轻，"没事的。"

"这还没事，要怎样才算有事？"我握着她冰凉的手，"养得好些再回来不成吗？非要这样惊险。"

"出了这样的事，怕小姐担心。"环佩的脸上浮起一丝担忧，"没想到小姐……"

"这样我就不担心了？"我知道她想要说什么，飞快地打断她，"莫不是我以前吓了你几次，如今要连本带利讨回来？"

"是哪个大夫说得严重吓到你了？"环佩眨眨眼，"别听他们乱说，奴婢自己就是大夫，我说没事就没事的。"

我笑着点头，随后道："甲子御只是后来救回了你，你可知是谁害了你，又是谁先救了你？"

环佩摇头："事发突然，当时外面突然就乱了起来。奴婢才刚要出去看，车就翻了。我一下就摔了出去，后面发生了什么就不知道了。"

见我脸色一变，环佩忙道："也就是如此，反而摔得近些、轻些，那孙姑姑抱着小世子，并着马车翻了下去。小姐，你可知道她……"

我摇头："官兵已寻到了她的尸身。"

环佩有些黯然，想来她也早就问过甲子御这个问题："本来该是奴婢和小世子共乘一车的，后来因着世子认生，才叫了孙姑姑过来一起。也亏得我们这车是在最后，奴婢才来得及出去看……"

说及此，环佩像突然想起什么的样子，急道："小姐，其实是皇上安排……"

"我知道。"环佩的急切和内疚源于我出现在宫外，想必环铃早告诉她我已出宫多日，干脆也不再回避，"我出宫自有我的考量，不要往你自己身上揽。"

说着，我站起来，问环铃："人接过来了吗？"

环铃点头："刚才说已经到了，在隔壁后院呢。"

当我蹲在那孩子面前的时候，他小小的身躯吓得往后退了半步。只是半步，并不敢有什么多余的动作，让我忍不住有些心疼，和善地开口："别怕，我不会伤害你。"

“你……”说起来我竟不知这孩子叫什么名字，“叫什么名字？”

细看起来，这孩子长得十分俊秀，大大的眼睛，怯怯地看着我并不出声。不过六岁的他已经在学着隐藏恐惧了。

“叫成瑞。”

一个声音在身后响起，我尚未回头看，那孩子已经跑了过去，躲在此人身后，同时开了口，声音不大却坚定：“谢成瑞！”

强调姓谢，是随了燕月的姓，看来是被教了许多遍的。我温和地笑笑，没有再多说什么。然后我看着这个消瘦白净，一副下人打扮的人，问：“你是？”

那人见了忙一躬身，动作倒让我觉得熟悉得很：“回小姐，奴才是宫里跟出来的，叫长福。”

原来是个内监，我没想到还会有幸存的，又问他：“只剩了你？没伤到吗？”

“只是轻伤，早不碍事了。”长福点头哈腰，一副标准的内监模样，“世子身边除了环佩姑姑就剩奴才了，都是托小姐的福。”

我听了有点哭笑不得，暗自松了一口气，又问：“可知是谁从山涧救了你们？”

长福露出迷惑的神色，摇摇头，我也没再追问，只道：“带着小世子跟我来。”

穿过前院到了后面，这处才买的宅子的主人原来也是个京城大户。院子不仅宽敞，且林池俱全，看起来倒是十分舒心。

不过我此时并没有心情欣赏景致，后院里头站着一个女子，似在发呆，又似在看风景。人本是背对着我的，听到动静后转过身来。

看得出来她极好地掩饰了惊讶，声音还算平静：“是你。”

不过她的平静也就到此为止，看到成瑞朝她奔过去时，她的惊讶，或是惊喜就完全压抑不下地展现在脸上。

成瑞极欢喜地扑进她的怀里，随即哭出来：“姨娘——”

她弯下腰搂住成瑞，眼里同时溢出了泪：“姨娘在呢，在呢，别哭。”

“是我，”我看着眼前的陈雁羽，淡淡地笑了，“别来无恙。”

一句之后，我并未多言，静静地看她耐心地哄着泣不成声的成瑞。正如我所想，这孩子压抑了太多委屈和恐惧，也只有在熟悉亲近的人面前才能得以释放。我并不愿让他在这么小的年纪就承担那么多的仇恨和隐忍，希望他知道自己并不是只剩一个人。

当然，我这么做的同时也印证了一个猜测：陈雁羽果然是在意这个孩子的。

我也坐下来，看了一眼立在门口的长福，道：“你先去吧。”

长福应声而去，陈雁羽这才抬头瞧了一眼，随后看向我。

四目相对，俱是感慨，与陈雁羽不过十日未见，再见时却已是完全不同的身份和立场。我不是那个给她带来赐死诏书的淑妃，她也不再是身陷冷宫的前皇后。离开皇宫，在一所民居，特别是一处江湖帮派的驻地相见，这是我们俩之前都绝不可能想象到的情景，让我们这一对拼了几年的对手反而不知该如何开口。

陈雁羽怔怔地盯了我一会儿，别开眼去看成瑞的时候，似不经意地说了句："无论如何，我都很感激。"

我淡淡一笑，知道她心里的那份高贵和执着已经逐渐瓦解，而我的那些恩怨纠葛又何尝不是。走到外面才发现，宫里那些事，说起来惊天动地，若真在天地间，却又实在缥缈。

"没什么可感激的，"我轻描淡写道，"若没有他的意思，我也办不到。"

无论如何，我还是不愿将放过陈雁羽的恩惠算到自己头上。

陈雁羽闻言，垂了一下眼睑，并没有再追问，只是低头看着成瑞问我："这孩子……怎么办呢？"

"朝廷送人的车队全军覆没了，能救回他和环佩已是万幸，还能怎么办？"我摇摇头，"想来王府是去不成了。"

她没有抬头，声音中带着几分清冷："是王府动的手？"

"据环佩所说，不无关系，只是尚有疑点。"我道，"好几拨人在找人，目的、手段不一。"

陈雁羽问："那……皇上的意思呢？"

"他……"我顿了顿，道，"还不知道。"

她有些吃惊地抬头看我，带着点探究地问："你们闹翻了？"

我耸耸肩："大概吧。"

"真不知道我是不是该庆祝一下。"她笑着揶揄，"我可是盼了好几年。"

我也没理会，只道："虽说把你从宫里弄了出来，但短期内你还不能离开京城，你懂的。"

陈雁羽淡淡地看着我笑了一会儿，忽地问我："你想要救的人都救到了，这样出宫来，接下来怎么打算呢？"

我一愣，没有点头也没有摇头，而是诚实地告诉她："不知道，还没有想过这个问题。"

她一挑眉，却没有继续追问。

"出事那天，信报说无人幸存，我快要疯掉了，直接提着一把剑冲进了广明宫，只差那么一点就杀掉她了，真是可惜。"

我看着屋子外面的一棵树，平静地叙述着那一日的惊险：“冯纯笙的身孕已有两个月，才公布出来，当日便小产了。”

“是皇上拦了你？”陈雁羽惊讶之余，聪明地捕捉到了关键之处，有一点感慨，“宫里的情况一定很糟糕，你不在，石睿蓉也帮不了他。”

“是的，很糟糕。”我点点头，“管他呢。”

陈雁羽又是笑笑，这几年来我从没见她这样笑过，轻松又十分真实，仿佛让我也受到了感染一般，心情随之大好。

“你真的活得很精彩。”

对于她突然冒出的这句话我并不陌生：“你是第二个这么说的人，我就当是在夸我了。”

“第一个是谁？”她问，“皇上吗？”

“不是。”我摇头，“是宋碧宁。”

“她……”陈雁羽顿了一下，旋即道，“是啊，在后宫那种地方，也就她能发现你的精彩。”

说了好一会儿话后，我站起身：“成了，我就是过来把孩子交给你，看你闲着我可心理不平衡。我还有好多事要忙，环佩伤得挺重的。”

她点头，因为抱着成瑞也不能站起来，我摆了摆手：“你就安心住在这儿吧，有事去前院找我。”

说罢我转身离开，在迈出门口的一刹那，突然听到背后传来一句——

“如果我们不曾是敌人，相信一定可以成为朋友。”

我转过身，一时间没有答案。她笑笑：“不过很可惜，没有这个如果。”

“那倒不见得，姐妹是做不成了，估计我注定就不会有姐妹。”我重新转向门外，“至于朋友，我们还有好几十年的时间，谁又说得准呢。”

冀中的局势比我想的还要严峻，谋害世子的罪名本就不小，由于事发地离京城不算很远，四海堂进而还被扣上了贼寇聚众、岌危朝纲的帽子，颇有些当年对待白锡教的势头。

双方的剑拔弩张来源于冀中府的强硬态度和四海堂的群情激愤，而双方眼下的僵持则源于大哥的严令压制和京城的尚未表态。

谁都知道这样下去是不行的，如果没有人尽快小心翼翼地推一把，估计很快就会有人别有用心地煽风点火。何去何从，让我很为难。

天已经黑了，缓缓在院子里踱步。本想去看环佩的，走着走着却不经意穿过围墙小门到了陈雁羽这边。蓦地发现后，兀自笑笑，难道我要去与她说自己的难处不成。

我犹豫了一下，还是决定放弃。转身往回走的时候，忽地听闻身后有细微的动静。并不像是正常的走动，我很快便发觉不对，整个人警觉起来。

如果说这两处院子里最不能被人发现或窥视的，就是陈雁羽和成瑞两个人了。

想到这儿，我飞快地一个提纵转身，朝身后的小院迅速靠近。别的功夫不提，我对自己脚底下的功夫还是有一定自信的。感觉发出动静的地方就在进门的右手边，也就是陈雁羽和成瑞所在的屋子附近，以这样的速度肯定能赶得及。

我也的确是在拐进门的时候看出了端倪，有一个身影在屋外一晃，很快便不见了。

“谁？”

若是堂内的人，听到我的声音一定会站出来现身，不出所料的没有回应。反倒是陈雁羽从屋里打开门，见到是我，她有点意外：“怎么了？”

我还未答话，长福已从另一个方向匆匆跑来。见了我和陈雁羽，连忙停在暗处，一躬身：“小姐。”

我愣了一下，对着陈雁羽摇摇头：“没事，就是来看看成瑞好不好。”

她笑道：“你不是顾不上我们吗，这才几个时辰就又跑来。想是你那两个丫头都顾不上你，有心事来找我说吧？”

我摆摆手：“成了，也没什么要紧的事，回头再说。”

说罢我转身，低声对一旁的长福道：“你跟我来。”

我走在前头，长福跟在我身后一步远。出了院门，我随意转了两个弯，紧接着突然回身，冲着长福就是一招攻过去，直击脖颈！

这本是一式剑法杀招，因为手里没拿剑，也就临时换成了锁喉。

长福吓了一大跳，堪堪就往一侧闪躲，显得有些狼狈，踉跄了两步：“啊！”

我极快地收势站定，眼睛直盯过去：“你是什么人？”

对于这种迎面而来的攻势，一般常人下意识地都是往后退，只有具备功夫底子的人才懂得往侧面闪避。尽管长福努力表现得狼狈笨拙，但他情急之下的反应已然出卖了他。

看着他的惊讶和错愕，我平静地补了一句：“刚才的人是你吧。”

闻言，长福逐渐严肃了表情，也收起了那副点头哈腰的奴才相，抬起了头。他尚不及说什么，已有轻微的声音靠近。听见动静的四海堂弟子来得很迅速，到我身边不远处便停下来，并不开口询问，只等着我的指示。

我沉默了一下，转过头去道：“这里没事。”

重又只剩我们二人，再开口，他已恢复了自己的声音，浑厚润泽，同时带着一点自嘲和自负："方才疏忽了，让小姐见笑。"

"既然识破，为何不声张？"不等我说话，他又道，"难道小姐自认可以独自拿下我吗？"

"我可没你那么自信。"我悠然一笑，暗讽他的自命不凡，"若你来者不善，我也不会自己出面来问你了。你知道送你们来京城的都是些什么人物，随便一个都能拿得下你。"

他没理会我的揶揄，学着我的口气："何以见得我没有恶意呢？"

我看了他一会儿："看你与成瑞还算亲近，我倒也未过多怀疑。不过你说自己是冷宫里的，就算真不认得我，"我伸手指了指陈雁羽住的那个院子，"又怎么可能不认得她。"

"何况知道成瑞出自冷宫的人实在不多。"我摊摊手，表示该说的都说完了，"现在你可以告诉我你是什么人了吧。"

他得到了想要的答案，也不矫情，抬手将眼眉附近的皮肤扯了一下，撕下两片薄膜。再抬头时，原本不大的眼睛瞬间清亮起来，脸颊也顿显柔和朗逸。

"我当然认得她。"他看着我一笑，"我也认得你。"

"慕家小姐，或者是……"他的笑容明亮温和，"淑妃娘娘。"

我轻轻地皱了眉，看着他的面貌和笑容，有种略微熟悉的感觉。特别是他长身直立的一刹那，散发着一种独特的气质，让我突然感觉有点迷茫。

不过只一个瞬间，我很快惊觉，怪不得他认得陈雁羽，怪不得觉得他熟悉，那浓眉黑眸的俊美轮廓，以及盖不住的贵雅气质，分明就是皇室的模子，是他。

我还是在进宫前曾近距离地见过，近几年的寥寥几面，都是远远地瞧上一眼。在我的脑海里，此人早已变成一个虚弱消瘦的模糊的影子。

收了收惊讶，我淡淡地笑道："能被王爷认得，是我的荣幸。"

站在我面前的，是恒安王文晖，那个体弱多病的王爷。或者说，是传说中体弱多病的王爷。

第三十六章 交错

“哪里。”文晖维持着那个温和的表情，相似于文朗和文川的温和，却又比他们多了两分嬉笑和洒脱在里头，“你曾经挽救天下于水火，足以让人神往。”

我一愣，哑然失笑地摇摇头，心里生出些许沮丧。发愁的事已经够多了，眼前又冒出一个王爷。藩王未经传召私自进京，我这不大的院子里要藏的人又多了一个。冀中那场盛大的纠纷，关键人物却几乎在这儿聚全了。

我重重地叹了口气，看来我是非要进宫去一趟不可了。

我表情的变化引起了文晖的兴趣，他挑着眉问：“你在发愁吗？”

“是呀。”我爽快地承认，迈步往回走，转而道，“我很好奇，在你的王府，到底是谁在做主。”

文晖看着我没说话，我一仰头：“王爷认得我，却不问我这是哪里，也不问我为什么会在这里，证明你该知道的都知道。那么刚好，我也不用费劲跟你解释，我只想知道冀中那边到底怎样了，王爷又打算怎么办？”

“那边啊，”文晖随意地一歪头，笑了笑，“不知道。”

“王爷！”我睁圆了眼睛。

“这件事我自会处理。”说这一句时，文晖面上扫过一丝严肃，很快又消失不见，“不过现在成瑞好好地在那儿，你那个丫头也救回来了，其他的事，自有两边领头的人去操心。这一时半刻的，谁都动不到谁，你实在不必这样着急。”

“前前后后发生这些事，还不都是拜王爷所赐，现在你倒是撇得干净。”原来是他抢先救了人，怪不得环佩的伤口处理得极好。对于他的漠不关心，我忍住想要发脾气的冲动，“王爷高论，小女子领教了。”

文晖闻言，轻轻地笑了。我看着，一时竟忘了下一句。

近看文晖，发现他长得真的很好看，让我在感觉到熟悉和亲切时带着一点惊艳。眼前的他，拥有皇族一贯俊美的外表，拥有文川当年的帷幄气质和文朗当年的温润洒脱，还有他自己所独有的带着点慵懒的神秘魅力。

当这些我曾无比欣赏向往现在却已大多不复存在的特点重又展现在一个人身上时，不可否认，抛去那一层病恹恹面具的文晖实在算是一个上品，是无数女子的梦想。

“以前你跟在二哥身边的时候，可没有这么多烦恼。”

一句似感叹又似讽刺的话突然冒出来，让我立时一怔。文晖学着我的样子笑笑，示意我不必回答，改口问：“我的出现就这么让你沮丧？”

“何止沮丧。”我瞄他一眼，心里有些懊恼，变了脸故意气他，“你这种身份，惹人注意又帮不上忙，简直就是一个大麻烦！”

“哦。”文晖一脸受伤的表情怎么看都是假装的，“那娘娘打算怎么处置？”

“都到了京城，王爷要不要进宫去？”我想想把文晖丢进宫给文朗是最好的选择，于是笑嘻嘻地对他道，“我可以送你进宫。”

“然后好把宫里弄得更糟吗？藩王未经传召私自进京，再私通淑妃进宫，到时候看是谁会有大麻烦。”文晖俨然偷听了我与陈雁羽的对话，嘴角挂上一抹邪恶的笑，“你就这么恨他？”

我意识到自己搞不定眼前这个人，很好，当真是报应，还没做什么坏事，就冒出一个专门克我的王爷。我顿时泄了气，虚伪地笑笑，不再说什么，一路带着他往后院走去。

我思来想去，还是把他带回了陈雁羽住的那个院子。在这种时候，也顾不得许多礼法，好在这院子里的空屋多得是，随便给他安顿了一间了事。

陈雁羽见到文晖的时候着实吓了一大跳，尤其是得知他就是刚才那个叫长福的内监时，更是瞪大眼睛半晌说不出话。想想自己方才还算淡定，我心里找到些平衡，也就恢复了笑容，道：“要解释、叙旧你们请自便，没事就不要去外面晃悠，惹来一堆官兵可不好玩。我还有事，先走了。”

说罢我就转身要走，天色已不早，再不动身就要等明晚才能进宫了，这种事还是不宜久拖着。

不想文晖却突然冲着我道：“如果皇上有空，请他过来一趟吧，也许久未见他了。”

我抬眼看他，并不意外他能猜到我的意图，反倒是陈雁羽有些糊涂地看着我们二人。

走之前，我想了想，还是对着文晖略一点头，认真地说了句：“谢谢你救了环佩。”

这次轮到他没料到了，怔了怔，复又优美温润地笑道：“不客气。”

入了夜，宫门口是绝对的禁地，面对一群横眉竖目的大内禁卫，我将一枚小小的金符摊在手掌伸出去，顺利地以一身便装进了宫。

经芳华门进了后宫，我犹豫了一下，选了条僻静的路朝着翊坤宫而去。

好在这个时候宫里除了值夜的守卫外已经没什么人走动，很快就看到了大门紧闭的翊坤宫。我没有费力去叫门，而是绕到侧面，选了厢房的位置直接纵身翻了进去。

自己住的宫院自然熟悉，知道这时候厢房附近没什么人，所以当我避开所有人出现在长青面前时，他又惊又喜得眼珠子差点掉下来："娘娘！娘娘！"

我连忙示意他噤声，随即进了一间无人的厢房，长青小跑着跟进来。

"娘娘！你可回来了！"长青压低了声音依然掩饰不住内心的欢喜，见只有我一个人，他很快又面露担忧，"你还要走吗？"

"嗯。"我点头，"环佩找到了，受了伤，刚回京，不用担心了。"

我选了最关心的问题："广明宫那边有什么动静？"

"怡妃娘娘自小产后就不大好，太医最近更是日夜守在那边。"长青面上有些愤恨，甚至带着些解恨的意味道，"说是很危险。"

我先是点头，随即一愣："怡妃？"

"啊！是。"长青自觉失言，有点紧张的样子，"前几日那边好些的时候皇上下的旨，这两日人又不大行了。"

长青小心翼翼地看着我："娘娘——"

"我知道了。"沉默了一下，我问，"对于我，皇上是怎么说的？"

"皇上什么都没说。"长青的面上忽地浮上一种异样的疑惑，"既没有禁止人来翊坤宫，也没有对外宣布一个娘娘不能出现的理由。"

"没说？"我有些不解，"那宫里岂不是乱了套？"

"开始的时候是的，有许多人议论、来问，奴才们也不知该怎么回答。后来过了两三日，"长青仔细回忆了一下，道，"就是怡妃娘娘晋位的那一日，皇上在广明宫说了一句话，说，凡是对这件事有疑问的，全都亲自去问他，无论是谁。"

"无论是谁。"我知道这句才是关键，然后看向长青，"于是没人再问了？"

见长青点头，我很想到此为止不再关心这些，却依旧忍不住多问了一句："那……仁寿宫呢？"

长青摇摇头："皇上去过几次，有时与皇后娘娘一起，有时就自己去，并没有什么特别的，也没什么消息传出来。"

"哦，对了，"长青又补了一句，"太后已经免了整月的后宫请安。"

我知道文朗这回是动了真格的，想来没人敢在这个时候去惹他。低头想了一下后，我道："你现在跟我去一趟乾元宫。"

不想我们才到乾元宫附近，却发现常远早已等在门口。

我站在一处阴影里，叫长青上前去照了一面。常远只与他说了一句话，便连忙朝着我小跑过来，并没有半点惊讶地朝我一躬身："娘娘，皇上正等着你呢！"

我一怔，很快就想到，我这种深夜持金符进宫的可疑人物，想必早就有禁卫去乾元宫汇报过了。文朗知道我进了宫，没有找我，而是派了人在门口等。这一刻我忍不住想，如果我没有过来，他等来的只会是长青捎的口信和禁卫第二次汇报我已出宫的消息，他会不会很失望？

我无声地点头，跟在常远身后，同时示意长青离开。长青有些依依不舍，却也没敢多说什么。

常远领着我前行，不知是不是提前有吩咐，侍卫们见状都退得远远的。到了勤政殿跟前，常远也停下了脚步，对我说："娘娘请。"

说罢，他也退开去。灯火通明的勤政殿的门开着，里头同样是一个萧瑟的身影，坐在书案前，似乎在看折子，又似乎在发呆。

这个时候，我看得到他，他却看不见我。

待我走得近了，发觉他果然是在出神，眼神没有聚焦地冲着一个方向，连我迈进勤政殿的门都没有察觉。我的心里不期然地涌上一股难受，上一次见他这副模样还是被他发现我与陆家做了联姻交易后，我也是这样走进来，他却没有看到我。

这一回，一个跑掉的我，一个让他纠结的睿蓉，一个向来不肯罢休的怡妃，还有一个太后，那个他最怕带给她失望的母亲，这一次一定又要失望了吧。

之前想好的一切说辞突然都开不了口，甚至都无法张嘴唤回那个尚在出神的皇帝。记得他上回说，我每喊他一声皇上，都是一根刺入他心中的刺，殊不知那根刺又何尝不是同时刺入我的心里。

所以在他发现我的一刹那，我只是转过身，伸手去关勤政殿的门。那门并不算特别沉重，我却关得很慢，慢到我才推合一扇，文朗已经站到我身边，将另一扇关上了。

我转过身，盯着他腰间的一枚龙纹佩玉，拼命压制着自己想要扑入他怀里的冲动。深吸一口气后，我仰起头，干脆省略了称谓："环佩回来了，伤得不轻。还有成瑞，就是小世子，倒是毫发无伤。"

"从宫门口走到这儿，你用了半个多时辰，我还以为你不会来了。"文朗没有回应我的话，而是温和地扯了另一个话题。

我听了没说什么，他也没有再问，而是转回到正题："成瑞住到你那儿了？"

"嗯。"我点头，就知道这消息在文朗这里肯定算不得稀奇，想必早已有人汇报过，"给陈雁羽照看着，我把她也接过去了。"

文朗点点头，朝书案那边走过去，我跟在他的身后。

他从案上拣起几份奏折："冀中那边的事你不必担心，我已经做了安排，近期就会有所松动。”

他转过身，把奏折递给我：“你来，是为了这个吧？”

我低头看着，却没有伸手去接，而是问：“恒安王府可有什么动静？”

文朗一怔，将手里的奏折放回桌上，伸手指着旁边一份暗黄色的折子，是皇室族属所用的奏折的颜色：“你的消息倒是灵通，昨天夜里送进宫的。”

我抬眼看他：“里面写了什么？”

“世子遇难，王府上下悲痛。”文朗与我对视，并没什么明显的情绪，“恒安王病重。”

我一惊，张了张嘴，有点不懂为何会是这样的内容。再看文朗一脸平静的样子，似乎他也并不相信这个消息，让我不禁开始猜测他对于文晖的事知晓多少。

“倒不是我消息灵通，”我有点无奈地笑笑，“因为恒安王现在也在我那个小院子里。”

文朗皱眉，是十分真实的惊讶：“他进京了？什么时候的事？”

“昨天夜里。”我摊摊手，表示郁闷。

文朗笑了笑：“他还真敢这样跑来。”

“恒安王是跟着成瑞来的，扮成个小内监。我好久没见他了，又满心都在环佩身上，与他面对面说了一会儿话都没认出来。”想到文晖，我突然有点忍俊不禁地笑了出来，“你都不知道，他扮内监扮得很像，那神态、身段，也就是夜半鬼鬼祟祟地出现在成瑞的住处附近，才被我抓了个正着。”

“是吗？”文朗随着我一起勾起嘴角，“你不知道，他能扮的可多了。”

我立刻满脸期待的样子：“真的吗？”

“真的啊，不然你以为早些年我们为什么总跑出去玩。”文朗看起来是在回忆一些久远而欢乐的时光，“开始的时候都是他带头，他的身子不好，先皇和太妃总是在他身边派很多人守着，也就更加激发了他逃跑的兴致。”

“那时候也有你吧？”文朗歪着头看我，“你不记得了？”

我还是第一次听见有人把逃跑称为兴致，眨眨眼，仔细想了一下：“还真是有一两次。不过那时我还小，印象已经很模糊了。”

“嗯，后来不知为什么，他突然就像变了一个人似的，再不出来了，大概是德顺二十五年吧……”文朗顿了顿，没有继续解释。我淡淡地勾起嘴角，德顺二十五年，是还叫谢桃伊的燕月莫名传了死讯的那一年，文川也是那一年被册为太子的。成瑞六岁，算起来正是第二年降生的，时间能对得上。看来燕月是刚有身孕就消失了，背后会是什么人所为并不难猜。只是文晖的变化还是让我感到意外，他那样一个看起来什么都不在意的人，曾经竟会因为一个宫女做出如此大的改变？

“他身子是真的不好吗？”这个问题让我很疑惑，同时又是嗤笑一声，“我看他好得很，能跑能跳的，也就是每次出来见你的时候才一副病恹恹的模样。”

“那都是后来了。”听我这么说，文朗有些哭笑不得，看来他分明知道文晖是在装病，“小时候的确是不好的。”

陪着我笑了一会儿，文朗突然道：“愉儿，好久没看到你这样笑了。”

可惜还是那句话，好景总是短暂，许多事情也不是闭上眼睛就能释然的。我尚未开口，门外便传来低声而谨慎的声音：“皇上——”

是常远，文朗的眼睛看着我，头都没有偏，随口问：“什么事？”

“回皇上……”常远似乎犹豫了一下，然后才道，“是怡妃娘娘那儿……”

文朗脸上的表情顿了一下，看我的眼神开始有了变化。我能理解他的紧张，似不在意地笑笑，随即别开了眼睛。

对着我沉默了一下后，文朗才开口：“说吧。”

“是。”门外的常远知道这时候回话纯属惹主子不高兴，却又不能不说，于是忙不迭地把话说完，“怡妃娘娘那边不大好，直喊着要见皇上。刚刚皇后娘娘已经到广明宫了，遣人来问皇上是不是过去瞧一眼。”

“知道了。”

我并没有看到文朗脸上的表情，不过能感觉到他应这句话的时候一定是轻轻皱了眉的。

“皇上——”文朗并没有给一个明确的回应，常远也不知该如何传话。少顷，他的声音显得越发小心，“皇后娘娘派来回话的人还在外头候着呢。”

我并不想影响他，尽管我知道这可能是更加为难他，可是我也不想为难自己。

我可以不怪他，冯纯笙的妃位一定是有着其中所必须为之的理由。还有睿蓉，到了这个分儿上，她要文朗过去也一定只是在守着她不得不尽的本分。从另一个角度来说，她也许会比我更难熬。

好一会儿的沉默过后，文朗终于回了一句：“朕一会儿过去。”

外头的常远松了一口气的样子，连声应着退远了。

“愉儿，”文朗叫我，我应声抬起头，表情平和得如完全没有听到刚才那些，他则试图解释，“关于怡……”

“皇上。”

这两个字再从嘴里冒出来的时候，成功地打断了他的话，也让我明白了我与文朗之间的问题。也许我们拥有共同的欢乐，可要面对的却是不同的麻烦。在这些麻烦上面，我懂他，他也懂我，彼此却无能为力。

我深吸一口气：“王爷说许久未见，请你有空过去一趟。”

“地方你是知道的，客栈东边的那个大院子，东北角的小院。”我重又开始把目光放在他腰间的佩玉上，“我走了。”

没有声音回应。少顷，我抬眼一看，文朗看起来并没什么不同，只是眼睛里有点空。我知道他心里难受，难受却又不说。以前是不说，现在是连表情都没有了。

“好。”文朗总算回过神，温和地笑笑，“让常远送你。”

我顺从地点点头，文朗又道：“我明晚上过去。”

我趁夜出宫，一路无言。

回到四海堂的院子里，我没有再去后面找文晖和陈雁羽，径直奔向自己的住处。却在前后院中间的回廊处被等在那儿的文晖堵了个正着。

“这么快就回来了。”

没有提灯，也心不在焉的我被吓了一大跳，手不自觉地抚上胸口，瞪大眼睛问他：“你在这里做什么！”

文晖笑得十分灿烂：“这样都能被吓到？刚才那个威风八面、敏锐无边的女侠哪里去了？”

睨了他一眼，我道：“你该庆幸我没有带剑，不然女侠我就要名垂青史了。”

“那可真遗憾。”文晖摆出一副惋惜的模样，“没能看到淑妃娘娘传说中的精妙双剑。”

“你知道得可真不少，大内密探。”我没什么好气。

见我恼了，他的笑容转淡：“我跟陈雁羽打赌，她说你今夜不会回来，我则说不然，结果证明我赢了。”

“恭喜。”我言不由衷地应付，紧跟着说了一句，“这才几个时辰，你们就这么熟络了？”

“没办法啊，我在你手里，成瑞在她手里，总要识相一点才好。”文晖重新摆出一副似笑非笑的表情，“她对你的评价很高，能被对手称赞，不容易啊。”

“是受宠若惊。”我说话不咸不淡，却又好奇他刚才说的内容，“你凭什么断定我不会留在宫里？”

“要能留下，你又何必出来呢？”文晖给了我一个极其简单的答案，随后又补了一句，“同样的，文朗能让你离开，就不会再要求你留下。”

他直呼文朗的名字，似乎是在很轻松自然地告诉我他对文朗的了解，也在向我传达着另一个意思，一个我一直在想却不敢面对的事实，让我瞬间有些气短。

见我不吭声，他又道：“不过我倒是很意外，他没有跟你一起回来。”

我皱了皱眉，转身离开，只丢下一句：“恒安王病重的消息已经送进宫了，王爷还是早点休息，保重身体的好。”

文晖愣了愣，我都走出好远了，他才在后头略微抬高了声音问："你说什么？"

我无声地勾了嘴角，假装没听见，快步离开。

文朗能让你离开，就不会再要求你留下。

整整一夜，这句话都萦绕在我的脑海，反反复复，挥之不去。我知道文晖说得不假，作为自小一起成长的兄弟，尽管非一母所出，但他无疑是了解文朗的。在他们疏远了数年之后，文晖依然能得出这样的结论。我离文朗这么近，曾携手走过那么多的欢乐喜怒，又怎会不明白。

环铃守在隔壁的环佩屋里，我自己一个人缩在床上胡思乱想了一夜，感觉钻进了死胡同，辗转反侧，郁郁无眠。一直睁着眼睛熬到天光微亮，才不再勉强自己这样躺着，起身走到院子里，对着微凉的晨风深吸了几口，略微清醒，却依旧甩不掉那份昏沉。

我仔细一听，环佩屋里没什么动静，也就没去吵她们。我踱了几步到了回廊，挨着一根柱子坐下来。

我从怀里掏出那枚金符把玩，想起以前大哥也曾给过我一个类似的牌符信物。他们俩对我的信任都已达极致，可当他们处于对立时我却帮不上什么，越发觉得自己无用。

我终于开始觉得累，见四下无人，侧身将双腿蜷了上来，懒懒地靠着那柱子。我仰着头看日头一点一点从薄云背后升起，渐渐由红转白，偷得一处云缝，刹那间光芒四射，夺目刺眼，我下意识地将手扬起来遮在眼前。

这时，手里一直握着的金符突然被人从背后一把抽去。我一惊，连忙从栏凳上跳起。

"他竟然给了你这个，真是了不得！"

文晖将那金符在手里翻转了几下，举到我面前晃。

我伸手去抢，他却缩了回去。看着眼前这个阴魂不散的恒安王，我皱眉道："给我。"

"怎么这么早起来？"文晖却没有放过我的打算，"还是根本就没睡？"

我随意地应付了一句："王爷不是也很早。"

"是很早，你那句话害得我睡不着。"他大方地承认，"不过看在你也没睡的份儿上，心理平衡了不少，就不与你计较了。"

我白他一眼，没吭声。

"我要回冀中去了，一会儿就走。"

文晖突然冒出的这句话让我十分意外："啊？为什么？"

“我都病重了不是吗？”他夸张的表情十分可疑，看不出到底在想什么，“不赶紧回去，也许再传进京的就会是恒安王薨逝的消息了。”

我想到一个非常重要的问题：“你不等他了吗？他说晚上过来。”

他不答，只笑着问：“你要等吗？”

我愣了一下，把头扭到一边：“跟我有什么关系……”

“愉儿——”

他突然这样叫我，我下意识地“嗯”了一声后，才意识到不对，猛地看向他。还没来得及兴师问罪，就听见了他的下一句：“你要不要跟我一起去？”

我一怔，顾不上追究他叫我名字的事，不敢置信地开口：“你说什么？”

“从昨天夜里开始，你就是这样一副想哭的样子。”如果我没有看错，文晖的眼里竟然有了宠溺和心疼，“想哭又不哭，会生病的。”

我轻轻地咬唇，不理他。

“再说，如你所见，王府里没人听我的。”他一副被遗弃的样子，“孤家寡人的我，和没人要的你，咱们俩同病相怜呢！”

恢复了嬉笑的表情后，文晖凑近我：“我怎么忍心把你一个人丢下。”

我瞪圆了眼睛，却一时想不出要骂他什么，或者是先骂哪一件。

正在这时，我突然听见环铃的声音：“小姐？”

转过身，我就看见环铃从环佩屋里出来。我瞄了文晖一眼，顾不上说什么，匆忙朝环铃走过去：“环佩怎么样？”

“小姐你这么早就起来了。”环铃睡眼蒙胧，朝屋里歪了歪头，“她醒了，我去弄点水。”

我点头，推门进去。环佩看见我，精神明显好了一些，开口道：“小姐。”

我笑笑，坐在她的床边，握住她的手：“好些了吗？”

她点点头：“没事的小姐。”

她微蹙了眉：“小姐，你看看你的样子，形神游离，脸色这么差，你这是怎么了？”

说着，她就朝着我的手腕摸过来。我见状，连忙缩回了手：“管你自己，管我做什么！”

“小姐——”环佩叹了口气，“那奴婢能听到你的实话吗？”

我垂下眼睑，沉默了一下，缓缓道：“环佩，答应我，这段时间你什么都不要想，就把你的身子养好，好吗？”

环佩愣了愣，稳稳地点头：“好。”

我冲她一笑：“我也答应你，我会好起来的，你相信我。”

我站起身走出屋子，文晖不出意料地还站在回廊那儿。我迎着他走过去，走到他面前，仰起头，背对着日头的他有些让我看不真切。我眯着眼睛，慢慢地扯出一抹笑。

“为什么？”

我问了一句莫名其妙的话，文晖却没有半点不解，仿佛看穿了我一般。他那种无比温润体贴的声音在我耳边响起：“有些女子，她伤心难过的时候，看她笑会比看她哭更让人心疼。”

眼前的人开始越发模糊，我依然维持着脸上的笑容。过了好久，才有一个声音响起——

“我跟你一起去。”

文晖似乎早就猜到我的决定：“马车就在门外。”

“门外？”我一时有点反应不过来，“现在？”

看他不像是在说笑，我忽生了些紧张。且不说他是如何这么早备好马车的，我们这样说走就走会不会太草率了些。

“可是，我总要安排一下。”我迅速拉回自己的理智，一个摆在面前的问题，“成瑞呢？带他走还是留在这儿？”

文晖俨然早已有了打算：“让他先留在这儿吧。”

当即不再多啰嗦，我跑到隔壁院子敲甲子御的门，告诉他我现在要动身去冀中，把尚未睡醒的他直接吓醒了过来。

“你要去冀中？现在？”甲子御不明白怎么只隔了一晚我就做了这么大的决定，“可堂主不是说……”

“哪来的那么多可是！大哥按兵不动，两边又那样僵持着。”我打断他，“我不出面难道还等着皇上去找他议和吗？”

甲子御显然明白这一点，没有再多质疑：“那我马上叫人去准备。”

“不用。”我摇头，“你就留在这里，我自己去。”

甲子御一听急了：“那怎么行！”

“那怎么不行！”我知道现在跟甲子御讲道理是一时半会儿讲不通的，干脆拉下脸，“要不要解决问题一句话！”

“当然要！一百多个兄弟在那边呢！”甲子御倒是不拖沓，“但我也不能让你自己一个人去冀中啊！”

我摆摆手表示不想多说：“我不是一个人走，京城的界面出不了事，进了冀中更不用你操心，好好待在京城待命吧。”

甲子御本就不善辩驳，见状也说不出什么有力的反驳理由，我侧脸看看等在不远处的文晖，还是那似笑非笑的模样，笑得我直有些尴尬。

我趁着他还没反悔，连忙转身就走。

“等等啊！”甲子御在后头叫我，“总要带些必备的东西，你的丫头呢？”

说着，他匆忙朝另一个院子跑过去。我叹了口气，知道拦不住他，也就和文晖一起慢慢朝门口走去。

“小姐！小姐！”还没到门口，环铃已经追了上来，“你要出门吗？”

“是。”我知道她要说什么，一把抓过她手里的青衫，堵住她的下一句，“你好好在这边照顾环佩，听见没有？”

“哦。”环铃没有被我糊弄过去，“可是小姐……”

“里头躺着的那个是你姐姐？”一旁的文晖突然开口问。

环铃看看他，又看看我，点头：“是啊。”

文晖朝后头看了一眼，并没有旁人，下一句抛给环铃的问题是极其跳跃的：“皇宫里头走得熟吗？”

环铃一怔，谨慎地看看我，见我没有异议，才小声回应：“当然熟。”

“你拿着这个进宫一趟。”文晖掏出从我这里抢走的金符，塞到环铃手里，“见到皇上就说会面取消，让他不要出宫了。”

“如果见不到他，”文晖温和却谨慎地对着环铃吩咐，“告诉他身边的常远也可以，但绝不可透露给别人，记住了吗？”

环铃讷讷地不敢点头，我知道她定是糊涂了，冲她笑笑以示安慰。

“你姐姐，在冀中是我救了她。”文晖大言不惭地露出他那迷死人的笑容，语出惊人，“你要报答我。”

环铃哪里见过这种阵势，“啊”了一声，眨眨眼看我。我瞥了一眼文晖，无奈地点头作证。

环铃随即一脸感激地朝文晖望过去，文晖则换上一副认真的表情：“所以你要好好把这事给办了，另外还有三件。”

也不管是什么，环铃忙不迭就点头，直让我在心里感叹这丫头太没心机了。

“第一，不要问那么多问题，你家小姐出去游山玩水，她是女侠，我也会保护她。”

“哦。”环铃犹豫了一下，然后点点头，我无语地别开眼。

“第二，没事的时候去陪陪后院那个孩子，他还小。”

这一条好说，环铃肯定没意见。

“第三，”文晖顿了顿，指着环铃手里的金符，“你出宫的时候，把这个还给皇上，就说用不着了。”

这一句之后，环铃没什么特别的反应，我却直接愣在当场，眼睛看向文晖。

他却不看我，只盯着环铃："还不快收起来。"

看着环铃把金符装入怀中，我回过神，只听甲子御道："那我通知沿途分堂关照，你记得走官道啊！"

我应付着点点头："别光说我了，你给我好好照顾环佩，我回来的时候她要还是这样一副模样，小心我找你算账！"

"我知道。"甲子御有点心虚地瞄我一眼。

一切安排妥当，我们总算上了马车出发。

"你刚才……"随着马车晃动着前进，我终于想起刚才被岔过去的事，心头一阵发堵，歪头看那个正靠在车壁上假寐的人，"为什么替我做决定？"

"有吗？"他眼睛都没睁，一副惬意又慵懒的模样，"明明是你自己做了决定。"

"你！"我盯着他，发现自己其实没什么立场与他争辩，有点沮丧，只得把头歪向一边不再吭声。

好一会儿后，他突然在背后叫我："愉儿？"

我不理，甚至没有计较他叫我叫得这么亲昵，只是呆呆地看着车外。这时已经出了城，天气很好，走在官道上能看到很远以外的山水村庄，尽显初秋时节怡人的风景。

"生气了？"他从车厢后面挪过来，"小女孩脾气这么大。"

"你才大我几岁。"尽管我有点昏昏欲睡提不起精神来，却还是忍不住扭过头白他一眼。还未多说什么，突然就被一些涌上来的往事顿住了言语。

以前在宫外的时候，除了文川，好像就只有文晖会假装老成地叫我小女孩。他不过大我三岁而已，惹得我每次都要去与他拌几句嘴，想起来倒也是欢乐时光。只可惜见面的次数实在太少，我几乎都记不清了。

我垂下眼睑，道："很久没人这么叫我了。"

"是啊，小女孩长大了。"文晖知道我想起来了，耸耸肩，"变得动不动就不说话，这一路上得走好几天，该多闷哪！"

我被他说得一窘，也只好笑笑："谁叫你来惹我。"

"可不敢惹你了。"他笑笑，朝车厢后面指了指，"去睡一会儿吧，路还远呢。"

第三十七章 文晖

一觉醒来，不知是一个还是两个时辰以后，盯着华丽得有点艳俗的车顶篷，我突然开了窍，心情在复杂中莫名带了一丝雀跃。

歪头看看，文晖并没有在车厢里，倒是在车头那里有一个身影。我起身推开车门出去，拣了文晖的对面坐下。

“醒了？”他没有扭头，半眯着眼悠悠地问我。

“嗯。”

我学着他的样子悠闲地靠在车壁上吹风。入了秋，日头已不算烈，京城附近的官道两旁有着整齐的树，穿梭在树影斑驳间。深吸几口气，还真觉出了一点心旷神怡的势头。

“我想起来了，”我说话的时候也不去看他，只是对着前方，微微仰着头，任由日光影影绰绰地照在脸上，“以前我是叫你晖哥哥的。”

“不容易啊。”文晖感叹了一句，扭过头来，“小女孩总算把我想起来了。”

“可是王爷，”我也转过头去，似迷惑又似悲伤地问他，“那个时候已经一去不复返了，是不是长大了就意味着贪心、贪图、贪婪，然后拥有的越多，失去的就会越多？”

他愣了愣，皱了一下眉：“为什么这么问？”

“没什么，”我笑笑，恢复方才那个悠闲的姿势不再看他，“王爷只当没听见就好。”

余光瞟到文晖也转了回去，然后有声音传来：“愉儿，你当初为什么会进宫去？”

“我不想莫名其妙被指给一个陌生人，可是又没地方可去，于是只好求皇上收留我。”

他神色淡淡的：“是这样。”

我点头：“是这样。”

两个人沉默了一阵子，才再一次听到文晖的声音：“拥有便拥有，失去便失去，尽力了就好，谈不上贪心还是贪婪。如果因为害怕失去就放弃拥有的机会，那人人皆难免一死，岂不是连活在这个世上都无甚必要了。”

“得之我幸，失之我命？”我讶然了一下，很快摇摇头，“王爷说得不错，是愉儿糊涂了。”

“哪是你这样胡乱解释的。”文晖扭过头来苦笑着看我，见了我对上去的眼神，才又道，“罢了，你想知道什么，问就是了。”

“我想知道燕月、巧梅，”我也毫不扭捏，大方地问出口，“就是谢桃伊，你们之间拥有与失去的故事。”

“为什么？”他挑眉，表情淡淡的，“不就是一个俗套的皇子与宫女的故事吗？在皇家屡见不鲜。”

我学他的表情：“能让一个以逃跑为乐趣的皇子突然成了隔世病患，又怎会俗套。”

闻言，文晖沉默了一会儿，后又笑了：“便是要说，也要先去吃了饭。看看，已过晌午了。”

我们在一个干净妥当的驿站用了些饭食继续上路后，他并没有开口说，我也没有催他。一直到天近黄昏，我们一齐回到车厢内的时候，他才开始慢慢地叙述，眼神散漫开去，仿佛旧事即在眼前。

“最初，只是简单的相遇，我们几个跑去看那年入宫选秀的秀女，差点被母妃发现。是锦粹宫的巧梅帮我藏了起来又掩饰过去，后来她说，她叫桃伊。”

“接下来的一切都顺理成章地发生了，偷偷见面，互许钟情。”说到这儿，他顿了顿，“只是我觉得顺理成章罢了，其实既不顺理，也不可能成章。”

“我说要娶她，要去找母妃说，她拦着不让我去，我却还是去了。母妃自然不允，倒也没多说什么，我便以为是有希望的。不想没过几日，她便不见了。人人皆说她死了，还有人信誓旦旦地说看到了她的尸首。”

“这距离我说要娶她还不足十日。”文晖此时的表情变得清冷，“那年，我十六岁。”

“我以为自己是皇子，尽管不是也不会是太子，却也足以给她一个承诺。”他盯着我的眼睛，告诉我，“殊不知，那样一个承诺，在那个巨大的皇宫之中，是多么苍白。”

我看着他，一个之前那么嬉笑洒脱的人此时也会流露出如此表情，可见他也是隐藏了许多不为人知的东西。特别是当他说出“承诺”二字时，那种与文朗如出一辙的黯然和无奈更让我觉得感慨，文朗至少还有睿蓉，还有我，而文晖似乎什么都没有。

“德顺二十五年，那是个多么敏感的年份呀。大统未定，你也尚未封王，尚未娶妃。”我试图轻声安慰他，“太妃那样做，也是不得已。”

他又道：“当年不懂，其实也不见得就不懂，只是不愿意相信罢了。发了疯般地寻找，叫嚷着活要见人死要见尸，母妃甚至以死相挟逼我放弃。”

“然后我便放弃了，不光是因为母妃，也因为那个偌大的宫城，想要藏一个人实在太容易，想要杀一个人也太容易。我一直存着一个信念，总觉得不曾见过她的尸身，不愿信她就这么死了。我怕自己找得太急，追得太狠，会逼得他们真的杀了她。于是我放弃了，变得消沉内敛，唯唯诺诺，病弱无害，渐渐淡出了大家的视线。要找也只是偷偷地找一找，不敢声张，也不敢轻举妄动，只希望有朝一日还能再见到她。”

“可是你却再也没能见到她。”

我轻声叹气，从文朗登基到燕月死之前，有许多人见过她，却偏偏没有文晖。

“不，我见到过。”

不想文晖却轻易推翻了我的猜测：“几年后，她出现过一次，因为一件大事。”

“那件事，一些人想要我去做，我却不愿意。于是到了关键时刻，她出现了，就那么突然出现在我面前。”

“她见了我，没问我这几年是怎样在找她，是否着急，又是否思念，只上来便说，要我按母妃说的去做，如同一个普普通通的宫女，来传达一个普普通通的旨意。”

“你知道那是一种怎样的失望吗？”

文晖闭了闭眼睛，仿佛想要压抑什么情绪：“原来她的消失和出现都可以这样随意，她可以按照旁人的指示出现，劝我去做我不愿意做的事。我会想，也许她的消失，也是按照什么人的意思。她甘愿做一个筹码，也许，她从来就是一个筹码。”

“所以，本来我还存着一丝犹豫，因着她的出现，我当着她的面冷冷地拒绝了，冷冷地做了决定，冷到自己都冷透了，感觉所有热情都离我而去，开始病入膏肓。”文晖重新淡淡地笑了，“过了好久，我才重新活过来，重拾了热情，却已换了一种活法。”

“于是便有了一个体弱多病的恒安王，在王府里病重快要死掉的那一个。”他笑眯眯的，狠狠地讽刺着自己还宛若惊奇，“还有一个，恭喜你，在你面前了。”

“你的故事没有讲完。”他笑容里若有似无的悲伤告诉我，他犯了一个巨大的错误。

“那次之后，她又消失了，自此是真的再未相见。之前，我是小心翼翼的不敢找；之后，则变成了不想找，再不关心。”他的悲伤果然逐渐流露。

“是啊，只要你开口，皇上又怎会不如你的意。”我又是轻轻地一声叹息，“只可惜，你不知道有一个成瑞。”

“是的，我做错了。”他淡然地承认，“她死了，也许她早就存了必死的心，只等着一个能让成瑞浮出水面的死亡，我怎会不懂。坦白来说，七年前的那段感情并不算多么深刻，也没有爱到生死相许一说，一切都发生得自然，结束得必然。现在想想，其实一些抗争和改变并不完全是因为相爱，整件事在我心里留下最深刻印象的，反而是那种失望，并且并未因为最后成瑞的出现而减轻半点，相反更烈。”

“所以也许你会觉得无情，到如今，我已经没有那么怨恨了。只是这毕竟是为我付出了一生的女子，我必须为她做点什么。”

“保全成瑞，保护他，支持他，看着他长大。”文晖顿了顿，吐出最后的决定，“在远离皇室之外的地方长大。”

“好了，我的故事讲完了，”文晖笑笑，云淡风轻地摆摆手。

“你说的那件大事，”好一会儿后，我才开口，“是德顺二十八年的皇位之争吧。”

文晖点头：“是。”

“你在最后一刻退出了争夺，谁会知道是因了桃伊的出现呢？你也怎么都想不到她当年是怎样的迫不得已。”我顿了顿，然后才道，“无论如何，你那时的冷酷也许成就了一些，也的确毁灭了一些。”

“是的，冷酷，我最痛恨却又唯一实施的一次。”文晖面上没什么表情。

天色渐暗，文晖吩咐车把式找了一家大些的客栈歇息。下车之前，我突然歪头问他：“你认识陈雁羽，不光因为她以前是皇后吧？我记得你们也没有几次见面的机会。”

“嗯。”他看我一眼，点头，“作为未来可能的皇帝人选，我们见过几面，也还算聊得来。那时候的她，并不在乎是做谁皇后。”

“哦。”我没有继续问，心里想着一种可能。

文晖是何等精明，早发现了我的意图，一本正经中怎么看都带着些不怀好意：“对于当时呼声甚高的五王爷，他们一定也见过，你有机会可以去问一问。”

我被拆穿了心事，兀自尴尬，睨他一眼，也不理会，弯腰跳下了车。

“愉儿——”他在后面叫我。

我走了好几步才停下来转头看他，周围没有人，我也就不忌口：“王爷下不来？要我扶你吗？”

“如果当年我没有退出争夺，后来又是我做了皇帝，”他跳下来，长身立于车旁，依旧笑得优雅倾城，“你现在会不会也是淑妃？”

夜幕适时地降临，这一刻，我已看不清他的表情。我想，他也是看不清我的。

我当然不会回答他这个问题，一连四五日，他也没有再问，我甚至都不知道他是否还记得曾经这样问过我。即便如此，我与文晖之间也并没有出现隔阂，反而因着那一段基于往事的交心深谈，让能够相互体会心情的我们亲近了不少。

两个人就这样时而驻车登山，时而漫步闲谈，嬉笑打闹之下时间过得飞快，行进却十分缓慢。一直到第七日日头偏西了，才转回官道，将将进了冀中界。算起来只四五日的路程，被我们生生早出晚归的还走出了近八日。

从车窗看着刚刚路过的界碑，我转过头问文晖：“冀中是你的封地，虽说你没什么实权吧，但搬出恒安王这块招牌，是不是也什么地方都去得？”

文晖听我这么讽他，瞄我一眼，勾起一边嘴角：“那就要看你去什么地方了。”

“这么勉强啊……”我撇撇嘴，“就是听说平山的那座行宫修得很大，想去瞧瞧。”

“哦，有温泉的那一个。”文晖笑笑，“好啊，刚好我也没去过。”

“你没去过？”我难以置信地瞪大眼睛，“你是皇子啊，并且这还是你的封地。”

“是啊，没什么特别的事是不会专门跑到行宫去的，那儿又没什么人。”说着，他摆出一副可怜无辜的模样，“我又体弱多病，泡不得温泉。”

“呵——”我故作嫌弃地看他，“得了得了，今儿个女侠我带你去，咱们正门进不去就偷偷溜进去。”

文晖转动眼珠子：“听起来好像溜进去比较有意思，还可以顺便住一晚，明日再进城。”

正在此时，忽地听见急促的马蹄声迅速靠近，像是有好几匹马。到了我们马车附近，嘶鸣几声后打住，马车也随即停了下来。

我紧张起来，怕是有了什么麻烦，面色一沉，看向文晖。他却只是收了嬉笑，微微皱眉的同时示意我不必担心。

文晖走到前面，将车门推开一半，外头立刻就有了三四个人恭谨的齐声呼唤：“王爷！”

“什么事？”文晖的声音淡淡的，却是我从未听到过的郑重。

车门半开，尽管文晖堵在门口，外面的人自然也看到了我的存在。有人凑近到文晖身边低声说了几句，我并听不到，只看到文晖听完后背微微僵了一下。

少顷，他回过头来，笑容不变："愉儿，后面的路，咱们骑马如何？"

我一听，顾不上想到底是传来了什么消息，刹那间雀跃起来："好呀！"

把马车丢给那些影卫，文晖拒绝了他们的跟随，和我一起策马前行。我并不擅骑，却还是任性地要了单独的一匹马。饶是官道平坦，天近黄昏车马又少，仍险象环生了好一阵子才稳当了些。总算不再是及不上马车的速度，也能放马奔腾一段，不由得赞叹起自己的天赋。炫耀之余，少不得又与文晖拌嘴了好一阵子。

如此开怀了大约一两个时辰，感觉跑出去了好远，远远都能望见晚霞下的曲阳城了。天色开始暗下来，颠簸得有些累，我们放马慢行路过一处很大的山道岔路时，文晖似作无意地说了一句："愉儿，平山行宫今儿个是去不成了，咱们改天再去吧。"

"哦？"我还沉浸在骑马的乐趣中，也并不甚在意到底能不能去行宫看一看，随口道，"走错路了吗？"

他笑笑，慢慢抬起手朝大岔路的半山腰上一指："你看，那就是行宫。"

我有点意外，顺着他手指的方向看过去，果然看见一座硕大的宫阁建筑隐在郁郁葱葱的半山中。一大群侍卫守在不远处的路口，他们背后则是三步一岗，一直蜿蜒了几里山路到行宫门口。

我呆呆地看着，知道文晖说得不假，这行宫的确是去不成了。从山脚下一直到半山腰，灯火通明之中，分明是一大片刺眼的明黄。

文晖慢悠悠地跟了上来，在我身边淡淡地开口："他是三日前出发的，走得可真快，要不是碍着是封地，又是全套仪仗规矩，恐怕会要连夜进城呢。"

我垂下眼睑没出声，有点赧然于自己的敏感和自作多情。虽然帝王亲自动身到封地看望藩王不太寻常，但恒安王是文朗唯一在世的皇兄，又逢外人眼里的悲剧环生，左右还是说得过去的。

我们二人驻马站在这里好一会儿，已经引起了那边侍卫的注意，有两人正疑惑着朝着我们走过来。文晖见状一拉缰绳："走吧。"

我也明白此地不宜久留，临走前再朝山上望了一眼，眯了眼睛的同时轻轻勾起了嘴角。

他来了。

我们连夜进了城，一路无话。

在曲阳城外重新上了一辆早已等候在那儿的马车，城门口有文晖的人接应，自是无人拦阻。只是城内早已宵禁，又有先遣的禁宫侍卫严密把守主要街道，一时倒不便去联系大哥他们。

一路上我不想说话，文晖也没来吵我，到这时才开口问我的意思："先去王府？"

我有点犹豫，这深夜到恒安王府去似乎不大合适。等明天文朗进了城，若是在王府看到我……

我甩甩头，这是想到哪里去了。

文晖见状笑了笑："你不会真以为我做不得王府的主吧？"

我收收心，给了他一个不敢苟同的表情，也笑笑，再无异议地跟着他进了恒安王府。

王府坐落于曲阳城主干道的尽头，封地的王府不比京城，这里的建筑规模不亚于一座行宫。地方很大，马车是从侧门直接驶进去的，走了好一会儿才瞧见正殿。看得出正门和正殿这边已经做好了接驾的准备，内外都有一些人在灯火通明中前后忙碌。估计任谁也想不到从阴影中驶过的一辆马车里坐着他们刚刚回来的正主子，还有一位京城皇宫里的淑妃。

远远看见正殿里立着一位华服妇人，应该是恒安王妃，也就是怡妃的姐姐冯纯箫。这几年我见过她几次，每每都是在一些皇家的重要场面。她是代替文晖出席的，如册后大典和皇室宴会之类。

我跟她倒不曾说过什么话，一来因为后宫这边并不需要我出面，二来也是觉得她与四年多前见过的那一面已有了天壤之别，端庄高贵得滴水不漏，让人忍不住敬而远之。

尽管夜深天黑，我依然发现整个院子里的林木和房屋摆设都是文晖一味的风格，没有丝毫女性气息。

"王妃知道你回来吗？"我问他。

文晖朝正殿的方向看了一眼，语气淡淡的："也没打算瞒她。"

"她不住这边？"我有些不懂文晖的答案，"你们的关系不好？"

"谈不上好不好，自有彼此的相处之道。她住西边的院子。"他看起来不太想说，却还是跟我解释了一句，"只要不越界，在外人看来，还是过得去的。"

这话说得颇有些深意，不过既然他抗拒，我现在也没那个心思追着问。

"你早点歇着吧，我去办些事，明早再过来。"给我安排了住处后，文晖便打算离开。

我略略平静地点头道："大哥应该知道我到了，让他派人来接我吧。"

他迟疑了一下，随后点头离开。

黄土垫道，净水泼街，中心干道全街设禁，商铺歇业，两侧百米内禁人接近。冀中在几十年来第一次迎来了帝王亲临，让一整个曲阳城在肃穆压抑中蕴藏了些许雀跃。

又是一个不眠夜，清晨，我登上文晖院中的一座楼阁的顶层，依旧是微风拂面的晴朗清新，天却已然见了凉。我朝地处偏北，秋日一向短些，现下是九月中的时节，再有一月就要入冬了。

去从屋里出来的时候忘了加一件外衣，只在高处站了一会儿便觉得手脚发凉，却依旧舍不得下去。

城内所有二层以上的楼宇都已被布幔围挡，为的就是防止有人不轨偷窥天颜。放眼望去，整个城中尚能凭栏远眺的，也就只剩恒安王府中的这座楼阁了。

也不知过了多久，远处响起隐约的礼乐鸣奏，并很快清晰响亮起来，是到了銮驾卤簿进城的时辰了吗？

仔细一望，果然已经能看见开道的礼乐仪仗，云锣龙笛笙金铜鼓，黑压压的一片缓慢前进着。终于瞧见了那顶巨大的金辂御辇，明黄缎绣金龙，四柱蟠龙，华盖蔽日。由十六人抬着，稳稳地进了城。

我不觉微笑，知道那里头坐着的是文朗，这个王朝的帝王。

御辇之后不足五丈，紧跟着另一顶几乎同样大小的轿辇，同样的明黄锦缎，同样的十六人仪置驾抬入城，金凤幢幡随风飘摇。远远的，却格外清晰。

那是凤辇，里头坐着的是睿蓉，文朗的正妻，这个王朝的皇后。

一件披风轻轻罩上我的肩膀，文晖不知何时站在了我身边。我没有出声，也出不得声，直直地盯着那冗长的卤簿仪驾，越来越近，越来越近。

终于开口的时候，我的声音有点凄瑟："王爷怎么没去前面接驾？"

"哪里需要我去，既然病重，还是像点样子躲起来比较好。"他的言语依旧轻松，声音却破天荒地带了一丝谨慎，"在看什么？"

"跟你在看的一样。"我转过头，"你早就知道是不是？"

"愉儿，"他叫我，也不管我是不是在听，"既然决定离开，为什么还这么在意？"

"在意吗？"我笑了一下，随后缓缓开口，"我曾经因为和他偷偷出宫而被罚在仁寿宫跪了一夜；曾经因为想要救旁人的身孕而被关入内务府大牢，为了救一群下人当众忤逆太后被杖责，伤重几乎残废；曾经被宠上天；曾经被赐死；曾经在那场叛乱中差点死在乾元宫大殿；曾经手染鲜血；曾经拿一柄剑冲进一座宫院想要一个妃嫔的命。"

我顿了顿，看向他的眼睛，无限哀伤又疑惑地问他："你问我为什么在意，我该怎么回答呢？”

文晖看着我，眼里弥漫着心疼。这一次我看清了，真的是心疼。他看了我好一会儿，然后很慢很慢地说了一段话：“在旁人眼里，身为帝王，要得到自己想要的东西太容易了，幸福仿佛伸手可得。殊不知他身上背负着全天下百姓的幸福，自己的，反倒是最不重要的那一件了。你懂吗？”

“我懂，怎么会不懂？”我不能明白他的用意，仰起头，“你是在替他辩解吗？”

“不，我是想说……”他双手扶住我的肩膀，“愉儿，你可以重新选择。”

这一刻，我没有言语，只觉得文晖的手在我凉凉的肩上十分温暖。

一边是已经到达王府门口的銮驾，已经能听到高声唱跪的声音，一边是近在咫尺的文晖再一次的暗示，我不是个迟钝的人，当然明白他在说什么，只是此时有点失神而已。

“重新选择……”我嗫嚅了一句，眼里带了些迷离地看他。

文晖扶着我的肩膀微微弯了身子：“愉儿，到我这里来吧。”

我呆呆地看着他，很久以后，才轻轻地勾了嘴角：“你要娶我吗？”

“你要娶我吗？”我对上他的眼睛，继续追问：“你能娶我吗？”

“这些年，我悉数接受母妃的安排，却不代表我没有自己的生活。表面上我什么都没做，却不代表我做不到。”

文晖似乎料到我会说这些，温和而郑重地道：“愉儿，所有的问题你都不需要担心。你想要什么，我都可以给你；你不喜欢有别的女子，就不会有；你不愿意被围墙所束缚，我们便走出去。便是恒安王妃的名分，也不是什么难事。”

文晖轻蹙着眉，有一点点的不冷静，看着我的眼睛：“他心里要装的人和事都太多了，没有多少位置给你。我不否认他爱你，但他能拿什么来爱你？他会是一个合格的帝王，但他不是二哥，他不适合你。”

他再一次提起了文川，我一怔，依旧把笑容挂在嘴角：“王爷非要看我哭吗？”

“对不起。”

文晖将头别开，看着王府门口的喧嚣，过了一会儿才道：“你大哥他们在南城，现在不太方便，晚上我再送你过去。”

“不急。”我略略收拾了心情，问：“那纠纷如何了？”

“没事了，放心吧。”他再转回头时，脸上重又带了笑，“愉儿，你大哥慕冠云的确是个奇人，我真是羡慕嫉妒外加恨。”

我没想到文晖会这样评价大哥：“怎么说？”

文晖示意我和他一起从楼上下来，边走边道：“你也知道，这件事情闹得很大，这边是冀中府出面，抓了人，通报了京城，几乎已经代表了我的意思。早前我也不是不知道，只是懒得过问。若是现在硬冒出头去扭转局势，朝廷那边很难说得过去，的确不大好办，弄不好还会落个两败俱伤的局面，可就是对不起家国天下了。”

我听着，心都跟着提了起来，好在文晖没有停地继续说：“所以我就想着解铃还须系铃人，如果能找到一个关键人物，也许能走个捷径，从根上拆解掉好几桩麻烦。”

我没有计较他说的好几桩麻烦是什么，只忙问：“那找到了吗？”

他笑笑，点头：“昨夜咱们才刚回来，四海堂就把人给我送到跟前了。”

我眨眨眼，有点听不明白。看着文晖似笑非笑的模样，突然想到一种可能。莫非大哥早就摸透了文晖的底细，知道他隐藏得深，四海堂出面求助于他他一定不肯插手，所以便将万事俱备，只等着文晖自己送上门？

如果是这样，那文晖扮成内监跟着成瑞进京恐怕就是大哥默许了的。

“想笑就笑出来好了。”我的表情俨然刺激到了他，文晖斜斜地瞄我一眼，“我跟着成瑞进京，以为瞒过了他们，不曾想却是被人欲擒故纵，可惜了我的一世英明。”

“还英明呢？”我这回真的笑了出来，摆摆手，“算了吧，反正你的名声在外头也就那么回事，不必介意了。”

文晖笑嘻嘻地凑近我：“我在你眼里就这么愚钝吗？”

我此时带了些疑惑，想到他在京时的表现和那个莫名出现的车把式：“王爷英明，想必早就发觉了。”

“过奖过奖。”他恢复了爽朗的笑声，“初与成瑞相见，对这方面大意了，后来才察觉你大哥故意将成瑞送去给你，就是笃定你一定能识破我的身份，拉我下水顺便逼我出手干涉，实在是好手段。”

“看来你大哥很信任你的能力。”文晖面上现了点得意之色，“所以我拐了你回来，算起来不但扳回一城，还十分划算。”

我陪着他假笑两声，心想恐怕他在路上也是故意耽搁，带着我远离官道去游山玩水，于是故意哀怨一句：“原来我不过是你们斗智斗勇的砝码和彩头啊。”

“愉儿，”不想却惹得文晖停下脚步，转过身来对着我认真地道，“不许这么说，你知道不是这样。”

我垂下眼睑，微笑着点头。

“得了，左右在你面前是无处遁形了。”文晖复又笑道，“走吧，咱们下棋去，不知你的棋艺如何？”

我不解：“下棋？”

“是啊。”他笑容灿烂，“我缠绵病榻，今儿个看来是要困在这屋里哪都去不了了，直等着皇上亲自过来探望。”

听到文朗要过来，我心里一颤。面上没有表现出什么，知道外头的繁杂规矩至少要折腾上一两个时辰，也就陪着文晖耗在他的书房里下棋。

“愉儿啊，你还有什么是不擅长的？”

输多赢少，弃子投降了好几次，文晖终于痛呼出声，然后放下了手中的棋子。

我淡淡一笑，其实我的棋艺只能算是尚好，绝称不上精通。不过是以前跟自己宫里棋馆出身的宫女小春讨教过一阵子，可惜她在陈家叛乱时被陈雁羽给杀了。后来除了跟文朗偶尔执子外，已经很少下了。

“那便改口报仇吧。”我也丢下棋子，忽地想起一事，“王爷，你说的那个关键人物到底是什么人？”

文晖正要开口，忽闻外头有人通报：“王爷，王妃过来了。”

我们俩对视一眼，俱是面上一僵。

第三十八章
自由

冯纯箫的突然到来让我们二人都有点意外，文晖皱了皱眉，低声对我道："你先去后面。"

我点头，并未多问，立刻起身避到了书房的后间。

"进来吧。"文晖的声音略微清冷。

门声"嘎吱"，一阵极轻盈的脚步声传来，然后是端庄柔和的女声："王爷总算回来了。"

文晖的回应并不友善："再不回来恐怕就要劳烦王妃往京城送我薨逝的折子了吧。"

她却半点没有恼火的痕迹："王爷说笑了。"

"是不是说笑你自己心里清楚。"他的语气低沉，"到如今，你又打算怎么收场？"

"王爷生气了？"依旧是低柔的嗓音，像不在意，又像含着讥诮，"臣妾还以为没有什么是王爷在意的呢。"

"不要让我说出那些难堪的话来。"文晖的声音冷冷的，让我无法想象现在的他是怎样的表情，尽管猜到他们之间的关系并不亲近，却也未想过会是这样一种剑拔弩张的局面，"王妃是个聪明人，应该懂得咱们之间的相处之道。"

"难堪？"终于有一个率先变了情绪，"王爷给我的难堪还少吗？人人皆道嫁进王府是我几世修来的福分，可谁又知道我在风光背后的孤独和绝望！几年来王爷将我束之高阁不闻不碰的，我却要在外头摆出一副端庄娴雅的幸福模样。然后每每被太妃责问无所出，替你一个又一个地将侧妃娶进来，再替你安抚她们，替你解释加掩盖！"

文晖顿了一下，道："原来王妃有这么多的委屈，如今总算是说出来了。"

少顷的沉默，并没有答案，而是平静下来后一个状似无意的问题："听说王爷带了个女人回来。"

"你的消息倒是灵通。"他用类似的语气说，"怎么，需要跟王妃报备吗？"

"呵，无论王爷再娶多少个，臣妾又哪会有半个不字，不过是这王府里再多一个被冷落的侧妃罢了。”她竟是笑了一下，“只这是头一次王爷亲自带人回来，实在令人感到意外，臣妾也替王爷高兴呢。”

“的确。”文晖笑笑，“我也很高兴。”

然后他话锋一转：“不过，你还是多关心一下你自己吧。”

“这几年，无论我做了什么出格的事，王爷都毫不过问，今儿个这是怎么了？”她的揶揄听起来带着一些负气，“不知是为了那个孩子，还是后面那个女人？”

“你的话太多了！”文晖语气中的怒意渐浓，他是真的生气了，“成瑞的事，你以为我会放过你吗！”

“王爷打算如何呢？”她的声音依旧平淡，仿佛有恃无恐，“是要废了我，还是杀了我？”

“王妃多虑了，没有你，我又怎么能有悠闲的日子。”文晖逐渐开始掌握主动权，重又带着笑意，“那些无休无止的皇室朝廷纷争和应酬，你注定要陷在里面一辈子。多行不义，还是早些觉悟的好，你妹妹的小产还不够让你警醒吗？”

“另外，”文晖竟然还有下文，“你已找了肖智君多日吧？”

“你！肖……是你抓了他？”她重重地后退一步，声音中有着难以置信，还带着急切和颤抖，“你到底想怎么样！”

“这个问题王妃已问过好几次了，我说了，我不想怎么样，你去把外头的麻烦平一平，自然就能见到你心心念念的肖大哥。”文晖说得云淡风轻，“你知道，我懒得出面管。”

她似乎是从牙缝中挤出的一句：“我与他之间并无不轨！”

文晖淡淡地道：“我知道。”

“那你……”

“只是提醒王妃，不要越过底线，守好自己的本分，我自不会与你为难。”

“没什么事王妃可以退下了。”文晖下了逐客令。

走了几步，她的声音再响起时，已经失去了光彩：“皇上想见王爷。”

文晖迟疑了一下，道：“去请皇上过来，到偏厅。”

饶是冯纯箫被文晖挟制，也依旧“啊”了一声，不敢相信文晖竟然要求文朗过来见他。

“你只管去传话。”文晖明白她在迟疑什么，笃定地道，“他会来的。”

冯纯箫黯然离开后，我走了出去，看文晖的面色有些阴沉。

“这么露骨的威胁和恐吓，”我走过去道，“王爷是真生气了呢。”

他缓和了脸色，笑了笑："现在你知道那个关键人物是谁了吧。"

我点头，看着他："那个肖智君到底是什么人？"

"她的一个远房表兄，大抵是青梅竹马一起长大的。后来家道中落，便为冯家所看低，外出经商之际冯纯箫被指了婚。"看来文晖调查得十分清楚，"这人也是有些本事，王府从京城到封地后，他也跟着一起出没在曲阳。两人常常见面，倒是止乎于礼。"

文晖细细地看我，突然道："或许，我应该放她自由？"

他随即温柔地笑笑："如果你愿意。"

我别开脸，再一次忽略他的暗示。听着外头传来一些动静，我道："皇上大概过来了，王爷快去吧。"

文晖没有动，我知道他是在看我，却不去看他，心里莫名感觉紧张。

见他终于移动脚步，我才松了一口气。不料他刚走到门口打开门，却突然转过身一把拉起我的手，朝着外头大步走去。

"王爷！"

我吓了一跳，我是什么身份，怎么能这样被他拉出去！保不齐有人认得我，特别是冯纯箫，她是见过我的。最重要的是，文晖分明是把我拉向偏厅那边！

手挣不脱，书房离偏厅总共也没有多远，院子里还有几个人。我不禁有些慌张，却又不敢声张，暗暗与他较着劲，却很快就被拉到了偏厅门口。

"愉儿，你在怕什么？"他突然转过头来问我。

我一怔，是啊，我在怕什么？是怕被人看见，怕见文朗，还是怕面对什么结局？

这一迟疑的工夫，文晖已经推开门，拉着我走了进去。

在屋里正中立着身着白色龙袍的文朗，听见动静转过身来，带着笑的表情尚未舒展便刹那凝滞。

无所遁形，我们自然一眼就看到了彼此。他看着我，以及我被文晖拉着的手。

三个人一时俱无话，屋里一片死寂。

文朗过来的时候想是有话要跟文晖说，所以屋里并无旁人，连常远都是候在门外廊下。看到文晖拉着我过来的时候，常远下意识地迈步跟了进来。只一刹，见我们三人的模样，聪明如他，连忙带上门退了出去。

门板轻轻合上的声音，轻细，清晰。

这声响敲在每个人的心上俱是一动，我忙将手从文晖的手中抽回来。他的手僵了一下，没有再坚持。

文朗把眼睛从我的身上移开，微微闭了眼。有那么一瞬间，我几乎能听到他们二人的呼吸声。文晖的稳促，文朗的颤抖。

兄弟二人眼神相对，先开口的是文晖：“皇上别来无恙。”

文朗点头，面上却没什么表情：“皇兄安好。”

“皇上明知我好好的，”文晖语气淡淡的，“为何还要费这么大力气跑一趟？”

“有些事，知道是一回事，”文朗的回答不清不楚，“做却是另一回事。”

文晖也不追问，只道：“皇上前些日子叫我办的事，我已经办好了。”

文朗的表情更淡：“有劳。”

文晖却突然笑了一下：“皇上客气。”

“愉儿的事，就是自己的事。”文晖接着转过头来看我，“再懒，也是要办的。”

这一刻，文朗的眼睛里有惊讶，更多的，还是难以置信和落寞。

文朗没有再说什么，这一场看似平淡，甚至还有些冷淡的对话最终以文朗的沉默告终。

这一局，文朗输得有些委屈，让我的心揪着疼。

“你们……”我涩涩地找回了自己的声音，“要不要坐下来说话？”

“不用了，”文晖微笑着看我，“并没有太多话要说。”

“皇上，这屋里只有咱们仨，”他转过头去看文朗，“我可以问你一个问题吗？”

文朗既没有点头也没有摇头，目光平稳：“当然。”

“现在，愉儿她……”文晖的态度突然变得诚恳，“是自由的吗？”

文朗的眼神闪烁了一下，他当然明白文晖在问什么。虽有点勉强，但依旧在尽力维持着目光的温和，只是不开口。

许久后，就在我以为他不会再回答的时候，他还是给出了答案。

“是。”

闻言，文晖缓缓地笑开：“那很好。”

“我想让愉儿留在这里，给她想要的生活。”文晖再一次微笑着看了我一眼，目光同样温和：“愉儿，你说好吗？”

我微微张嘴，完全没料到文晖会这样说出来。混乱无序的感情一下子涌上来，我呆滞地看看他，又去看文朗，文朗却不看我，只一直盯在文晖看。

“那么，”过了好一会儿，文晖才又转过头去看文朗，“就请皇上回京以后昭告并处理淑妃娘娘的身后事吧。”

文朗一怔，眼里的温和极快地化为阴霾，随后变成一缕伤心，转瞬即逝。

“你……”我终于开了口，对着文晖轻声道，“怎么又替我做决定。”

文晖怔了怔，依旧微笑着。自从进这间屋子起，他每次看我的时候，脸上都是这种温柔的微笑，让我放心，也给我安心。

“好，要不你自己去问他。”他用那么温和宠溺的声音跟我说话，言语中没有丝毫不悦，“把你想问的问题问出来。”

我呆呆地看了他一会儿，知道文朗此时已经在看着我了，垂下眼睑想了一阵子，才吸了口气转过头去对上文朗的目光。

“朗哥哥，如果你爱我，我不在乎是不是唯一，但我想做第一。不是第二，也不是并驾，我想要做你心里最重要的那一个。”

我很认真很认真地问，仿佛在问一个事关生死的问题。

“朗哥哥，你要爱我吗？”

文朗深深地看着我，就那么看着，薄唇有些发白，眼睛里闪着一种异样的光：“愉儿——”

我知道，自己与眼前的这个男人，我们是彼此的硬伤，也是彼此的劫数。

原来我爱他爱得这样深沉。

我就站在那里等着他的下文，多年以后，每每想起，我都会告诉他，在我之前的人生里，我从来没有经历过哪一刻会如这一刻般，有着那么疯狂的期待，和那么疯狂的恐惧。

然而文朗没能在这一刻说出什么，只因外面有一个声音响起：“皇上，皇后娘娘和王妃过来了。”

他的眼神偏转了一下，轻轻地皱了皱眉。

我一怔，忽地就笑了，才说劫数，劫数就到了眼前。

“愉儿，”文晖再一次拉起我的手，“走吧。”

我没有拒绝，也没有能力拒绝，任由文晖拉着我，打开门走了出去，再没有回头看文朗一眼。

同一道门，文晖就那么拉着我，无遮无拦地走进来站在文朗面前。然后走出去的时候，当着许多人的面，从睿蓉和冯纯箫面前徜徉而过，穿过院子，绕过回廊，直接出了王府。

他走在前面半步，紧紧握着我的手，不说话，也没回头，任由我在他身后哭得潸然泪下。

两日后，帝后启程回京，重现来时的宏大仪仗。

这一次的我远远站在匍匐的人群之后，文晖站在我身边。是我坚持要来看的，说不出来是出于怎样的目的，也懒得去想。

两天来，我既没有回王府，也没有去找大哥，一直四处随意游荡。文晖就只陪着我，我想怎样就怎样。

我看着文晖："王爷，前些天你问过我，如果当年你做了皇帝，我现在会不会也是淑妃。"

他淡淡地回应："嗯。"

"我现在可以回答你——"我认真地告诉他，"不会。"

他听后表情没什么变化，也不说话，只等着我的下文。

"我想我还是会进宫，毕竟生在那样一个家庭，如若没有特许的话，奉旨参选应该是跑不掉的吧。"我浅笑着解释给他听，仿佛在讲别人的故事，"既然跑不掉，那就要仰起头来面对。"

"如果，我是说如果，你是皇上，我进宫参选，那么我一定会想尽办法让自己中选，再想尽办法得到你的喜欢。无论是耍心机还是玩手段，是踩着别人的身体还是踩着尸体爬上去，我都不在乎。我要无所不用其极地让你爱上我，很爱很爱。"

"然后……"我的笑容逐渐绽放开来，伸手遥遥一指刚刚经过的凤辇，"我要坐到那个位置上去。"

"所以，如今的我不会是淑妃。"我仰起头，收起表情，"我会是皇后。"

"如果给我重来一次的机会，我会是皇后。"仿佛担心他没有听到一样，我又重复了一遍，"然后我就可以名正言顺地站在你身边，坐在你身旁。我可以拉着你的手，看着你治国安邦，帷幄天下，然后转过身的去俯视那些女人，告诉她们，这是我的夫君，你们谁都不许觊觎。"

顿了顿，我复又微笑："你说，这样好不好？"

"好，很好。"文晖同样微笑着，"这才是我印象里的那个愉儿。"

泪水涌上来，我仰着头不让它掉落："是，我也觉得很好。"

看了我好一会儿，文晖才又开口："愉儿，你会让我爱上你的，很爱很爱。"

他顿了一下，又道："但你不会爱上我，对不对？"

我一怔，笑道："咱们说的都是如果，却并没有这个如果。"接着我摆摆手，"还是忘了吧。"

文晖没有反应，依旧看着我，我叹了口气："谁会傻到去爱皇帝呢。"

他一愣，也叹了口气："愉儿，为什么不能到我这里来呢？"

"王爷，我用了八年的时间爱了两位皇子，并且为他们所爱，常常自省，何德何能。"

"我羡慕你的生活，羡慕你能够提供给我的生活，你那里有着一切我所期待和渴望的东西，我是真的很想到你那里去。”我眼波流转，却终究坚定，“可是王爷，我已经没有能力去爱第三次了。”

我垂下眼睑，轻轻吐出一句：“对不起。”

随着帝后出城，城内仪仗终止，附近主干道的人骤然四散。许多声音响起，许多人擦肩而过，这一句“对不起”极快地淹没在了热闹的喧哗和凌乱的脚步中。但我知道文晖听到了，因为我分明看到了他眼里有一道光，倏然闪烁。

很快就有便衣的影卫将我和文晖的周围清了一圈出来，让许多人绕道而行，甚至还直接阻了这条街的通行。待人群散尽，这些影卫也随之不见。

我不知道文晖为什么要安排这些人在附近，他看起来并不是讲究这种排场的人。在曲阳城里，我们俩还都有足够保护自己的能力。

我虽疑惑，却没有开口问他。

“不要说对不起，”再开口时，文晖依旧语气温和，“不要急着说对不起。”

不等我说什么，他又道：“走吧，咱们先回去一趟。”

我“啊”了一声，一想到要回王府里去，心里不由得有些抗拒，讪讪地对文晖说：“还是你叫人去把我的那柄剑拿出来吧，我到大哥那里去，好几日没露面，他要担心了。”

他见状笑了笑，神情有些落寞：“这么急着要与我划清界限吗？”

我张了张嘴：“不是的……”

“你大哥还能不知道你的动向吗？那四海堂简直无所不能。”文晖的笑容很好看，我却不知他在笑什么，“再说了，那百十个人今儿个就会放出去，你大哥答应要尽快把大批的人撤离冀中，估计已忙得顾不上你了。”

说完，他又像看透我的心事一般，低下头凑到我的耳边，神态颇有些暧昧：“放心，这回谁也不会遇见。”

我微微一愣，很快闪躲了一下，本能地想要拉开距离，却又不想表现得太过明显让文晖难堪，一时反倒自觉尴尬。

正在此时，又有一群人朝这边拥来。我没留意，却见文晖突然蹙了眉，护着我便往后退。那几个影卫很快也朝着我们跑来，都来不及问缘故，几乎是顷刻间，两边的人就动起了手！

是什么人竟敢在曲阳城里偷袭文晖，难道不知道文晖是谁？又是什么人会来打我的主意？难道不知道四海堂的大批精英就驻在城内吗？

我正惊诧不已，肩膀突然被什么人从背后大力拉了一下。我低叫一声，想要伸手去抓文晖，却没有抓到。一切发生得那么急，我来不及做出任何反应。而文晖专注地看着前头的情况，等他发觉我的状况陡然转身的时候，我已经一个踉跄朝后面直跌了出去。

我在文晖瞬间惊怒交加的眼神中跌入了身后的一个怀抱里，稳稳地被抱住。我准备好的反抗招式在靠入那个胸膛之际瞬间消散于无形，心骤然一缩。

不需要回头，我知道身后的人是文朗。

一个最没有可能出现在此处的人，我明明刚刚亲眼看着他的銮驾出的城。

没有时间让我震惊太久，文晖静静地站在那里看着我们这边。确切地说，他是看着文朗。既不阻止，也不询问，只面色有点阴沉地伫立着，仿佛全然没有听见、看见那边的混乱。

我想要从文朗的怀抱中挣脱出来，却意外地被他钳制得更紧。文晖看着，轻轻皱了皱眉，依旧没出声。

“皇上！”直到我明显恼了，低低地叫出声，文朗才松开我。

“这是在做什么！”我气急败坏地冲着两个人低吼，“还不快叫他们住手！”

不想两人却如没听见一般，只互相直视。一个低沉，一个阴霾，偏都不发一言。

饶是街道不算热闹，也是众目睽睽，一个是刚刚坐銮驾出城的皇上，一个是长期体弱神秘的王爷，两个人各带了一拨人在曲阳城的大街上莫名其妙地打了起来，这算什么！

看着这莫名对峙的两个人，我突然想到，今日文晖无缘无故带了影卫在身边，难道是为了提防文朗出现？他方才与我才说着话便急着要走，还故意与我举止暧昧，难道是刻意做给文朗看的？

想到这一点半点的端倪，我整个人更加混乱了。

文朗为什么没有走，文晖又为什么要这么做？

一瞬间，我感觉好多事涌上心头。

远的近的，终是杂乱，心酸开始一点点地蔓延开来，啃噬着心，渐渐充盈到眼眶。

“你们这样……”面对两个兀自较劲的人，我的声音有点哽咽，“很好玩是吧。”

说罢，我也不理他们俩，转身就朝着那些打斗的人走过去：“都住手！”

当然没人听我的，我也没想着能起什么作用，只是心里憋得难受，感觉眼泪就快要掉下来。实在不想让那么多人瞧着，我随意选了一个方向想要走出去。两边的人自然都得到了不得伤到我的命令，但刀剑毕竟无眼，我这么胡乱送上前去，眼前模糊一片也谈不上抵挡躲闪，走得近了，危险骤降。

两个冰雕般的身影总算有了动静，飞快地掠到我身边，一个伸手格开一柄刀，另一个将我再一次搂在怀里，声音有些颤抖地低吼："愉儿，你这是在干什么！"

这两尊大神一过来，争斗立马有了一刹那的停滞。我把泪水生生憋了回去，反问道："那你们又是在做什么！"

兄弟俩对视一眼，一人一个手势撤了人，两人则重回了方才的模样。

这回总算有人开了口，文晖沉声道："皇上这是何意？"

文朗的声音里听不出情绪，手却拥紧了我："皇兄难道看不出来吗？"

"你想要带她走，"文晖淡淡地看了我一眼，"也要问她愿不愿意。"

文朗没出声，既没有问，也没说不问。

我盯着地面愣了一会儿神，才仰起头去看文朗，平静地问他："皇上是要愉儿回去吗？"

文朗的目光闪烁，身子几不可见地抖了一下，没有回答，我却已有了答案。

于是我转过头去对着文晖道："王爷，大概，我也该回去了。"

"愉儿！"文晖蹙了眉，没想到会是这样的答案，"他说过，你是自由的！"

仿佛是嫌所说的话不够力道，他又补了一句："君无戏言。"

听到这句话的时候，我忍不住去看文朗。只见他的眼神立时黯然，嘴唇微微一动，终是沉默。他当然会沉默，因为话是他亲口说的，文晖出言又总是一针见血，连一个回转的余地都不给他。

无论如何我都不愿看他为难。其实在我两日前问出那个问题的时候，我几乎刹那间就后悔了。说好不再问的，为何仍不死心。

于是我笑了笑，觉得不够好，又重新笑了一下，对文晖道："王爷说得是。"

"只是有些时候，自由不是说是就是，说不是就不是的，只要我还是那个捧了金册和金印的淑妃，我就总要回去。"

我很快转折了意思，咬咬牙，勉力一口气把话说完："我出宫只是来找环佩的，既然找着了，早就该回了。耽搁了这么多时日，还跑了这么远，就算是皇上宠我，任性妄为也该到头了。多谢王爷对愉儿的照顾，我自己说过的话、闯过的祸，总是要去面对的。"

文晖的神色有些变化，仿佛不敢相信我说的话。我看着他，知道自己也无从解释，这一个大大的人情债，只好就此欠下了。

"不是。"就在这个时候，文朗却突然开了口，"不是这样的。"

他转过身来看着我，用那种我最最贪恋的声音和表情告诉我："愉儿，我只是有些话想对你说，只是说说话。"

文朗也学着我的样子笑了笑："既然君无戏言，又哪是随便说说的。"

文朗再去看文晖，重复道：“我只是有些话要跟愉儿说，说完了，她还是自由的。”

文晖凝神看着文朗，一会儿后，他问我：“愉儿，你要听他说吗？”

我怔了怔，缓缓点头。

文晖很平静地看着我，并没有表现出多么意外，也没有再说什么，而是招了一下手，一辆马车很快被牵至跟前。推开车门，里头物品一应俱全，我甚至还一眼就看见了青衫。

我惊讶地朝文晖看过去，他却只是勾了嘴角：“干吗一副这样的表情？”

他悠悠地看了一眼我身后距离几步远的文朗，凑近我：“唉，这本来是给咱们俩双宿双飞预备的，现在只好让给你们了。”

再看看文朗，他似听见了，又似没听见，脸上什么表情都没有。

我有点无奈地对着文晖小声呻吟：“王爷——”

文晖复又笑了，看得到有一点勉强在里面：“成了，快上车吧，还等着给人围观啊。”

刚送走了金碧辉煌的皇室銮驾，紧跟着就是一场当街争斗。尽管两旁的侍卫都在刻意保持着现场的清静，但还是有三三两两的百姓在远处好奇地观望。的确是要赶紧走了，若真惊动了官府，就算文晖压得下，传出去也又是一桩事情。

我刚要上车，突然瞥见一个熟悉的身影站在街角。定睛看过去，竟然是恩华。

我一愣，忙走过去：“你怎么会在这儿？”

恩华一副优哉游哉的模样：“堂主在这边，我自然要在啊。”

我微微一哂：“我是说……”

“你人在曲阳，却又不出现，堂主自然要派人瞧着。可他又不想太多人知道你的身份，这人就只好是我了。”恩华笑着跟我解释，然后跟了一句，“顺便看看热闹。”

“哦。”想起刚才的事，我讷讷地说，“刚才……”

“我还说呢，什么人敢在恒安王身边抢人，不要命了吗？”恩华笑着摊开手，“就算是不要命，竟然还敢对你下手，也太不把四海堂看在眼里了。”

“成了成了，”她示意我不必再尴尬下去，“看来这儿是没我什么事了，你这是要回京还是会再回来？”

我回头看了一眼不知在说着什么的文晖和文朗，想了一下：“回京。”

恩华点了点头：“堂主在这边耽搁太久了，压了很多事情在总堂那边，要先回去处理。他说过段时间会进京，叫你自己凡事多小心。甲子御会在京城待一阵子，有什么事去找他或者左大洪便是。”

我应下，与她道别，转身上车。

重又是马车上路，这回一同在车厢里的是文朗，并不若来时与文晖之间的唇枪舌剑和笑语连珠，也没有文晖的慵懒假寐和我的走马观花。初时，我们二人只是沉默。

他不说话，只用手臂揽着我的肩膀，力道不大，却让人感觉坚定。

我也不开口，眼睛只盯着一处，随着马车轻微地摇晃，我将头轻轻地靠在他的肩上。

过了好一会儿，我先开了口："你这样离开銮驾不要紧吗？"

他闷着，就只能是我来说话。再想到前面的大队人马，想到那其中还有一个睿蓉，这个问题我便不得不问。

"不要紧。"他的声音中有着一种让人安心的温和，"都已经安排好了，到京时赶上去便是。"

"那……来的时候你们走了三天，回去呢？"

"照常五日。"

"哦。"

问过了我关心的事，余下的，便只是嘴角淡淡的笑，五日。

又是好一会儿的沉默，他终于主动开口叫我："愉儿——"

我的心里一阵紧张，手微微握了拳。我是盼着他能说点什么，可当他真打算说的时候，我却有了一刹那的担忧。

"朗哥哥——"我没有抬头，轻声问他，"你要跟愉儿说的话，有很多吗？"

他愣了一下，答道："也不是太多。"

"那就等回京再说。"我终于仰起头看他，有一点惶恐，还有一点乞求，"好吗？"

文朗一怔："愉儿，你在担心什么？"

"好不好？"我追问。

他深深地看我，然后点头："好。"

我双手环上他的腰，脸上带着笑意："就是说，未来五日你都是我的了。没有皇上，没有后宫，没有别的什么人，就只有你和我。"

文朗的眼神顿了一下，随即充盈着疼惜和了解："是的，就只有你和我。"

我嘴角的笑容总算荡漾开来，窝进他的怀里，声音闷闷的："无论是出于什么原因，你能回来找我，我就很开心了。"

他用手轻拍着我的背："我也很开心，愉儿——"

我突然抱紧他："不准说对不起！"

他身子一僵："好，不说。"

上路有一阵子后，我想起来一件事："官道走着皇室车队，该是封了吧，那咱们走哪里？"

文朗道："咱们等半日，或者明天再走。"

我眨眨眼："那去哪儿呢？"

他笑了笑："去你想去的地方。"

我一怔，从车窗朝外头看。还没顾得上辨清方向，就发现除了车把式竟然连一个刚才的侍卫都瞧不见了，忙回头问他："你带的那些人呢？"

"全打发走了。"文朗看似有点随意，"皇兄说你不喜欢有人跟着。"

随后他又轻轻摇头："说起来，咱们还从未一起出来过，我竟不知道你的喜好。"

"知不知道有什么要紧的！"我有点着急，皱眉道，"他说你就听吗！离京城那么远，你一个人都不带怎么行！"

"怎么不行？"他淡淡地道，"你们不也是一个人都不带地在路上走了七八日嘛。"

我一愣，不知文晖还跟他说了些什么："你别听他瞎说。"

"有瞎说吗？"他笑笑，"他说你本来想去行宫看看的，来的时候没去成，叫我带你去看看。"

我"啊"了一声，瞬间有点出神。感叹文晖的用心良苦，一如这辆早已备好的马车。说到底，我信他是真心疼我，让我无以为报。

平山行宫，雕梁画栋，树木掩映，一番大好秋意尽情展现。

时间算得刚刚好，我们到的时候，前面的帝后銮车刚刚起驾离开。我没有问文朗是怎样安排的，这样的明修栈道应该是真正的金蝉脱壳吧，需要帮他掩饰抵挡的人恐怕不止一个两个。我也没有问他是怎么跟睿蓉说的，或是有没有告诉睿蓉。毕竟作为皇后，是最最容易发现文朗消失的。

但我都没有问。

行宫门口，老远就有禁卫前来阻拦。文朗刚要从怀里掏他的印信，却被我挡了，递出一块小小的金牌给那禁卫看，很快就轻而易举被放行了。

这是临走时文晖塞在我手里的，比文朗以前给我的那块还要小一点，上面有阴刻的"恒安"二字。我知道这一定是很贵重的信物，想要问他用意，他却只是摆摆手，甚至都没有等我们的马车驶出，便转身离去了。

没想到此时真的派上了用场，文朗看着，目光闪动一下，没出声。

行宫里面是真的很大，想着也是为了将相隔不近的几处温泉的泉眼围建占据进来，又要保证四方对称的外形，所以就建得硕大至此了。

其中三座最大的宫院对应着三处最好的泉眼，里面修了泉浴池，泉眼常年喷涌不停。即便是不下水洗浴，也是一道风景。相比京城皇宫的庄严肃穆，这里的树木花卉和亭台假山要随意随性得多。有许多值得流连的景致，吸引我拉着文朗兴致勃勃地逛了好一阵子。

文朗的身份到底是瞒不住的，毕竟几天前他才声势浩大地来过这里。尽管近身伺候的人都是从宫里带来的，但行宫里的下人常年也见不着一次主子，略有些头脸的又怎么会放过这千载难逢的一窥天颜的机会。

我们转了一阵回来的时候，就看到一个看起来管点事的内监跪在那儿，见了文朗便拜："奴才管祥叩见皇上万岁！"

我与文朗对视一眼，文朗语气淡淡地道："起来吧。"

"谢皇上！"那管祥点头哈腰地凑上来，"不知皇上驾临，奴才惶恐！"

文朗问："这儿管事的人呢？"

"回禀皇上，行宫两位总管方才送走銮驾后，就进曲阳城去王府复命了，不知何时能回。"管祥认得出文朗，却并不认识我，眼睛在我身上瞄了一眼，连忙低下头去，"是否需要奴才派人去将他们叫回来见驾？"

行宫接待皇上哪需要去王府复命，这恐怕又是文晖刻意而为之。我看看文朗，估计他此时与我想的一样。

文朗并没有表现出什么，只道："不必了。"

那管祥也不多问，忙道："那奴才这就去预备膳食和泉浴。"

见文朗并未应下，管祥满脸堆笑："这平山温泉在秋日里虽比不上春桃时分好，今年却是异常旺盛，乃极佳上品，滋养、解乏的效用显著。皇上日理万机，来得不多，可别错过了才好。"

文朗看他一眼，问："你叫管祥？"

"是。"管祥一哈腰，"奴才是平山行宫里的执事。"

执事是仅次于总管和副总管的第三号人物，在宫里还算风光，但在这属地行宫里头就算不得什么了。要不是两个总管都不在，根本轮不到他出来说话。

这时我们才发现，周围几乎一个下人都看不见了，也不见了侍卫，想是被人刻意清了出去。看来这管祥还是有些眼色的。

"哦。"文朗停顿了一下，对着那管祥道，"朕一个时辰前已经启程回京，你可记住了？"

“是！是！奴才明白！皇上尽管放心！”管祥一脸坚决地表决心，“奴才能伺候一回皇上已是祖上有幸，绝不敢泄露半点！”

“嗯，叫两个稳妥的来伺候，办得好，自然有赏。”文朗不再多说什么，“去预备吧。”

那管祥自然满面欢喜地连声应着小跑离去。

最大最好的一处泉浴池的下方连接着两个小池，相隔一尺，中间纱幔垂地。

用膳后，我与文朗一人一边浸在里头。正如管祥所说，这温泉的确是极好的。温热的泉水将身子泡得血脉贲张，沁人心脾。再听着前面泉水汩汩冒出的声音，整个人都觉得懒懒的，十分舒服。

我突然想起一件事，将手臂扒在池边，对着文朗的方向：“朗哥哥。”

“嗯。”

我又把下巴枕在手背上，问：“你前几天来的时候不是在这儿住了一夜吗？”

“是啊，害得你被堵在外头进不来。”文朗的声音慵懒而随意，让我心里一阵莫名荡漾。

我又问他：“那你没有泡温泉？”

文朗顿了顿，之后才道：“没有。”

我无声地笑了一下，费了好大力气才忍住不让心里浓浓的欢喜表现出来：“为什么？几年也难得来一趟，好好的泉眼被圈在行宫里头，不泡都浪费了。”

等了好一会儿，文朗却没有回答我。

我有些奇怪：“朗哥哥？”

那边还是没动静，我忍不住坐起来，伸手轻轻把那纱幔掀起来去看，不想却正好对上文朗炙热的目光。我怔了怔，灿烂的笑意随即绽放开来。

最大的宫院，最好的泉眼，这一对并列的池子分明就是为帝后共浴准备的。我想问的不过如此，文朗又怎会不明白。

他说没有，我当然很开心。

水汽缭绕，雾气蒸腾，此时的我们，相距短短一尺，却有些看不清彼此。我们身上都只着薄薄的亵衣，并没有太多犹豫，我慢慢地站起身，把手放在他伸过来的手中，抬腿迈进了他那边的池子。

纱幔重又落下，唇齿交融，如梦似幻。

许久方轻喘着分开，我再一次滑入水中，将脸枕在他的胸口，手指在他胸前轻轻地画着圈，喃喃道：“春寒赐浴华清池，温泉水滑洗凝脂……”

文朗的身子明显一僵，深吸了一口气，声音低沉暗哑：“愉儿——”

“嗯？”我学他方才慵懒的声音。

我觉得他此时的身体甚至比这泉水还要滚烫，他用手慢慢摩挲我的肩膀，仿佛用了很大的力气道：“知道后面两句吗？”

我无声地绽开笑容，仰起头，双手搂住他的脖颈：“当然。”

文朗突然双手打横抱起我，一下子站起身，那泉水被这样猛地一荡，大片水汽再次掀起，直要把我们给包围起来。

我们身上和头发上的水滴滴答答落在池中，滴在池边，洇在青石砖上，渗入床笫间。

那泉水依旧汩汩地冒着，雾气蒸腾。

春寒赐浴华清池，温泉水滑洗凝脂。

侍儿扶起娇无力，始是新承恩泽时。

第三十九章 五日

我并未久睡，睁眼时天近黄昏。抬头看身边的文朗睡得很熟，我贪恋地抱了他一会儿，支起身子看他的睡颜。手轻轻地抚上他的脸颊，我在心里感叹老天的偏心，皇室宗族几乎人人皆有一副好面孔，连睡颜都如此俊朗，不觉让人微笑着迷。

而在这样一副面容之上，却有着轻蹙的眉宇。虽眠不得舒展，我竟从不曾发现。以前在宫里共眠的时候，每每当我醒来，他几乎也醒了。算起来，我还是第一次能静静地看他睡着，还睡得这么沉，想来定是有几日不曾好眠了。

听到外间温泉池有细小的动静，我起身套了一件长衫出来。就看到一个宫女，二十五六岁的样子，瞧穿戴也有点品级，见了我忙跪在地上："奴婢吵醒娘娘了。"

"无妨。"我示意她低声，微一凝神，问她，"你叫我什么？"

"奴婢该死！"

她以一句标准的搪塞来掩饰，我只看着她，既不问责也不开释，就等着她自己解释。

"管祥说皇上不欲声张，叫奴婢进来伺候。"见躲不过，她小心地道，"奴婢……每年都会进宫一趟。"

这句话说得并不对题，我却明白她是认出了我。若是每年进宫，说见过我倒也不稀奇。能进宫叙话的都是有品级的，况且她还直呼管祥的名字，想来品级不会低于那执事内监。

我挑眉问："你是这儿的管事姑姑？"

"是，奴婢月妍。"她一躬身，"惊扰娘娘了。"

"没事。"我摆摆手，"你起来吧。"

我看着方才不曾注意到的温泉池边好看的石刻，随口问跟过来的月妍："你在宫里见过我？"

"没有。"她的回答让我有点意外，"奴婢是猜的。"

我歪着头看她："哦？"

"淑妃娘娘一个月前从宫里离开，皇上至今都没有给出一个理由和结论，可见对娘娘的深情。”她看着我，平淡地叙述，“娘娘知道，这些事大抵是瞒不住的。”

我同样语气平淡：“那怎见得就一定是我呢？”

“皇上三日前来的时候，独自一夜不眠，茶膳不传，这回来却微服带了娘娘，神色欢愉。奴婢便大胆猜测，你一定是淑妃娘娘。”

她顿了一下，又道：“尽管奴婢没有资格近身服侍皇上，也不敢妄揣圣意，但做下人的，察言观色是咱们的本分，远近无妨。”

“你很坦白，”我看着她，“也很大胆。”

“奴婢没有见过娘娘，每年进宫却总能听到娘娘的事迹。皇长子、暴室、叛乱……”说到这些旁人眼里的大事，她竟笑了一下，“奴婢一直在想，若能有幸与娘娘说上几句话，那该有多好。”

我一怔，问：“只是说说话这么简单？”

“是，奴婢叩谢娘娘赏言。”月妍毫不扭捏地福了一礼，随后道，“奴婢重又备好了泉水洗浴，娘娘可要传膳？”

我微微眯了眼睛，知道这宫女要表达的当然不止这几句话。虽然并没有听到什么图谋，但让我意外的是，她竟然试图在替文朗说话。貌似不经意，大胆却奏效，并笃定我听得懂。

我对着她笑笑：“你的话我听到了，先出去吧，等皇上醒了再传膳。”

我重又踏入池中洗去一身淋漓，再换上一件月妍备在池边的月白色长袍。屋里依旧雾气袅袅，我走到窗边，推开窗子看外头微黄的天色。长发散在肩上，没有费力去绞干，也没有绾起，就那么任由窗外的风吹着飘动。

“湿漉漉的在这里吹风，不怕着凉吗？”

温润宠溺的声音在身后响起，文朗从背后拥住我：“在看什么？”

这是三日内第二次有男人站在我身后问我在看什么，心境却是两个极端。上一次明媚艳阳依旧昏暗，这一次灰黄夕照却不失温暖。原来心中的明亮并不在于清晨还是黄昏，而是要看身边有没有这样一个人。

我微笑着靠入文朗怀里，不说话，只是微笑着，暗暗希望时间能永远停留在这一刻。

九月十九，这是第一日，只有我和文朗。

在行宫耽搁了一日，为了不耽误文朗回宫，也为了保险起见，我们一刻不停地赶路，提前两日到达距京城只二百里的海津。

海津城比曲阳要大不少，从城东逛到城西天都快黑了。我正想着找个地方落脚，却看到街角一处院子围了许多人，我好奇地拉着文朗去瞧。才刚走近，就听到有围观的人在问："这是出了什么事啊？"

一个小贩模样的人在一旁回答："不知道啊，这里原来好像是一处帮会的堂口，势力很大，不知怎么的得罪了官府，一夜之间被清缴了个干净！"

我听了心一惊，势力很大的帮会堂口，难道……

我忙朝那院子细看，果然很快就在门楣上看到了那特殊的花纹雕刻。与大哥以前给过我的那件信物和甲子御的飞镖上的花纹一样，让我一眼便认出，这里是四海堂的海津分堂！

与文朗对视一眼后，他也立刻明白了我所想，脸色微微变了。

我强忍着不敢发问，想往那门里头看，却是封条落锁当前。正着急，一旁恰有人问起："那里头的人呢？以前我看着挺多人的啊，都被抓走了？"

"哪里抓得走啊。"这回换了另一个老者的声音，"这里头可都是高手，武功好得很，一个个都不肯就范，刀剑声响了一夜！所以说啊，江湖险恶，朝廷更是惹不得。功夫再好有什么用，架不住官府来的人多啊。到早上，全死光啦！"

我身子猛地一颤，要不是文朗拉住我，差点就要冲上前去，怎么会这样！

我一把抓住文朗的胳膊，低声急问："这是……"

文朗皱眉摇头，也是满面惊讶和不解。正在此时，忽地听到身后传来一个阴沉的声音："谁说死光了！"

我忙回头看，是一个与浑厚声音极不相符的瘦弱男子。不足三十岁的年纪，身穿一身黑衣。尽管是黑色，依旧看得出星点带着暗红的血迹。他目光炯炯怒目而视，瞪着在场的每一个人。围观的人见状，谁也不敢说什么，很快便三三两两地散开了。

我在心里猜想这黑衣人定是海津分堂的人，很想上前相问。可尚存的理智又告诉自己千万要慎重，身边还有文朗，绝不可轻易暴露身份。

我正犹豫着，只见那黑衣人身后，从院子旁边的小巷里出来两个中年人，神色匆忙地朝着他奔过来，嘴里低沉地说道："疯了你！谁让你出来露面的！快进去！"

黑衣人满面悲愤，正欲说些什么，后面那两人突然示意他噤声，并朝着我和文朗看过来。我这才发现周围除了我们俩已经没有人了，只剩我和文朗两人站在街中间十分突兀。文朗忙拉着我避到一旁，进了家客栈，并特意要了客栈二楼能看到那个院落的房间。

盯着那边的漆黑一片，我回头看文朗："朗哥哥，我想去看看。"

文朗沉吟了一下："情况不明，太冒险了。"

“可是……”我咬咬唇，犹豫着。

文朗见状微弯了腰，看着我的眼睛：“愉儿，我不知道出了什么事，我只能说，朝廷绝对没有这样的旨意。”

我一愣，随即点头：“我知道，朗哥哥。”

此时文朗看着窗外的表情突然起了变化，我见状连忙回头看。就见那院子里竟然亮起微弱的光，虽不明亮，但在一片漆黑中依旧显眼，心里顿感焦急：“朗哥哥，你在这里等着我，我去一趟看看。”

“不行！”文朗皱眉，“谁知道里头是些什么人，要去一起去。”

这时我再看那灯光，竟然灭了。我一时间也顾不上与文朗争论，忙下楼出了客栈。那院子的大门上有封条落锁，想来定是另有门路，于是便奔着那院子旁边的小巷而去。

弯月半明，为避人耳目，我们并没有提灯。巷子很深，到头一拐弯，发现竟是死路。一侧有一道紧闭的门，细听之下并没有动静，心里觉得很不安，当下便想退出去。

还没等我回过身，身边的文朗突然拉着我一个撤退，我这才发现身后堵了两个人。是傍晚那两个中年人，手中俱有兵器。我和文朗慎之又慎，竟还让他们悄无声息地出现在背后，可见二人的功夫相当了得。

我暗暗将手摸向腰间——青衫被我别在腰后，用外衣盖住了。

那两人却并没有近一步的行动，其中一人仗剑身前，问：“你们是什么人，此欲何为？”

我看了一眼文朗，心照不宣地开口，上前一步，试探着问：“你们又是什么人，这院子里的吗？”

那人目光一凝，与另一人对视一眼，道：“夫人若不是朝廷的人，趁早远离此地，以免惹祸上身。”

心里添了一分笃定，我收回欲握剑的手，从怀里掏出临走前甲子御给我的四海堂的信物，摊在手心伸过去：“我从京城来。”

那人神色一变，上前一步确认了那东西，再看向我：“你是……小姐？”

“嗯。”我点头，“到底出了什么事？”

他没有答，只道：“小姐请里面说话。”

在门上敲了几下，里头便有人开了门。是傍晚那个黑衣人，见了我一惊，却没说什么。

我才迈步进门，就听见后头那个中年人道：“四海堂的地界，旁人就不要进了吧。”

我忙回身，对拦在文朗身前的那人道：“放他进来。”

那人朝我一躬身：“非常时期自当谨慎，请小姐见谅。”

他话说得漂亮，身子却并未移动半分，俨然没有放文朗入内的打算。见状，另两人反而也不着痕迹地拦了过去。

“这样……”我看着隔在我和文朗中间的这三个人，轻轻地点头，对他们身后的文朗道：“那你就在外头等着我吧。”

说罢，我也不看文朗的反应，转身继续朝里头迈步。听着那三人跟了上来，我随口问道：“昨夜出的事吗？”

“是。”有一人答，“兄弟死伤很多。”

我歪了歪头：“我昨儿个午后就到海津了，怎么没见堂里的人来迎我？信不是早就送过来了吗？要不是我找过来，险些误了大事。”

“昨儿个白日咱们这儿便被朝廷给围了，实在是脱不开身，还请小姐见谅。”

我回头看了一眼：“嗯。”

话音未落，身形已起，我出其不意飞快地掠过他们，两步蹿至赶过来的文朗身边站定，厉声问道：“你们到底是什么人！”

这三人不是四海堂的人，他们知道叫我小姐，却不知我在堂里的地位。大哥已下令京城周边堂口听我的调遣，又怎么可能我要带一个人进分堂都做不到，自然让我立刻起了疑。

况且我到海津纯属临时起意，根本不曾知会分堂。只随口一诈，他们便露出破绽。

三人一愣，倒也并没有急着追过来，只站在原地瞧着。之前说话的中年人呵呵一笑：“看来今儿晚上咱们注定要这么问来问去了。”

我的脑子里有点乱，海津分堂的标志假不了，而这个地方也不是伪造的，可这三个人是怎么回事？朝廷的查封，傍晚围观的那些人，有问有答，黑衣人适时出现，两个中年人的出现，一瞬而逝的灯光，一切都是那么顺理成章，把我一步一步带入这个圈套。直至此时，我却还不清楚他们到底想干什么。

勉力凝神后，我道：“那我也借用你的话，就算这里出了事，好歹也是四海堂的地界，你们就敢任意妄为吗！”

“咱们也不想与四海堂为难，不过是上头有人想要你的命。怪也只能怪你自己，不好好在宫里头享福，偏跑出来寻死。”那个一直不曾开口的黑衣人悠然地道，“淑妃娘娘。”

我一惊，感觉自己完全反应不过来。

黑衣人笑了笑："算起来你也不亏，想要你命的，是天底下最大的那个主子。"

我一怔，猛地朝文朗看过去。尽管之前有那么多心照不宣，此时他却没有转过头来看我。

薄云遮月，这一刻，我看不清他的表情。

我看不清文朗的表情，就因为看不清，所以我迟疑了一下。于是因为这一刹那的迟疑，对方突然攻过来的时候，我失了先机。

那三个人两把兵刃，冷光乍起，所有攻势全朝着我身上来。仿佛他们眼里根本没有文朗一般，一时间我们只能后退。文朗不得已冒险徒手帮我拆了两招，为我赢得了拔出青衫的机会，却也将他的后背毫无遮拦地展露在对手面前。

一步迟，步步迟。

尽管青衫施展开来将那一刀一剑阻了一阻，却没能挡住黑衣人拍向文朗后背的一掌。看着文朗一个踉跄，我吓得魂飞魄散，手底下倏然乱了章法，更显狼狈。

破空的声音传来，刹那间有点熟悉。去年甲子御的飞镖射向我的那一幕在我的脑海中涌现，我下意识地按照大哥教的挽剑一挡。"叮"的一声，震得我虎口发麻，这镖的力道可比甲子御的要大多了。

此举让那两个中年人微微一怔，随后竟收势退了一步。只听其中一个道："不错呀，能接下三弟的镖。"

"是啊。"另一个附和，淡笑一声，"可惜还是活不了。"

我一时无暇去想他们的用意，略松了口气刚要回头看文朗，就见文朗突然朝我掠过来，搂着我撤步转身。一声闷响传到我的耳朵里，文朗猛地一颤的身子和落地不稳的脚步都在告诉我一个事实——黑衣人还丢出了第二支镖，并且已经戳入了文朗的身体！

中年人说那两句话其实是为了掩盖镖飞过来的声音，我怎么就没想到呢！

惊怒交加，我挥剑便想冲过去，却被文朗死死地拉住。他再一个纵身，拉着我避到一处拱门背后。

我吓得话都说不出来，伸手便要去摸他后背的伤处。满脑子只有他受伤了，受伤了，到底是伤到哪儿了！

我很快在他的背上摸到一手黏腻，不必对光看也知道是什么。脑袋"嗡"的一声，浑身颤抖，连手都不敢动了："朗哥哥——你……"

文朗闷咳一声，轻轻地摇了摇头。

月光重又展现，我痛恨这月光，让我清晰地看到了自己满手的鲜红。猛然想起他刚才还中了一掌，现下又是一支镖，哪里还会有什么话，整个人只剩下颤颤的呼吸。

“怎么，还想逃吗？”拱门那边有悠悠的声音传来，伴随着脚步声。

“慢着！”文朗朗声开口，“且听我说一句。”

脚步顿住，依旧是黑衣人自负的声音：“好哇，咱们听着呢。”

“你们只知道她是淑妃，”文朗的声音平淡清冷，“可知她的另一个身份？”

“你是说四海堂？哼哼，若她是四海堂安插在皇宫的奸细，那她若横死了，自然是四海堂跟朝廷的恩怨，即使寻仇也扯不到我们兄弟身上，岂不更好？”

黑衣人不怀好意地嗤笑道：“倒是你们，看来关系匪浅啊。这女人水性杨花，是离了皇帝立刻找了新欢还是一早就有二心，怪不得皇帝想要她的命呢！”

不知是气结还是伤重，文朗瞬间有些提不上气来，侧扶着墙又是闷咳了两声。

我总算找到了他背上的伤处，一只手用手帕紧紧压住伤口，另一只手便想将那支镖给拔出来。

文朗却按住了我的手，轻声道：“不能拔，伤在大穴，一松，气血便散了。”

我感受到文朗的身子越来越重，左右为难，只得紧紧地抱住他，眼泪流出来，又咬着牙不敢哭出声。

“你们只知道叫她小姐，可知道为什么会这么叫？”喘了几口气后，文朗再次对着那些人开口，“淑妃出自吏部侍郎慕家，你们不会刚好不记得四海堂堂主姓什么吧？”

黑衣人的声音略带惊讶：“你说什么？”

“你们杀了她，可不是杀一个小帮众或者奸细那么简单。”文朗勉力让自己笑出声，“看来指派你们杀人的人不光想要她的命呢。”

顿了顿，文朗精确把握着谈判的节奏：“还不如咱们做个交易，你们既不用得罪四海堂，也能让这女人消失。”

电光石火间，我突然明白了文朗是在做什么。他把我拉到拱门背后，与外头的人周旋说话，并非是想拖延时间，也不是想要那些人收手，更不是想谈什么交易，而是在给我找逃生的机会。通过刚才交手的一会儿，文朗已经发现这几人所有的注意力都在我的身上，这样我是肯定逃不掉的。所以他暗示他们我与大哥的关系，实际上是在迫使他们起灭口之心，让他们把目标放在他自己身上，至少也要分点心到他那里。

我刹那间惊醒，又悲又恨，将抱紧他的手松开，没有什么多余的动作，只是冷冷地开口：“你说什么？”

文朗意识到了我的变化："愉儿——"

我不出声，就这样沉默了一会儿，他又用力抱了我一下，叹了口气："罢了。"

我就知道他是懂我的，淡淡地勾起嘴角。

"愉儿，"文朗附在我耳边问，"你信我吗？"

我将青衫放到他的手里，再拔出紫衣握在左手："嗯。"

外面适时地响起了声音："说说看，什么交易？"

文朗已经站不住了，他一手从背后搂住我，慢慢地从拱门探出身，朝着那三人走过去。与此同时，他把右手的剑横在了我的脖颈上："咱们都知道，这女人无论是在皇帝还是在慕冠云那里都很值钱，开什么条件，那两边都不会有二话。"

文朗又笑了笑："什么交易，还用说吗？"

终于走到与那三人只隔两步远的地方，文朗停下来："如何？"

只听黑衣人道："听起来很好。"

"不过若是能就此把你们都给杀了，干干净净，"左边的中年人开口，"岂不更好？"

"正是。"右边的人道，"插翅难飞。"

"哦？"因为离得近，文朗努力维持着气息的平和，朝着那人看过去，并扬声道，"那也要你们确定杀得掉我们才好啊。"

三人一怔，互相看看，然后哈哈大笑。

等的便是这个时机，文朗松开我，将我朝着那黑衣人的方向一送。

我们当然知道这几个人不会放过我们，说这么多话其实只为了近身一击。首要的目标便是那个黑衣人，看得出他虽然排行老三，却是功夫最好的一个，他的镖也是我们逃走的最大威胁。

我借着文朗的力道，假装一个踉跄，左手的紫衣使出一记能想到的最厉害的杀招，直接捅向黑衣人的小腹。

我想我应该得手了，并未细看，只用力拨回紫衣，再急转后退。

紫衣虽短，却比一般的匕首长了不少，机会只有一次，稍纵即逝。又因着他接连两次伤了文朗，我那一招使出了全力，出其不意之下又有着满腔的愤恨，感觉刺得很深。

黑衣人闷哼一声，左手捂住伤处半弯了腰，右手朝着我劈掌过来，被我堪堪避过。他随即又被早有预谋的文朗一剑刺中手臂，痛呼一句，再无战意，几步向后退去。

变故发生得极快，另外两人几乎是笑意未落就转为大惊大怒，一人高叫着奔过去：“老三！”

另一人则横眉怒目地朝着文朗直攻过来。文朗将我往后一推，手中的青衫随即施展开来。

淡青色的青衫，很快在月光下变成一团淡青色的光芒，一团优美又冰冷的杀气。我这才发现，原来青衫挥舞起来可以这样好看。

可即便如此，他依然没有取胜的把握，不然也不会做方才那样的安排了。他伤得不轻，又没有时间包扎和调息，再精妙的剑法又能怎样？

我不知道他竭力拼上的这一口气力能支撑多久，心里却明白越拖就越没有胜算。尽管目前看来尚属旗鼓相当，甚至还略占上风，但一旦那黑衣人回转过来，哪怕只是另一个中年人加入援手，文朗立刻就会陷入险境。

想明白后，我更是恐慌。因为我完全帮不上他的忙，甚至都接近不了这两个缠斗的人，反而被他们的刀剑之风迫得步步后退。

一直到靠近围墙边的时候，文朗一剑刺中了对手，回头猛喝：“愉儿——”

他没有把话说完，我却已经明白他的意思。他是刻意在将我们往墙边引。同样如他所说，我有了逃跑的机会，就例如现在。

可是他没能赢了对手，那人再出招的时候，文朗开始感觉吃力了。

那边照看黑衣人的另一个中年人起身朝着这边冲过来的时候，我做了个决定。文朗是皇帝，他的身份要求他不能出事，更不能死。如果他死了，天下必将大乱。这一刻，他忘了自己应负的责任，忽略了儿女私情以外的那些责任，这是不对的。

所以，死的那一个只能是我。方才我就不该把青衫给他。

寻到文朗的一个破绽，我抽身靠近他们。也是文朗气力不支，守得不那么严密了，才让我有靠近的机会。不等文朗有所反应，我冲到他身前，看准方位将紫衣撒了手。

这一招叫后生，置之死地而后生的后生，那么多的剑法和招式，我唯独记住了这一招的名字。

这一招是要迎着对手的刀剑欺身而上，全力将紫衣抛出刺向对手的胸口。紫衣短小，如果对手惜命后撤一丈，再格开紫衣，两边皆安，我便能有逃的机会。但如果对方只是侧一侧身而攻势不减，紫衣至多只会钉入他肩头，而我则会因着自己的主动送上门而被刺穿身体。

大哥教我这一招是因为知道我的脚下功夫好，却也是因为这其中非生即死的巨大危险。大哥也说过，他希望我永远不会用到这一招。

他们要杀我，而我们之间却没有仇怨，所以我赌他会后撤。

不过当我决定赌的时候，故意在脑中忽略了方才我刺伤黑衣人的事，也忽略了用这一招所必须在手的青衫不在我的手中。一旦赌输了，我将一点回旋的余地都没有。

当然，他最后还是撤了。这是最好的结果，丈余的距离足够我回身对着文朗喊出一句话——

“别忘了你是谁！”

文朗当即便是一怔，不知是因着我的话还是强弩之末，面色惨白的他身子一颤。

同一时刻，院子外头突然传来激烈的打斗声。只隔了一道墙，所以显得格外清晰。原来这三人安排了人围在外头，怪不得那么自信，会说我们插翅难飞呢。

可是，又是什么人在攻打他们呢？

不管是什么人，这可是我们唯一的机会。趁着后头赶过来的那两人也都一怔的工夫，文朗抓起我的手，两人纵身跃上了围墙。

巷子很窄，又有十来人在打斗，场面十分混乱，但我们还是很快跳了下去。在墙头上尽管开阔，但目标越明显就越危险。

一上一下的，落地后文朗就彻底体力不支摔倒在地。我一把抱住他，将青衫重又接回手里，看看离巷口并不远，身边却全是刀剑。

随手格开一柄挥舞过来的刀后，我顾不上许多，朗声大叫：“我是慕冠愉，来者何人？”

有一个身影飞快地靠近我，不等我仗剑防守，就听他喊：“海津分堂程彪！小姐快撤出去！”

说着他便帮着我清理去路，我扶着文朗跟着他走了没几步，便听到身后的落地声。

不用回头也知道是院子里的人追出来了，我忙叫程彪：“前面我自己清理，你给我挡住后头！”

程彪二话不说跃到我身后，又呼喊了两个人上来，立刻就有剧烈的缠斗声响起。院子外头的敌人大多是傍晚看到的那几个围观之人，功夫并不甚高强。分堂弟子人虽不多，应对起来却也没什么困难。待知道我的身份后，更是很快帮我把路清理开来，我没费什么力气便扶着文朗出了巷口。

出来后我才想起，回头问道：“程彪！分堂呢？”

“官府查封，一半在城东二十里，一半去了京城，我们几个负责留守。”程彪顾不上回答，离得近的弟子给了我答案。

都是远水救不了近火啊。

文朗一直在闷声咳嗽，我只得先扶着他勉强回客栈。离得不过一条街，那边正在浴血奋战，这里却还是一片升平。

我想了想，没有进去，觉得这客栈还是离那边太近了，不能冒半点风险。看到门口刚好有辆马车下了客，车把式正在整理车厢。见到我们朝他走过去，他刚要招呼，一眼看见我手里滴血的剑，吓得直往后退。

“站住！”我把文朗扶上车，剑也放下，用一件斗篷罩住他的后背，这才从怀里掏出一沓银票甩给那个车把式，用尽量平和的声音说道，“都是你的，快驾车走！”

车把式战战兢兢地接过去，看在银票的份儿上倒也没说什么。马车很快开始行进，他回头问我：“夫人要去哪儿？”

我紧紧搂着文朗，看着他一脸惨白，毫不犹豫地道：“先找家医馆！”

“愉儿，”文朗半闭着的眼睛睁开，对我道，“回京城。”

我皱眉：“朗哥哥，京城距这有二百里，天已经黑了，你这样子怎么赶得了夜路。要不咱们去城东分堂那里，只二十里，很快就能到了。”

文朗咳了两声：“那里只是他们避祸的地方，去了也没什么用。这里出了事，咱们应该要尽快回京。迟了，銮驾到京前几个时辰京城就会设禁，不然就进不去了。”

顿了顿，他又道：“愉儿，你说得对，我不能忘了自己是谁。”

我咬着唇，知道文朗说得没错。离銮驾回京只剩一天，京城在海津的西边，若是我们往东去，反而会更远了。万一赶不及回宫……

咬咬牙，我对车把式道：“马上出城，去京城！”

“是，是。”车把式得了这许多好处，也忘了方才的害怕，眉开眼笑道，“那您二位坐好了。”

我在城门口的一家大药铺买了那里最好的伤药和绷带，又买了一点食物和水。我回到车上关上门，眼看赶在最后一刻出了城，城门也关上了，才心下稍安。我凑近文朗，想给他寻个舒服点的姿势：“朗哥哥，你怎么样？”

他微微摇头，并不说话。

“朗哥哥，我帮你往伤口上敷点药止血吧。”

“嗯。”文朗应了一声，一会儿后才轻声道，“愉儿，你把那支镖拔下来。”

我下意识地点头，伸出手又顿住：“朗哥哥，你不是说伤在大穴不能拔吗？”

“是，会流许多血，你要按住了。”

我不明白："那不如等到了京城再……"

文朗的眼睛半睁半闭着，嘴唇毫无血色地吐出两个字："有毒。"

我感觉脑子里一片空白，骤然惊恐："你说什么！"

"愉儿，别着急。"他的声音虚弱，依旧在安慰我，"便是说了，城里恐怕也治不了。"

紫衣之前已经丢了，于是我将青衫擦干净，慢慢割开文朗的衣衫。我在看到那支镖柄的时候心里就有点慌，感觉有点熟悉，却又不同。

文朗依然在低声嘱咐我："不知毒性，找块帕子垫着，别沾到手上了。"

我点着头，也不管他是不是看得见："知道了，知道了，朗哥哥，你不要再说话了。"

当我看到那伤口的时候，我也说不出话了。

伤口周围泛着异样的白，已经有了一个拳头大小的区域。我壮着胆子去摸了一下，文朗也没有任何反应。于是我颤抖着声音问他："朗哥哥，痛吗？"

"没什么感觉，只是发麻。"仿佛担心我不信，他又道，"真的，你大胆地拔吧。"

眼泪一颗一颗地掉落，我知道是真的，可我却宁愿你是在骗我。

泛白，发麻，小小的银色的镖，非常漂亮的尾翼，刻着繁复的花纹，无论是镖还是伤口，都与我去年被甲子御弄伤时如出一辙。只是那花纹不一样，好像是不一样。

我脑子里全乱了，怎么回事？到底怎么回事？

我一瞬间想起去年我中毒之后到了四海堂总堂，大哥看见我伤口时那骤变的脸色。想起关于那毒，可雯对我说过的话。

——你中的是宣伯那儿的独门毒药，除了他们自家人，没人能解。虽不致立时毙命，一般人也根本挺不过一昼夜，是极凶极烈的毒。

独门毒药，极凶极烈的毒，一昼夜。

上回我只是被划伤，又过了一夜伤口才开始泛白。现在文朗伤得这么深，又伤在大穴，方才还大动气力制敌，血脉加速流转，毒性自然蔓延得更加迅猛，这么快就已经发展至此。后面的，我想都不敢再想。

因为也没有时间给我想了，我用右手紧紧握住镖柄，左手按住文朗的后背，死死地咬了唇，提气用力一拔。

不知是牵扯到了哪里，又或者还是会痛，只听文朗闷哼一声，鲜血随即喷涌而出。顾不上问他怎么样，我迅速丢掉手里的镖，用一大团绷带盖在伤口上，双手紧紧地按在上面。

看着那血很快就渗透出来，无论我按得多紧，依然渗透出来，并逐渐晕染，四散。

我泪流满面，却不敢哭出声。我怕被那车把式听见，推开车门看到这样一个血腥的场面，也怕被文朗听见了，又要费力气来安慰我。

可是我几乎喘不过气的颤抖还是让他察觉到了，他轻声叫我："愉儿？"

见我没吭声，他又道："愉儿，没事的。"

"朗哥哥，"终于开口时才发现自己根本无法正常说话，"你想睡是不是，不要睡……"

文朗愣了愣，想要转过身来，终是不能，只是依旧温和地说："愉儿，别怕。"

"我不怕，朗哥哥。我不怕，你不要动，还在流血，不要动。"

我无声地痛哭，我嘴上说不怕，可我真的很害怕。

不能让文朗看到我现在的样子，他一定会在我的眼睛里看到绝望，我不能让他看到。

我也知道应该停止哭泣，我必须把全部气力花在文朗的伤口上。但我又不敢强迫自己停下，我怕一旦憋住了，会很快晕过去。

过了好一会儿，待血流得缓了些，我扔开被血浸透的绷带，将药粉撒在上面，重新换了干净的绷带压上。待再浸透，便再重撒药粉，再压上。如此几次下来，那血总算基本止住了，只剩微微的渗透。

我瘫坐在车内，把文朗抱在怀里。感觉到他的冰冷后，我用斗篷将他小心翼翼地包起来，又在外面包上一件披风，然后紧紧地抱着。

"朗哥哥，你还好吗？"我很矛盾，想让他休息，却又怕他闭眼。

文朗闭着眼睛没有说话，我不敢再叫，只是仔细地看着他，从他睫毛的微微颤动确认他的气息。他似乎是在沉睡，又似乎还醒着，我连眼睛都不敢眨，生怕下一刻他便没了这口气息。

泪每次滑下来，我都很快用手抹去，不让那泪水落到文朗身上。

"愉儿——"

仿佛过了很久很久，文朗终于微微睁开了眼。

我忙道："我在，朗哥哥，我在呢。"

文朗缓缓地开口："愉儿，有句话你要记好了。如果有什么事，告诉常远……"

"朗哥哥！"

我不知道他要说什么，却知道他在做什么，吓得慌忙阻止他："不要！不要说这个！我不要听！求求你！"

文朗的眼睛颤了一下，没有继续说，却也没有说别的什么。哪怕是他之前说过的，愉儿，没事的，愉儿，别怕。

"告诉他，黑色的那一个，他就会知道了。"

一会儿后，文朗还是说完了他想说的话："记住了吗？"

"记住了，黑色的那一个。"

勉强说完这句话，我再也压抑不住，开始小声地啜泣，泪水一颗颗掉落在文朗的肩膀上。

眼看着他重又将眼睛闭上，我忙道："朗哥哥，我也有话要说……"

他没有睁眼，只道："好，你说。"

我吸了口气："朗哥哥，如果你……如果你……"

我说不下去，也说不出口，但他一定知道我在说什么："你要我带的话我会带到，一定会，然后我会去找你，很快就去，陪在你身边。如果他们不许，如果天下不许，我就将自己烧成灰，洒在你的身上，也要陪在你身边，再也不分开。"

"你要把他们都忘了，把天下也忘了，把所有人、所有事都忘了，然后只记得我，记得等我。"我停了一下，问他，"你记住了吗？"

他的身子僵了一下，我却把他搂得更紧。不哭，也不说话，无声地表达着我的决心。

一直等到听见他说："我记住了。"

我重又开始微笑着掉眼泪。

"愉儿，"隔了一会儿，他道，"愉儿，不是这样的。"

我用很重的鼻音问他："那是怎样的？"

"江山之事，总要交代得谨慎些。这话不是说给你，而是说给天下的。便是这次用不上，你也要把那话给记好了。一直到我告诉你不用记了，或者换了别的，明白吗？"

"嗯。"我点头，问，"那说给我呢？"

"说给你的……"文朗淡淡地笑了一下，"说给你的，你不让我说。"

他就那么一直半睁半闭着眼睛，每一句话说完都仿佛没有下一句了，却每次都有下一句："说好了，到了京城再说的。"

"是。"已经不知道自己是笑着哭还是哭着笑，我哽咽道，"说好了的。"

"愉儿，别怕，没事的。"

"不会的。"见我不吭声，一会儿后他又道，声音很轻很轻，"愉儿，我要爱你，要好好爱你，所以不会的，你信我吧。”

从我对他说了那句“挫骨扬灰也要在一起”的话以后，我就做好了他会再说出任何话的准备，想好了无论他说什么，哪怕他是要讨论丧典仪制、遗诏后事，我都会安静地陪着他说。

我却没料到他会这样说，说他要爱我，让我信他。

扑面而来的是撕心裂肺的悔恨，狠狠地啃噬我的心。

“朗哥哥，”我微微闭了眼，“对不起。”

他沉默了一下：“愉儿，为什么要说对不起？”

黑衣人说是皇帝要杀我的那一刻，他就站在我身边，拦在我身前半步，他怎么可能会想要杀我？他不看我，是因为把全部心思都用来注视敌人；他不看我，是因为觉得没有半点解释的必要。

然而我却分了神去看他，想要看清他的表情。我的迟疑是因为我犹豫了，哪怕只有半点，却依旧是造成眼前这一切的原罪。

整件事情他用了整个生命挡在我的前面，我却在开始的一刹那怀疑他。

我把脸贴在他的肩上，眼泪顺着眼角滑落：“朗哥哥，对不起，我再也不会这样了。”

过了好一会儿，他终于轻声回应：“愉儿，没关系的。”

外头的天已经开始泛白，天快亮了，京城应该就在眼前了吧。

他已经不说话了，叫他也没有什么反应。我依然害怕，身子依然微微颤抖，却不再哭泣，不再试图唤醒他。我只是继续那样抱着他，跟他说话。

他说过不会的，我信他。

九月二十三，这是第五日。

第四十章
旦夕

到达京城的时候，刚寅时过半，城门未开，有三五赶夜路进京的人和车都候在城门口。车把式说还要等个把时辰，我心里着急，想要下车去叫门，抱着文朗又不敢贸然移动。

正焦急为难之际，忽听外头有人问："你这车从哪儿来？"

"从海津来。"车把式赔着笑，"官爷早啊！"

我一听是官兵查问，心里有点紧张，忙将车内的血迹和药粉随意遮盖了一下，凝神听外头的动静。

不料一句之后却没有其他问题，脚步声随即远去。我稍稍松了口气，想着也许只是例行查问，在车里并未作声。不料很快又听到有人接近马车，脚步匆忙，速度很快。

我一惊，暗暗抓了青衫在手中，隐在披风下面，心里有点慌，从未想过会在城门这里出什么事，若是此时出了状况可怎么办！

只听车把式有点诧异的声音响起："官爷，您这是……"

"车里坐的什么人？"

有个人这样问，我听了便是一皱眉，这声音，分明……

我连忙探过身子，将车门轻轻推开一道缝，朝外头看了一眼。这一看，让我差点冲口而出，又还是硬生生憋了回去，只很小声地叫了一句："三哥。"

外面的人竟然是三哥冠明，我简直不敢相信自己的眼睛。

凝滞一刹后，一个疑惑试探的声音响起："愉儿？"

我回："是我。"

"真是你！"三哥震惊不已，"你怎么会在这儿？"

我不知道他为什么会这样说，但眼下最要紧的是赶紧进城。

"别开门！"

听得出他已经伸过手来要打开车门，我忙道："三哥，我要进城，马上！"

三哥没再多问，只是对那车把式道："驾车跟我来。"

他是五品副尉，官阶虽不高，可带我进城绰绰有余。顺利进城以后，三哥很快就打发那车把式离开，亲自驾车带我前行。文朗此时已经完全昏迷，自然无法进宫，我能想到的唯一的救命稻草就是甲子御了。

我跟三哥说了地点所在，叫他尽快赶过去，随后才问："三哥怎么会在城门口？"

"夜里有人送信来，说你可能会从海津进京，叫我在城东门接你。"

我脑子里乱糟糟的，想不到会是谁送信给三哥，也不知道该如何跟他解释。三哥的确是最合适接我进京的人选，可四海堂那几个留守的人又怎么会想到联络他呢？

我甩甩头，想起最重要的事："二哥呢，随驾出行了吗？"

"嗯，就快回来了。"

我问："銮驾什么时候到京？"

他道："照例是今儿个傍晚，午后便要开始设禁了。"

吸了口气后，我道："三哥，你马上联系二哥，叫他想办法把銮驾拖到明日再进京。"

三哥"啊"了一声："那怎么可能！"

"不可能也要可能！"我急道，"叫他找皇上身边的人，无论如何都要拖一日！"

"愉儿——"三哥的声音突然一顿，"车里还有谁？"

我不让他开门，他便一直隔着车门跟我说话，不过却依旧敏锐地发现了车内还有旁人。

我沉默了一下，低声道："皇上。"

三哥闻言吓了一跳，隔着车门都能看得到他猛地转过身来："什么！"

我忙低叫："三哥！"

"我知道，我知道。"三哥的声音低了下去，"可是……"

我咬咬唇："三哥，我现在没法跟你解释，这件事如果传出去将会是大到天会塌下来的事，我现在也不知道该怎么办才好。趁着我还清醒，你就照我说的去做，也别再多问了，好不好？"

从军三年，我知道三哥早已不是几年前那个只会与我玩笑打闹的年轻人了，果然很快就听到他并没有多少犹豫的回应："好，我去。"

随后他又有些担忧地问我："愉儿，你没事吧？"

我看看自己手上已经干涸的血迹，还有怀里抱着的文朗，张了张嘴，没能说出什么。

三哥也没再多问，到了地方，早有人在等着，听声音是左大洪："小姐！属下半夜得了海津的信，可急死了！”

此时我满脑子只剩着急，叫人把文朗小心翼翼地抬出去，爬下车的时候才发现自己几乎站不稳。一把扶住我的是跑出来的环铃，先看到一个抬进去的文朗，接下来我的样子更是吓坏了她：“小姐！小姐！你怎么了！天哪！”

我紧紧地抓着她：“甲子御呢！他在不在！”

“在！在！就在里头呢。小姐，你到底是……”

不等她说完话，我便朝着院子里奔去。

甲子御也正匆忙地往外走，他手里扶着的竟是环佩。两人差点被我一头撞上，环佩指着被抬进去的文朗惊呼：“小姐，那不是……”

话还没说完，她又倏然变了脸色：“小姐！你受伤了？”

顾不上回答她，我猛地抓住甲子御，一只手举起那支镖：“甲子御！这是不是你家的？”

他见了神色一凛，皱眉道：“哪里来的？”

我厉声追问：“你只说是不是你家的！”

“这……”他看起来很为难，用衣袖垫着捏着那支镖看镖柄，“是，又不是。”

我不明白他这么说是什么意思，吸了口气：“那，这毒你有没有解药？有没有？”

“环佩——”我紧接着看环佩，声音颤抖地道，“你看到了，你知道他是谁！你说，你治不治得了？”

环佩忙安抚我：“小姐，小姐，你别着急，我看到了，我明白，明白的！”

甲子御的犹豫给了我莫大的恐惧，我看看他，又看看环佩，眼泪在眼眶里打转：“环佩，怎么办？怎么办？”

环佩看我这样也是着急，冲着甲子御问：“子御！你倒是怎么说？”

甲子御总算将那支镖看透彻了，有了点反应，皱眉道：“先去看一下。”

我自是称好，迈步就朝屋里去。

我凑到文朗身边，解开他身上的衣衫，看见他的伤口因着搬动又开始渗血，忍不住就想伸手去按，却被甲子御拦住。他细细瞧着，问：“这是什么时候伤的？”

“昨夜。”我努力回想，“大概是戌时前后，关城门之前。”

甲子御面上一凝：“毒发如此迅速？”

我点点头，强压着心慌：“伤在大穴，又与人大动干戈打斗了一阵，就成这样了。”

深吸一口气后，我问甲子御：“你没有解药是不是？”

“小姐先别急。”甲子御神色凝重，“解药没有现成的，但应该可以配得出来。”

说完，他也不等我反应，站起来就往外走。同时对正在把脉的环佩道：“你先处理一下伤口。”

环佩点头应下，开始动手帮文朗清理背上的一片狼藉。把那胡乱覆着的伤药小心地拨开，用帕子沾着环铃端来的净水一点点洗去药粉和血迹。最后只留下一处狰狞的伤口，越到中间颜色越浅，四散开来，如一朵初开未放的白莲花，呈现出一种诡异的白色。

我看着，心里一阵阵发紧，强迫自己盯着那伤口看，不要闪躲，强迫自己稳稳地站着。哪怕帮不上忙，也要好好地立在一旁，绝不可以别开眼睛或者倒下去。

处理得差不多后，甲子御还不见回来，于是环佩第二次将手搭在了文朗的手腕上。她用一种极慎重和担忧的表情细细把着脉，让我隐约之中有一种熟悉感。

眼神一动，我微微摇晃，一只手扶在床柱上。

环佩发现后抬起手，用一块干净的帕子将文朗的伤口盖上，站起身凑近我：“小姐，你先去休息一下吧。”

说着，她又转头对环铃道：“你快带小姐去休息。”

我半垂着眼睑，盯着文朗始终不曾挪动一步，缓慢而坚定地推开环铃的手，惹来环铃低叫：“小姐？”

“环佩，”我用一种很平静的声音对环佩道，“四年前我就是这样被人拉了出去，难道今日你还要我走？”

趁着环佩呆住的工夫，我又道：“你已经看出来了，是不是？”

环佩想要把手伸向我，可面对我明确的抗拒时又有一点犹豫，没说话。

她不答我，我也不催，只道：“当年你瞒了我，难道今天你还要瞒吗？”

环佩浑身一僵：“小姐——”

“是一样的毒，是不是？”

四年前的那个夜晚，环佩也是这样给文川把脉。她当时的表情我永生难忘，那是一种不敢流露的绝望。

四年前我就这样眼睁睁地失去了一个人，难道如今还要再重演一遍？

“是。”许久，环佩轻声吐出这个字。

“但是小姐，”她很快又道，“没有四年前那般严重。那时太子殿下已经拖了多日，但现在皇上的是新伤，是不一样的。”

尽管已经猜到，但确认之后依旧难免心悸，头一时“嗡嗡”作响，我有些讷讷地开口：“不一样吗？”

我这个样子让环佩十分着急："当然不一样了！小姐，当年咱们什么都不知道，见得又晚，什么都来不及。现在咱们知道了，这毒与甲家的毒属同宗，毒方虽改，毒性却相似。小姐你记得吗，当年的解药也是先起了作用，后来才有变……现下解药也一样可以改一改，上回大少爷叫宣伯教过我一些。"

看到甲子御从外头进来，环佩忙又指着他道："甲子御是甲家传人，他也在这儿呢，你别着急啊小姐！"

我怔了怔，重又开口："环佩，从现在起，我就把他交给你了。"

环佩张了张嘴，终是点头："是。"

甲子御和环佩、环铃三人进进出出好多次，方子改了又改，药换了一次又一次。我就一直立在一旁看着，不说话，也不问，就只靠着一股信念在支撑。

两个时辰以后，文朗的伤总算是敷药包扎完毕。一阵混乱过去，环佩轻轻地在我耳边说了句："小姐，没事了。"

我没什么反应，她也没再多说："我去煎药了。"

我想要到文朗身边去，迈步才发现腿已麻痹。过了好一会儿才勉强挪过去，摸摸文朗的手，依旧冰凉，面上也依旧没有血色，也就是那尚算平稳的气息给了我些许安心。

就是这一点点的安心卸掉了我最后一点气力，我再也站不住，靠着床边缓缓滑下去，坐在脚踏上，低着头一言不发。

几个人也没人敢劝我，每每一脸焦急地进来，又是满面担忧地出去。

一直到陈雁羽无声无息地走到我身边，声音轻细："看你，才逍遥了几天，又这个样子了。"

我慢慢地把脸转过去看她，想要勾一勾嘴角，却没能成功："你来了。"

她挨着我坐下，过了好一会儿才问："他没事吧？"

"嗯。"顿了顿，我也不知打哪里来的信心，又道，"不会有事的。"

她点点头："是。"

沉默了一会儿后，我缓缓道："我一直以为他爱她多一些，所以我很难过。几番挣扎，直到想要放弃。可现在想想，爱多爱少又怎样呢。"

"是啊。"她也略微感叹，"那样一个皇宫里，爱不爱又能怎样。"

不知道为什么，我在陈雁羽面前总是觉得有话想说。或许是我的话她能明白得透彻一些，或许是希望她能给我做一个见证，又或许只是因为她曾在另一个角度见证了我在宫里的这四年。

"我不该那样做，不该那么任性地离开京城。"我轻叹一声，对上她的眼睛，

“你知道吗，他舍了性命挡在我的前头，那一刻，我有多后悔。”

她一愣，面上有一丝惊讶，但很快平复：“你想过吗，如果是她，他会不会也挡在前头？”

我淡淡一笑，没有丝毫犹豫：“会。”

她看了我一会儿，然后才道：“罢了，爱就爱吧，你终究与旁人不同。”

两个人又这样坐了许久，我问她：“是你让人去找我三哥的吧？”

“嗯。”她语气淡淡的，“也是我叫海津那边不要正面跟朝廷抵抗的，你要说谢谢吗？”

我看看她：“你这么能干，不如去把外头的事情安排一下。銮驾到京，无论如何也要送他回宫的。你也看到了，我现在是没力气主事了。”

她勾起一边的嘴角，没说什么，只起身出去。

我就继续守在文朗床边，握着文朗的手，感受着他开始缓慢恢复的温度。

一直到傍晚时分，甲子御匆忙奔进来：“小姐，堂主来了。”

我尚不及反应，便听见院子里头有弟子此起彼伏地在喊“堂主”，还有匆匆而至的脚步声。

早已累极的我不知从哪里来的力气，一下子从床边爬起来，速度快到甲子御都来不及扶我，就已踉跄几步跑到卧房外间。正赶上大哥迈步进屋，人未近声先至：“愉儿——”

本就神色凝重的大哥在看清我的模样之后骤然变色，飞身掠至我面前，一把抓住我的肩膀，焦急沉怒地大声喝道：“愉儿！你怎么弄成这个样子！”

我起得急了，头有点晕，尚未答上话，只听大哥又怒道：“便是一日都不能让人省心吗！”

我知道大哥不是无端发戾气之人，这样暴怒一定是有所触发。但一日一夜的恨极怕极已将我的意志推到崩溃的边缘，本就摇摇欲坠的理智消弭殆尽，满腔的委屈和痛悔全化为抱怨涌出。

“我愿意弄成这个样子吗！”

我一把挣脱开大哥的手，用了极大的力气，直让自己往后反弹了两步才勉强站稳，浑身颤抖着伸手朝里屋一指：“我宁愿躺在那里头的人是我。”

“愉儿——”大哥皱眉，想靠近却又被我躲开。

“知道我是在哪里出的事吗？在海津分堂的院子里！我们本来好好的，到了那里一切却都变了样！为什么会有人在分堂的院子里设下埋伏等着杀我？为什么等着杀我的人认得咱们的信物，知道叫我小姐！”

一眼看到那支镖就放在外屋的桌上，我一把抓在手里举到大哥面前。

“为什么杀我的人会有这样的镖？那伤口和毒发的模样与甲家的一模一样！他与四海堂到底有什么瓜葛？”

“你早知道是不是？还打算瞒我多少年！如果我在四海堂的地界丧命，会不会很讽刺？这就是你们的通天彻地，四海一堂！”

大哥的眸光闪亮，脸色剧变，不知是因着我那几句刺心的话，还是因为我徒手抓着那带剧毒的镖。

他过来抓住我的手腕，蹙眉道：“愉儿，快松手！”

“大哥——”我的眼泪开始往下掉，“你说得对，都怪我太任性。如果他出了什么事，我便是千古罪人了。”

“不会有事的，有大哥在呢，一定不会有事的。”大哥温言哄着我，“是大哥太着急了，不该那样吼你。愉儿，听话，把手松开。”

“大哥，”激动过后，我的体力逐渐不支，紧盯着手里泛着寒光的镖，声音变得冰冷喑哑，“我不管这个人与四海堂有什么关系，我要他的命。领头的是三个，还有一群手下，我要他们所有人的命。”

我仰起头，直直地看着他：“大哥，你能不能帮我办？”

大哥深深地看着我，眼中闪过一片寒光，抓住我手腕的手突然一个错手用力，我手中的镖便落在了他手里。他低头看了一眼那支镖，随后交到甲子御的手中，开口的声音不大，却低沉有力：“都听到了？”

甲子御抱拳低头：“堂主、小姐放心，属下这就去办。”

看着甲子御出去，大哥回过头来，又恢复到温柔的神色：“愉儿，便是你不说，大哥也是要办的。”

我流着泪点点头，终于耗尽了最后一丝力气，再也站不稳。我被大哥一把搂入怀中，他轻抚着我的背，耐心地一句一句哄我，任由我发泄着无尽的恐惧和委屈。我憋了一整日不敢掉的泪喷涌而出，直哭得喘不过气来。

“大哥，对不起。”

我讷讷地道歉，为着自己的任性和胡来，也为着冲口而出的那些话。昨夜出的事，大哥人在总堂，却在今日傍晚就到京了，可想是怎样不要命地赶过来的，我却说那些话伤他。

大哥包容地摇摇头：“愉儿，跟大哥还需要说这些吗？”

顿了顿，他又道：“况且，你说得也不无道理。”

大哥本想检查我有没有弄伤手，看到我满手早已干涸的血迹，复又皱了眉，眼中的心疼更甚：“的确是大哥疏忽了，这回可吓坏了吧？”

我并不掩饰，轻轻地点头。

这才顾得上低头看一看自己，发现不光是手上，手臂衣袖、身前衣衫、腰间裙裾上全是大片大片的血迹，触目惊心，昭示着昨夜的惨烈，也宣告着文朗的伤重，还不算车厢里那么多被血浸透的绷带。原来一个人可以流这么多血，也难怪他会虚弱惨白成那个样子了。

而我这个样子，也难怪环佩和环铃见了会吓成那样，大哥见了会瞬间暴怒。

我又断断续续地与大哥说了一些此行的经过，就见陈雁羽从外头进来，对着大哥微微一礼："慕堂主。"

大哥打量了她一下，并没敢确认，只看向我。

我道："这是陈雁羽，小世子成瑞便是由她在照看。"

大哥会意，转过头去："还说甲子御怎么突然变得沉稳谨慎了，原来是有了军师啊。如此有劳陈夫人了。"

"叫我雁羽就好，我早已……不是陈家人了。"陈雁羽笑笑，"若蒙堂主不弃，雁羽还想着留在这儿略尽绵力呢。"

大哥一怔，点头道："如此甚好。"

我这时问陈雁羽："外头如何了？"

她道："听说銮驾停在城南三十里行馆了，明日卯时启程，巳时进京，具体怎么着，端看你是打算送他上銮车还是送他进宫，咱们才好算时辰预备。"

我垂了一下眼睑，知道陈雁羽是在问什么，也不答她，眼睛只朝里屋看去。

看着我的全部心思都在文朗身上，大哥拉着我进了屋，几人站在文朗床边，环佩仔细号了一会儿脉，抬头道："子御配的解药该是起了效果，脉象已平稳。接下来只要悉心调理，养气补血，应该无大碍了。"

我心里稍安，问："那他什么时候能醒来？"

环佩沉吟了一下："失血过多，要醒来最早也要夜半。"

"愉儿，"大哥在一旁温和地道，"这不是一时半刻的事，你先去洗洗休息一下吧，再熬上一夜你会垮的。"

我郁郁地看着文朗，没说什么，顺从地被环佩拉了离开。

沐浴梳洗后，我换上干净的衣衫。

入夜，我重又回到文朗床边，再把旁人都赶走，一个人拉着他的手等着他醒来。我心里一遍遍地想着他醒来了我要对他说什么话，想着春天的时候他大概也是这样焦急地等着我醒来，而我却让他等了那么多天。

"朗哥哥。"我低声唤他。

他的面色依然苍白，唇上却终究有了一点颜色。当他迷离了一会儿，终于将眸子定在我脸上的时候，我淡淡地微笑着，用一副最最温柔的表情看他：“朗哥哥，你醒了，真是太好了。”

文朗同样温柔地看我，尽管身子还虚弱，总是温柔：“愉儿。”

我将他的手贴在自己脸上，轻声道：“我等了你好久。”

他努力想笑一下：“愉儿，没事了。”

停了一下他又问：“什么时辰了？”

“子时刚过，你昏迷了一个日夜，现在已经是二十四日了。”

我知道他在担心什么，不必他费力气问，便将现状一一讲给他听：“昨天早上一到，我就让三哥去给二哥报信，想办法拖延銮驾。现在銮驾就停在城南三十里行馆，预备巳时进京，我们能赶得及。另外那毒已经配了解药，看来是有效的，大哥也赶来了。”

文朗轻轻点头，问我：“愉儿，一日一夜，你就这样一直等着吗？”

“不是的，”我笑着否认，“你看，我有梳洗休息，吃喝俱全。朗哥哥，你伤得这么重，就算解了毒也要调养好一阵子。我还要送你回宫，要照顾你换药起居，我不可以倒下去的，对不对？”

文朗看了我一会儿，突然问：“愉儿，咱们到京了吧？”

“是的，到京了。”面对文朗这个明知故问的问题，我心里知道他的意图，“环佩说你要多休息、少说话，会牵动伤口的。”

他的目光闪烁，没有任何预兆地就把话说了出来：“愉儿，你早就是最重要的那一个。”

浑身骤然抖了一下，我笑着点头：“好，我知道了。”很快又道，“朗哥哥，我让环铃炖了燕窝，我去端，你吃了再睡一会儿。现在离天亮还早，等养足了精神我们就回宫去，里头恐怕还有一堆麻烦要应对。”

文朗微笑道：“好。”

我把甲子御和环佩重又抓回屋里，这两人一个是毒王甲宣的儿子，一个是神医聂禾的唯一传人。到京一日一夜过去，等天再亮起的时候，文朗已经能够起身服药了。

关于回宫，原本文朗计划是在銮驾进京前的最后一个停驻地溜回去的，但如今已是不能。我找来大哥和陈雁羽，和文朗一起研究了半天要怎么让我和他各归各位，感觉现在无论是奔銮驾去还是直接进宫都风险极大。

銮驾在城南行馆，虽说三十里路放马快奔能在起驾前赶到，但文朗的身子肯定撑不住这样奔波。况且我和环佩都不能跟着他上御辇，到时候万一进了宫发现皇上昏倒在里头上岂不要命！

本来擅离就是极大的事，一旦泄露了，先不说那些迂腐的大臣会没完没了，光是太后那里就肯定过不去。并且文朗竟然还受了伤，传出去定然天下大乱。

所以直接进宫似乎是眼前唯一的办法，但我同样有所顾虑："銮驾仪仗只能行至外宫，进内宫要换轿辇，没到地方又不能清场。到时有那么多人瞧着，御辇上没有人下来可怎么说？"

陈雁羽想了想："通知銮驾，直接抬到乾元宫去。从正门去，那里无须换轿。"

帝后同行归来，没什么要务该是直入后宫受请安参拜的，若是在外宫便分道扬镳，这对皇后来说岂不是大大的耻辱。我看了一眼文朗，有一点犹豫："这样能行吗？"

文朗淡淡地点头："就这么办吧。"

见我还是一副忧心忡忡的样子，陈雁羽摆了摆手，凉凉地道："平日里见你精明得很，这时候反倒糊涂了。这种事情即使瞒得过天下，也瞒不过皇后去，她想必早知道了。她一路上都没说出什么，回了宫难道还会有什么计较？"

我一哂，心里恍然，也不理她，只道："那咱们便照旧从西华门进，从景和宫后面绕过去。到芳华门那儿我来出面，想来一定进得去。"

"你也不露面的好。"文朗沉默了一下，看向一直没开口的大哥，"还是走你的渠道送我们进去吧。"

这话我听着便是一惊。

我知道文朗和大哥在年初的时候曾经有过一个君子协定，大致便是朝廷默许四海堂的存在和发展，四海堂承诺悉数退出京城，并远离皇城。

后来京城四海堂一众也真的一夜之间不见了踪影，连我出宫后辗转也只找到寥寥几人，难道大哥真的留了一手？

我向文朗望去，他却不看我，只在桌子下握住我的手。

他执意要坐在桌前议事，想来是有他所必须坚持的东西。一如虽然此时他的手依旧有点凉，却没来由地让我觉得温暖、安心。

我的心一松，低下头双手回握住，不自觉地微笑。

再抬头去看那对视的两人，文朗的面上是一种淡淡的坦然，没有试探，也没有深意，仿佛只是在跟大哥商量一件极普通的事情。

大哥则在我看他的时候刚刚将眼睛从我的身上挪开，再没有任何波澜地看了文朗一瞬，然后才道："好，我叫人安排。"

我知道这便是代表大哥默认了，复又开始担忧，心里也是惶惶。

陈雁羽何等聪明，在这个时候站起身："走吧，要回宫总要收拾一下的，两个丫头你都带回去吗？"

同时她的眼睛看着我，我知道她是在叫我离开。这两位大人物俨然是有话要说，不过是碍着场面各自憋着罢了。

我这才点点头，磨磨蹭蹭地站起来，跟着陈雁羽出了屋子。

才刚一出来陈雁羽就笑话我："你真的还是以前那个慕冠愉吗？真不知道你这几年是怎么在后宫活下来的。"

"很失望？"我斜她一眼，"恭喜你，也终于有看走眼的时候了。"

陈雁羽兀自笑得花枝乱颤，我无奈，只能负气瞪她。好容易等她笑够了，我才问："你当真要留在四海堂？"

她点头反问："不可以吗？"

"堂主他老人家都答应了，我还能说什么。"我嗤她一声，不忘扳回点颜面，"不过你又不懂武功，当个小喽啰不好使，办场面事又怕被人给认出来，最后还要派弟子专门保护你，真是不划算！"

她却没再与我拌嘴，只是有点出神地道："我自懂事起便被教养成家族所期待的模样，你知道，并非只是大家闺秀那么简单。从十二岁起，我的目标便是那个位子。十六岁进宫，十八岁成为皇后，可以说我按着计划完成了陈家寄予我身上的全部企求，再拜你们所赐，功败垂成。嗯，功成身退，功德圆满……"

说到这儿，她又笑了一下："我进宫四年，做了两年皇后，杀过人谋过反，算计过你也住过冷宫，竟然还能活着出来。算起来也不比你逊色多少，总算对得起那个姓氏祖宗。如今我解脱了，再不用照着别人说的去做，也不过才二十一岁，我感到很高兴。"

我看着她眼中神采飞扬，不觉也替她高兴。二十一岁，是一个一切都还来得及的年纪。她可以做回自己，把满腹聪颖才华用在自己喜欢的生活中。

我笑道："想留就留下来吧，我也很想有个朋友能说说话。"

她点头，眸光突然亮了一下："你说，我现在开始学武来不来得及？"

"怎么，算计别人不如直接拿刀杀人来得痛快是不是？"我挑眉笑她，"甲子御可是堂里数得上的高手，你有本事就去算计算计他，让他教你。"

"他呀，哪里需要算计。"她淡淡一笑，"我跟环佩说说就是了。"

我没出声，其实早看出来甲子御对环佩的心思，也看得出环佩并不排斥他。环佩叫他子御，比我叫得还要自然亲近，两个人做起事来也十分有默契。

“你怎么说？”见我不出声，陈雁羽追问道，“别说你没看出来啊。”

我看她一眼：“什么怎么说，我的丫头，你这么上心做什么？你不是一向鄙夷痴缠情事，这会儿又替别人着什么急。”

“没什么。”她略微有些尴尬，随后道，“只是发现环佩也二十一了。”

见她别过头去不再说话，我淡淡地道：“环佩于我，早已不是一个丫头那么简单。甲子御若是存了这个心，也容易，也不容易。”

第四十一章 归位

回宫的时候，我没有带上环佩一起，并非因为陈雁羽那几句话，至少不全是。

环佩之前伤得很重，养了大半个月，好容易才有了起色。可因着文朗的事，一日一夜的操劳不休让她的伤又有些反复，被环铃扶着已然站也站不稳，不禁让我有些懊恼自己当真是急糊涂了，竟然不曾心疼她的身子。

尽管她一再坚持要跟我回宫，我还是以秘密进宫人多不便的借口把她给留了下来，答应过些日子再派人来接她。然后又以同样的理由把环铃也一起留了下来——

甲子御再上心，总还是粗陋了些。

我不知道文朗与大哥后来到底谈了些什么，问大哥肯定是问不出来的，而文朗也不肯说。

有了大哥的安排，我和文朗神不知鬼不觉地回到了乾元宫，连下人都没惊动几个。銮驾按着时辰无惊无险地抬入乾元宫正门，听着喧闹了好一会儿才没了动静。又过了一会儿，总算看到了匆匆忙忙跑进来的常远，后头还跟着二哥。

常远见了文朗差点喜极而泣，见我立在一旁倒是有点意外，二哥则一眼就看出了文朗的异样。

“皇上受了伤？”二哥说这话的时候眼睛直朝着我盯过来。

文朗忙道：“不妨事。”

二哥却不肯罢休，突然就单膝点地，沉声开口：“此等大事，便是皇上不欲声张，也绝不可姑息不究！”

随后他又双膝跪下去：“末将严重失职，请皇上责罚！”

文朗本来是站着的，这会儿缓缓坐下，我注意到他坐下的时候是用手扶着桌子的，心里就知道不妙。我也来不及管二哥怎么看，赶紧就朝文朗走过去。

文朗此时却还要开口说话：“冠群你先……”

话没说完，就见他眉头轻皱，闷咳了两声，身子微向前倾，脸色越发不好。

“朗……皇上！”我上前一步扶住他，知道他元气大伤，进宫这一路又消耗了不少气力，定是牵动了伤口，“怎么样？快别坐着了！”

常远也赶紧奔过来扶着，文朗点点头，略微调息了一下，对二哥道：“你明儿个再过来，朕有事交你去办。”

见文朗这个样子，二哥也不敢再说什么，忙领旨跪安出去。

文朗又对常远道：“你去太后那儿一趟，就说朕舟车劳顿，朝务又积压甚多，明日再去请安。另外叫各宫这几日没有传召都不要过来。”

常远忙应着。

我强忍着不让眼泪掉下来，扶文朗在榻上躺下，给他避开了伤口垫好靠背，又吩咐人去多多预备补品，再端来参茶一口一口喂他喝下，安置他好好休息。

身边没有环佩跟着，入夜，我要亲自动手给文朗换药。他见状道：“愉儿，我身边也有信得过的下人，就让他们来吧。”

“朗哥哥，你就让我做吧。”解开绷带，我看着那恢复了常态也并不大的伤口，想着以后这光洁的后背上恐怕就要添上这么一道疤痕，心里还是一阵绞痛，“这样我才能安心些。”

换好了药，包扎妥当后，我照着环佩的吩咐，伤处要尽可能地透气，便在屋里点了火盆，只给文朗披上一件薄衫盖着后背。

我小心地避开伤处，从背后抱着他，轻声道：“二哥说得没错，这回太冒险了，愉儿也该领个责罚的。”

趁着文朗一怔，我把脸贴在他的背上，感觉他的身上已经有了一些温度，却还不够：“朗哥哥，对不起。”

“愉儿，”他有些无奈，“你还要说多少次？”

“很多次……”我的声音闷闷的，“一直到把你说给我的那些都还给你，还要再多一些。”

文朗低头笑了一下：“你不许我说，自己却一直挂在嘴上，好像不太公平。”

我抿嘴笑：“不公平就不公平，你拥有那么多，我却只有你，所以这方面就让我占点便宜吧。”

他沉默了一下：“愉儿，我知道你很委屈。”

“委不委屈不是你说了算的。”我也沉默了一下，道，“愉儿私自离宫一个月，皇上快点给臣妾想个责罚，我可不想等着旁人当众提出来。”

不等他回答，我又道：“只要不降位分，怎样都行。”

文朗闻言，一时有些不解：“你在意这个？”

我垂下眼睑，心里当然在意，在意四妃以上才有的伴驾天明的资格。

我抱着他，鼻音越发重：“因为我不想半夜从你身边被赶走。”

他身子一僵，作势要转过身来，我却不肯撒手，反而抱得更紧，嘴里喃喃：

“别乱动，让我抱一会儿吧。虽然我们的五天已经过去了，但你昏迷了一天，不能算。”

“好，不能算，要补上。”文朗笑了一下。

我又想起一件事，开口道：“朗哥哥，过些日子等你好一些，我还得出宫去一趟。落在海津的东西我已叫甲子御帮我找去了，另外也要问问报仇的事。”

说到那些人，我的愤恨不减：“我让大哥把那些人全找出来，然后每个人捅上十七八刀的，再用甲家的独门毒药叫他们求生不得，最好能让我亲自去捅几刀！”

我小心地看着文朗：“朗哥哥，我叫大哥把那些人全杀了，一个都不留，好不好？”

文朗也看着我，眼神闪烁了一下：“也好。”

停了一下，他又道：“愉儿，这几日你住在这边，先不要回翊仁宫去。”

我怔了怔，随即绽开笑容：“好呀！”

从第二日起，我便干脆换了一件宫女的衣衫，服侍文朗的吃穿起居，送他出门上早朝，再等着他回来。他召见朝臣，我便躲在他的寝殿里不出来。没人的时候，我就到勤政殿陪他看奏折。离京多日，政务的确积压了许多，直让他几乎整日都离不开御案。

当然，这也给了他极好的借口窝在乾元宫不出去，也不召后宫妃嫔侍寝。连常远都被他赶到殿外候着，身边就只有一个我。

尽管文朗的身子一日好过一日，伤口愈合得很好，面色也逐渐恢复正常，我却总是不放心。只要看他一闲下来，就忙不迭地催他休息。所以除了给他端茶水点心和汤药补品外，大多时候都是他看着奏折，我看着他。虽然两个人一天到晚也说不上几句话，但光这样看着也依然会兀自微笑，觉得心里十分欢喜，觉得如果日子能一直这样过下去，该有多好。

一连十来日，没有人发现我们的秘密，也没人来打扰。文朗下旨忙于政务不召后宫妃嫔，并没有听见有什么微词，连太后那边都很安静。这种风平浪静的日子直让我贪图得几乎感激涕零。

我心里已经相信了陈雁羽的话，文朗离开銮驾睿蓉是知道的，我怀疑她甚至知道文朗是去找我了。因为过去这么多天，睿蓉都没有来乾元宫找过文朗。

十月初七，一个晴朗的好日子，是我的二十岁生辰。

这一日，我照常在勤政殿陪着文朗。我盯着一杯茶发了好一阵呆，直到文朗叫了我两声，我才开口：“朗哥哥，如果我没有回宫来，你预备怎么办？”

文朗似乎没料到我会突然问起这个，抬头看我。

我也看着他，想起文晖说过的话：“会宣称我死了吧？”

他微微皱眉："愉儿，怎么突然问这个？"

"没什么。"我低下头，"只是突然觉得做你身边的宫女也很幸福。"

文朗愣了一下，这才明白我在说什么，笑道："会吗？那有了身孕怎么办呢？"

"我是说……"我一讶，知道自己是在胡思乱想，很快就摇摇头，"没什么，我瞎说的。"

文朗放下手里的笔，起身到我身边，用手揉了一下我的头发："的确是瞎说。"

既然每天都躲在勤政殿里不出去，我虽是套了件宫装做样子，倒也没费力气去梳宫女的双髻，只随意绾了头发，松松地簪了一支红玉簪子。这样子被他一揉，险些散开，连忙跳起来躲："朗哥哥——"

"又动什么心思呢，日子太闲了是不是？"

文朗似笑非笑地拦在我的前头，让我怎么都躲不开。饶是这勤政殿宽敞，我却怕外头会有人听见，又担心他的身子，既不敢喊叫，也不敢真的逃窜，很快就被他堵到御案旁擒住。他凑在我耳边道："想都别想，当年安顺仪那几个，还是太后刻意安排的。你又不是第一次来乾元宫，什么时候见过有宫女近身伺候了？"

我眨眨眼，心里有点恍然，同时又意外于他的反应。我不过随口感叹一句，他竟这么在意地来解释，仿佛比以前的我还要紧张一些。

于是我笑道："不早说，那我这十几日岂不是都白扮了？还不如扮个内监，大大方方地站在一旁，看看那些烦人的朝臣都长什么样。"

"好啊。"他搂着我坐下，"环佩不是说要将养上个把月才能好，那后头的半个月你就扮内监好了，刚好……"

"刚好什么？"我盯着文朗，笑得不怀好意，"刚好你看宫女也看腻了是不是？后宫里头一大堆花枝招展的呢，要不要召几个来给皇上解解闷。"

文朗笑着，还没说话，突然听见外头有几步跑过来的声音，接着就听常远道："皇上，俪嫔和宣嫔两位主子过来了。"

我一时还没想起来这两人具体是谁，只道："瞧瞧，说来就来了。"

见文朗皱了眉，我也很快就发觉了不对劲。文朗早就下旨后宫妃嫔没有传召不得过来，常远明知我在里头，却还跑到门口通报，俨然是拦不住了。

想到这儿，我看了一眼文朗，连忙站起来就往偏殿去。

却是已然来不及，我才迈步进了偏殿，尚未闪身避开，就听见勤政殿的门被推开，常远还在拼命拦着："两位主子不能进去，皇上吩咐了……"

"别拦着我！"一个清脆的声音响起："表哥！"

听到这个声音的时候，我着实顿了一下，也突然想起了来者是谁。

俪嫔朱盈盈，太后的侄女、文朗的表妹。

另一个宣嫔，自然便是新晋大将军李兆松的外甥女郑澄玉了。她们是今年夏天选秀进来最显眼的两个，而我那时满脑子都是燕月、陈雁羽和小世子的事，根本没心思去注意她们。

我的心往下沉，这两个在册封之前就素来不和的女子竟然会一起出现在勤政殿，绝不是谁的一时兴起或者巧合，后宫里终于有人沉不住气了。

果然，就听见两人草草地见了礼，面对文朗不悦的责问，俪嫔并不回答，娇嗔道："表哥，我瞧见有人躲进去了！"

文朗不理会，只道："朕很忙，你们先退下。"

"表哥——"俪嫔哪里肯应，"你自从冀中回来以后就躲着不见人，这都快半个月了。有传言说你从外头带了女人回来藏在乾元宫里我还不信，今儿个一看，原来是真的！"

文朗的声音没什么温度："有这种传言吗？"

"人我都瞧见了，还问传言做什么？"

俪嫔见文朗没有直接否认，越发没有顾忌："其实也没什么，后宫里那么多人，多一个少一个没什么的。便是身份低微，盈盈找姑姑说去，给个名分大大方方地住到后头去，想来皇后也不会多说什么。可表哥这么把人藏着算怎么回事啊。"

文朗没有出声，我看着有点悬，这是他快要压不住火的征兆。毕竟勤政殿是议朝政、看奏折的地方，随时会有朝臣觐见，文朗很不喜欢有后宫妃嫔到这边来聒噪。睿蓉知道，所以没有要事几乎是不来的。便是我在，也是尽可能安安静静的。上一回洛婕妤就是这么惹恼了文朗被赶走闭门思过的，只不知道他对这个表妹能容忍多久。

同时我也想不到后宫已经有了这种传言。这十几天我根本没出过门，除了常远没人知道我在这里。明明没有任何破绽不是吗？

"出去！"听得出文朗在勉力压着火气。

不知是娇纵还是愚钝，或许是听了谁的蛊惑，到此时俪嫔还不自知，音量反而有点拔高："表哥！你出门之前就大半个月不理人，回来了又这么多天不露面。这都罢了，今儿我来了你就一直在赶我走，我倒要看看到底是什么样的狐媚子迷住了你，我要把她揪出来去找姑姑评理！"

"放肆！"文朗果然拍着桌子动了怒，而后很快又略微压制了一下，沉声道，"盈盈，你眼里还有没有半点规矩！"

"表哥——"俪嫔吓了一跳，仿佛不敢相信一般，竟哭了起来，"从小到大，你从来没这么凶过我……”

宣嫔见状，忙在一旁出声缓和：“皇上息怒，臣妾知道皇上政务繁忙，不得空召见咱们，只是太后和皇后娘娘那儿也不见去，后头各宫都很挂念皇上，所以臣妾才大着胆子过来，还请皇上体恤。”

宣嫔的话说得要聪明一些，懂得把太后和春蓉给搬出来，倒叫文朗不好发作了。

到此时我算是看明白了，看来是有人猜到了某种可能，却苦于没有证据，忍了这么多日再忍不下去，便筹划了让这两个风头正劲的人物来出头。左右一个是名义上嫡亲的表妹，一个是大将军家的，俱是才进宫没多久，就算是惹恼了，文朗总不便拿她们开刀。

手段不错，目标却是我，很好。

我知道今儿个我不出去露个面是不会罢休了，就算这会儿被文朗压下去，过后也一样会没完没了。勤政殿藏了个狐媚子的消息会像长了翅膀一般迅速飞遍后宫，到时候惊动了太后，再上纲上线，就不那么好办了。

我叹了口气，开始换衣裳。挑了一件稍华丽些的，又重新绾了头发，加了两支钗。对镜看一眼，依旧素得很。也没办法，毕竟手头上什么都没有，这样的措手不及是我完全没料到的。

心里有些堵得慌，文朗一句“盈盈”和俪嫔那句“从小到大”微微刺痛了我，有一点点怨恨开始萌芽。尽管心里明白这逍遥的好日子早晚会到头，但那边却偏偏选了这样一个日子派人来闹，也就摆明了是丝毫不顾忌了。

站在偏殿门口，我看着殿里一个沉怒的人和两个委屈的人，淡淡地开口：“看来这后宫里当真是没半点规矩了。”

三个人俱是看向我，一时无言。沉怒的那个脸上更见阴沉，委屈的那两个则呆愣在当场。

俪嫔和宣嫔这两人虽进宫后与我并没有交集，后来我又干脆不见了踪影，但至少新秀女册封的时候我是正式露过面的。就算我认不出她们，她们也一定认得我。

身家背景再显赫又如何，毕竟与我差了数级。在文朗面前再放肆，追不追究那是文朗的事。可擅闯勤政殿，一口一句表哥、狐媚子，搁在我这儿，若真要与她为难，就算是太后着意袒护，也不是那么好过关的。

俪嫔泪眼婆娑，一句话也说不出来，倒是宣嫔警醒些，讷讷地道：“淑妃娘娘。”

我没理会，转过身对着文朗，也不管他在用眼神向我传达着什么，径自恭恭敬敬地跪安下去："臣妾告退。"

文朗愣了一下，过了一会儿才道："淑妃回吧。"

我站起身，也不看他们，转身就出了勤政殿往外走。

回到翊仁宫时，长青显然早得了信，带了人站在门口候着。见到我又是一副要哭的模样："娘娘，你可回来了。"

我瞅他一眼："挺高兴的日子，你别哭丧着脸让我不痛快。"

"是，是。"长青迅速变换了表情，眼里尚闪着泪光，脸上就堆了笑，"奴才们给娘娘请安。"

我看着呼啦啦跪了一地的人，笑道："这还差不多，都起来吧。"

我一边往里走，一边问："我不在的日子，有人来寻你们的麻烦没有？"

长青跟在我后头："没有，都知道娘娘不在，也没人往咱们这边来。就是皇后娘娘来过两趟，来了也不说什么，只问有什么短缺。其实娘娘都不在宫里，还能有什么短缺的……"

我脚步停了一下，问："皇后什么时候来的？"

长青小心地瞧了我一眼，道："头一次是皇上、皇后回宫那天，昨儿个又来了一趟。"

"哦。"我没再多问，只吩咐长青，"我饿了，叫人传膳。告诉御膳房，今儿个是本宫的双十生辰，叫他们上点心！"

长青连声应着，面上又添了恍然惊奇的模样。我不再看他，随口道："两个丫头没在，你叫个利落点的人进来伺候。"

沐浴更衣后出来，我觉得身子清爽了许多。饶是我知道自己从乾元宫出来，大大方方走了这么一遭，各宫一定都能看见，御膳房自然不敢怠慢。但面对一大桌子的膳食时依旧惊讶了一下，瞧见膳食那边的管事内监恭敬地立在一旁，一问才知是文朗吩咐的。

我当即也没再多说什么，叫长青打赏了，坐下来挑喜欢的大吃了一顿，心情也随着好起来。

不过再怎么吃也只有我一个人，一大桌子菜足剩了八九成。我吩咐着全赏下去给翊仁宫的下人，并叫长青关了宫门，嘱咐了谁来都不见，自己就躲到屋子里睡觉去了。

醒来的时候竟一眼看见环铃，吓了我一跳："你怎么回来了？"

环铃笑呵呵地说："小姐的生辰呀，皇上叫人把我们接回来的。"

正说着，环佩从外头进来，见了我道："小姐醒了。"

我坐起来问环佩："我又没说要去接你们，你身子好利索了吗？"

环佩点点头："早好了，小姐，你一个人回宫实在是让人不放心，你又老不派人去接我们。"

"是啊，她可是急得不行。"环铃接口道，"皇上说了，在哪儿养着不是养着，便是没大好，宫里头也不等着她干什么活，回来陪着小姐也能稳妥些。"

"皇上皇上，"我白她一眼，"你可算是被皇上收服了，干脆去乾元宫伺候算了。"

环铃眨眨眼："小姐，你跟皇上闹别扭了？方才见皇上说起你时满脸小心的神色。"

我不理她，站起来问环佩："皇上的伤你可给他瞧了？"

"瞧过了。"环佩点头，"恢复得很好，不妨事。奴婢带了宣伯的药膏回来，说是极好的，待涂上一阵子，痕迹都能祛了，也就彻底稳妥了。"

我听了心里安定不少，看着环佩问："甲子御在京吗？"

环佩摇头："小姐走了他就出去办事了，前几日回来了一趟，送来了药膏和小姐要的东西，过一日又走了。"

环铃在一旁插话："小姐，甲子御说你吩咐的事都办妥了，说等你有空再跟你细禀。"

我点头，沉吟了一下，对着环佩道："本想着叫你在外头多住一阵子，偏他急着把你接回来，这么不声不响的也没先说一声。你倒是解了心急，想来该有旁人着急了。"

我这话本就是试探一下环佩的心思，果然见环铃憋着笑，环佩面上一红，也没说什么，忙不迭扭头出去了。

我这一觉竟然睡了两个多时辰，起来时天都见了黄。

御膳房又来了人，几十个食盒一溜儿排开，盘盘碗碗的摆了更大一桌，摆完后一堆人又全都候在了院子里。

长青他们惊奇不已，环佩、环铃心照不宣，我则轻轻笑了，吩咐环铃帮我换衣梳妆。

果然很快就见文朗过来，乘着明黄的轿辇，打着灯，领着一群人大张旗鼓地停在了翊仁宫门口。于是我也盛装打扮了一下，领着一群人出来接驾。再加上院子里头御膳房的那一群人，两人笑吟吟地从三大群匍匐的下人之间穿行而入，场面十分壮观。

我当然明白他的心思，这是见我中午走的时候不避人，心里又有点不爽快，故意给我长脸呢。长脸其实也在其次，翊仁宫从来也不缺这个脸面，最主要的是摆给整个后宫的人看。

搁在我这儿，还要摆给那沉不住气毫不顾忌来闹事的人看。

进了屋，把无关的人全都打发走后，我扶着文朗坐下来。环佩手脚麻利地给他垫了腰，环铃端了茶，完事后也都被我赶到外头候着。

站在他的面前，我语气中带着一点埋怨："外伤还没好利落呢你就往外跑，碰着了可怎么办。"

"哪那么娇气。"文朗笑着，拉着我坐下来，"愉儿，今儿个是你的生辰。"

"便是生辰，晌午不是已经吃过一顿了？"我指着那一大桌子菜，"怎么又摆过来，都成宴席了。"

"晌午来了人议事，没赶上陪你，不能算。"

我把茶端到他手里，仔细看他的面色，并未发现什么异常，这才道："要一起过，在乾元宫也是一样，召我过去不就得了。我就候在这宫里头，又不能跑了。"

文朗看着我："愉儿，今儿个在勤政殿，你心里不痛快走了，我很着急。"

我顿觉感动，轻轻笑了一下："也没什么，你统共欠我一天，却在勤政殿补了我十几日，早够本了，哪还能有什么不痛快。"

他淡淡地道："是吗？"

我看他一眼，有点泄气地承认："是，我是心里不痛快，你叫她'盈盈'，她叫你'表哥'，还一口一句'从小到大'，我听着能痛快吗？"

文朗笑了笑："好，是我疏忽了，以后再不这么叫了。"

停了一下，他又道："一起长大虽说不假，不过她小了我好多，在我眼里她一直都是个小孩子，最近这几年更是几乎没见过面。这回母后把她选进宫，我也很无奈。"

我一愣，讷讷地道："我不是这个意思，我只是一想到她叫了你那么多年'表哥'，而你叫了她那么多年'盈盈'，我心里头就……就……"

我说不出口，倒是文朗替我说了出来："就觉得相见恨晚？"

垂下眼睑，我微微点头。

不料他却在我耳边叹了口气："愉儿，其实觉得相见恨晚的，又何止你一个。"

文朗用手环了我的腰，让我的头枕在他的肩上。我听见他清晰的声音："愉儿，白头如新，倾盖如故。"

我的眼睛当即就有点湿，眨了又眨，终是忍不住，回身抱住文朗，闷声控诉："朗哥哥，人家二十岁生辰呢，多重要的日子，你却来惹我哭。"

文朗笑着拍我的背："好了好了，都怪我。快走，去吃饭，别辜负了他们的一片殷勤。"

是夜，文朗自然留宿在这儿。知道他这些日子疲累，背上的伤动多了又还是不大得劲，我小心地给他抹了祛疤痕迹的药膏之后，早早安置他睡下。我则因着午后睡多了，此时失了困，窝在他的怀里毫无睡意，心里还在一阵阵地欢喜回味，无声地笑着。

文朗明明闭了眼，却还是发现了我的兀自欢喜，开口问："还没玩够？要不要再出去逛一会儿？"

我托肘支起身子看他："吵醒你了？"

他睁开眼："便没睡着。"

我眨眨眼："朗哥哥，进宫四年多，这还是你头一次陪我过生日，我当然欢喜了！"

不等他回答，我掰着手指头算给他听："进宫那年，我生辰那日刚好碰上陈雁羽册封贵嫔；元年的时候，你生我的气不理我；二年你忙着收陈家的兵权没空露面；去年，你好不容易赶回宫找我，却又出了那样的事，只在大雨里跟我折腾了一回。"

我将头轻轻枕在他的胸口："所以这还是头一次在生辰的时候有你陪着我、抱着我过。"

他笑了一下，道："愉儿，以后的每一年生辰朗哥哥都陪着你过。"

我点点头，这才又笑眯眯地把脸贴回去。我知道以文朗的身份，这个承诺不见得兑现得了，但至少他存了这个心，我已经很知足了。

过了一会儿，文朗问我："晌午从我那儿走出去，上哪儿逛去了？"

"园子里呀。"我答，"在湖边晃悠了一大圈，左右躲不过去，不如大大方方地给他们瞧。"

文朗听了没说什么，我想了一会儿，还是问他："朗哥哥，你这伤，打算跟她说吗？"

我没有称她为皇后，也没有叫她睿蓉，只模模糊糊地用了一个她。俪嫔和宣嫔两人的出现，我能猜得到缘由，想来文朗也不糊涂。

他沉默了一下，道："不打算。"

我听了，淡淡地勾了嘴角："那就再瞒几日，我过些日子再去请罪。"

"去哪儿请罪？"文朗问。

"两边都要去。"我顿了一下，道，"你不用管这些，我自己晓得分寸，早晚得有这么一遭，到时候无论怎么着，你都别干涉就是了。”

他手上一顿：“怎么能都不干涉？”

“即使罪过再大，也大不到要命的份儿上。你干涉了会平白惹人说闲话，反倒不好收场了。”我眨眨眼，笑道，“等我要别人命的时候，你再冒出来也不迟。”

文朗一愣，随即也笑了：“你便是再拿着剑去杀谁，我也不管了。”

“真的吗？”我的眼睛亮了一下，随后带着点遗憾地道，“只可惜紫衣丢了，没能找回来。”

他挑眉：“那把短的？”

“嗯。”我点头，“甲子御也是个鲁莽的，人都杀光了才想起来帮我找剑，哪里还找得到，只剩那把长的了。”

我轻轻地叹了口气，青衫和紫衣到底还是分开了。虽说感到遗憾，倒也没有太难过，很快脸上又浮现笑意：“好在海津得的那对小泥人找回来了。”

想起青衫，我突然起了兴致：“对了朗哥哥，你使剑真的比我要好太多了，我看着比我大哥和王……”

我想说他的剑使得比大哥和文晖还要好，见他拿眼睛瞄我，忙把后半句吞了下去，笑着凑近他：“回头你教我好不好？”

“还学？你的功夫足够称霸后宫了，难道还真打算挥舞一柄长剑去杀谁不成？哪个侍卫能容你走出一丈？”文朗闲闲地打趣我，随后又意味深长地道，“怪不得你晌午到那湖边去逛呢。”

我支起头，一时没能明白他的意思。他见状又补了一句：“那水还挺深的。”

我脸上僵了一下，这才明白他是在暗指我去年在行宫把程莹春推下荷花池的事，当即有点窘，推了他一把，赌气道：“好哇，往后这后宫里头谁再来招惹我，我可不忍了，直接清理掉！臣妾先谢皇上恩典了。”

文朗听了开怀大笑，道：“那你可做得干净些才好。”

如此笑闹了一会儿，两个人俱有些乏了。我听着文朗清晰有力的心跳声，开始犯了困。似睡未睡之间，仿佛听见文朗说：“皇后那儿你不用去，太后那儿……等我说可以了，你再去。”

文朗自冀中回来，在乾元宫闭门不出十几日后，出现在后宫的第一日，甚至没有往坤裕宫走一遭，便留宿翊仁宫，一时惹来多少钦羡猜测，许还有更多传言。不过这还算不上什么，往后又是一连十日传召淑妃侍寝，直惹得整座后宫众人惊愕。

文朗下旨免了我的日日请安，我也听他的话，既没有去坤裕宫，也没有去找太后。就这么每日夜里大大方方地奔乾元宫而去，早起送了文朗上朝，再由轿子抬回来，白天便关了门躲在宫里头。

不过闲话先不论，甲子御让环佩带给我的讯息加上文朗的表现，一直让我隐隐有一个猜测，并随着时间的推移越来越烈。只是苦于无从证实，心里总有些惴惴不安。

终于到这一日，我一早才从乾元宫出来，就被几个面生的内监给拦了下来。

我看着来者不善的几个人，心里沉了沉。在乾元宫门口，他们能这么明目张胆地出现，就是有恃无恐。既不怕被人瞧见，也不怕被文朗知道，在宫里头，谁还能有这个阵势。

领头的一个躬身："请娘娘随奴才们走一趟。"

环佩就等在不远处的轿子旁，见我被人阻了作势要过来。此时听那内监又道："娘娘顺当地跟着奴才们去，也免得牵连了旁人。"

我微皱了眉，抬手示意环佩不要过来，随后低声道："走吧。"

仁寿宫里，我当中而拜："臣妾参见太后。"

太后冷哼了一声，开口就不是善茬："要见淑妃一面可真难哪！"

我看了看在场的人，俪嫔、宣嫔、怡妃，还有睿蓉。

"淑妃，哀家问你，你出宫月余不归，回宫又藏于勤政殿多日，可有此事？"太后盯着我，脸上的沉怒无边。

"有。"我并未犹豫，点头承认。

"就是说，"见我毫不辩解，太后冷笑一声，"你已经丝毫不把后宫规矩放在眼里，也早就忘了你淑妃的身份！"

我微微闭了眼，垂下头没吭声。

因为不是正式宣召，在场的人高低不齐，我当然不是被叫来问个话这么简单，此时也不是要讲规矩论罪过的排场。

眼睛盯着地上的青玉石砖，我开始想着文朗获悉后可能会有的反应。同时也知道自己猜得没错，想要我命的果然是太后，她如今已经等不及要再下一次手了。

谁都看得出来文朗在竭力护着我，早朝只有一个时辰左右，若是要处置，就要尽快，而现在算起来已经不足一个时辰了。如果这就是我剩下的时间，我又该做些什么呢？

不安了几天的心反而平静下来，我抬起头，淡淡地开口："太后息怒，臣妾半点不敢忽视宫中规矩，当日出宫实属无奈，况且臣妾出宫是皇上允了的。"

"当日……"我缓缓朝着睿蓉看过去，"皇后娘娘也在场。"

睿蓉没想到我会这样说，眼见着太后朝她看过去，不禁一怔，最后还是点了头：“是。”

“皇上允的又如何！”

太后的眼神忽地见了凌厉，右手一掌按在案桌上：“你谋害皇嗣也是皇上允的吗！持刀与皇上动手又是谁允你的！勤政殿干政，就算皇上允你，祖宗规矩能允吗！死到临头还要狡辩，是想选一个更难看的死法吗！”

太后会这么说我一点都不意外，从我跪到这殿里，看到这些人开始，就知道会有这样的局面。我等着，甚至是故意引着太后说出来，只是为了看一看睿蓉的表情，看一看睿蓉是否早就知道她今天给我摆下的是一盘死棋。

睿蓉知道我出宫，知道其中的缘由，也知道文朗对我的感情。从文朗放我出宫的时候她就已经明白了，从她在冀中王府看到我的那一刹那，也许就已经开始感到恐慌。当文朗回程时从銮驾中消失，也许所有人都不明所以，可对她来说却并不难猜，所以回宫后也就只有她猜得出勤政殿里可能有一个我。

也许在回京的途中她就已经伤了心，却还要一个人维持着帝后的尊荣，维持着一切安好的假象。她回宫后又忍了那么多日，终是忍不下去，选择在我生辰的这一天出手，想逼我出现。后来我出现了，却又那样专宠无二，于是逼得她只好再出下策。

这些我都能明白，也可以试着理解。我只是想知道，她这么做，是不是想再一次要我的命。

我看着睿蓉，看着她骤然惨白的脸色，微微勾了嘴角，还好，她不是。

她只是因着一时的情恨昏了头，所以她暗示了性子张扬的俪嫔和宣嫔去闯勤政殿，就算失败也无大碍。怡妃吃了那么大的亏，当然不甘心，不过是因着文朗给的条件而暂且作罢。她只需略加纵容和推动就能再让怡妃冒出来报仇，选的还都是太后容忍不了的罪过。

她当真进益了，并做得恰到好处。

她知道许多事并没有证据，文朗也不会容许谁真的来治我的罪，她只是想我受到教训，哪怕再严厉，文朗总会护我平安。她根本就是在与文朗负气，甚至不惜被文朗知道。

可她不知道的是，回来的时候文朗受了伤，我躲在勤政殿里并非要独占炫耀，而是迫不得已。她不知道的是，从怡妃小产文朗毫不追究到我出宫文朗不言不语的时候，从文朗情急之下追去冀中的时候，太后就已经对我起了杀心。现在在太后这里，只要有罪名就好，哪里还需要什么证据，她这样做只会更快地推进我的死亡。

虽然她还没有意识到，但我又怎么忍心看她这么难受。于是我对着她微微欠身，面上温和又带着一点悲伤地看着她："谢皇后娘娘替臣妾作证，臣妾虽死不忘。"

睿蓉，你这么聪明，一定懂了吧。

是太后要杀淑妃，你帮淑妃作了证，依旧没拦住。

她的表情倏然再变。

我却再不看她，直起身对着太后恭敬地道："请太后屏退左右。"

太后早就对我的左顾右盼大为不满，此时见我提出如此要求，怒极反笑："怎么？你还惦记着绝处逢生吗！"

怡妃的身子还是很弱，连落井下石的声音都是虚浮的："太后要小心，淑妃是会武的，当日连皇上都险些拦不住她。"

我看都没看怡妃一眼，继续对太后说："如果太后不放心，可以将臣妾绑起来。方才那些罪名，臣妾都认了，现在请太后屏退左右。"

太后深深地看我，那目光中有鄙夷，也有探究，我都不理，只坚定地回望。

过了好一会儿，听到太后道："你们都退下。"

一时没了人，我恭恭敬敬地再一次朝太后拜了下去。

直起身时，我只道："臣妾死罪，无话可说，只是太后不该让皇后出现在这儿。"

太后冷冷地挑眉，并不言语。

"太后明鉴，知道皇上的心思，若是愉儿死了，便是皇后所致。"我看着太后的眼睛，不再自称臣妾，"虽说皇上非太后亲生，却是亲养了二十几年的，你怎么舍得他难过。"

说到这儿，一直冷静的我瞬间有泪涌上，又被自己拼命压下去。头开始突突地疼，眼前阵阵恍惚。

太后凝神，眼光流动，却没有说什么。

一会儿后，太后缓缓道："听说那个四海堂最近灭了一个门派。"

"是，门内弟子不分男女老幼，一个不留。"我同样缓缓地答，"是愉儿的意思。"

太后目光如电："敲山震虎吗？"

"不，"我摇头，"因为他们该死。"

"哦？"太后神色淡淡的，"跟你一样该死？"

"比愉儿更甚。"我吸了口气，"他们伤了皇上。"

太后大惊失色："你说什么！"

"因为他们伤了皇上，独门剧毒，一日一夜才转危为安，愉儿也是因为这个才留在勤政殿多日的。”即使想要我的命，我想太后也还是有必要知道这件事，有必要知道文朗承受了什么，而我又为她做了什么，“所以那些人都该死，一个都不能留。”

太后急道：“那皇上……”

“已经没事了，请太后放心。”

“愉儿斗胆，有句话不得不说。”我想了一下，还是道，“朝廷不问江湖事，一旦相扯，举国皆痛，劳民伤财，且不是镇压和围剿就能除根的。四年前如此，如今小世子的事亦如此，我们已经付出了足够大的代价。愉儿一直尽力让四海堂远离朝廷，还请太后三思。”

我垂首，恢复了妃嫔的本分：“臣妾据实以告，不敢欺瞒太后，至此再无话说。”

太后的喘息加剧，经久才平复，却没再说什么。她也不说杀，也不说赦，我便安静地跪着，也不抬头，也不求饶。直到过了很久，才听到一声轻叹。

我知道，这一叹，便是生机。

然后此时身后却突然乱了起来，太后当即蹙紧了眉头。我忍不住回头看，人还没见，就听殿外人声、脚步声俱嘈杂混乱。有人在声声喊着“皇上”，还有厉声呵斥的声音。

我一惊，是文朗来了。

我怕他真这样闯进来，也顾不上礼数，慌忙站起来想要到门口拦着。不想一时站得猛了，头瞬间疼得更厉害，又加上“嗡嗡”作响，眼前倏然就开始暗下去。

文朗如疯了一般闯进来的时候，我最后一眼看见的，是他面上急痛攻心，脚下慌乱无措，眼里直要冒出火来。

而他看到的，则是我还没来得及向他迈出一步，就毫无声息地倒在了他的面前。

第四十二章
孕隙

我大概只晕厥了极短的时间，眼前这天大的事，让我的意识不敢恣意沉浸于黑暗之中。感觉身体疾速下坠，才触了底，不等喘息，便挣扎着试图醒来。

我勉力睁开眼睛，看到一片明黄在晃动，是在御辇上。

头痛瞬间重袭身体，并着天旋地转的眩晕，让我忍不住呻吟出声。

“快传太医！”一个火急火燎的声音响在耳边。文朗抱着我，嘶吼着。

我感觉到文朗紧紧地抱着我，心里稍安定了些，不再与那要命的眩晕强硬抵抗，很快便再一次坠入黑暗之中。

再睁眼的时候，我已经躺在翊仁宫的床上。文朗就坐在旁边，握着我的手：“愉儿！”

我混沌了一瞬才清醒过来，想起之前的事，忙一下子坐起身：“朗哥哥！刚才……”

话还没说出来，我就被一旁的环佩按住：“小姐！你慢点，慢点！”

我也不理，一把推开她，伸手就去拉文朗的手：“朗哥哥，是你抱我回来的？有没有扯到伤口？”

文朗也是按着不让我起来：“别管我！你别乱动，小心身子！”

我哪里肯依，摆着手：“我没事，方才起得猛了，头一时发晕，现在没事了！”

我心里乱糟糟的，担心着仁寿宫的事，满面担忧地看文朗：“太后那边怎么说？”

“先别管太后那儿了。”文朗轻轻叹了口气，虽然也是担忧，眼中却含着另外的情感。他双手将我的手捧起来，用很慢很慢的速度告诉我，“愉儿，你有身孕了。”

我眨眨眼，一时呆滞。

在太后那儿面临那么浓重的杀气时我尚能思维敏捷，又是拆解又是暗示的，直把太后拖到松动。可在这一刻，面对文朗浮上一层薄雾的眸子，我傻了，脑子里一片空白。

好过了一会儿，我才想起来歪头看环佩。见她点头，我又是愣了一下才问：“多久了？”

我只是下意识地问出这个问题的。其实哪需要问，自文朗受伤以后，我们根本就不曾亲近过，都知道侍寝不过是个幌子。

环佩的答案毫无悬念：“大约一个月。”

行宫，竟然真是行宫那一回。

我的头又开始嗡嗡响，自上回小产之后，我一直渴望再有身孕，却从未想过会是在这样的境况下。我的脑子还是有点木，但已经开始运转。身孕已有一个月，而宫里彤史有载的侍寝却才过去十来日，那么这个孩子是不会被承认的，不光不会被承认……

我怔怔地转过头去：“朗哥哥——”

“愉儿，先别着急。”我的样子让文朗蹙了眉，“刚才没有叫太医，还没人知道。”

我无声地点头，文朗见状叫环佩出去，自己坐过来靠在床头，搂着我，让我把头靠在他的肩膀上：“愉儿，这些事就交给朗哥哥吧，不管太后还是皇后，都交给我。我不会让你有事，也不会让咱们的孩子有事。”

文朗的声音低沉平稳，但逐渐平静下来的我还是能听得出里面有些微的颤抖。这是一句带着担忧和后怕的承诺，我抱着他的腰，什么都没说，只是点头。

“你这儿要加人，以后让环佩只贴身在你身边，别让她管事了。”少顷，他突然道，“我从乾元宫调几个人过来给你。”

我一怔：“那怎么行！你身边的人哪能随便挪换。”

他皱眉：“现在从内务府调我不放心。”

我知道他所说不假，沉吟了一下，道：“我记得当日行宫那儿有个叫月妍的管事女官，我觉得还不错，跟旁人也没什么牵扯。其实我这里只是缺个管日常事务的，把她调过来便是。环佩、环铃只管在我身边，也就稳妥了。”

文朗想了想，点头：“先叫人查一查，无疑的话让常远尽快去办。”

然后他沉默了一会儿，还是用力抱紧我：“愉儿，今天的事不会再有第二次。”

我听着，好一会儿才开口：“其实太后……”

“我知道。”他打断我，“愉儿，海津的事和今天的事我都知道，可惜她们不明白你的苦心。”

我低头不语，原来他终是知道了。

其实我当晚便起了疑，什么样的人能让官府和江湖人同时动手，搭配默契，只为要我的命。恒安王妃已经被文晖压制了，怡妃一个人没有这样通天的本事，那么可能有这个意图，又不用担心四海堂和文朗报复的，就只剩下太后了。

后来我要大哥派人全数灭口，一半因着文朗的重伤，另一半也是不想文朗再追查。怕查到最后，母子俩不知该如何相对。

我笑了笑："我爱你，永远都不会威胁你，更不会成为你的负担。我会照顾好自己，不让你担心。"顿了顿，我又道，"这才是爱一个帝王的方式。"

文朗看着我，目光如炬。这一刻，我笑得温柔璀璨。

从第二日起，太后便免了后宫问安，闭了门不见任何人。

再过两日，又传来皇后病倒的消息。

我听着外头的事，在度过了最初的惊讶无措和随之而来的欢喜欣慰之后，开始觉得事态有些不对劲。

接过环佩端来的糯米莲子后，我叫住她："环佩，那日的前后情形，你给我详细说一说。"

"小姐，"环佩笑笑，"都已经过去了，还提它做什么。"

我看着她道："这事不会这么轻易过去的，有些过程我必须知道。"

环佩愣了一下："其实也没什么特别的，就是皇上得了信急得不行，于是冲进太后宫里把你抱了出来。"

我皱眉："环佩，咱们在一起十年，我一眼就看得出你没说实话。"

她低头不语，我越发觉得可疑："环佩！"

环佩抬起头："小姐，你就别问了。"顿了顿，她又道，"皇上不让说。"

我直直地看了她一会儿，忽地一下将手里的碗搁在一旁的桌子上，声音很大，吓了环佩一跳。我则迈步就往外头走："好！现在你们都听他的了，那我自己去问他！"

环佩自然来追我："小姐！小姐！你别生气啊！"

我停下来转头看她："环佩，这很重要，要么你告诉我，要么我现在就去乾元宫。"

环佩低头咬了唇，这才向我道出事情的经过。

原来环佩那日见我被人带走也是不解，却又不敢跟着去，只得等在乾元宫外。过了一阵子，却见小黛匆忙跑来找她，叫她找皇上去救我。环佩吓坏了，差点冲进大殿去，好在被常远拦下。文朗很快便下了朝，带着她就直奔仁寿宫。

我完全没想到会是小黛去报的信，也没想到文朗会那样对太后说。

"皇上真这么说的？"

环佩看着我，稳稳地点头。

我呆愣了一会儿，问她："小黛是自己去的，还是听了吩咐？"

环佩道："说是皇后娘娘让去的。"

我抬眼："那皇上知道吗？"

"小黛传了话就匆匆走了。"环佩摇头，"皇上没瞧见她。"

我沉默了一会儿后，吩咐环佩："回头把这个经过在皇上耳边提一提。"

环佩一怔，满面不解："小姐，为什么？"

我知道环佩也能看出是睿蓉害了我，所以不明白我何以如此。而我却并不想解释太多，只道："因为她是她，我是我。"

十一月初一，我一大早便去了仁寿宫。

这一日，所有妃嫔都要去给太后请安。皇后病了多日，后宫无首，太后果然露了面。

当着所有来请安的妃嫔的面，我朝着太后俯身而拜："臣妾罪无可恕，请太后责罚。"

四周鸦雀无声，没有人说话。我依旧低着头，看着熟悉的青石砖地面，冷静而虔诚。

我心里一遍一遍辗转着那日文朗对太后说的话——

母后，如果是二哥做这个皇帝，你也会这样为难愉儿吗？

文朗曾经提过，他很怕太后拿他与文川进行相较会觉得失望，如今他竟然亲口对太后说出这样的话，该是一种怎样的迫于无奈和痛心疾首。

我主动来请罪，太后却经久不语，在场也没人敢开口，于是俱等着。

过了很久，才终于听到一声："淑妃——"

我抬起头，对上太后的眼睛。

我心里重重地撞了一下，对面那双眼睛里没有凌厉，也不见慈爱，只是满眼掩不住的疲累黯然，让太后在不过十日间似老了十年。

她果然是失望了，比失望更多的，还有怅然和失落。

我懂得她处在那个位子上，其实并没有做错什么。

泪水一下子涌上来，我也不知为何，突然就有了想哭的冲动。

太后看了我一会儿，却没说出什么，只摆摆手："都散了吧。"

当日傍晚，太后懿旨晓谕后宫：淑妃举止无状，独宠不谏，责收回册印，闭门禁足两月，令思过自新。

我知道太后这是让了步，恭敬地领了罚，半句话没有多说。两个丫头倒是放了心，称正好闭门安胎。

不料还不到两个时辰，刚入夜，就见几日不曾出现的文朗突然进了门。

我吓了一跳，生怕好容易得来的结果功亏一篑，慌忙迎上去：“朗哥哥，你怎么来了？”

文朗却没说什么，把人都打发出去，随后一把搂住我，紧紧地搂了好一会儿。

我叹了口气，也抱着他，讷讷地道：“这才说要闭门思过，你就出现……”

文朗低头，轻声笑道：“没人瞧见，我是翻墙进来的。”

我有点哭笑不得：“你说什么？翻墙？”

文朗大大方方地点头，笑道：“你辛苦筹谋，我又怎么忍心给你搞破坏，自然要好好配合才是。可实在是思念得紧，便只好出此下策了。”

我随后怎么都忍不住想笑，总觉得翻墙这个词与眼前的文朗怎么看都搭不上边。若是传出去……

我立马又摇摇头，还是不要传出去的好。

过了一会儿，我问：“皇后的病怎么样了？”

环佩刚好进来奉茶，听到我问这个头都没敢抬。

文朗看了她一眼，对我道：“我去瞧过了，问了太医，没什么大碍。”

我语气淡淡：“也真是难为她了，这么大的后宫，能帮她的人不多。”

文朗则是笑笑，没说什么。

十一月初十，经太医诊断，我有了一个月的身孕。当然，是文朗派来的太医。

月底，俪嫔一跃数级晋了贵嫔。十二月初，李兆松加封，宣嫔随后也晋了婕好。

在这期间，除了政务繁忙的日子，文朗半数都宿在睿蓉那儿。除了俪贵嫔和宣婕妤，静妃、岚贵嫔和涵贵嫔那里他也会常去坐坐，还时不时去看看两位皇子，倒真算得上是雨露均沾。只他独不到怡妃那里去。

听着这些，我只是淡淡地笑。其实文朗来看我的次数也不少，不过都是以翻墙的方式。

两个月很快过去，这个冬天还没见到正经下一场雪，弘元四年就已经悄无声息地走到了头。

除夕宫宴，我重新开始出现在众人面前。尽管有着身孕，但尚未凸显。又因着两个月的淡出和文朗的精妙配合，并没有吸引太多目光。

元宵节之后不几日便是文朗的寿辰，弘元二年的这一天，陈雁羽被册封为皇后，弘元五年的万寿节宫宴上，文朗的现任皇后再次传出怀有身孕的消息。

我坐在睿蓉的下首，捏着酒杯的手略略抖了一下，还是笑意盈盈地随着众人一起向帝后道喜。

自从睿蓉有了身孕，文朗虽然还是会到坤裕宫去，却再没有留宿过。相反来我这边的次数多了起来，且一来就会待上许久。朝政不忙的时候，他会从午后一直耗到就寝。有的时候是名正言顺地让轿辇抬来，有的时候还是偷偷出现。还有的时候是名义上去了别宫，只坐了一会儿就离开，然后跑到我这里来睡。

文朗很喜欢用手摸着我已经开始隆起的肚子，再对着肚子说话，常常让我忍俊不禁。我们见面的次数其实还算频繁，他却每次来的第一句话总是说——愉儿，想你了，于是又常常让我泪眼汪汪。

文朗总说在我身边觉得踏实，睡得也安稳，我每次听到都会有些心酸。越是这样，就越代表他心里有很多烦恼。他有时会跟我说一些朝政上的事，说新旧派系的争斗很是让他头疼，新行的赋税法案也推进得不怎么顺利。我陪着他着急，但这些离我的确是太远了，仅仅通过文朗的只言片语，我实在是给不了什么意见。

后宫里头也是不稳当，与我安安稳稳的身孕不同的是，睿蓉害喜得很厉害，三天两头起不了床，完全管不了后宫的事。文朗于是很快便下旨让静妃协理后宫，静妃这一得了权，就逐渐有些不大安分起来。

静妃在这个妃位上已经待了四年，尽管前头因着陈雁羽的压制，后面又因为太后和文朗忌惮倪家坐大，既没争到后位也一直不能晋到一品四妃，却依旧让所有人看到了她的冷静和坚韧。她从不开口索要，能力也是上佳。这几年奉旨协理后宫就有好几次，她若真要搞点什么事，自然能做得漂亮又没有痕迹，把自己撇得干干净净在一旁看热闹。

三月时，终于还是出了件不大不小的事。有个小才人，不知怎么的得罪了俪贵嫔，竟动用了廷杖，重伤之下又羞愧难当，回去没两日便自尽了。后宫里的规矩，除了赐死，妃嫔自尽是重罪，不但不会妥殓，还要罪及族人。后来就听月妍说有个才人跪在翊仁宫外头求见我，希望能帮那个死了的求个殓葬的恩典，并能免了家人的罪过。

由于只是个不起眼的小才人，背后也没什么人做主，月妍以前就对后宫不陌生，到翊仁宫四个多月以来更是把后宫的状况看了个透，自然不会为这种事来吵我。等我午睡起来她跟我禀告的时候，外头那个才人该已经跪了一个多时辰。

我听了也是奇怪，这种事，这会儿自然该去找睿蓉或者是静妃，哪怕是去求太后或者文朗，怎么会跑到我这里来跪？

一问才知，外头跪着的叫何珠儿。我记得这个人，去年就是她跟我说了睿蓉与怡妃在密谋成事，我当时还起了疑，想着叫她过来提携一下，后来又放弃了。

再一问，死的果然就是她的那个好朋友，叫宋月棠的。

记得当时她们俩是被怡妃压制了的，不知后来是归入了谁的下头。不过瞧着何珠儿没有去求静妃反来求我，估计是跟了睿蓉。

我想了想，还是没见，叫月妍出去打发了。月妍来回我说她不肯走，我也就没再理。

后来恰好文朗过来，瞧见了一问是这事，本来就烦着，自是没好气，当即便给赶走了。

虽没见何珠儿，但我一想到宋月棠，当日那个一言不发的安静女子，总觉得不忍，终是跟文朗提了一句。文朗本就不是那戾气成性的人，也就给了个恩典，将那宋月棠以更衣礼葬。不入皇陵，也没有降罪族人。

这件事后，太后把俪贵嫔叫去斥责了一回。据说同时还表达了几句对睿蓉的不满，让睿蓉十分难受，有口难言，而文朗也没有帮她说些什么。

随着身孕进入六个月，我开始觉得庆幸。照环佩所说头一胎一般都会很辛苦，我却还好，胎像稳固，害喜也不厉害，而且我最怕的冬天也已经过去了。

春暖花开，后宫里俪贵嫔收敛了一些，加上睿蓉稍好一点就重又出来管事，总算略微平静。文朗的烦恼渐少，我也一同跟着欣喜。

就在我以为可以这么悠然置身事外地将孩子生下来的时候，却忽略了一件事。

我忽略了虽然静妃也曾站在一旁不伸手，但她始终都在紧密地看。并且她也没有什么值得旁人咬牙切齿要关注的事，而我却不一样。

这样的置身事外在给了我一些安宁舒适的同时，也麻痹了我。所以当那个流言一夜之间传遍后宫的时候，我竟然毫无防备。

三月二十二是太后的寿诞，早几日便听说恒安王要亲自进京给太后贺寿，同表对文朗去年前去探望的谢意。听着文晖已经到京的消息，我便想着找文朗安排着见一面。毕竟当时两人那样动了手，我又仓促地跟文朗走了，话都没说上几句，心里总是觉得歉疚。

不料文朗这几日却一直在忙碌，根本没往后宫来。从二十一日起，各郡王家眷和官员诰命都开始陆续进宫提前给太后拜寿，单没有文晖进宫的消息。我无法，只得打发月妍去前面打听，她回说文晖并没有递折子，大概要到寿宴时才会携王妃进宫。

二十二这日一大早，后宫妃嫔便在仁寿宫聚齐。虽说我因身孕早就被免了所有请安，身子沉了以后更是免了跪，但太后寿诞，我是必须出现的。

我的肚子在五个月以后便开始突飞猛进地增长，经过一个冬天的厚衣遮挡，一换春装显得突然大了不少，直让我自己都开始有点发愁。后宫里本就少见我露面，此时更是吸引了不少目光。

我跪在睿蓉身后，有些费劲地拜下去。太后很快就叫了起，我和睿蓉身边都有人连忙过来扶。睿蓉身子尚未显怀，尚算轻盈。我就笨了些，得靠着环佩的搀扶才站得起来。太后随后又给主位以上的妃嫔赐了座。

见众人都或坐或站妥当，太后随意听了下头几句吉利话，起头倒也带了一阵子笑，不过很快便略沉了脸色，话锋一转："今儿个哀家可听到了个传言……"

众人皆一凛，互相看看，没人出声，倒是一副心照不宣的模样。

"其实也不光是传言，"太后淡淡地扫我一眼，"还有一份密报。"

我垂下眼睑，心里当即一沉，咬了咬牙。看来为防我有所动作，那边是快击快发，一天都不肯等的。

早上，月妍神色凝重地跟我说起突然出现的一个流言，几乎一夜之间尽人皆知。说淑妃的身孕月份不对，可能是在宫外受的孕。更夸张的是，竟有传言怀疑我怀的不是文朗的孩子，而把矛头暗暗指向了冀中。

"哼！"太后突然怒哼出声，"不早不晚的，偏是今儿个要给哀家添不痛快！"

睿蓉在一旁连忙起身："母后息怒。"

众人也一齐站了起来。太后看了睿蓉一眼，没搭理她，也不知道到底在气谁，眸子里很快就是一片阴沉。

睿蓉见状，又垂首道："儿臣管束不善，致流言四起，扰了母后的兴致，请母后责罚。"

"你的责罚倒是不急。"太后只怒了一句，复又是淡淡的语气，"当事人可有话说？"

我咬咬唇，重又慢慢地跪下去："臣妾不明白怎么会有如此谣言，还请太后明鉴。"

太后笑了一下："明鉴倒也简单。"

说着，她朝一旁使了个眼色。很快，一个面生的官员便躬身出来，瞧服色，是个太医。

那太医得了太后的允许，到我身边跪下，恭敬地道："微臣给娘娘请脉。"

我一愣，一时不明白太后的用意。看来真的是尽人皆知了，太后根本连人都不避，甚至是故意要在所有妃嫔面前这样做。

不远处的环佩早已白了脸色，之前帮我照看身孕的太医是文朗亲自指派的，当然不是眼前这一个。而我的身孕日子差的也不是一天两天，这一旦伸出手去，立刻就会暴露。

我一副不敢置信的样子："太后——"

太后看着我没出声，目光清冷。

目前的两位皇子，皇长子出身不高，母妃无宠，自是于储无望。二皇子出身尚可，但段家一向谨小慎微，绝没有争储的心，良贵嫔更是只想安稳度日。我和睿蓉同时有身孕，比较下来，即使短时间内不会立储，众人的目光也都等着看有荣有宠的三皇子究竟会生在谁的宫里。

而我腹中的，从四个多月起环佩就说大半是男胎，前几日更是说已准了八成。

我不知道环佩的猜测是不是靠得住，也不知道太医那儿是不是同样诊得出来，不过就目前看来，外头是有人得了消息。

垂下眼睑，我知道是自己糊涂了，竟忽略了这一层。但此刻我已无还手之力，便没再多说什么，顺从地把手伸给了太医。

那太医仔细地号了一阵脉，松开了手，转过身去朝着太后躬身。

太后沉声问："淑妃的身孕有几个月了？"

"回太后，"太医的回答跟当时环佩的回答一般毫无悬念，"淑妃娘娘胎像稳固，已六个月。"

太后眼睛一眯，问："是五个多月，还是六个月，你可诊仔细了！"

太医身子一抖，忙把身子躬得更低："回太后，应已足月六个月。"

"退下吧。"太后的声音里再没了温度，"看来这月份果然是不对的。"

太医恭敬地退了出去，我低着头，一言不发。

我没有抬头去看太后，也没去看睿蓉，还有身前身后那么多人是怎样的表情。这样的场面不是一次两次了，不必看也猜得到结局。我只是突然觉得很累，尽管我跟文朗承诺说不会轻易放弃，我还是会觉得累。

"淑妃，"太后叫我，"如此说来，你这身孕当真是得自宫外？"

我默然，不敢点这个头。我怕一旦点了头，就会是没顶之灾。

太后也没再等我回话，而是对着我身后道："进来说话吧。"

很快，身后就有一个声音响起："臣妾何珠儿，参见太后。"

我在心里微叹，宋月棠死了，这何珠儿也在送死的路上。无论她说出什么，此刻都不过是一颗棋子，输赢都没她的活路。记得那似乎是个并不愚钝的女子，想来不会不明白。若早知如此，我那日还不如见一见她。

“嗯。”太后道，“把你说给哀家听的，再说一遍。”

“是。臣妾承蒙皇后娘娘恩典，两日前获准家人相探。臣妾家里是冀中的，听说现在冀中那边有不少传言，说宫里的淑妃娘娘去年九月里曾去过冀中，并……”她顿了顿，又道，“并与恒安王关系亲密，同进同出。”

她话说完了，我自然不会出声，太后也没什么表示，一时极为安静。

这时，怡妃突然开了口：“说起来，臣妾听说恒安王携王妃进京给太后拜寿，心里思念姐姐，便去前头打听王妃何时入宫，不想刚好听说淑妃娘娘也在派人打听王爷进宫的时辰，倒是巧了。”

怡妃最后这句“倒是巧了”说得云淡风轻，却意味深长，在场的自然都听得出来其中的含义。毕竟她姐姐是恒安王妃，若是我与文晖有染坐实了，她姐姐会第一个没脸。看来怡妃是打定主意要报复我，上一回没成，这次破釜沉舟，连她姐姐怎样都不在乎了。

正在此时，外头有人来报，又有一批诰命夫人进宫给太后拜寿，已候在仁寿宫外头。

太后听了缓缓点头，接着冲下头摆了摆手：“既这样，你们就都散了吧。”

所有人都愣在当场，谁也没料到太后会如此。前一刻还疾言怒色一副要追究到底、严惩不赦的模样，后一刻竟然就这样轻描淡写地叫大家散了，连我这个众矢之的当事人都不敢置信地愣在原地。

怡妃更是忍不住出声：“太后——”

“怎么？”见众人呆滞，太后眉头一皱，“哀家说的话听不懂吗！”

一句含威带怒的话总算起了作用，众人连忙应声跪安。我愣怔着也一起告退，还没起身，就听太后道：“淑妃留下。”

人走净了，仁寿宫正殿里就只剩下太后和我，孙嬷嬷和环佩都被轰到殿外候着。太后不说话，我也不敢先开口。

“淑妃，”过了好一会儿，太后总算开了口，说出的却是这样一句，“今儿个你可瞧清楚了？”

我一凛，忙躬身道：“太后，臣妾愿以性命担保皇嗣血统，自身清白更无可疑。”

太后看着我，笑了笑：“你这个保证实在是不够分量，若是皇嗣有误，莫说你的性命，便是你们整个慕家也难保无虞。这罪过，实在是大得很啊。”

我吸了口气，费劲地弯下腰：“太后，臣妾的确去过冀中，这身孕也确实得自宫外。只是臣妾大多与皇上待在一起，绝无不轨。此事皇上可证，还请太后明鉴。”

“哀家知道这些不假，”太后却并未追问，只淡淡地道，“所以哀家问你，今儿个你可看清了？”

我愣了一下，方才心里一动。

恍然又惶然，上一回我不着痕迹地让太后让了步，还曾暗暗得意，此时我面对着这个曾经叱咤后宫半生并笑到最后的女人，却半句也不敢答。

太后也并未等我答她，又沉声道：“你不要又想着搬出谁来谈条件，这件事不比那些可大可小的，能让你糊弄过去。这事若是坐实了，便是皇上也保你不得！那个什么四海堂，也甭想着拿来威胁，根本半点作用也起不到，到时候可不是哀家一时心软就能放过你的。你明白也好，不明白也罢，全看你自己了。”

说完，太后头一抬，对着殿外吩咐道：“去回给皇上，哀家留淑妃喝茶说话，若是还有人不顾身份地跑来，别怪哀家翻脸无情！”

话是这么说，太后却既没留我喝茶，也没再与我说话，而是将我安置在偏殿的一间厢房后，就再不理我，兀自召了外头等着拜寿的诰命进来说话，一拨又一拨。

被太后这样扣下，吃用都有人伺候妥当，独不许我出仁寿宫的门。我一时并无对策，只好安静地待在房里。

环佩也一同被扣下，在我身边急得不行：“小姐，现在可怎么办？要怎么通知皇上呢？”

我一遍遍回想着太后说的话，总觉得这里头尚有蹊跷，于是只摇摇头：“不急。”

太后扣了我一整天，但毕竟没有罪名，到晚上寿宴的时候，还是叫上了我跟在后头。

寿宴照例设在太平殿，我跟在太后身后迈进殿门的时候，感觉所有人的目光都看过来，在太后身上停留了短暂的一瞬后，全都落在了我的身上。

我此时的打扮并不合宜，所有人都是一身吉服，精致华美，我却还是早上那件常服，钗环也是寻常。虽然比一般妃嫔已然不差，但坐在单给淑妃设的位子上，左右是精心装扮过的睿蓉和静妃，加上我六个月大的肚子，还是显得突兀得很。

打从我一进门，文朗的目光就锁定在我身上。我知道，却偏不去看他。

我也一眼就看见了文晖，坐在我的正对面。他身边是恒安王妃冯纯箫，正无微不至地照料着他。文晖又恢复了往日那种病恹恹的模样，面上虽含笑，却毫无精神，连脸色都略显苍白，也不怎么出声，一些场面话都是由冯纯箫代为开口。

真正注意的时候，我才发现他装得还真是很像，让人一点破绽都瞧不出来。

从我进门到坐下，再到众人几次给太后贺寿敬酒，歌舞曲艺登场，直至宴席过半，文晖自始至终都没瞧我一眼。尽管我们的座位相对，他却除了朝向太后的时候，其余时候都半靠在座上朝下头看，似乎在看殿内的歌舞，又似乎在打瞌睡。

我知道是非常时期，看文晖的时候自然十分小心，都是不经意地瞄上一眼，不敢让人拿到半分错处，却还是被一个人瞧见了。

看着冯纯箫在对面遥遥地向我点头，我不知她意欲何为，只得略点头回应，随即便别开了眼。

过了一会儿，太后笑呵呵地与身边的淑太妃提起了文晖："文晖这孩子也是个有孝心的，身子不好，还大老远进京来一趟，哀家心里欢喜，妹妹你也是好福气啊。"

淑太妃也是笑："瞧姐姐说的，这本就是他们小辈应当尽的心，况且冀中离这儿也不算很远。"

太后一挑眉，打趣道："远是不太远，可在你心里就远喽，不定偷着抹了多少眼泪呢！"

淑太妃一低头："姐姐就取笑我吧。"

太后展颜一笑："得了，回头过两年，还叫文晖回京来住，也好帮衬一下朝政。"

说罢，她看向文朗："皇上觉得如何？"

文朗点头："如此甚好。"

这等事淑太妃听了心里欢喜，但藩王回京非同小可，太后又只略说了过两年，淑太妃嘴上自是不敢应，只是赔着笑。文晖在下面低着头也不开口，场面一时有点尴尬。

开口暖场的是冯纯箫："太后、母妃、皇上，臣妾和王爷此次进京，除了专程给太后拜寿，也是要叩谢皇上和皇后去年亲临冀中探望，令臣妾惶恐至今。"

冯纯箫的话说得优雅得体，同时朝着文朗和睿蓉躬身。

文朗自然立刻道："都是自家兄弟，看望皇兄自是应当。"

"唉。"此时太后接话，神色黯然，"去年里也是多事，好好一个小世子，竟然……让文晖病了一场，哀家也是心焦。"

淑太妃忙道："都已经是过去的事了，姐姐还提它做什么，平白扰了兴致。"

太后这才点头作罢："罢了，文晖也还年轻，早晚会子嗣满堂的。"

"太后说得是。"冯纯箫此时又道，"臣妾斗胆，尚有个不情之请。"

"哦？"太后点点头，"说来听听。"

"是。"冯纯萧看了一眼文晖，然后对着太后道，"臣妾是有件事想当面问一问淑妃娘娘。”

此言一出，全殿哗然，连文晖都骤然抬了眼看她。

我心里突然惊慌起来，难道破釜沉舟的不止怡妃一个人？这姐妹俩都疯了吗！

冯纯箫已经转头朝我看过来，我知道该来的躲不掉，缓缓抬头迎上她。却还未等她开口，就听见文朗抢先道：“王妃要问什么事？”

文朗这话插得突兀，众人皆顿了一下。太后一眼扫过去，没说什么，倒是睿蓉冒出来说话，脸上带着笑打圆场：“皇上也是担心淑妃有了身孕，怕王妃问出什么大事来，吓到了淑妃。”

说着，她悠悠地看了我一眼：“其实淑妃哪有这么娇弱，王妃有事尽管问就是了。”

我抬眼看睿蓉，淡淡地笑道：“皇后说得是，再吓人的事臣妾也是听过的。”

对面冯纯箫看着我们三人，突然笑了一下：“其实也不是什么大事，皇上这么紧张做什么？不过是向淑妃讨句话，又不是要皇上的人。”

文朗闻言一怔，面上闪过一丝不解。睿蓉更是一僵，两人俱说不出什么。

“今日太后寿宴……”一直不曾言语的文晖突然低声开口，“此事容后再说吧。”

一句话之后仿佛是说得急了，他还闷咳了两声。冯纯箫赶忙捧了茶给他，又用手帮他抚着胸口顺气：“王爷别着急，臣妾也是觉得进京一趟不容易，下回来还不定是什么时候。拖了这么久，不如就趁这会儿把事给办了，左右去年淑妃娘娘……”

“王妃！”文晖猛地抬头，一眼朝她瞪过去。

冯纯箫顿时一副失言的模样，脸色一下子变白，迅速看了一眼文晖，讷讷地对着文朗道：“臣妾失言了。”

太后皱了眉，盯着文晖和冯纯箫，又看了看文朗和我，道：“不妨，哀家刚好也想听一听。”

“这……”冯纯箫有点不知所措，话都不敢说了。

我微微眯了眼睛，不明白这两人到底在演什么。

我都不明白，旁人就更不明白了。殿上一时寂静，多少人怀着不同的心思翘首等着下文。

太后的面色看起来不大好，问：“你们去年何时见过淑妃？”

文朗作势又要开口，太后虽脸上含笑，却是不容置疑：“哀家在问王妃呢。”

冯纯箫见再无可躲，只得垂首道：“是去年小世子出事的时候，淑妃娘娘曾来过冀中。”

“哀家也听说淑妃曾出宫去了一趟冀中，原来是真的。”太后转过头来，却是在看睿蓉：“皇后可知此事？”

睿蓉之前在太后面前承认过知道我出宫，现在被问起，点头也不是，摇头又不行，只得讪讪地不说话。

还是文朗替她解了围：“是儿臣准她去的。”

太后点点头，没再多问，而是又冲着冯纯箫道：“你继续说。”

“回太后，”冯纯箫笑着，小心翼翼道，“去年小世子出事，宫里随送的人只有淑妃娘娘宫里的环佩幸存。因为牵涉甚广，线索却很少，后来皇上与皇后到冀中探望，私下便带着淑妃亲自密访。因着那环佩提供的线索才得以顺利结案，臣妾等也是感怀在心。方才一时失言，还请太后不要责怪皇上才好。”

“是这样啊。”太后愣了愣，朝我看过来，“虽说心是好的，但总是太草率了，淑妃怎能由着皇上冒险。”

话到这里我才算看明白，文晖这是在替我圆那个流言呢。只是绕了这么大一个圈子，冯纯箫竟然还能这么配合他，实在让我感到意外。

于是我也只能选择配合：“臣妾鲁莽。”

文朗又开口：“母后——”

“罢了罢了。”只见太后摆摆手，“去年的事哀家也不想再追究了，往后皇上可不能再这么不顾身份才好。”

文朗自然谨声称是，太后这才带了笑：“说了半天，王妃还没说要问淑妃什么呢。”

见太后神色缓和，冯纯箫一副舒了口气的样子，笑道：“还不就是那环佩嘛。当时还是王爷带人把她从山洞里救出来的，臣妾见王爷与她十分投缘，便想着问淑妃娘娘把人要过来。去年娘娘还允了的，只说过一阵子。却不想娘娘回宫后有了身孕，就一下子耽搁到这会儿了。”

说到这儿，冯纯箫突然转过身来看着我：“不知娘娘是忘了，还是舍不得了？”

第四十三章
陌路

我当场就是一愣，没想到她竟然会提起这事。文晖想要环佩？怎么可能！

可是戏演到这个分儿上，我总不能搅自己的局吧，于是讷讷地道："这……"

太后笑笑："依哀家看，舍不得的可能性要大一些。淑妃的记性一向好，怎么会是忘了。"

"臣妾想着也是，"冯纯箫也笑笑，"所以今儿个才要当面问淑妃娘娘再讨一次。娘娘不必担心环佩会受委屈，如果伺候得好，回头臣妾定会保她一个名分。"

"瞧瞧。"太后对着淑太妃道，"你这个媳妇可真是不错！什么都替淑妃想到了。"

"臣妾不是这个意思。"我一时脑子有点乱，冯纯箫说我去年已经答应了，那我现在就肯定不能当众否认，加上太后也是在用言语提醒我长记性。可无论如何我都不可能能把环佩给送出去，"只是这环佩是臣妾从家带的，跟在身边已有十年。"

我话还没说完，身后不远处的环佩突然跪在地上磕头："奴婢愿意前去伺候王爷。"

我吓得猛一转身，低声叱道："环佩！"

身边的睿蓉早就没了话，倒是静妃此时说了一句："瞧瞧，主子舍不得，丫头心里可是愿意呢。"

环佩也不理会，又道："只是奴婢想先伺候娘娘平安生产，还请王爷体恤。"

"无妨。"文晖又拣着关键时刻开口，竟然点头应了，并朝着我一点头："多谢娘娘割爱。"

"那便成了，淑妃的身孕月份大了，眼下身边是不能离了人。"太后随意挥挥手，一锤定了音，"不过是个丫头，过几个月再派人送去就是了。"

我当时就有点懵，直想狠狠地瞪文晖一眼，偏他又不看我了。

说完这一会儿话，殿上又恢复了之前的热闹嘈杂，敬酒献艺此起彼伏，想来没有太多人知道刚才这一段看似无关紧要的对话代表了什么。传言成真了一部分，却把最关键的可能性给扼杀了。文朗笑着松了一口气，文晖低下头继续装病，冯纯箫则继续扮她的贤妻，睿蓉和怡妃的脸色越来越难看，特别是怡妃，她一定没想到自己的亲姐姐会成为坏她们事的人。

这也许就是报应吧，在她打算抛弃自己亲姐姐的时候，她亲姐姐却先把她给抛弃了。

不过，我的脸色也好不到哪里去。

文朗又在看我，好多人都在或明或暗地看我。我知道自己此刻应该装出温婉得体的模样。就像左边的睿蓉，尽管积羞成怒，依旧端庄；像右边的静妃，尽管看好戏看得开心，依旧优雅。我应该是更好的模样才对。

可我却偏偏哭了出来。

也不知是在哭什么，或是要哭给什么人看，眼泪一颗一颗地掉。我端起桌上的一碗芙蓉羹想要掩饰一下，不想才喝了一口就呛了出来，连忙把碗放下。我用袖子遮了脸，咳了两声压不住，朝着一旁剧烈地呕起来。

呕得急了，感觉气都喘不上来，眼泪更是止不住地涌出。环佩忙上前一步扶住我，急喊："小姐！你怎么了？"

除了那一口芙蓉羹外，我并没有吐出什么东西。只觉胸口堵得生疼，整个人有点痉挛，弯了腰，一句话都说不出来。

我也不知道自己为什么会这样，我想，我应该是太难受了。

殿内歌舞升平，并没有太多人瞧见。或者说，她们只是假装没有瞧见。

一直盯着我的文朗自然最先发现，身子动了动，终是碍于场面，没有起身，脸却是变了色。

离我最近的睿蓉作势要来扶我，却被我用一种极生硬的方式避开，任由她的手尴尬地停在半空。我勉强顺了口气，直起身子向太后请求告退。

我想我这会儿的脸色一定很差，抬头的时候，文朗竟一下子站了起来。

我强迫自己不去看他，只低眉顺眼地等着太后的话。

太后看了我一眼，并没有多说什么，只道："淑妃身子不适就早些回吧。"

依例我该再向文朗和睿蓉请求告退的，我却没有，只对着太后微一福身，低声道："臣妾告退。"

直到扶着环佩出了太平殿，我才发现自己出了一身冷汗。风一吹，刹那寒凉。

环佩给我罩了一件披风，同时把右手扣在我的手腕上："小姐，你怎么样？小心着凉。"

我摇头不说话，环佩松开手，转而双手扶着我："你别太着急了，小心孩子。"

见我还是不语，她咬了咬唇，道："小姐，方才奴婢……"

"我知道，你不必解释。"我只是开口打断她，坐进软轿，别开眼，"回吧。"

环佩满脸担忧，还是顺从地把帘子都落下，打发轿子回翊仁宫。

坐在轿子里，我不断地抹着脸上的泪，并没用帕子，就只用手。却发现仿佛怎么擦都擦不尽，心里憋得更是难受。过了一会儿，我终于忍不住开口："停一下。"

"小姐？"环佩在外头问。

"环佩，"我尽可能地把声音放平淡，"我想走一走。"

环佩掀起一半帘子："小姐，夜里凉，还是早点……"

她话还没说完，就对上我的泪眼，蓦地顿住。

我哽咽道："我想走一走。"

环佩不敢再说什么，只点了头，落了轿扶我出来，顺着路往前，让软轿慢悠悠地跟在后头，两人俱是无言。

走着走着，又到了湖边。我停下来看着暗黑的湖面，突然觉得有点熟悉。

那是元年的四月里吧，皇长子出生后的那次宫宴。何等相似，我也是从太平殿狼狈地离开，也是只有环佩陪着我，也是心里在狠狠地难过。

不同的是，那一次难过是因为文川身边的乔静云得到了正妃的身份，而我没有去皇陵的机会。这一回则是因着文朗身边的她带给我的痛，让我心底那最后一点点情谊彻底坍塌。那一次我憋在心里，想哭却哭不出来。这一回依然堵在胸口，却是为了腹中的孩子，拼命压抑不敢哭得恣意。

三月的天气，乍暖还寒。吸气再吸气，微风料峭，不刺骨，却铭心。

"小姐，"环佩轻轻地开口，"如果太难受就哭出来吧，别这样憋着。不要太急，慢慢就好了。"

我沉默了一会儿，缓缓道："环佩，你不明白。"

德顺二十八年，也是这样一个春寒料峭的三月，文朗从背后拉出一个娇小的女子，对我说，愉儿，这是睿蓉。

我记得那日她穿了一身鹅黄长裙，白皙精致，娇羞带怯；我记得那日我对文朗说，恭喜朗哥哥觅得心上人；我记得我对睿蓉说，母仪天下不见得是每个女子的梦想。

我们用了一个月的时间变成亲密无间的姐妹，用了一年的时间携手迈入宫墙，用了四年的时间，她成了他的皇后。

我记得她对我说，没有什么是不可挽回的，你值得得到幸福。她说，是你，总比是旁的什么人强。

言犹在耳，却已人事全非。到今天，她已经是第三次要我的命了。

“小姐，我明白。”环佩的声音依旧轻淡，“只能说，你看错了人。”

当我终于痛哭失声的时候，我知道，五年后的这个三月，我与睿蓉终成陌路。

你可以说我看错了人，但其实我看的时候并没错，只是那个人变了而已。

回到翊仁宫的时候，看到常远正候在门口。他见到我，忙一躬身：“娘娘这是去哪儿了？”

我没回答，问：“有事吗？”

“也没什么事，就是皇上见娘娘身子不适，打发奴才过来瞧一瞧。”常远小心翼翼地看我，赔着笑，“皇上说晚一点儿会过来。”

“我没事。”我对着常远笑笑，“就跟皇上说我已经睡了，让他不必跑一趟了。”

说罢，我也不等常远有什么反应，直接就进了翊仁宫，并吩咐关门谢客。

文朗来找我，无论他想说什么，我现在都不想听。

我也的确是累了，环佩怕我吹了风着凉，炖了参姜汤给我，里头加了安神的药，我服了很快便睡下。

第二日醒来时已近巳时，环佩守在我床边，问我可有不适，我只说睡得很好。

午膳时环佩告诉我，文朗昨夜还是来了，见我当真睡了才离开。我听了点点头，并没说什么。

这时月妍打了帘子进来，道：“娘娘，刚才皇上派人过来传话，叫娘娘午时过了去乾元宫一趟。”

我一怔，点头：“知道了。”

环佩一脸不解地看我：“小姐？”

我淡淡地勾了勾嘴角，扶着环佩站起身：“换衣裳吧。”

简单装扮好后，我看看时辰差不多了，就乘了轿往乾元宫去。文朗明知我心里别扭，身子又沉，还是这样规矩地来传我去，想来定是有事，或者是要见什么人。

果然，一进乾元宫的门，常远就把我往偏殿引，而不是常去的勤政殿或辅仁殿。

“娘娘稍候，皇上在勤政殿处理急务，很快就过来。”

从昨夜起常远在我面前就是这样谨慎小心，满脸堆笑，我听了点点头，也不多问，叫环佩等在门口，迈步进了偏殿。

我毫无意外地在里头看见了文晖，他见了我，眼神总算定定地落在我身上，俊美的笑容舒展开来："愉儿——"

我则淡淡地应："王爷万安。"

话虽这样说，我却既不福身也不施礼。

他笑："真生气了？"

我的口气更淡："不敢。"

他似笑非笑地顿了一下："身子还好吗？昨晚上那么急做什么，不是真的在怪我吧？吓得我夜不安枕。"

我轻笑道："原来王爷瞧见了呀。昨夜王爷和王妃的戏演得天衣无缝，救臣妾于水深火热，臣妾感激还来不及呢。"

"好了好了，快别气了。"文晖赔着笑，"不是都摆平了嘛。"

我却不肯罢休，越想越生气："这叫摆平了？干吗非要扯上环佩，你要她做什么？"

他却一脸无辜："好歹也是我救了她，的确觉得投缘啊。要了去不行吗，你还真怕我亏待了她？昨晚谢都谢过了，娘娘这会儿又舍不得了？"

我一瞪眼："从来也没舍得过！"

"那可怎么办？"他摊摊手，"要都要了。"

我知道他所说不假，心里更恨他胡闹："不管！你惹出来的事，你去想办法！"

"愉儿，"文晖兀自看了我一会儿，道，"我倒是想问皇上要你呢，可惜他也舍不得。"

我皱眉："你胡说什么呢？"

"真的。"他笑得有些鬼魅，眼神却很虔诚，"有时候，我真希望那谣言是真的。若你肚子里的孩子是我的，我一定带你走。"

"不，不是带你走，而是根本就不会让你回来。"

文晖一直看着我："如果他不能护你平安，我可以。愉儿，我一定不会让你处于这种境地。"

我眯了眼看他，突然觉得他此时的表情有些熟悉。

他很快笑了笑，眼睛朝着我的身后望去："皇上，你说是吧。"

我猛一转身，发现文朗不知什么时候站在了门口。他着一身月白的龙纹常服，长身伫立，面上有点僵，唇抿着，略略发白。

文晖刚才的表情分明就是在曲阳城里为了引文朗现身，故意与我暧昧地说话时的样子。

我一皱眉，赶忙就要朝着文朗过去。不想刚才本就转身转得猛了，这下又急着迈步，腰一扭，差点摔倒。

没想到才六个月身子就这么不灵活，结果我想要冲向文朗的行动以他蹿过来扶住我而告终。

“小心！”文朗搂住我的腰扶我站稳，“别抻着。”

我还没说什么，就听见文晖冷冷的声音中带着点不屑：“昨晚上干什么去了……”

我心里一怔，忽地隐约明白文晖为什么总要刺激文朗，甚至不惜不顾礼数地恶语相向。在冀中王府、曲阳城里，还有现在，每回他这个样子，都是我最伤心难过的时候。

原来他是在心疼我，用他自己的方式。

感动归感动，我却不能表现出什么。于是我扭过头去看文晖，言语中没有埋怨，只是无奈：“王爷——”

文晖没说话，我仰头，看见文朗的眸子里也是冰冷一片。

我心里不禁有点紧张，之前在曲阳还好，眼前可是在乾元宫，我是真怕他们又不冷静。

这两人分开来的时候都是极好的，一个温润，一个俊雅；一个拥有天下，一个拥有自己的天下。本是各不相干，现在却变得一见面就剑拔弩张。

垂下眼睑，我也突然明白太后为什么不喜欢我，为什么想要我的命，我这下是真的明白了。

在文川和文朗之后，如果她看到此时的场景，一定会不惜一切代价地除掉我。

如果我是她，大概也会有杀人的冲动。

我并未犹豫，也不管合不合宜，一把抱住文朗的腰，尽管身子有点沉，但仍尽可能地紧紧贴着他。我想我不需要多说什么，他就会明白的。

果然，很快我就感觉到他僵硬的身子逐渐舒缓开来。再看他的时候，复又满眼温柔。

我这才又转头去看文晖，张了嘴却不知该说些什么。也许是自己刚刚从伤害中走出来，推己及人，面对这样一个真心用了情的男人，我又怎能说出一些绝情的话去伤他。

“晖哥哥——”于是我只是轻轻地开口，“这样只会让我死得更快。”

文朗的手臂紧了一下，沉声道：“愉儿！”

文晖眸子里有光闪烁，嘴角一抽，终是笑了出来，淡淡地瞥了我们二人一眼，挥了挥手："行了行了，我知道了。"

尽管文晖十分迅速地将眼睛别开去，但我还是在那炫目的笑容里捕捉到了一丝落寞和伤怀。我想，我也只能假装没有看见了。

并没有再多说什么，文晖很快就对文朗道："我该走了。"

我不解文晖为何急着离开，不料文朗却点了点头："好。"

看着文晖的背影，我感觉心中有一点感伤涌上来。把被他握着的手抽出来后，我低头道："你忙吧，我也该回了。"

话说得还算亲密，表达却是生疏。说罢我也不等他回应，退开一步就从他身边绕过去出了偏殿。

"愉儿！"文朗愣了一下才大步追过来，又不敢使大力气拉我，于是我便总是绕过他继续向前。我走得并不快，只不说话。环佩跟在后头，常远则忙不迭地一路轰人清场。

一直到快出乾元宫，文朗实在是没办法，突然一步就跃到了我的前面，正面对着我皱眉："愉儿——"

尽管他站在我前头，却并没有伸手来拦我。我若想躲还是能躲过去，不过我最终还是停了下来。

文朗在宫里头十分内敛，虽然私下偶尔会与我打闹，但从不在人前施展功夫。上一回破例是我想杀怡妃的时候，他出了手，估计后悔了好一阵子。此时我见他这样蹿过来，知道他是真急了。

我等着他说话，可他又不说，眉头皱了老半天，直让我有点动摇，心疼起他来。

"皇上，"乾元宫总归是人来人往的地方，总不能老这样僵持着。我只好先开口，轻叹一口气，"如果说不出来，那就不要说了。"

"愉儿，"他没有计较我口中的称谓，只道，"我送你回去。"

我看着近在咫尺的大门，轿子就在门口，不知有什么可送的，于是勾了嘴角："天气还好，不忙的话去园子里坐坐吧。"

文朗点了头，我们便一起去到西边一点的园子里，再找了个日头不错的亭子。文朗叫人在石凳上垫了软垫后，亲自扶着我坐下来。他也在我身边坐下，然后打发常远和环佩退到远处，吩咐任何人不准近前。

"愉儿，"文朗握着我的手，看着前面的湖水波光粼粼，"我都知道了。"

我也看着那璀璨的水面，心里有点释然。若不是我不许他跟我说对不起，他现在一定又在说抱歉了吧。如今他说他知道了，在我听来比说对不起要好得多，可对他来说，也要难开口得多。

我淡淡地道："知道就行了。"

"睿蓉……她变了。"

文朗终于说出这样一句话的时候，我的眼泪差点掉下来。他看着我，缓缓道："同样的五年，你还是那个愉儿，她却不再是我曾经认识的那个女子。我曾以为白头如新是最大的遗憾，却不想遗憾会来得这么早。"

"我仿佛昨天才对你说过，这样的事不会再有下一次，可偏偏总有下一次。"他轻轻地摇头，"可见皇兄那样说，半点错也没有。"

"我想，从一开始我就做错了，一错再错的又何止是她。"文朗的眼神很淡，淡得几乎看不见，"愉儿，你一定很难过。"

"是。"我点头，"我是很难过，很失望，很生气。我难过她好不容易长进了，却是用来对付我；我失望于你的不闻不问，私底下觉得抱歉，人前却半句重话也舍不得说她；我生气有人竟然拿我的孩子做文章，污蔑他的血统，欲置整个慕家于死地，我还没有大度到这个分儿上！"

"愉儿，"文朗看着我，没有丝毫犹豫，"从今天开始，这宫里头，你不必顾忌任何人。"

他又重复一遍："任何人。"

眼泪忽地就滑落下来，被文朗伸出手轻轻拂去："哭什么。"

我眨着眼睛却压不住泪，咬咬唇："我是真的很生气，所以提前跟你说一下。"

"我知道。"文朗笑笑，"不用提前说，你以前说过的，恩都谢过了，难道不记得了吗？"

我一怔，这才想起来是生辰时的那句玩笑话，总算止了眼泪笑。

两人又说了一会儿话，文朗才提起："我有意让皇兄回京参政。"

我"啊"了一声："他肯吗？"

文朗挑眉："听到这事的人都议合不合适，就你会问他肯不肯。"

"合不合适我说不好，但我知道他一定不肯。"我看他，"是不是？"

"嗯。"文朗点头，"他自然舍不得他的悠闲日子。"

"王爷刚才会那样说，"我犹豫了一下，试探着对文朗道，"应该也是为了让你打消叫他参政的心思吧？"

他不置可否："大概吧。"

我想起昨夜的事，太后不喜欢我却默许文晖替我化解危机，还有似无意提起的那句让文晖进京的话，看着文朗问："恐怕不是你有意这么简单，而是早就决定了？"

“是，现在的确是需要他。”

文朗笑笑，轻叹一口气，眼睛慢慢朝着环佩瞄过去。

我见状一愣，明白了他的意图，忙道：“不行！”

“其实我也不愿意她离开你身边。”文朗似乎明白我的心思，想了想，道，“不过若是就在京城内，离得也不远，说进宫就进宫了，也并无不可。”

“不是那回事。”我皱眉，忙摇头道，“王爷才不是真想要她。”

“那是怎么着？你还真是舍不得啊？还是你怕她过去了会受委屈？你的人，皇兄哪会委屈了她。”文朗对着我笑，一副商量的样子，“好歹她也跟了你这么多年，若能有个好姻缘也是好的，大不了我出面封她个侧妃，也算是风光了，你说是不是？”

我咬牙，还是摇头：“我说不行就不行！”

文朗还要说什么，我忽见环铃远远地跑过来，却被候在远处的环佩一把拦住。两人说了几句后，就见环佩朝着我看过来。

我想定是有事，招手叫她们过来，问：“怎么了？”

环铃跑得脸都有点红，也知道不用避着文朗，张口就道：“小姐，大少爷那儿派人传话来，叫小姐得空尽快过去一趟。”

我当即就是一惊，大哥急着找我？

与文朗对视一眼后，我迅速想了一圈缘由，却没有什么头绪。

大哥从来没有传过这样的口信，若真有急事他也会亲自进来找我，左右现在文朗也是基本默许了他进出皇宫。虽然还不曾见他用过这特权，但他明知我有身孕，却还叫我出宫，莫不是发生了什么大事？

我一时有点着急，文朗见状忙安抚我：“你先别着急，我去安排一下，陪你一起去。”

有文朗安排，还没有等天黑，换了衣裳，傍晚时分我们便乘着一辆马车出了宫。

到了地方，环佩扶着我下车，叫门进屋。

大哥很快得了报出现，看见文朗和我立在屋里，有点惊讶：“愉儿？”说着又向文朗低头致意，低声道：“皇上。”

文朗亦点头：“慕堂主。”

我对两人的客气视而不见，忙着开口：“大哥——”

大哥冲我笑笑：“消息够灵通的啊。你也是，身子不方便还乱跑什么？”

我一怔，眨眨眼：“不是你叫我出来的吗？”

大哥霍然皱了眉：“我才刚到京，也只停留一下，马上就……”

话还没说完，大哥又问："有人传话进宫给你？"

我点头，满脸不解："说是有急事，叫我尽快过来一趟。到底是怎么一回事？"

他没回答我，眼睛眯了眯，对着身后沉声道："子御呢？"

甲子御来得很快，见了我们几人也有点吃惊，瞄了一眼大哥，一句话也没说，进了屋直接"扑通"一声跪在了我的面前。

我有点意外，尚不及说什么，就听大哥把屋里的闲杂人等都轰出去，然后对甲子御怒道："真的是你？"

"是。"甲子御低着头，"是属下假传了堂主的话，骗小姐过来的。"

甲子御低着头不吭声，大哥更生气了，怒斥道："你知道自己在做什么吗！"

"属下知罪。"听他的声音倒是毫不逃避。

"知罪还敢这么胡闹！"大哥怒火中烧，劈头盖脸一顿骂，"宫中一线京城只有你一人知晓，让你留京，就是给你这般滥用的？今儿个我若没在，你又待如何！"

甲子御把头垂得更低："属下自知犯了大错，不敢辩解，只是事情紧急，实在是出于无奈。就算堂主不在，属下之后也当自行去总堂请罪。"

然后他从怀里掏出一样东西，举过头顶："属下把这个给小姐找回来了。"

我一看，竟是丢了许久的紫衣。

我当即接过来，正反瞧了瞧，又去看甲子御。

其实我早猜到他是要找我说什么事，一直想看他能忍到什么时候，只是没想到一向忠心直率的他竟然真敢把我骗出来。若只是因感情昏了头，却还懂得先拿紫衣出来献宝。

恐怕身后是有军师。

"丢了半年都让你找回来了，不错！"我笑笑，"无事献殷勤，有话快说。"

"小姐——"他偏又磕巴了，"属下……是想……"

我似笑非笑："我出来一趟不比你冒的风险小，你也看到惊动了多少人，这会儿你倒是胆小起来了？"

甲子御身子一紧，提了口气一气呵成："小姐，属下想求娶环佩！"

我笑了一下，并不说什么，只是去看文朗。心说，现在你总知道为什么我说不行了吧。

文朗明白了我的意思，只微微勾了勾嘴角，一副明了的样子。

这时，大哥开了口，并没有多少意外，脸色却是阴沉不改："就为了这个？"

甲子御迅速抬头看了他一眼，又低下头去："是，属下是真心喜欢环佩的。"

大哥转头看环佩："环佩，他说要娶你，你怎么说？"

环佩的脸早就变了色，此时怔怔地看我："小姐——"

我笑道："这种事，总要两情相悦才好。你又不是什么东西，由得我想给谁就给谁，当然要听听你的意思了。"

之后我又对着甲子御问："你说是吧？"

"是。"甲子御稳稳地点头，同时一脸紧张地看向环佩。

环佩紧咬着唇，手用力握着，过了好一会儿才用很低的声音说出一句："我不能嫁给他。"

甲子御身子一颤，脸倏然变色，炙热的眼神刹那遇寒霜，张了嘴，死死地盯着环佩，一个字都说不出来。

我看着环佩，知道她在担心什么，也知道她此时心里的痛绞，她现在连看都不敢看甲子御一眼。平日里说话总是奴婢这样奴婢那样，扳都扳不过来，方才却是一句"我不能嫁给他"。不是不想，而是不能，这些都已全然出卖了她。

"你听到了，既然环佩不愿意，我也不便插手。"寂静一瞬后，我扭过头对甲子御说了这样一句，然后又对大哥道："后面的事，就请堂主处置吧。"

大哥看了一眼环佩，对甲子御沉稳地开口："甲子御，你身为坛主当为表率，却做下此等蠢事，你自己知道规矩的。"

甲子御一脸绝望，一言不发，缓缓点了点头。

大哥盯着他，含怒叹了口气，把外头的左大洪叫进来，吩咐道："甲子御免职，废去武功，押回总堂给宣伯处置。"

听着这么重的处罚，左大洪也是一惊："堂主——"

大哥余怒不减，一眼扫过去："听不懂？"

左大洪这才一缩头，抱拳躬身，随后走到甲子御身边。也不用再说什么，甲子御最后看了一眼环佩，默默地站起身，转身跟着左大洪就往外走。

"等等！"

环佩总算有了反应，向前追了两步，又猛地停下来，转身看看大哥，又来看我："小姐，你替他……求个情不行吗？"

"环佩，"我语气淡淡地道，"这是四海堂的内部事务，咱们本该回避的。"

余光看见文朗笑了一下，我撇过去一眼，没理他。

"环佩，你要我替他求情，是以什么立场呢？"

我慢慢地说给环佩听："你也看到了，他这么无缘无故地把咱们折腾出来一趟有多大的风险，就算大哥不在，我也不会轻饶了他。不过是看在他找回了紫衣，也就不与他计较了。现在人家是按照四海堂的规矩处置，旁人实在不好说什么。"

环佩睁圆了眼睛看我，那水光让我实在是忍不下去：“环佩——”

她却不等我说话，转身就跑到甲子御身边，一把拉起他的手，用力把他拉回来，又到我的面前跪下，哭得稀里哗啦：“小姐，我们是两情相悦的。我喜欢他，想要嫁给他，可是我不能离开你。还有王爷那边，所以我就糊涂了。”

我叹了口气：“喜欢就喜欢，错过了可就没有了。不知道怎么办就来问我，不要自以为是地都担在身上，天塌不下来的。”

环佩点着头，泣不成声，使劲拉着在身边傻站着的甲子御：“小姐，这是我想嫁的人，请你帮他求求情好不好？”

我摇了摇头，转头对大哥道：“大哥，之前说了京城的人都归我管，能不能网开一面？”

大哥沉吟了一下，看着我道：“愉儿，你们的身份和联络方式是四海堂的头等机密，他身为坛主还明知故犯，绝不能随意姑息，不然堂内弟子如何肯服？”

我知道大哥所说不假，毕竟我身后还有一个文朗。本来双方关系就很尴尬，四海堂在这方面一旦有半点疏忽，定会惹来滔天祸事。

“可是，”我仍笑着，眼睛看着文朗求增援，“那边要娶环佩的可是个王爷，即使我再徇私，也不能把环佩嫁给一个废人，还是从轻吧。”

文朗会意，到我身边扶了我的腰，对着大哥道：“京城总是需要留个人的，愉儿也肯定希望环佩不要离得远了，不如慕堂主换个别的处罚好了。”

文朗这一开口，大哥倒是不好拒绝了，毕竟是皇上亲自开口求情。于是他看着甲子御道：“那便先行记下，日后再议。”

环佩听了忙不迭地道谢，甲子御向大哥垂首：“谢堂主。”

大哥脸上没什么表情，只道：“出去吧。”

环佩扶起甲子御，眼睛看向我。我点头示意她可以跟着离去。看着两人离开了，我转身看文朗和大哥：“你们有话要说吗？”

文朗道：“是有点事。”

我笑：“那你们聊，我先去找个人。”

文朗点头：“你小心些。”

站在陈雁羽面前时，我瞪她：“你就不能干点好事！”

“话说得这么难听，我明明是在帮他。要想娶得美人归，总是要付出点代价的。”陈雁羽说得云淡风轻，“你这么宝贝你的那个丫头，又怎么舍得拆散他们。就算甲子御把事情弄得一团糟，也有你给他收拾烂摊子，怕什么。”

她笑吟吟地盯着我的肚子看，过了一会儿问道：“皇子？”

见我不出声，她又道："是她干的吧？你打算怎么着，继续忍？"

我瞥她一眼："了不起啊，你还知道什么？"

"得了，我想着你也忍不下去了。"陈雁羽笑得别有深意，"我送你一份大礼。"

第四十四章 肃清

本打算让佩耽搁两日再回宫的，大哥却不许。我问了甲子御的伤并无大碍后，想想也不好太坏了规矩，便一起夜半回宫，一路无惊无险。

第二日，环佩告诉我，何才人一早被打入冷宫，文朗派了人过来说由我处置。

再过两日，安顺仪突然来翊仁宫求见。我想了想，还是见了。

她认真地按着规矩行礼，我也没客气，看着她一丝不苟地跪了，才笑笑让她落座。

“顺仪来找本宫，可是有什么事？”我问得十分生疏。

“其实也没什么……”她才刚要否认，看我一眼后又点了头，“回娘娘，是致恒的事。”

我淡淡地道：“皇长子怎么了？”

安顺仪一贯小心谨慎，仔细斟酌了一下语句，才道：“致恒下月就满四岁了，臣妾自知卑微粗鄙，蒙皇恩浩荡才得以一直亲自抚养。但孩子逐渐懂事，实在不宜再耽搁，臣妾便想着该尽快为他找一位才德兼备的养母送过去，也好养育成才。”

我端起手边的茶啜了一口，看着她：“你真这么想？”

她低头咬咬唇，突然红了眼眶：“不敢欺瞒娘娘，是臣妾只能这么想。”

“是吗？”我抿唇，“那你来找我又是为了什么？”

她愣了愣，突然站起身跪下去：“臣妾想求娘娘再指一条路。”

我顿了顿，嗤笑一声：“顺仪说笑了，路是你自己的，我也没给你指过什么，又何来再指之说？”

她也不抬头，仿佛早就把该说的话想了千万遍，此时只道：“皇后娘娘暗示臣妾将致恒让出来，臣妾不敢违逆。但此时已非当年，孩子长到四岁已经懂事。为了防止后患，臣妾恐怕无法继续在宫中立足，甚至……”

她极快地看我一眼，见我并无反应，又道：“臣妾曾尝试与皇上提起，皇上说叫臣妾自己斟酌，于是……”

我眯了眼，是文朗吗？他明知我不需要他来插手，为何却要暗示安顺仪来找我？眼前这个女人，也不像是敢胡乱说话的人。

我问她："皇后想让你把皇长子让给谁？"

她很快回道："并未说得十分明白，但臣妾揣摩，该是怡妃娘娘。"

我一顿，勾了嘴角，怪不得。

我还在奇怪怡妃为什么肯出头帮睿蓉，不惜置她的亲姐姐于不顾呢，原来是打了这个算盘啊。

其实谁都知道，皇长子不会一直养在安顺仪这里，等再过两年就要入学，到时候总不能时常让太傅去与顺仪这种级别的母妃回话，皇长子也容易让学内子弟看低了去。现在睿蓉以皇后的身份做出安排，也是合情合理。文朗知道我与怡妃有过节，故意拖着不允，再暗示安顺仪自己斟酌，便说得通了。

我沉默了一下，道："你起来，坐下说话。"

她一躬身，顺从地起身。我又问："皇后是派谁跟你说的？"

睿蓉当然不会自己去开这个口，那么我必须知道是谁在帮她做这件事。

我会这么问，也就代表了准备插手干预，安顺仪想来是明白的。

她抬眼，略一犹豫，道："祺嫔。"

我倏然皱了眉，又缓缓舒展开来，怅然地道："是她。"

文朗这两天没有过来，我也没有去找他，隔日一早，我早早起身，叫过月妍："你去坤裕宫门口候着，等那边请安散了，请岚贵嫔过来一趟。"

月妍应声而去，我对环铃道："一会儿她到了，就说我去冷宫了，叫她候着。"

冷宫里，何珠儿跪在我面前一言不发，我扶着环佩慢慢坐下来："何才人早就想到会有今天吧？"

她沉默了一下："臣妾对不起娘娘，自知是死罪。"

"你的确是对不起我。"我叹了口气，"前些日子你跪在翊仁宫门口，我不见你，也是不想你死得太快。至于宋月棠的事，你不会真以为是皇后帮她求的情吧。"

何珠儿身上一震，抬头看我。

唇一勾，只听我道："我说了，有你没你对我来说没有分别，要对付谁，你也帮不了我，我没有必要专门跑这一趟来骗你。"

她的眼眶骤然红了，低下头："谢娘娘！珠儿来生不忘！"

这句谢听起来要真诚多了，我笑笑："来生太远了，既然你对不起我，这辈子就还了吧。"

“是。”她没有丝毫犹豫，“不知珠儿能为娘娘做点什么？”

“还是不开窍，你现在什么都没有了，更是什么都不能为我做，真做了……”

我摇了摇头：“我还要费力气来杀了你。”

我站起来，低头看她：“你什么都不必做，在这儿好好活着就行了。”

说罢，我也不理她惊讶的神色，只对环佩道：“吩咐冷宫里管事的，何才人是本宫要留的人，衣食份例都要给足了。若是出了什么差错，唯他们是问。若是死了，就全陪着去。”

何珠儿最后的价值就是活着，只要她活着，有人就会一直安不下心。

我回到翊仁宫时，岚贵嫔早已等在前殿，见了我忙施礼问安。

我点头让她坐下，也不多说，头一句便是：“紫琦，皇后和怡妃想要我的命，你看出来了吧？”

我说得云淡风轻，她本来赔着笑，吓得一下子站起来：“娘娘！我真的没有……”

我看了她一会儿，忽地笑了：“我知道，你是静妃的人嘛，肯定是站在一旁看热闹的。”

“瞧把你紧张的，快坐。”

我摆摆手催她坐下，换了个话题：“紫琦，皇长子要换个宫院养，这事你总该知道吧。”

她点头，像是舒了口气的样子：“是，臣妾听说了。”

我道：“听说皇后的意思是放到怡妃宫里，你也知道，我是肯定不乐意的。”

这话她自然不敢接，只得小心地陪笑听着，眼睛也不大敢看我。

我不以为意，叹了口气：“这安顺仪也是个不争气的，偏就出身不高，搞出这一堆事来，好几年都不得安生。我问过，她家里也是官宦背景，从五品外官，其实还算过得去，不然太后当年也不会选了她伺候皇上。不过就是个庶出，真是可惜了。”

“你也知道，”我看着岚贵嫔，满脸遗憾，“宫里的规矩，嫡出方可为后妃主位，庶出的不管家势再强，最高也只能封嫔，还要是极得宠的那种。她能破例晋到顺仪，不过是沾了皇长子的光。不过就算这样，恐怕这辈子也都摸不到主位的边。”

岚贵嫔的面色不大好，有些愣怔：“娘娘说得是。”

我笑笑：“你知道我在说什么就好。”

她的脸色越发不好看，少顷，突然又跪了下去，随即开始掉眼泪。看得出她一直在拼命忍，可身子的颤抖却掩饰不住。

我的声音很淡："本宫只是觉得，若真要给皇长子换个宫院，绝不能一言蔽之。毕竟这妃位里也不止怡妃一个，皇上一定会深思熟虑的。"

她盯着地面看了片刻，道："臣妾知道该怎么做。"

岚贵嫔走后，我打发环佩朝涵贵嫔宋碧宁那儿去了一趟，接下来便不动声色地等着。文朗来了我便腻着他说话，不来我也不去烦他，总之后宫的事他不提我也不提。

如此又过了两日，涵贵嫔登门了。

"你下手倒是快。"她笑吟吟地看我，"最近你这里很热闹啊，身子还好吧？"

"还好。"我笑笑，在她面前也不遮掩，"有些事，实在是不宜耽搁。"

"你总算打定了主意，不容易。"宋碧宁轻言细语，倒也半句废话不多说，"你让我查的事我已经查过了。"

我听了，垂下眼睑，顿了顿才问："如何？"

宋碧宁点头："是她。"

我默然，尽管早就猜到会是这个结果，心里还是不免有些憋闷。

她等了一会儿，问我："你有什么打算？"

"亏吃多了，总要长点记性。"我抬眼看她，"我想我已经姑息得够久了。"

她看着我，道："皇后有意帮宜婕妤与俪贵嫔和解，四月初三是俪贵嫔的生辰，大概会借这个机会。"

我想了想，点头："我知道了。"

从下午到傍晚，我对着窗子发了好一阵呆。一直到晚膳时分，我才被环佩硬生生地拉回了神："小姐！无论你要做什么事，伤到身子可不行！"

我斜眼看她："我后悔了。"

环佩眨眼："后悔什么？"

"我不该留你到生产。"我撇嘴，"我应该现在就把你嫁过去，省得老被你管着。"

看着环佩瞬间憋红的脸，我笑笑："去叫和嫔过来一趟。"停了一下，我又补充，"派个下头的人去，别让人瞧见。"

自去年六月被我揭穿之后，我们一直没有单独见过面，也没有说过什么话。但我想既然已经把话跟二嫂说明白了，陆言玉自然懂得自己所必须拥有的立场，并且她也一定为这种立场做好该有的准备。

所以我只是语气淡淡地直入正题："言玉，我要你帮我办件事。"

陆言玉用她那又圆又大的眼睛看着我，很平静地回应：“好。”

宫里的规矩，妃位以下不得私自设宴，生辰更是不会大肆庆祝，不过是彼此送些礼物，三五人小聚罢了。不过睿蓉既然有所图，便不会拘于这个规矩。左右她是皇后，后宫里头的事她说了算，只要不出格，太后和文朗并不会干涉。何况她还一早透露了要给俪贵嫔和宣婕妤说和的意图，俪贵嫔又是太后的侄女，更是无人敢挑些什么。

于是到了初三这日，睿蓉特意破例赐了宴给俪贵嫔，还招呼后宫众人一齐参加。

除了怡妃身子不好没有出现以外，宫里的主位到了个齐全，下头低位的更是一个不差，坐了满满一个大殿。

俪贵嫔十分得意，整个人都光彩异常。也就是因着这份得意，她亲手接了宣婕妤的礼物，并极热情地道谢，把话说得特别亲近，一副芥蒂全消的模样，直让睿蓉看得眉开眼笑。

仿佛嫌场面还不够隆重一般，没一会儿，文朗竟露了面。

文朗在睿蓉旁边落了座，随意地说了一阵子话。耽搁了一盏茶的工夫，他起身说要离去，走的时候还拉上了我。

众人又是起身行礼，我毫不躲闪地被文朗牵着离开。我想这会儿可能已经没人在意这些了，哪怕是睿蓉。

出来以后，我身子重懒得走路，拉着文朗又舍不得放开，便趁着四下没人攀上文朗的轿辇一起往回。

“愉儿，”文朗低头笑着问我，“你怎么会去凑这种热闹？”

我勾了勾嘴角：“你不也一样去了？”

他睨我一眼：“那怎么能一样呢，我是去接你。”

顿了顿，我又笑：“顺便配合一下露个脸。”

我装模作样地叹口气：“看你表妹的生辰，办得多风光！”

一句话果然说得文朗开始内疚：“愉儿，待你今年生辰的时候，咱们办得更热闹些，好不好？”

今年吗，十月上恐怕刚好是睿蓉的产期，到时候不定有多少事，哪里有工夫办这个。我仰头看看文朗，只是笑一笑。

回到翊仁宫时饭菜早已备好，随着身孕的月份逐渐增加，我越来越扛不得饿。起先在俪贵嫔那里心里存着事还不觉得。一回到自己这儿，一桌子美食看得我胃口大开，直晃着文朗的胳膊：“朗哥哥，你真是神机妙算未卜先知啊，这么及时地把我给解救回来！”

说着，他简直就要扑到桌上去，哪里还有半点深宫妃嫔的模样，文朗在一旁哭笑不得地陪着我吃，满眼宠爱。

入夜深谈，两人都下得心不在焉的。文朗等了一会儿总算开口："想从主位里再册一个妃位上来，你看如何？"

我一愣，马上想到文朗的意图，打趣道："怎么？妃位不够用吗？"

他没理会我的取笑，落子道："你只说好不好吧？"

"好是好，"我摇了摇头，"不过不顶用。"

"哦？"文朗没想到我会这么说，扬眉看我。

我淡淡一笑："主位里总共也没几个人，真要册妃，最合适的就是良贵嫔，毕竟她膝下有二皇子。另外三个贵嫔，册哪个都有点勉强。便是册了，一时半会儿也不能把皇长子送过去养。若办得急了，另外那两边还不翻了天。"

落了子，我抬眼看他："怎么着你都还要烦上好一阵子。"

他随口道："管不管的，其实也不打紧，再拖一年也无妨。"

我心想着火都被我点起来了，哪里还拖得，便道："顺仪好歹替你养了好几年孩子，别拖着拖着把人家命给拖没了。"

"这么严重，"文朗既不承认也不否认，"现在办的话，我属意宋家的，你觉得呢？"

"她倒是担得。"把皇长子给宋碧宁，我都能想到她会是什么反应，"就是怕反对的人多，她自己也不肯接。"

文朗点点头，似乎也想过这个："嗯。"

两人一时沉默，又落了好几子后，我道："其实就是个出身的问题。"

他抬头无话，等着我的下文。

"这宫里头这么多女子，大多是嫡出的官家小姐，像愉儿这样的，有幸宠冠后宫。"我顿了顿，笑着问文朗，"朗哥哥，愉儿算宠冠后宫吗？"

他似笑非笑地瞥我："不算吗？"

"那就算吧，"看着文朗佯怒，我笑笑，摸着大大的肚子，转而正色道，"即便如此，我腹中的孩子落地的时候，依旧是庶出。"

"所以才会人人都去争皇后的位子啊。"我轻轻地别开眼，"然后才好为自己的孩子争一个嫡出的身份。"

文朗面上一凝，点头道："不错，这么说来，愉儿你是嫡女，我反而为着庶子。"

"官民之家或许还在纠缠不休，其实皇家早就不分嫡庶了。"我把眼睛挪回到棋盘上，轻声道，"不过是祖宗的规矩摆在那里无人敢碰罢了。"

文朗盯着我看了好一阵子，叹了口气："愉儿，你实在是聪颖过人。"

"怎么？"我瞄他，"想杀了我灭口？"

"怀着孩子，还口无遮拦！"文朗皱了皱眉，"你早想到了是不是，偏不早说！"

我笑："皇上早也没问哪。"

第二日俪贵嫔那边果然出了事。

环铃绘声绘色地讲给我听，据说俪贵嫔去坤裕宫请安的时候就觉得有点不对劲，一会儿工夫整个脸都肿起来。又红又胀，不碰奇痒，碰了剧痛，又哭又闹地挠了许多血痕，那脸都没法看了，现在正召了一群太医要死要活呢。

我轻轻一笑，没想到会这么快。看来俪贵嫔还真是得意过了头，一点防备都没有，也不找个下人试试，就敢随便把宣婕妤送的东西往自己脸上招呼，要真是毁了容，可是得不偿失。

说起来，宣婕妤送给俪贵嫔的阿胶珍珠凝露是今年才从山东进贡来的养颜极品，只有我和睿蓉得了一些。而宣婕妤送出去的，是睿蓉把自己的那份给了她，让她去送个人情。看来睿蓉是真的决心要化解那一对的纷争，知道寻常东西难以让眼高于顶的俪贵嫔动心，这才下了血本。

事情闹得很大，太后震怒，睿蓉更是郁闷，忙着叫查。查其实是很好查的，经太医检验，那阿胶珍珠凝露中竟含了一品红的汁液，才造成皮肤肿胀痛痒。一品红的毒性不小，幸亏俪贵嫔是外敷的，若是内服，也许连命都没了。一群太医于是纷纷庆幸，好听的话说了一堆，听得人的脸色可是越发难看了。

宣婕妤很快就把祺嫔给扯了出来，一搜之下，果然在祺嫔那儿搜到一品红的毒液。当然能搜到了，言玉把事办得很妥当，人证物证俱全，祺嫔辩解都无门。

接下来的事便顺理成章，俪贵嫔仗着有太后撑腰不依不饶，静妃添柴加火，宣婕妤为了脱罪更是拼命把罪过往祺嫔身上推，并催着睿蓉尽快处置了。

祺嫔的罪行很快坐实，一个个都恨她恨得咬牙切齿，哪还会有人关心她的动机和下毒的过程。睿蓉恐怕也没想到好好一个计划会毁在祺嫔手里，还弄得如此被动，就算有所怀疑，也根本不会再查，赶快结案息事宁人要紧。

但她又不敢结，如今包括太后在内，所有人都在看着。她处置得轻了重了都不行，轻了会群起而攻之，重了又怕祺嫔狗急跳墙吐出什么旁的。

睿蓉无法，只得把祺嫔禁足，然后推说事关重大，也不管会不会有人指责她的不作为，直接报了文朗处置。

不知是出于什么考量，文朗拖了两天没理。

在这两天里，祺嫔做了最后一次垂死挣扎。

她冒着罪加一等的危险从成福宫跑了出来。当然，她现在的罪加不加一等也没什么分别了。

我听月妍说祺嫔跪在门口求我救她的时候，皱了皱眉。

我没有让祺嫔进来，而是亲自走到翊仁宫门口去见她。我想着有些话还是要说给她听一下的。

我看着这个曾经称为姐妹，也曾淡薄权势、疾恶如仇的女子此时匍匐在我的脚下，嘴里慌乱地念叨着，希望我能看在往日的情分上伸把手。

其实我们之间的确是有些情分的。好几年来，我们的关系一直很好，无论我是盛宠还是落罪，她都会出现在我面前。虽然大多是与宋碧宁一起，但我还是会感念她的不离不弃，说话做事都亲近不避。

只是当她把我怀了男胎，并且月份可能不对的消息告诉睿蓉，当她把这种亲近当筹码险些置我于万劫不复之地的时候，那些情分便在一瞬间灰飞烟灭了。

“你不觉得你这样做很讽刺吗？”我只是轻轻地开口，“皇后都不救你，为什么我要伸手干涉？”

她身子猛地一颤，仰头看我。

我也看着她，语气淡淡地道：“也许是我这几年没有表现得让你觉得可以依靠，这没什么。但无论如何你都不该那么做。”

她脸色泛青，怔了怔，瞬间惊恐，忙不迭地俯下身去：“我做错了！做错了！我对不起你！娘娘一向宽宏，还请……”

“袁嫣——”我沉声打断她，轻轻地叹了口气，“你怎么就是不明白呢？在这后宫里头，容不下‘宽宏‘这种字眼，也没有人能靠着忍让活下去。我对皇后一忍再忍，一让再让，从来就不是因为什么姐妹情分。”

看她愣住，我带着点忧伤地摇摇头：“没有人能以她为榜样要求我的宽宏，因为石睿蓉只有一个，也只会有这么一个。”

这一点，宋碧宁早就明白，袁嫣却一直糊涂。

“更何况，你还触到了我的底线。”见她已经彻底无话，我收了尾，“我出来见你，也是不想你跪在这儿太难看，算是多少还你一点情分吧。”

说罢，我转身入内，吩咐关门。

第二日，文朗下了旨，祺嫔贬为庶人，打入冷宫，成福宫上下全部没入杂役。

文朗的处置留了情，但袁嫣还是活不了。至于到底由谁来下手，已经没什么要紧的了。

没几日便听说安顺仪的父亲擢升了从四品，她母亲也被扶为如夫人。这在朝廷看来也许寻常，但在怡妃和静妃那里却一定会激起浪花。

不过文朗大概是真的烦了，没有给她们起浪的机会。

四月十四，文朗下了一道不大不小的诏，称以后宫中无论选秀还是晋升，只看才德，不论嫡庶，并废除陈规陋矩。

四月十五，皇长子四周岁生辰这一天，文朗晋了安顺仪为贵嫔，让她正式成为主位娘娘，拥有了抚养皇长子长大的身份。同日，良贵嫔晋为昭仪。

两日内连出重大旨意，后宫一片哗然。文朗却接连耗在坤裕宫不见人，连带着睿蓉也没法接见任何人。于是无论是诏书还是晋位，虽然全是文朗的意思，但在众人看来，旨意却都是从坤裕宫传出来的。

所以说这件事，文朗做得很彻底。

“紫琦多谢娘娘，绝不敢忘。”隔日，岚贵嫔俯身拜在我面前，显得无比虔诚。

我只淡淡地道：“紫琦，该忘的就忘了吧。”

崔少傅唯一的嫡女崔紫琦在十二岁时夭折，当年少傅为了与皇室结姻，便秘而不发，并将一名侍妾所生之女冒名顶替上去，悉心养了几年后送进宫，便是眼前的这个崔紫琦。

可惜天下没有不透风的墙，几年以后，这个把柄还是被陈雁羽得到，并以此要挟岚贵嫔潜伏在静妃身边，替自己办事。

陈雁羽送我的这份大礼的确够大的，岚贵嫔本想着这个秘密会随着陈雁羽被赐死而化为灰烬，却怎么也没想到大半年以后会有人旧事重提，自然吓得魂不附体，唯命是从。

当然，我也给了岚贵嫔足够好的回报。

文朗的诏书一下，她的身份再不是多大的问题，并一劳永逸地得到了自由，再不用受谁的威胁。

至于陈雁羽当时为什么到死都没有把这件事说出来，只能说，有时候我也看不懂她。

袁嫣死得比预想的更快，十九日就传来她自尽的消息。

陆言玉睁着大眼睛，笑着对我说：“娘娘怀着身孕，这种事臣妾就不等你开口吩咐了。”

我知道她也是为了自保而灭口，毕竟投毒藏毒这种事不可能一点蛛丝马迹都不留下。况且这样一来，所有人都会猜测人是睿蓉杀的。

于是我只是笑笑，没说什么。

俪贵嫔吃了个大亏，经太医全力医治，依然在脸上留下了浅浅的痕迹。她并不愚钝，谁都知道东西是宣婕妤从睿蓉那儿得了给她的。袁嫣没有害她的动机，于是咬牙切齿的恨自然全记在了宣婕妤身上。莫说和解了，恐怕顺带连睿蓉也要当仇人。

尽管文朗言明我不用顾忌任何人，但我想他一定不乐见我与睿蓉正面为敌，所以我动手很快，快得都有点急。我动用了大量的人多管齐下，就是为了不想给她们任何反应和喘息的时间，让整个过程没有交锋便迅速完结。

文朗并不喜欢怡妃，所以她没有自立门户的资本，只能继续缩在睿蓉身边。但她与睿蓉之间已经彻底没有同心协力的可能。宣婕妤经过了弄巧成拙的这一回，与俪贵嫔对立更甚。尽管同样不能跳出来单干，却也肯定看清了睿蓉的不足以依附，唯命是从的事恐怕不会再做。余下的，袁嫣死了，宋月棠死了，何珠儿被我护在冷宫里成为一颗高悬不落的大石。

至此，睿蓉一线并不牢靠的阵营就此瓦解，对立一方却逐渐清晰。

我解除了整个后宫锁在自己身上的目光，并重新给了她们一个相互牵制的格局。自始至终，不足一月。

文朗以前说过，如果我做这些事，会做得比睿蓉漂亮得多。

当然。

这一役让许多人元气大伤，后宫里平静了好一阵子。文朗没有问我任何问题，依旧一有空就来看我，时常对着肚子里的孩子说话。

入夏之后他更加忙碌了，弘元五年是一个大年，有许多祭祀和军政检阅，新法新政也在努力推行。我帮不上忙，更是不敢添乱，于是过回了乖乖养胎的日子。环佩怎么说，我就怎么听。

五月大祭，我和睿蓉有身孕都无法随驾，文朗便干脆谁都没带，自己独自去了。

我的身孕奔向第九个月，身子沉到让我连站都不愿意站起。环佩整日硬拉着我出去散步，说是有利生产。开始我还勉强跟着去，到月中，走几步就又热又累，我干脆赖在屋里，不管环佩怎么劝都不愿意动。

环佩见我说不动，也不知是不是得过文朗的话，胆子倒是大得很，竟敢直接去找文朗，把文朗搬过来拖我。他那么忙，我哪敢再赖，于是清晨和傍晚的时候，翊仁宫的下人便常常能看到文朗拉着一个不情不愿的我，挺着硕大的肚子在院子里溜达。

六月二十四日夜，我开始有了些微生产的迹象。二十五日断断续续痛了一天，并不厉害，却也惹得文朗一天过来好几趟，常远更是在翊仁宫守了一整天没离开。

二十五日深夜，我终于等到了孕育生命的最后时刻，子时开始有了临产阵痛并逐渐强烈。这个从受孕开始就较为安静体贴的孩子在出生的时候也没让我吃太多苦头，只让我间或痛了两个时辰便顺利坠地。环佩说这在第一胎里算是很好的了。

弘元五年六月二十六日寅时，我生下了我和文朗的第一个孩子，弘元朝的三皇子。

文朗在外头守了一夜，据环佩说，孩子洗净收拾妥当了抱给文朗看的时候，天都快蒙蒙亮了。文朗亲手抱了孩子，只看着，笑着，一句话都说不出来。

七月二十六，三皇子的满月宴极致盛大，睿蓉借口身子太沉没有出现，文朗干脆拉了我坐在他身边。

宴上，文朗给三皇子赐名致暄。这个名字并不像之前两个皇子一般，由礼部拟了备选，他伸手指上一个，而是早早就拿了许多来找我一起挑。选来选去后，我们都中意这个暄字，一个无比温暖的字眼，一如我们眼中的彼此。

自我出了月，文朗来后宫的时间就更少了，来了也只是看看孩子，说几句话就要离开。睿蓉的身孕已足七个月，她身子不太好，同样不怎么露面，倒也省得我去坤裕宫请安时两个人要面对面。我倒是不怕去见她，就是不知道她怎么想。

文朗曾提起要把协理后宫的事交给我，我拖着岔过去没有接，他也没再坚持。

其实现在后宫里也没什么大事要处理，文朗来得少，生的事就少，一些场面上的事静妃其实已经做得很好，没必要我再去费那个力气，况且我也实在懒得去管那两个贵嫔的麻烦事。

重要的是，还有一件事需要我去办。

恒安王妃据说从京城回去之后就病倒了，绵延了一阵子，不但不见好，反而越发沉重。太后和太妃都心急，京城的太医都派去好几次了，回来都道的确病得很重。我虽有疑惑，却也无从考证，只得每每守着淑妃的本分发过去正式的问安折子，然后文晖每次都会回复一些深受皇恩感激万分的套话回来。

回京参政的事，不管文朗左说右说，文晖还是东拉西扯地拖了近半年。八月初五，大概是实在耗光了耐心，文朗也不管文晖愿不愿意，直接一道旨意发到冀中，召文晖十日内回京，准备参与九月的海津水军大阅。

消息一出，环佩一下子紧张起来。眼下我孩子也生下来了，一旦文晖进京，就算他不主动提，也会有人想起这档子事，张罗着把环佩送过去。毕竟当时是环佩自已说了乐意的。

谁知道过了没几天，初十的清晨，冀中王府就递回了百里加急的折子报丧，称恒安王妃薨逝，恒安王悲急攻心病倒不支，奏请推迟进京。

文朗收到折子的时候刚好在我这儿，早上起来衣裳还没穿妥就听见常远在外头报这个信。他听了以后，脸色瞬间变得很难看。

冯纯箫死得可真是时候，圣旨奏折并不使用信鸽，算算日子，扣去中间的路程，俨然是那边才接到圣旨，王妃就病逝了，连薨逝的折子恐怕都是提前就写好了的。

文朗生气的时候就不说话，我见状也不敢说什么再去火上浇油。故作平静地把面色阴沉的他送走后，一回转我就做了决定，通知甲子御立刻准备婚事，必须隆重而盛大。

事实证明，四海堂想要办什么事，时间从来不是问题。

婚事定在八月十六，短短几日间广发请帖，邀请江湖各门各派光临。甲子御虽然在大哥和我面前毕恭毕敬，其实在江湖上是极有影响力的。在四海堂内，他与恩华是地位最高的两个坛主，除去几位并不问事的长老，可以说是一人之下。

我知道甲子御已经心急了很久，要不是为了等远方的宾客到京，筹备这个婚事到万事俱备恐怕都不需要六天这么久。

当然，也还不算万事俱备，因为新娘子还在宫里呢。

中秋宫宴，我还是要露面的，宴上我就一副精神不大好的样子，勉强撑到结束。众人三三两两四散赏月，我回来叫月妍关了宫门，对外声称我病了，两日内谢绝一切来访，然后跟文朗打了声招呼，带着环佩、环铃趁夜离开。

一去两日，文朗自然不能陪我，于是我笑言此去是帮他报仇，偷偷把环佩嫁了气死文晖，他这才摇头苦笑着嘱咐我路上小心。

出了宫，我和两个丫头乘着甲子御早已等候在宫外的马车出了京。

因着来宾众多，声势又浩大，不想引起朝廷的注意，故他们成亲的地点没有设在京城内，而是选在了京东五十里的一处山庄。自从夏天开始多次大阅，朝廷勘查得紧，为免冲突，四海堂海津分堂和京城的弟子大多都撤离聚到此处。

到了山庄才发现置办规模的盛大，有不少宾客已提前到了。饶是山庄很大，也已略显拥挤。甲子御把我们安置在山庄深处一处独立的院落后，便匆匆去招呼来宾了。

第二日更是热闹，用宾客盈门已经不足以形容。山庄正堂内席开十桌，都是颇有身份和地位的上宾，大哥在首席坐镇，一身喜红的甲子御和恩华带着几个分堂堂主四处招呼着。

我待在环佩屋里，正跟满脸紧张的环佩说着前头的宏大场景，突然听见外头有长剑出鞘的声音。

我还没起身，就看见环铃跑了进来，急急地道："小姐，你快出来！那个……王爷来了。"

此言一出，环佩当即变了脸色。我忙安抚她："没事没事，有我呢。"

说罢，我跟着环铃出来，一眼就看见文晖立在院子里，不躲也不闪，悠悠笑看着一脸戒备的甲子戎。

我还来不及说话，甲子御就冲进了院子里。后头还跟着几个弟子，又惊又怒地盯着文晖。也就是他身为新郎没有随身带着兵器，不然估计早一剑或者一支毒镖招呼过去了。

我可没有甲子御的那份冷静和理智。

其实也怪不得甲子御这会儿冷静不下来，明明前一刻这位要娶环佩的王爷还远在冀中，此时竟然就出现在新娘所在的院子里。并且他手无寸铁地突破那么多道防线，简直如入无人之境，传出去对四海堂和甲子御来说都是莫大的耻辱。

毫不谦虚地说，文晖绝对是闹场的高手，这场面光看着我就有点头大。

"赶紧收起来，"我先对甲子戎说，"什么日子就在这儿舞刀弄剑的！"

然后又冲着甲子御一瞪眼："你赶紧回前头去！是想把人都引到这儿来吗！"

甲子戎倒是听话地收了剑，站到我身边。

我见状对他道："去把你哥弄走，这里交给我。"

他点头，去拉甲子御，甲子御却不肯动，如临大敌般死盯着文晖。文晖也不是个善茬，笑吟吟地看回去，直把甲子御看得差点发飙，亏得被甲子戎给拦住。

甲子御一脸的焦急和委屈："小姐——"

"要我去找大哥来吗？"我一副快要发脾气的样子，"还是去屋里把环佩叫出来？"

甲子御被吓到了，再不敢坚持，顺顺当当地被甲子戎推了出去。

我叫甲子戎在院门口守着，甲子戎只点头执行，并不多问。

回转身的时候，发现环铃也在盯着文晖看，满面忧愁和戒备之色，叹了口气继续轰人："环铃，你进屋里去。"

还好环铃没用我多废话，乖乖地进屋去安抚那个紧张又惊慌的新娘子了。

总算清了场，我用更加凶恶的眼神去看文晖："这位王爷，好玩吗？"

文晖笑得好整以暇："还好。"

我气得哭笑不得："你还真是睚眦必报啊，小心真惹急了我，到时候你走不了我可不管，差不多行了。”

“嗯。”他竟然表情认真地点头，“那就行了。”

我失笑，复又严肃：“王妃她……”

“走了。”他知道我想问什么，很快便道，“跟肖智君。”

我怔了怔，心底油然而生敬佩，之前以为他只是说说而已，不想他真放了冯纯箫自由，竟然还是和那个青梅竹马一起。

见我发愣，他笑笑，问：“他今天会过来吗？”

我摇头：“来不了了，他现在忙得根本分不开身，连我见他的机会都少。”

顿了顿，我又忍不住问：“你为什么就不能去帮他呢？”

他沉默了一会儿，道：“不是不能，只是还没到时候，其实他现在完全应付得来。”

说到这里，他停顿了一下：“真去了，就再也回不来了。”

我默然，知道他实在是舍不得悠闲自在的日子，不愿意被朝政天下束缚了去，若是热衷于此，当初他曾有更好的机会站到更高的顶端。

但为了文朗，我还是不死心：“其实只要心是自由的，在哪里又有什么分别。”

他看我，忽地笑了：“愉儿，你是在推己及人吗？”

我一时没能明白他的意思，又听他道：“你说得是，你都能回到那个闷死人的宫廷守仁义礼孝，我为什么就不能去朝堂上展展拳脚呢？”

我一呆，很快便道：“王爷说笑了。”

他直视我，等了好一会儿才开口：“叫晖哥哥。”

我怔了一下，笑道：“晖哥哥。”

有惊无险，婚事顺利礼成办完，等甲子御再出现在小院的时候，文晖早已离开了。

甲子御还有些愤恨，就听环佩说了一句：“的确是王爷救了我一命，从不曾当面道谢。”

甲子御立马就闭了嘴。

这样一个人，方才有一群弟子企图闹洞房，被他瞪大眼睛几句话就给吼跑了。如今到了环佩面前，却成了绕指柔，我看着也是微笑。

时候不早了，我和大哥正准备离开新房各自休息，文朗却突然出现。还好他是被恩华领着进来的，不然当着大哥的面，又突然来了一个人物，我可真不好收场了。

文朗来了也没多说什么，只是将一个小盒子给了环佩说是贺礼，略坐了一会儿，喝了几口茶，便说要回去。

我本来的计划是第二日再回宫的，既然文朗来了，我自然跟着他一起走。

在马车上，我问他："忙成那样，干吗还跑一趟？就算是送贺礼，环佩又不是不回去了，到明年春天才能消了宫籍正式离开。"

文朗笑："想你了，来接你。"

他淡笑着不肯再解释，我想想也就没再问，道："刚好我也想致暄了，那才是一日不见，多少秋都隔了。"

累了一天，随着马车摇晃，我有点昏昏欲睡。这时又听见文朗的声音："今天他去了吧？"

我一个激灵清醒过来，仰头看他一眼，才道："嗯，朗哥哥，他是真的放了王妃自由。"

文朗点头："早猜到了，这样做对各方都好。"

见我一愣，他低头笑笑："他是不是也决定要回京参政了？"

我点头，刚要问这有什么关系，忽地想到了原因。

只要冯纯箫是恒安王妃，文晖就无法摆脱与后宫的关系，与冯家的关系，他参政就难免会遇到这方面的阻碍或是干扰，不能全心站在文朗一边。原来文晖早就决定了要回京，文朗生气也不是因为冯纯箫诈死，而是文晖又装病拖延。

甚至连文朗给文晖下正式的旨意可能都是故意为之，是想让朝臣们看到文晖其实是不愿意的，回来了恐怕也不会上心，才不会太过防备。

同时，我早就发现文晖除了在我面前温柔真诚外，在旁人面前都是装模作样地玩闹戏弄。但从他回给我的那些感激套话的折子开始，包括这一回的事我也被蒙在了鼓里，相信是代表了一些事情的改变。

想到这里，我勾了勾嘴角，让自己静下来，随后就忽略了。

我抬起头佯怒地看文朗："你们俩唱双簧呢！"

"没有，大多是他搞出来的，我只是尽量配合。你配合得也很好啊，估计这回他不会再拖了。"文朗笑得开怀，"我早就说过了，他能扮的可多呢。"

我假装委屈："看来是我生了孩子以后变傻了。"

他倒是乐不可支："那再多生几个。"

气得我上前就去推他。

又过了一会儿，我轻声道："朗哥哥，跟你一起乘马车，我总会想起从海津回来的那次。"

他拥着我的手抱紧了些："愉儿，不要担心，再也不会那样了。"

我也伸出手去抱他的腰，仰头看他："朗哥哥，我有多久没跟你说过对不起了？"

他眉头微皱，眼里浮上一丝心疼："愉儿，不要再说了。"

"我要说。"我轻笑着，"不过如果你现在不想听，那就换一句好了。"

我把脸贴在他的胸口，听着他的心跳，缓缓开口："我爱你。"

第四十五章 浮生

环佩和甲子御新婚，我想让他们夫妻俩多聚一段时间，刚好宫里也没什么事，便没急着派人去接。我连带着把环铃一起丢下，想着看看她能不能也碰上自己的良人。

我身边没了人，也没让月妍再派人进来，每日无所事事，时间便都耗在致暄身上，对着那个小小的孩子微笑遐想。文朗不过来的时候，我干脆就睡在孩子屋里，倒也清静。

我想，我要开始习惯没有环佩的日子，也许环铃也不会留很久。我们三人一起相伴了十一个年头，占了人生超过一半的岁月。以后在这宫里，大概会只剩我一个。尽管大哥答应甲子御会留在京城附近，但有一道宫墙相隔，再见总是艰难。

有时候想得多了，真的会有点难过。

不想这样的日子过了没几天，两个丫头就又出现在我面前。我想着定是文朗去接来的，嘴里不禁埋怨了一句："怎么也不让你们多待几天。"

环佩眼里透着光芒，面上微红了一下，道："小姐身边没人怎么行，还有小皇子也不能离了人啊。"

我笑笑："原来这宫里你调教了好几年的那些个都不是人啊。"

环佩还没接话，就听环铃道："小姐你不接她也就罢了，连我也不管。亏得我们进得来，不然你巴不得把奴婢也脱手了是不是？"

我白她一眼："没错，巴不得赶紧脱手！"

我忽地皱眉："你们是怎么进来的？"

环佩摊开手，我定睛一看，她手掌中赫然躺着一块小小的出入金符。

我惊诧不已："皇上给你的？"

环佩点头："就是那贺礼。"

我当即无言，文朗竟然把一块自由出入皇宫的金符给了环佩。当时文晖把他之前给我的那个让环铃还回去以后，我几次进出都只能由常远安排。文朗没再给我，我也没想着要，可现在他竟然给了环佩！

好一会儿后，我问她："环佩，你知道这是什么东西吗？"

“我知道，小姐。”环佩看着我，“我知道皇上给奴婢这个冒了多大的风险，可我实在是舍不得小姐，不想以后再难相见。”

我沉默了好一阵子，道：“你先拿着，不要露给任何人看，更不能借给别人用，甲子御都不行。”

环佩将手握紧，稳稳地点头。

我站在乾元宫门口求见，想起自己似乎已经很久没有这样正式地候在这里了。

海津大阅将近，乾元宫进进出出人很多。从散朝回来，一直到午后都源源不断，全是奔着勤政殿去的。里头早就吩咐了不让打扰，有几个后宫来报信的也被阻在了外头，只跟常远交代了便回去了。

我告诉常远自己不急，在外头等了很久。中间回了一趟翊仁宫，再回来里头还没完事，我就又在附近的园子里晃荡了一阵。一直等到日头偏西，才见几个朝臣退出来离去。我闪身避开，很快常远就忙不迭地招呼我进去。

才刚迈进门，文朗已经起了身朝我走过来，微蹙了眉：“愉儿，你等了很久？怎么了？”

我没说话，回头看看常远把殿门关了退出去，才两步上前，一下子抱住他的腰。

他身上的金龙纹绣弄得我的脸有些痒，于是我抱得更紧了。

文朗的声音有点急：“愉儿，怎么了？”

我声音闷闷的，有点哽咽：“环佩回来了。”

他听了就明白了，笑道：“看你，没什么的。”

我也不知该说什么，只是低着头：“朗哥哥，对不起，我也不想来打扰你。只是你这样对我好，我心里很感动，就忍不住想来见你。”

他用手轻抚着我的背：“想来就来吧，只是以后别这么在外头等，叫常远给你找个地方待着。”

我听了没说什么，放开手，从怀里掏出一小盒药膏放到文朗手里。

他看着我不解，我笑笑：“把这个给你表妹，能祛她脸上的疤痕。”

文朗一怔，不明白我的用意。

“你还不知道呢，刚才后宫里头有人来报信，顺嫔有喜了。”我垂下眼睑，指着那药膏，“从甲子御那儿拿的，一直没机会送过去。不过想来我送去她也不敢用，所以还是你抽空去一趟吧。”

我不去看他的表情，还是低着头：“过几天你就要启程去海津了，一走大半个月，大阅期间，宫里还是少些动静的好，出了事更是不吉利。”

顺嫔的宫院是归宣贵嫔管的，顺嫔有喜，宣贵嫔虽不至于砸自己的脚，但保不齐俪贵嫔不会动什么心思。平日里吵闹也就罢了，这个时候还是消停点好。

看着文朗的表情有点冷，我仰起头，温声道："你别担心，顺嫔那边我会关照的。左右是你的孩子，这闲事我还是会管的。"

"我不是担心……"他话没说完，又闭了嘴，笑笑，"好，愉儿，那就麻烦你了。"

我想，两个人之间，就该这样吧。

八月二十九，吉。

文朗的銮驾从京城出发朝海津而去，进行弘元朝第一次水军大阅。

久不露面的睿蓉也强撑着出来，挺着八个月的肚子，领着整个后宫送走了銮驾。

时间紧，也为防节外生枝，文朗在走之前没有给顺嫔晋位，反而吩咐因皇后身子不便，叫怡妃一起协理后宫。我知道他这是在防着怡妃，给她架到管事的名上，束缚了她的手脚。

我抽空去顺嫔那儿跑了两趟，吩咐叮嘱了一些冠冕堂皇的事项。除了给她长长脸，也是叫御膳房和内务府都警醒些，并暗示众人不要轻举妄动。

这些事本不该我来做的，但睿蓉现在管不了，静妃和怡妃更不会去管。

文朗走前往俪贵嫔那儿去了一趟，也不知是利诱起了作用还是受到了威胁，总之这段日子俪贵嫔安静得很，什么麻烦都没惹。

我见没什么事，不忍心环佩才新婚就跟甲子御分别，干脆打发她出宫团聚去了。

一连十几天，后宫里头没任何动静。睿蓉早免了日日请安，文朗不在，众人连相互走动都很少，一个个全闷在自己宫里蛰伏。

眼看着再有几日文朗就会回京了，我却怎么也没想到，还是出了事。

这日傍晚时分，我正站在镜前，依了心血来潮的环铃试一件内务府上衣局新送来的宫装，心情不错地任由她前后摆弄。

环铃甚至还把头发都给我重绾了，待总算满意后，对着我笑道："小姐，你的身形已经完全恢复了，等皇上回来那天，你就这身打扮出去迎，保管皇上的眼睛挪也挪不开。"

我对镜看看，是一件蜀绣的儒裙常服，宽袖长裾，通体月白，绣了浅青色的暗纹隐隐透出来，只在颈边、裙边和袖口处有青色明纹。上衣局的管事很精明，送来的是文朗素来最喜欢的月白和青色的结合，并不繁复，倒是十分清雅飘逸。

发髻也是极简单的一个，松松地勉强绾上去，只用了一支簪子。虽然是一支代表身份的金凤簪，却也实在不像个妃嫔。我左看右看，直看出了点仙风道骨的味道来。

“胡闹！”

白了环铃一眼，我佯怒：“这样子能见人吗？还迎驾？回头皇上眼睛挪不挪得开未可知，只怕会有更多人揪住你家小姐来教训。”

环铃吃吃地笑：“那还是私底下给皇上看好了。”

我作势就要去打她，她自然拼命闪躲，裙裾长得有些碍事，她又灵活，一时间两个人就在屋子里这样闹起来。文朗就快回来了，我的心情大好，根本没把坤裕宫的事放在心上。

我知道坤裕宫上午就召了太医，睿蓉自这一胎怀上，这种事就很常见，近一个月更是三天两头起不来。早些日子我还偶尔应景跟着众人去探望一下，后来发现睿蓉并不乐于见到我，我心里恼她，就干脆不再去了。于是这一回虽然拖得比往常要久一些，一整天都没听说太医离开，我也没去凑热闹，问都没有打发人去问一声。

所以一直到小黛拼了命地冲进翊仁宫的时候，我才意识到事情的严重性。

小黛几乎是从门槛那儿摔进来的，把我和环铃都吓了一跳。

“娘娘！求你去救我家小姐！”

小黛哭喊出来的时候，月妍才匆忙地追着她进屋来。

我一怔：“皇后怎么了？”

“她前天开始就不太好，今儿个一早召了太医，后来就临产了……可是生不下来……”小黛哭得气都喘不上来，“太医说不行了……已经在问保哪一个……”

我惊得愣在当场，临产？

小黛误会了我的呆滞，忙往前爬了两步：“娘娘，千错万错，都是我家小姐糊涂，奴婢求你看在皇上的份儿上，你去救救她。现在只有你能救她了！奴婢来世……”

我慌忙打断她：“什么时候开始临产的？怎么会没有消息传出来！”

不知道睿蓉是皇后？这样问难道都不要命了吗！

我忽地想到一个关键问题：“现在坤裕宫是谁在主事？又是谁封锁了消息！”

小黛脸色惨白：“静妃娘娘和怡妃娘娘都在……”

若是有人刻意封锁消息，小黛怎么可能出得来。我厉声问：“那是谁让你出来找我的？”

“小姐……她快不行了……”小黛的嘴唇颤抖着，她已经惊恐了一天，此时根本反应不过来我是在问什么，“娘娘，你快去救她……”

我知道这样是什么都问不出来的，不管是谁让小黛来求救，恐怕都是真的到了生死关头。一想到“生死”这个词，我就本能地抗拒。即使我再恼她、算计她、报复她，也从未想过要她死。

如果她活着，那一轮明月就算只剩了一道月牙，也依旧还是月亮。偶尔抬眼，依旧耀目。

可如果她死了……

我咬咬牙，飞快地冲了出去：“跟我来！”

我急了起来，满脑子明确了一个目标之后，再多的矛盾和纠结都被我抛之脑后。没有时间等备轿，也等不及后头三个丫头跑得慢吞吞的，坤裕宫离得并不近，我几乎是一路飞奔过去。遇到花丛、围栏也不相绕，直接纵身越过去。与文朗一般，我从未在宫里这么明目张胆地展现功夫，只这么一次，便施展到了极致。

那一路我听不到身后环铃几人的叫喊，也听不到谁的请安或惊呼，只有耳畔衣炔翻动和脑子里一个清晰的声音——

如果她死了，这一道月牙将变成一道疤，永远刻在文朗的心上。

我直接冲进坤裕宫正殿的时候，让我有点意外的是，这里有许多人，却全都站着，见了我大多一脸惊诧。

我一眼扫过去，主位以上的全在，看得见静妃，却没有怡妃。

“皇后怎么样了？”我看着静妃问。

静妃看起来还算镇静，但眼神里藏不住惊讶，哀声道：“这几天一直不大好，太医说是要早产，方才皇后娘娘已经下了懿旨……”

静妃还没有说出是什么懿旨，宋碧宁突然在旁边插了一句：“娘娘先别急，怡妃娘娘领着太医们在里头亲自照看着呢。”

我一惊，宋碧宁那么稳重的一个人，此时不惜打断静妃来说这样一句话，事情已经再明白不过了。

怡妃在里头。

哪里是先别急啊，而是十万火急！

于是我立刻赶进内堂，又穿过内堂去到了睿蓉的寝殿。扑面的药味袭来，还伴有睿蓉低低的呻吟。隔着帘帐有两位太医，两个接生嬷嬷在床边，怡妃立着，正与睿蓉说着什么。

回头见到是我，怡妃脸色骤变，一名太医看似正准备施针，见了我更是吓得连忙跪了垂下头，身子竟微微有些颤抖。

看到这些情形，我想我已无须多问什么了。

环铃这时气喘吁吁地跑到我身边："小姐——"

很快，静妃和几个主位妃嫔都进来了，还有刚刚赶到的月妍和小黛。月妍在我耳边迅速说了几句，我果然没有看错她，关键时刻又稳又准，在来的路上就已经把事情问出了个大概，赶在我说话前都告诉了我。

听完，我忍不住朝宋碧宁看了一眼，迈步走到睿蓉的床边。

萎在床上的睿蓉苍白羸弱，浑身被汗湿透，头发一缕缕地贴在额头和脸颊上。本是无比虚弱的她见了我突然就很激动，眼睛一下子睁大，张了嘴，一只手无力地抬起朝着我伸过来。

我看着那只手，没有动。

顿了一下，我直接叫了她的名字："睿蓉，把你的印信给我。"

身后传来抽气的声音，怡妃冷哼一声："娘娘这么急就想要凤印了吗？"

睿蓉的脸色也是立刻凝结，眼里流露出惊讶和绝望。我没有理会，也没有解释，只继续道："如果你不想一尸两命，就马上把印信给我，否则我现在转身离开，绝不会再回来。"

她把那只抬起的手慢慢挪了一个方向，竟是指向了怡妃。她实在是没力气了，才放下去，另一只手伸向枕边摸索。

"小黛！"

我叫道，小黛忙过来帮睿蓉找出了印信交给我。那是跟文朗的那个同样式的私印，唯一的区别是碧绿翡翠的外头包裹着的是飞舞金凤。

"是她害我……"睿蓉喘了好几口气，整个人痛得有点扭曲，声音微弱，"请你……"

我看着她眼角一滴滑落的泪，不知那到底代表了什么。我也没有时间去想，只淡淡地别开眼："皇后还是省些力气吧。"

转过身，我冷冷地开口："无论刚才皇后下了什么懿旨都作废，现在这里由本宫说了算，所有人都先出去。"

众人皆是一怔，没有人出声，更没人敢应。怡妃见状，站到我的身前道："淑妃娘娘这么做，怕是不大妥当吧？"

我朝着她看过去："你谋害皇后，还敢问我妥不妥当？"

怡妃死死地盯着我："娘娘如此信口污蔑，试问何人能服？"

我冷哼出声："是不是污蔑，我只问你，既然皇后临产已久，为何不报？"

"早产不吉，大阅期间低调行事，这也是皇后娘娘的意思。"她兵来将挡，化被动为主动，“倒是淑妃娘娘来了就阻拦太医救治，现在又血口喷人，倒是意欲何为，也不难猜测一二。”

我眯了眼睛：“那倒是意欲何为呢？”

怡妃提高了音量，仿佛是故意说给谁听：“娘娘想取而代之也不是一天两天了！”

“取而代之倒是不急。”我知道她的用意，也不恼，只逼近她一步，“不过你若是再啰唆，我倒意欲再杀你一次，看还有没有人帮你拦着！”

她瑟缩了一下，眼里闪过一丝愤恨，兀自强撑：“皇上临走前吩咐臣妾和静妃共同理事，众人都瞧着，娘娘又想如何？”

“我也不想如何。”我把头转过去看静妃，知道现在她才是关键人物，否则我便是拿了睿蓉的印信，不明不白的也调动不了几个人，“静妃是个聪明人，你若坚持主事，我即刻就走。”

静妃怔了一下，半垂了眼睑：“臣妾愚钝，若能有娘娘主持大局，臣妾自然唯命是从。”

我微微一笑，知道她一定会这么说。

方才月妍匆忙间告诉我，出事以后怡妃最先出现在坤裕宫，后来才叫人通知了静妃。静妃来了以后，很快就听到睿蓉的懿旨传出。

她的懿旨是——若有异，保孩子。

静妃意识到不对，虽说没有救睿蓉的心，却也担心自己被不明不白地连累，便趁着怡妃在里头，叫了各宫主位到坤裕宫，也算是做个见证。现在我来了，怡妃大势已去，皇后朝不保夕，静妃当然巴不得赶紧把责任推掉，到时候天塌下来也砸不到她。

况且谁都知道一旦睿蓉不好，这后宫将会落在谁的手里。

“不过，”静妃的话却还没说完，“这等大事还是要禀了太后才好。”

静妃的确是个聪明人，知道既然事情已经闹开了，就干脆闹得再大一些，她才能脱身脱得更干净。

我点头：“那就劳烦静妃跑一趟，说皇后临产，现在是淑妃在坤裕宫主事。”

静妃淡然地道：“臣妾自然会如实禀报。”

我没有理会她话中的深意，又对着月妍道：“去叫翊仁宫的人过来，从现在开始，坤裕宫的事项由你来代管。”

月妍应声而去。顿了一下，我又道：“其余人在外殿候着，没本宫的话，谁也不许进出。”

怡妃恶狠狠地盯着我，终是没再说什么就出去了。

屋里的人很快就走得差不多了，我叫过环铃，把睿蓉的印信塞到她的手里："拿着这个出宫，马上去找环佩。如果可能的话，让甲子御去给皇上报信。"

想了想，我又抓着环铃道："叫长青跟你一起去，小心些，越快越好。"

我看着地上跪着的两个太医，是宫内最熟悉的两张面孔，知道已经信不过，看他们发抖的模样就明白其中有鬼。但太医院的其他几位太医，一位是太后太妃的专属，另两位能信得过的都随驾不在京，再旁的，又实在是不敢用。

场面一时陷入僵局，只有等环佩赶来了。

环佩来得很快，一问才知她因担心我有事，才和甲子御两人留在内城。见环铃去找她，她立刻动身进宫，甲子御则快马奔海津而去。

我点头，叫她赶紧看睿蓉怎么样了。

环佩仔细号脉之后脸色大变，猛地站起来转身，都顾不得避讳睿蓉，对着地上那两个太医大声质问："是谁开的催产药！"

我也惊得站起来："你说什么？"

那两个太医忙着叩头，其中一个战战兢兢地呼号："怡妃娘娘以性命相胁让臣等催产，但尚未动手淑妃娘娘就来了。皇后娘娘体内的催产药与微臣无关啊——"

另一个也哆哆嗦嗦说着同样的话。我怒道："你们早诊出有催产药为何不说！"

"臣该死！臣该死！求娘娘饶命——"他们俩再无辩解，只剩求饶。

睿蓉不知从哪里来的力气，痛哭起来，嘴里喊着："我说了保孩子，你为什么不让我保……我死了也认了。我告诉你了是怡妃，你告诉皇上是她……我做了那些事，现在把命赔给你……你保住我的孩子……求求你……"

睿蓉闹起来，小黛也按不住她，一直到环佩突然厉声一句："娘娘，你再这样就真保不住了！"

说罢，环佩拉起我就往外走，留下睿蓉断断续续的哭号声。

我被环佩拉到外间，她脸色极难看地对我说："孩子尚未足月，胎位不正，催产药的剂量很大，造成难产。时间又拖得久，已经把母体耗得很弱，现在恐怕只有两种可能，要么继续加大催产保住孩子，要么……"

她咬咬牙："弃之不理，母子双亡。"

我怔了怔："你是说……"

"是。"环佩点头，"是皇子。"

她顿了一下，又道："小姐，太晚了，来不及了。"

我彻底愣在当场。环佩的意思是，无论怎样，睿蓉都死定了！

喘息未定，倏然惊醒！方才的太医施针只是个幌子，怡妃并非是想害死睿蓉然后要她腹中的孩子，我本也在疑惑她怎么就能确定睿蓉死后孩子一定会归她抚养，光我这一关就不好过，更别说文朗那里了。

原来并非如此，她已经给睿蓉下了极重的催产药，早就把睿蓉置于死地。她刚才拦在我面前狡辩，并非是在替自己开脱，而是在拖延时间！

见我发愣，环佩又满面焦急地道："小姐，现在你插手太危险了，无论哪一种情况都很难说得清，不如……"

我抓住她的手："就没有其他办法了吗？"

"小姐，"她的表情犹豫又担忧，"太冒险了。"

我忙道："环佩，你别担心，事后我一定送你出宫，保你平安！"

"小姐！"环佩也急起来，"奴婢哪是在担心自己啊，我是在担心你！我远走高飞了你怎么办！你何苦非要这么做？"

"我明白……我明白……"我的嘴唇有点抖，"我当然也恨她，知道她不值得救。但是她不能死，现在不能死！"

环佩深深地看我，咬着唇，好一会儿才道："用以前留下的绿螭护心脉，然后把孩子催生下来。只要孩子落地时母体不断气，再想办法救。"

她顿了一下，又道："母体太弱，不见得能熬得过去，把握不足五成。"

我深吸一口气："去做吧。"

正在这个时候，静妃突然进来对我说："太后派人来了。"

她身后跟着的是太后身边的孙嬷嬷，还有专为太后诊治的薛太医。

孙嬷嬷见了我一躬身："淑妃娘娘，太后吩咐，皇后娘娘临产危重，恐之前的主诊太医有什么纰漏，特叫奴婢和薛太医过来，一齐听娘娘调遣。"

我一愣，一时没明白太后是要施援手还是监视，说道："臣妾替皇后多谢太后，太后还有别的吩咐吗？"

孙嬷嬷垂首："太后吩咐让留在坤裕宫的各位娘娘各自回宫，少些喧哗。"

我这才隐约明白，太后想必已经猜到事有蹊跷，想把事情压下来再说，甚至不惜派出自己的人过来担一点责任。

那薛太医给睿蓉诊了脉，惊慌中得出的结论与环佩的无二，只是更加悲观一些，连一旁的孙嬷嬷都变了脸色，急急忙忙就跑回去给太后报信。

让屋里人的都散了后，我让环佩把计划说给薛太医听。

薛太医看到那株一百二十年的绿螭的时候，目瞪口呆。

只要他认得就好，还可以省去不少口舌。我特意等了一会儿才开口："薛太医也知道皇后目前的状况，不如勉力一试。成了是你的功劳，不成，大可把本宫报上去，你也足以脱身。”

薛太医还沉浸在对绿螭的震惊之中，皇后的绝境又摆在眼前，此时哪还会有什么意见，当然唯命是从。

绿螭服下后，睿蓉的精神好了一些，环佩在她耳边道：“娘娘，现在要继续催产，你不要想太多，不要哭也不要说话，要把所有的力气都用在生产上，这样才有可能保住你的孩子，接下来也才有可能保住你自己。你怀的是个皇子，想必你已经知道了。”

不委婉也不隐瞒，环佩把话说得很残忍，大概只有这样的残忍才能表达出她的不情愿，以及让睿蓉拥有垂死一搏的信念。

于是睿蓉的忧恐更甚，对着环佩很听话地点头，不哭不闹地配合。

九月十四的凌晨，睿蓉拼死挣扎四个时辰产下了一个瘦巴巴的男婴，弘元朝的四皇子，皇后的嫡子。

两个接生嬷嬷忙了好一阵才让那孩子勉强哭出一声，血流不止的睿蓉听了，未及勾一下嘴角便失去了意识。

接生嬷嬷把孩子洗净包裹好抱给我的时候，睿蓉突然有了一丝呻吟。

环佩见了忙叫我：“小姐，跟她说话，让她醒着！”

我于是把孩子抱到睿蓉身边，声音是温和的：“睿蓉，看一眼你的孩子吧。”

这是一条多么瘦弱的小生命，比致暄小了很多，小得让我连抱都几乎抱不住，轻飘飘的让人心慌。

睿蓉勉强睁了眼，她的脸上是一种近乎透明的白，仿佛全身的颜色都已失尽，只剩这最最纯粹的原始。连她的眼神看起来都是清澈的，如最初见时一般的那种清澈，这让我的心突然就抖了一下。

她费力地把手抬起来朝孩子伸过去，就在即将碰到孩子的脸的时候，却突然放弃了。她将手缩了回去，轻轻一笑，仿佛自言自语般解释：“我的手凉。”

然后她又看我，声音虚弱，依然听得出哀求：“姐姐，我想跟你说几句话。”

我挑眉，把之前拿到的印信放回她的枕边：“皇后还是不要这样叫我的好。”

“姐姐，”她并不理会我的嘲讽，“有句话说得很对，人做下一件错事之后，需要用十件去弥补，再用百件去掩盖。我到了今日已无法回头，每每痛悔，总会想起那第一件。就因为那一件铸下大错，心里存了鬼，自那以后，我便再无法面对你，也无法面对他。两个人在一起，如果有一个无法坦然面对，那另一个一定会觉得无趣吧。皇上他……”

说到这里，她停了一下，又道："开始的时候我想要说出来，总是不敢，后来胆子大了，却已不能说。因为那接连做下的十件百件已经让我丧失了忏悔的资格，我真的很后悔，可是后悔又有什么用呢。"

"姐姐，"她似乎咬牙做了决定，道，"还记得你被赐死的那份手谕吗？其实……"

我淡淡地打断她："从一开始我就知道。"

她怔了一下，嘴唇有点颤抖："那皇上……"

我轻轻勾了嘴角："他看过那份手谕。"

"可是你明明……"她顿住，愣了好一会儿，才讷讷地道，"他竟从不曾提起。"

我看着她："他不提，是因为他爱你。"

她对视过来，等了一会儿才道："姐姐，你不提，是因为你爱他。"

我默然，没有否认，她这才凄然一笑："原来你们早就知道了。"

"睿蓉，"我叹了口气，"其实你有过无数次机会收手，而你却没有。你一定以为是我把他抢走了，可其实是你自己一次又一次地推开他。如果不是你推开他，我再爱他又能怎样？你知道他提起这些的时候，有多失望，多难过。"

"你懂什么是白头如新吗？"我微微皱眉，"我每次听他提起的时候，心都会跟着痛。"

她缓缓闭上眼睛，泪水从她的眼角滑落，一颗颗串成了线。

天亮的时候，环佩停止了忙碌，在我耳边说了几句。我一怔，点了点头。又过了一会儿，月妍也进来跟我回禀，我听后并没有说什么。

很久过去，睿蓉再睁眼，看着我已经有点费力，我也看到那刚才还清澈的眼睛已经失却清明，开始变得浑浊。

"姐姐，"她再开口，只道，"我想再看看孩子，还有颂芫。"

我示意小黛，很快孩子就被奶娘抱了进来。睿蓉的确只是看看，既不抱也不碰。

过了一会儿，颂芫也跟着小黛进了屋。一见睿蓉就哭了，扑上去喊："母后！"

睿蓉也是哭，却一句话都说不出来。

颂芫已经三岁多了，生得很漂亮，平时话不多，很安静，此时有点吓坏了的样子，对着睿蓉哭道："母后，芫芫听话，你不要哭。"

睿蓉这才哽咽着道："芫芫乖，以后也要听母妃的话，记住了吗？"

说着就朝我指过来，颂芫看了一眼，很听话地点头：“记住了。”

我却只当未闻，叫环铃把两个孩子都带走。

睿蓉的眼睛一直盯着他们看，直到看不见了。她又愣了一会儿，才转过头来看我：“姐姐，如果我离开了，你可不可以看在皇上的面上，帮我……”

“睿蓉，”我打断她，脸色清淡下来，“不要跟我提这种要求。”

浓郁的绝望涌上来，她怔怔地道：“姐姐——”

“睿蓉，实话告诉你，从你产下皇子开始，坤裕宫就已经被封锁了。哪怕你现在合眼，也会秘不发丧，一切等到时机适当才会有消息传出去。到时候，皇后薨逝，死因也许是难产，也许是急病，也许是旁的什么原因，都未可知。”

“而你的一双儿女，也要被带走。”我始终保持微笑，“看到了吗，这就是皇家，你贵为皇后又如何，在社稷面前，轻如鸿毛。我救你，也只能救到这儿，你的命运现在掌握在你自己手里。”

说到这儿，我站起身，吩咐所有人离开。

“姐姐！”她突然很慌张，“你不要走……”

“睿蓉，”我低头看她，“人生得失看似随机，其实都是自己一手造成的。当你沉浸在那些罪恶之中的时候，有没有想过，到死这日，何以归处？”

看着她怔住，我再没有说什么，转身离开。我没有再回头，她也没有再喊我。

我坐在外间的椅子上，一言不发。

环佩说，能做的已经都做了，只能尽人事，听天命。

月妍说，皇上已提前一日启程回京，午时可至。

我没有骗睿蓉，坤裕宫的确已经被封锁，同时被封锁的还有怡妃的广明宫。我走不了，也没打算走，我只是不能再待在她的面前给她希望了。

里间的寝殿只剩下小黛进出，每每路过，她都会看看我。看得出她想跟我说点什么，我却只是沉默。

文朗终于出现的时候，我正抱着腿，整个人蜷曲在椅子上。月白淡青的裙裾软软地逶在地面，这是我看得到的部分。而看不到的，大概还有半散的发髻和萎靡的神色。

我看着文朗走过来，忽地就想起环铃戏言的那句——小姐，等皇上回来那天，你就这身打扮出去迎，保管皇上的眼睛挪也挪不开。

事实证明，她说得也没错。

文朗走得太快，我此时又有点迟钝，一直到他站在我的面前，我都没来得及起身。

于是我只好仰头看他：“恭喜皇上，是个皇子。”

文朗皱眉看我：“愉儿——”

我这才想到，皇子的事肯定早有人告诉他了，于是笑笑：“环佩说刚睡下，你进去看看吧。”

“皇子在乳母那儿，薛太医在外头候着，另两个太医拘在侧殿里，几个丫头也都在里外附近。”我说着现状，顿了一下，又道，“我有点累，就不陪你进去了。”

文朗犹豫了一下，还是进了寝殿去瞧。

我转身往外走，不想到了坤裕宫门口还是被拦住。太后的禁还没有撤，我出不去。

我正犯愁，文朗突然从身后搂了我的腰走出去，自然再没人敢拦。

我以为他只是要送我出门，不想到了外头，他却一把把我抱起来放到他的轿辇上，随后自己也坐了上来，吩咐起轿回翊仁宫。

尽管銮驾只提前了一日，但人仰马翻还是少不了的。文朗显然也是一副没休息好的样子，眉间有些倦怠，伴随着微蹙和凝滞，不知在想什么。

由于我所有近身的下人都留在坤裕宫忙碌未归，翊仁宫此时显得有些冷清。文朗陪我进了正殿，对我说：“愉儿，你先休息一下。”

我点头，看着他转身离开。在原地站了一会儿，我心里窸窸窣窣的声音越来越大，一时忍不住追了两步喊他：“朗哥哥！”

他转身：“嗯？”

我愣了一下，吸了口气，笑笑：“没什么，我……想先去看看致暄。”

文朗看着我顿了一下，嘴边漾起温和的笑意：“离了多日，我也想他了。”

致暄睡着了，也不敢吵他，两个人就站在小床边看了一会儿。文朗伸出手指去抚他白白嫩嫩的小脸，致暄撇了撇嘴，眼睛都没有睁一下就扭动着身子躲开了。文朗不甘心，再去碰他。致暄这回躲不开了，嘴一咧眼看就要哭起来。我忙拨开文朗的手，轻拍了去哄，同时嗔怪地看了文朗一眼，他却笑得十分灿烂。

文朗临走前抱了我一下，道：“愉儿，别担心，没事的。”

不得不说，文朗对我的体贴和洞察无人能及。我垂下眼睑，忍住心里泛起的一阵酸涩，浅笑着催他离去。

“你还好吧？”宋碧宁过了两日来看我，只这样说，“想不到差点害了你。”

“能有什么不好的。”我笑笑，拉着她坐下。

其实宋碧宁的担心不无道理，我那天一见到睿蓉就意识到坤裕宫内部出了问题，极有可能就是她身边的人生了二心，于是很快调派了翊仁宫的下人到坤裕宫掌事。得知睿蓉是被下了催产药以后，我更是除了小黛再不敢用她宫里半个人。

但事出紧急，我只是防，却不及查也不及避，所以尽管后来坤裕宫被封锁，却还是拦不住各种传言肆虐。

皇后临产，淑妃阻拦太医救治这个过程已经不算什么。抢印夺权，斥怡妃压静妃扣留众主位也都算不上是秘密。到后来，竟然连皇后临终让位托孤被淑妃拒绝，后又将皇后一人弃于寝殿内的这些过程都传了出来，绘声绘色得几乎编成段子，直有点淑妃谋害皇后，却被太后识破阻止的架势。

得了看热闹的有心人推动，这些内容自当日文朗回宫之后便开始传得沸沸扬扬。环铃在我耳边念叨了两天，我一直听得津津有味。

宋碧宁挑眉看我："外头的动静你都听见了？"

我笑意盈盈："什么动静？"

见她一副"你明知故问"的表情，我淡淡地勾了唇："淑妃一手遮天意图取而代之，太后临危出手方才力挽狂澜。"

"是这些吗？"顿了一下，我的笑意不改，"不错，还有新的没有？"

她一愣，脸上哪里还绷得住，"扑哧"一声笑出来："很好，就知道到你这里都不算事。"

我淡笑着站起身，走到门口廊边看秋意越发浓郁："知道你还来？"

她跟过来："我说了，就是来看看你。"

我垂眼无言，知道自己的落寞恐怕瞒不过她去。

文朗自那日从这儿走后就再没出现，提前一日回京，许多典礼仪制都跟着变动，一些变不了的还要去应景。庆功赐宴、论功封赏都不可少，加上后宫也是一片混乱。我不管不顾地把睿蓉保下来，太后插了手，我总不能越到太后头上去收场，静妃更不会支这个茬，只好留一个烂摊子给他。一样一样的事都等着他允断，那等忙碌也是可想而知。

过了好一会儿，我才收拾好了表情转头看宋碧宁："你那日为什么让小黛来找我？"

"其实也没有想太多。"她抬眼看我，声音很淡，"只是想，她若就这样死了，你怎么办呢？"

我眨眨眼，心里那一堆说不出来的委屈再也压抑不住。第一滴泪滑落后，几日前在睿蓉和文朗面前都没有哭的我，就这么站在午后的廊边，对着一个宋碧宁，哭得一发不可收拾。

深夜，落在眼睑嘴角的细密轻吻吵醒了我，朦胧中张眼是他。

我嫣然一笑，喃喃出声："朗哥哥——"

他一言不发地覆上我的唇，深吻了好一会儿，两个人几乎都喘不过气了才松开。他俯在我的耳边："愉儿，都一年了。"

我本来就迷糊着还没醒过来，这会儿被他的湿热气息吹得身上一阵酥痒，更是明白不过来："什么？"

他没答，不过伸进我衣衫的手已经给了我答案。

我嗤笑着躲了一下他微凉的手，伸手就去解他的衣服，嘴里含混不清地念叨："这是从哪儿来，身上这么凉……"

"外头下雨了，"他的吻落在我的颈上，让我在麻痒中失却了言语，紧紧抱住他宽厚的背，感受着他从微凉到发烫的身体，还有霍然而至的深深交融，痉挛激荡。

起身沐浴洗去一身淋漓，重又躺下时才发现已经到了丑时。我心疼文朗的辛苦，催着他快些睡一会儿，再有一个多时辰就要上早朝了。

文朗点头应着，很快睡去。我看着他，心里有再多的话也只能强压下。

早起送他走的时候，我自认并没有露出任何破绽，文朗却看着我问："愉儿，你有话要说？"

我怔了一下，勉强一笑："没，我只是以为朗哥哥会有话想跟我说。"

"嗯，的确有话要说。"文朗道。

我闻言一惊，忙仰头看他。他却等了一会儿才道："愉儿，不必去理会那些传言，你救了她们母子俩是不争的事实，我看得到。"

我咬了咬唇："其实也不是传言，那些……基本上都是真的。"

"嗯。"他转身要走，忽地又停下，"愉儿，那天你穿那件月白的衣裳很好看。"

第四十六章 归处

又过了几日，宫里逐渐平静，不知文朗使了什么法子，连那些传言都听不到了。太后那里没什么动静，睿蓉那边有文朗派去的两位太医日夜守着，也是逐渐平稳。

文朗每日都会过去瞧她，我也去过两趟，不过是跟着后宫其他人一起去应景，特意避开文朗在的时候，并且从不落单。每每睿蓉都似乎有话要跟我说，我却只当未见。

环佩耽搁了两日就又被我赶出宫去，临走时她说，许是忧虑劳碌所致，睿蓉的胎本就养得不好，这次催产造成的早产和难产对她的身体损毁极重，能救回一命已是天大的奇迹，后头恐怕调理得再好也很难恢复，要我提前做些预备的好。

她说得十分委婉，我听得却很清楚。

文朗对催产药的事并没有大肆追查，只叫人把坤裕宫上下除了小黛以外的所有下人都撤换了。

怡妃那里，太后和文朗都遣了人去，一直没有什么口供出来。后来文朗亲自去了一趟广明宫，谁也没想到怡妃竟然不遮不掩地一口承认下来，还说了许多至爱至恨的话。据说文朗走的时候脸色铁青，好几日都没人敢去惹他。

我见状，跟文朗提了一次帮忙料理一下后宫的事，文朗却只说不急。

广明宫依旧被封着，里头的人不让出来，外头也没人想进去。谋害皇后及皇嗣，这罪过简直大过天了。我不知道朝中是否已有耳闻，但据家里来信说，石家备下重礼往我家去了一趟。虽未明说，也足以证明石家已经知情，况且知道的还是对我最有利的一种说法。

石家能到我家去致谢，自然也知道该找谁家寻仇。

人人皆道怡妃死定了，随时会有一道旨意将她治罪，最差也会先被废打入冷宫，冯家上下恐也难免被牵连。显赫一时的冯家刚刚失去了一个女儿，眼看着又要被另一个连累，一时也是四处奔走，希望求个转圜。

但这道旨意却迟迟未下，连鼓动散播传言的俪贵嫔都受到了文朗的当众斥责，关于怡妃的处置却一直没有下。

直到静妃有一日在太后和文朗面前告罪称因管理不善要辞去代理后宫的职责，太后微笑着闲话几句便顺水把我给推了出来。文朗见状，虽不大情愿，也只得点头应了。

这事过了没几日，常远就跑来找我。

“娘娘，奴才斗胆。”常远等没了旁人，才点头哈腰地赔着笑开口，“能否请娘娘移驾广明宫一趟？”

我不解：“广明宫怎么了？”

“回娘娘，”常远小心翼翼地看我，“皇上今儿个下了口谕，给了怡妃娘娘恩典。”

我一怔，明白了他的意思，微微有些讶异。赐死并不意外，却是口谕，既没有罪名也没有降黜，看来这是打算秘密处置了。

顿了一下，我问：“既如此，又与我何干？”

“奴才没用，怡妃娘娘不肯上路，非要见娘娘一面。”他面露难色，“皇上欲给冯家留个体面，吩咐静悄进行。可那边见不着娘娘，闹喊不休，奴才便想着能不能请娘娘……”

我看他一副战战兢兢的模样，心里体谅他的难处，当即点头：“那就去一趟吧。”

常远没料到我会答应得这么痛快，十分感激，忙不迭地在前头领路。

广明宫封了半个多月，萧索气息已现，与我上次来的时候大有不同。正殿门口守着两个内监，怡妃一个人站在里头。看着我来，她既不意外也不欢喜，只是静静地看着我，嘴角有一抹似笑非笑的嘲弄。

迈进屋站定后，我扫了一眼，桌上只有一杯清酒，知道文朗有心给她体面，连白绫都不曾下赐。

怡妃的声音轻柔淡定：“你来了。”

我看她：“想不到这个时候你想见的人会是我。”

“我还能想见谁呢？”她怅然笑道，“我便是想见皇后，她也来不了啊。”

她对着站在一旁的常远道：“常公公可否行个方便？”

常远看看她，又看看我，一脸迟疑。

不及我开口，怡妃就笑道：“公公放心，历来只有淑妃杀人的份，我可动不了她什么。”

常远见我也是点头，才一低头退出去关上了门。

“得了，没人了。”我摆摆手，随意找了把椅子坐下，“要说什么？”

她在原地转了身，盯着我，神色坚定："我爱他，比皇后爱得多，不比你爱得少。"

我琢磨着她的这句话，不置可否："嗯。"

"可他却看不到，从来都看不到。他的眼里只有你们俩，给我一个妃位是为了保护你，让我协理后宫是为了保护她！他为什么要这样对我？"

我看着她点头，表示我听到了，却没有什么回应。

"整个后宫这么多人，问起来哪一个都会说爱他，可又有几个是真爱？也许你以前爱过，但从你做下第一件事开始，就已经变了样。说好听点是你迷失了，说得难听一点，你那从来都不是爱，连因爱生恨都算不上。你只是给你的那些疯狂举动强行赋予了一个看似合理的说法，其实还是自欺欺人。"

"你自认为付出了，要求回报无可厚非，但你以为把他在乎的人都清理掉他就会来爱你？也许权力、地位可以这样子得来，但是爱情……"

我笑着摇摇头："纯笙，你进宫五年多了，天真的阶段早该过去，你深刻地明白自己要的是什么，不要再去玷污那美好的东西了。"

她的唇颤抖了一下，又兀自咬住，接着有低沉的声音传来："你以一个胜利者的姿态，当然说什么都可以。"

见她还执迷不悟，我也有点恼："胜利者？好，我告诉你我胜在哪里。"

"你恨皇后，所以你不惜一切代价要杀了她。我也恨她，不会比你恨得少，我却要拼命救下她，为什么？当然不是要表达我的贤良淑德，我也从来都不是什么善男信女。只因为皇上心里有她、在乎她，哪怕只有一点点，我也不能让她死，因为她死了他会难过。"

"我告诉你，这才是付出，这才是牺牲！"

说到这儿，我话锋一转："而我当初为什么敢冲进这里杀你，就是因为知道他心里没你，半点也没有！"

她身子一颤，慢慢地往后退了两步，然后坐下。

我沉默了一会儿，叹了口气："纯笙，承认现实吧，你做错了。既然你追求的不过是权力和地位，就不要把感情掺进去。在这一点上，你姐姐比你要透彻得多。"

听到我提她姐姐，她缓缓落了泪："姐姐她一定伤透了心，她帮我做了那么多，到最后我却抛弃了她。她一定是绝望了，九泉之下，我该怎么面对她……"

我看了她好一会儿，吸了口气，道："纯笙，你姐姐没有死。"

她猛地朝我看过来，脸色突变："你说什么！"

"她没有死。"我想我终究是不忍她带着如此深刻的自责死去，所以点了头，

“恒安王放了她自由，她和那个肖智君走了。”

她怔了一下，有更多的泪落下来：“真的……真的？太好了……”

我犹豫了一下，还是把后面的话说了出来：“她也没有怪你，甚至临走前还求恒安王设法保全你。这回你犯下如此大罪，依然能够得到一个体面的结局，就是恒安王出了面与皇上交涉。你安安静静地去了，仍然是正二品怡妃，入得皇陵，事后也不会牵罪于冯家。”

说罢，我站起身：“言尽于此，我走了。”

“谢谢你……告诉我这些。”

我快要迈出门的时候，她突然在我身后开口。我微微皱了眉，一时想不起之前有谁也这样跟我说过。

于是我转过身：“纯笙，还是那句话——下辈子不要进宫来。”

出了门以后，我径直往外走。常远忙凑上来：“娘娘，这广明宫的下人都怎么处置？”

我想了想：“贴身的随殉，余的全没入杂役。叫赵安康警醒些，这些人以后都不要再派入各宫院了。”

常远一愣，忍不住道：“娘娘，广明宫这等大罪，照理是都不能留的。”

我睨他一眼：“你到底是来问我的意思，还是在教我怎么做？”

他忙一低头：“奴才不敢！”

我笑笑：“行了，去办吧，皇上那儿我去说。”

他一听，乐得不行：“多谢娘娘，多谢娘娘！”

不知是因为忙碌还是知道了是我的意思，文朗根本没再问起广明宫的事，我也就没提。

怡妃到死都没有一个罪名，仍以妃礼葬。石家虽并不情愿，但毕竟朝廷和后宫都不曾公开说这件事。现在人都已经死了，后宫里又是我在主事，四皇子眼看着也快要满月，于是便没人再说什么。

冯家没有受到牵连，倒是意外之喜，治丧的时候他家诰命夫人进宫来见我，千恩万谢就不必说了，更是低声下气地表达了一副甘愿依附我慕家的脸孔。我念他家接连失去两个女儿不易，又整日唯恐石家伺机报复，也就给他们指了一条明路。

遣了左右，我告诉那冯夫人，这回如此处置其实是皇上看在恒安王妃的面上特意交代的。若想长久存留，依附慕家并无甚用处。当初冯家一时两位皇妃，风光远胜慕家，不也在几个月内就急转殆尽，所以只有君心才是最最要紧的，何去何从叫他们自己掂量。

生辰再一次到来又过去，文朗春天答应我的盛大热闹自然又食言了。宫里一边要准备四皇子的满月宴，一边要办怡妃的身后事，我自己担了主事的职更不能假公济私，这个生辰也就在一堆华丽辞藻和贵重贺礼的来来往往中草草略过了。

皇后嫡子的满月宴非同小可，虽然也是家宴，但一般王公贵族和一品诰命也都会受邀赴宴。我提前几日拿着草拟的宾客名单去乾元宫找文朗看，他却一脸歉疚地瞅着我："愉儿，这回你的生辰又没能帮你办成……"

我笑笑，堵住他的后半句："明年的事明年再说吧，皇上可别再随便许诺了。"

被我这么一噎，他微微有些尴尬，随后笑道："你没生气就好。"

"我哪有时间生气啊。"我叹了口气，指着他面前的名单，"先看一下这个，一会儿还要拿去给太后和皇后瞧。"

他低头看了一眼，问："干吗先拿来给我看？"

他明知故问，我心里恼他，面上却不露，只道："那我先拿去皇后那边。"

我说着就要把那单子收起来，文朗见状，忙拉了我的手，笑道："开玩笑的愉儿，瞧你……"

见我斜他一眼不再说话，他也不敢再闹，只道："方才刚从母后那儿回来，也说起这个。母后的意思是这回就办家宴好了，待百日或周岁的时候再宴请亲贵。"

"好。"我点头，随后睨他，"王爷回京没两个月就把你给带坏了，下回见了定不饶他。"

"愉儿，"他笑着环住我的腰，"这些日子辛苦了。"

我缓和了神色，看看四下无人，也搂住他："没什么，忙过这阵子就好了。"

他俯下身在我耳边一吻，吐气悠然："我的好愉儿啊——"

我一个激灵，忙挣扎出来，绯红着脸落荒而逃。

十月十四，文朗给四皇子赐名致祯，同时大赦天下。

满月宴上，睿蓉虽然到了场，却看得出十分勉强，坐都没坐一会儿，很快就叫人扶着离开了。太后也果然如我所料，象征性地赞了我几句后就提出后宫高位太少的事。文朗闻言，与我对视一眼，心照不宣地笑笑。

主位里头宣贵嫔是六月才单独晋的，俪贵嫔前些日子惹了文朗不高兴，加上两人进宫都才一年，也就没有动。安贵嫔出身敏感，也不宜再动。余下三个进宫多年的，岚贵嫔紫琦晋了淑仪，良昭仪继四月晋位后，因着膝下的二皇子和段家新近擢升总兵，半年后再晋册了妃位，另一个涵贵嫔宋碧宁也一举册了妃位。此外，八月传出有孕却没有晋位的顺嫔晋了四品容华。

由于是早有准备，编排起来也没什么可犹豫的，文朗难得地当场就依着太后的意思晋了许多人，惹得太后也是眉开眼笑。

新册的两个妃位，谁都看得出来涵妃是关键。尽管她哥哥宋浩然今年升至二品大学士，却是无甚实权的翰林院文官，无宠无子的她能越到紫琦头上去，自然是文朗因了我的缘故，在给我安排帮手。至于良妃，人人皆知她无胆无谋，不过是册上来凑数以分散注意力的，免得涵妃太过显眼罢了。

日子一天一天地过，睿蓉自满月宴露了一面之后，躺了大半个月才略略起得来。莫说出来理事了，就是众人前去请安都不怎么见得了。时好时坏，好的时候能起来走几步，坏的时候话都说不得一句，常驻坤裕宫的太医越来越没有离开的可能。

我也不遮掩，没过多久就借了个机正式叫涵妃帮了手，并把顺容华的胎交给静妃照看。名义上以示重视，其实就是给她找点事做，免得闲则生变。

到弘元五年的冬天来临的时候，这座后宫已彻底落入了我的手中。

也许是出于些许愧疚，文朗常去坤裕宫看睿蓉，比以前频繁了许多。我也常去，依旧不与文朗同时出现。太医曾私底下与我说起，皇后如果能熬到来年春天，也许会有起色。我想，这话文朗一定也听到过。

除夕宴上，睿蓉再一次露了面。这也是她最后一次在众人面前公开露面，就是这一回，我敏锐地发现了两件事。

睿蓉非常非常不好，以及，她和文朗之间有了问题。

睿蓉的病情每况愈下是人人都看在眼里的，文朗心里不可能不着急。但是从半月前开始，他却突然去得少了。我本以为是年底政务繁忙所致，并没往心里去，加上宫里到年底事务又多又杂，我也不大顾得上这些。

睿蓉已经彻底什么都不管了，像过年亲贵的礼赠及内命妇的赏赐这些都是回到我这儿来定，妥了再送去坤裕宫加印，倒是从未见那边有过什么意见。

宴上睿蓉硬撑着坐了许久，端庄微笑的背后是强弩之末的咬牙坚持，后来连手也在微微颤抖，却依旧不说要走。除夕宴不比一般的宫宴，照例不宜提前退席。不过谁都知道睿蓉的身体状况，便是她说要走也是合乎情理的。但是这种场面，睿蓉不吭声，文朗不说话，难道我还能开口劝皇后走不成？

后来还是太后看不过去，给了台阶叫睿蓉离席。此时她已说不出话来，勉强扶着小黛站起来，文朗都没有去扶一把。我见状，微微皱了眉。文朗刚好瞧见，总算淡淡地笑了一下，说了句“皇后早点回去歇着”。

我领着众人起身送了睿蓉，再回头的时候，文朗已经恢复了谈笑。尽管还是有着淡淡的烦躁，但他既然无心说，谁也不会傻到去扫他的兴。

宴后，烟火漫天，太后先走了，我和文朗看了一会儿也携手离去。毕竟是除夕，我提了一句叫他往坤裕宫去一遭，哪怕露个面再回来找我，他却没动。我见他一副不想谈的样子，也就没再坚持。

正月里依旧是各自忙碌，文朗继续不见人影，我依旧任劳任怨地迎来送往。除了遣人出去到亲眷功臣各府里封赏以外，一批批的亲贵诰命进宫拜年。太后那里见了一部分品级高的，坤裕宫声明了不见人，便全都奔了我这儿。

接见诰命这种需要身份的事，涵妃半点也帮不了我。我毕竟不是皇后，不能挑着人见，也不敢称病不见。遇到一些品级与我相当甚至是高过我的，还要亲自迎送，直让我有些头疼。

二十二日是文朗的寿辰，这一日好像经常会有点事情出来，弘元六年也不例外。

宴上，太后不在，睿蓉也没来，众妃嫔不再那么拘谨，纷纷给文朗敬酒。文朗似乎心情不错，来者不拒。

一直到文朗有了些许醉意，我才做主叫众人散了，让轿辇抬了他往翊仁宫去。

路上文朗唠叨着要赏月，我笑着应，却不会真的照办。都二十二了，月亮只剩了半个，云遮着也不透亮，又是大冷天的，哪有什么好赏的。

等到了我宫里，伺候他沐浴了，酒意还是不见褪，我便吩咐环铃去弄醒酒茶，让他喝了好早些睡。不料茶来了他却不肯喝，只扯着我往床上拉。我争不过他，忙狼狈地摆手把环铃遣出去。

两个人硬是这样燃烧了一回，他才安稳下来，把我搂在怀里，闭着眼睛，听着气息并不沉，也不知是不是睡着了。我担心他这么睡下明日早起会头痛，便爬起来，想着还是劝他把醒酒茶喝了再睡。

不料身子才起来一半，他就突然一把把我扳了回来，然后侧了身，用一只胳膊死死地压住我："愉儿——"

我被他钳住，怎么也推不开，只得轻声喊他："朗哥哥？"

"愉儿，"他浓重的声音响在耳边，"皇贵妃真的念起来很拗口吗？"

我一怔，不明白他怎么会莫名其妙提起这个。扭头看他，却见他还是闭着眼睛，想来也是醉话，便陪着他说："是啊，怎么了？"

"拗口便拗口吧。"他的声音有些走样，吐字倒还清晰，"明日便册。"

我听了笑笑，知道他也瞧不见，想哄着他松开我，于是道："好好好，明日便册。快松开，我要透不过气了。"

他把头埋在我的颈间又待了一会儿，才松开手放我起身下床。我捡起一件衣裳披了，到门口叫外头的环铃重换了一杯热的醒酒茶。随后端过来到他身边，扶起他的头，喂他喝了半杯，再帮他把衣衫褪得利落，又安置他躺好，下了幔帐，这才起身要去熄灯。

没想到还没站起来就被他拉住了手，我没提防，一个歪斜，另一只手上端着的茶杯一下掉到地上，立时摔了个粉碎。

门外听了动静，马上就有人小声支应，等着得了允好进来打扫。

我也是吓了一跳，皱了眉回头看他。还未及开口埋怨，就听他道："愉儿，我要立致暄为太子。"

我被吓得更大一跳，此时文朗的脸刚好遮在幔帐的阴影里，一时看不清表情，也不知他是清醒还是迷糊。不过这些都不重要，让我的心骤然收紧的并不是这句惊天动地的话，而是这话背后隐藏的巨大心痛。

沉默了一会儿，我把目光放在他抓住我的手上，淡淡地开口："就是在愁这个吗？"

我并没有听到回答，那手既没有放松，也没有继续收紧。

我轻叹了口气，慢慢地把手抽回来，温声道："快睡吧。"

起身迈过那堆碎片，我打开门出去，吩咐环铃："叫人进去收拾，轻着些。"

而后我对着常远道："明儿个皇上若是问起，就说回来就睡下了，记着了吗？"

他脸上不明所以，却没有多问，只垂首应道："奴才记下了。"

我看着小丫头轻手轻脚地把床边的碎片收拾妥当，犹豫了一下，没有再进去，而是关了门，吩咐了人守夜，其他人都轰走。然后我踱到致暄的屋里，看了看孩子睡得正熟，便在那边躺下了。

一夜辗转无眠，我几乎是睁着眼睛到天亮才略略睡去。起身的时候文朗早已离开，我问了环铃说没什么异常才点了头，动身往太后那边去请安。

这日之后，就像我嘱咐常远的一般，文朗和我之间仿佛从未有过那几句话，他也再没提起皇贵妃和太子的事，一切又回复如常。文朗到后宫来依旧大多在我这儿，到坤裕宫去得依旧很少。对于这些，我以前就很少相劝，如今更是半个字都不会说了。

二月里，内务府提起来上一回选秀是在四年，依着隔年一选的规矩，今年三月该选一回才是。文朗的意思是再推一年，我跑到太后那边去问，太后虽然不喜，但碍着睿蓉这边眼瞅着不好，这时候开选的确不大妥当。再加上太后前些日子染了风寒，身子也是一直不大爽快，没多说什么就点了头。

不料这道推迟选秀的内折送到坤裕宫的时候，却破天荒地被扣下了。

隔日就有睿蓉的意思传出来，说既然定了隔年选的规矩，还是不要推迟的好。况且去年后宫里或贬或亡的没了好几个，今年就算无心大选，多少也召几个进来，也好充裕宫闱，绵延子嗣。

这话说得十分好听，太后自然高兴，难得地赞了一通皇后贤良高德，当即就允了。

又过了几日，坤裕宫拟好的新选名单便分别送到了太后、文朗和我这儿。太后那里很快就说没意见，我明白送来给我也就是走个过场，给个面子罢了，皇后定的人哪有我改的份。我略略扫了一眼，见七八个人大多是外官之女，官位也俱不高，并没什么要紧的，也就赶紧吩咐去办了。

至于文朗，估计那名单他看都没看一眼。

太医已经几次给了信说皇后那里医药无用，只剩维持，我不知道在这种时候睿蓉这么做是图什么。是想挽回与文朗的关系，还是要讨好太后？抑或只是想给自己留一个身后美名？

进了三月，也许是太医的话终于软化了文朗，他去坤裕宫去得勤了起来。但一个新的情况传来的时候，我也是惊讶不已——

睿蓉不肯见他。

几日前坤裕宫就开始不再接见妃嫔请安和探病，这我是知道的，但万万没想到她连文朗都不肯见。每每他去了，里头都是挡驾，理由十分堂皇——请皇上以朝政为重，让谁都说不出什么来。

不光如此，我还听说就算文朗不顾脸面硬闯进去，她也是面朝内侧，不看他，也不说话。

初时文朗惊愕不解，两三次之后开始愤怒，也曾拂袖而去几天不理。再后来，面对着太医一日急似一日地报危，他开始怅然若失，忧愁烦躁起来。

至此，我总算看清了一个事实——睿蓉是在与文朗对峙，拿命对峙。

我看在眼里，不懂为何一对曾经相爱的人会到了如此境地。

难道，她恨他？

三月十五，太医说，皇后不好。

这句话太医已经说过很多遍了，听着早已没有那么危言耸听，但这一次我却觉得异常真实。

没有和什么人一起，也没有那些虚伪客套的辞令，如我所料，到了坤裕宫也没人挡着说不见。小黛见了我甚至有些感激涕零，连通传都没有就直接带我进了寝殿。

我问了一句，她说文朗刚来了又走了，依旧没见。

寝殿里如往日一般典雅华贵，干净明亮，既没有久未通风的憋闷，也没有浓重不散的药味。但我依旧觉得莫名压抑，觉得这回迈进来跟以往有所不同。

时隔半年，我终于独自一人出现在睿蓉面前，坐在她的床边，看着这个已经瘦得不成样的江南女子，轻轻地开口："你这又是何苦呢。"

她的眼睛半睁半闭着，身上没有一丝生气，看着我，竟勉力笑了一下："姐姐——"

顿了一下后，她才接着道："我还以为等不到你了。"

我沉默，她也没有继续说，而是如半年前一般，一只手朝着我无力地伸过来。

我看了一瞬，伸手握住她的手。

那手依旧柔软，却是冰凉，又因着瘦极而显得有些可怖。

她突然就哭了，没有痛哭的力气，只是任由泪水肆虐，断断续续地说着话："姐姐，我明白了……我明白你为什么终于肯来看我，肯跟我说话……终于肯拉着我的手……"

泪眼迷蒙，她依旧在微笑："姐姐……如果这就是我的结局，我很感谢你能来陪我走这一程……我很怕到最后只有自己一个……"

我看得出她的悲伤，在她的脸上，只有悲伤，没有留恋，这让我也突然难过起来。

我用力咬了下唇："就算相爱变成了相爱过，至少你们也爱过，何苦怨恨，何苦到这会儿还要为难彼此呢？"

"姐姐，也许我怨，但我不恨。"

她微微摇头："我以前太执着于承诺，但其实承诺何其虚幻。那感情在的时候，承诺就是天长地久的东西。感情坍塌了，承诺也就跟着坍塌了，死守着只会害人害己……与其为昨日的因自惩，不如为来日的果修行，所以我不恨。"

"可是……"她累得说不下去，顿了好一会儿才又道，"姐姐，记得你问过我，到死这日，何以归处。"

"人这一世，何其短暂。村妇如何，皇后如何，到死这日，一切荣光灰飞烟灭，剩下的，不过是山野孤坟与巨大陵寝的差别。"她的话说得很慢，喃喃的，仿佛是在说给我听，又仿佛只是在说给自己听，"可是，真的有差别吗？"

"本来无一物，何处惹尘埃……"她淡淡地勾了嘴角，眼神开始有一些缥缈，"无为其所不为，无欲其所不欲，天下且大，足于一隅，心安即是归处。"

希望下辈子，我们不要爱上同一个人。

然而我的话还未及出口，就被她后面一句极轻的话给阻住了。

“可是姐姐，我做不到。”

于是我再也没说什么，任由泪一颗一颗地掉下来。我不知道她那微笑着的、不再有神的眼睛是不是还看得到。

六年前的三月，他们相爱于江南。

五年前的三月，他们相守于宫廷。

弘元六年三月十六，是新选秀女进宫的日子。而我的身孕，已经快满两个月。

这一日，睿蓉走完了她年仅二十一岁的生命，与文朗到死都没有相见。

第四十七章
瑾瑜

皇后薨逝，丧仪繁复，每日有无数人进出找我裁定事项，几乎日日都有各种名目的祭奠要我主持进行。我拖着害喜严重的身子拼力支撑，环佩急得留在宫里半步不敢离开。涵妃虽然也在尽可能地帮我承担，但后宫无主，我便是身份最高的人，很多事都非我不可。

自是日始陈设仪驾，大殓后灵柩暂停坤裕宫。三日守灵，七日亲贵举哀，十四日行奠礼，至二十一日大殡。梓宫自坤裕宫出，行奉移礼至皇陵。

睿蓉以这样一种决绝的方式离去，在文朗的心里戳入了一根刺。他知道原因，却不懂结果。睿蓉要的是文朗身为一个帝王不能给她的，因着这样的不能，她给了他一个永久的遗憾，他不懂她为何狠得下心来。

于是文朗在很长的一段时间里都很沉默，除了朝政，他几乎一句话都不说，也不往后宫来。每每我去找他，他也总是问一句，答一句，至多会加一句要我注意身子。在常远说来，这已经是破天荒了。

大殡归来，该是一连数日的祭礼直到除服。我在环佩的强制要求下没有再坚持主事，而是叫了涵妃和静妃去挑头后面的事。本以为可以歇一下了，却不想还没迈进翊仁宫，就有长兴宫那边的人来报，说顺容华临盆已经一个日夜，难产生不下来，快不行了。

我听了就是皱眉，却也无法，静妃、涵妃她们回宫就奔承先殿去了，后宫里根本没有人。这会儿通知到我这儿，恐怕是真的不好了。

我一到长兴宫顺容华的院子里头，太医见我的第一句话就是问我保哪个。我现在一听这个就心慌，头突突地疼，勉强坐下："怎么总是问这个？又要你们何用！"

自睿蓉催产一事后，太医院问罪撤换了很多人。眼前这太医很面生，人看着也十分紧张，想来是品级不高的缘故，战战兢兢地伏在地上："微臣该死，能试的法子都试过了，的确是容华主子生不下来，再不下决断就更不好了。"

我打发环佩进去瞧，她少顷出来，面色凝重地摇了摇头。我听着里头连叫喊声都不可闻，知道不假，叹了口气，问这宫里的管事内监："去回了皇上没有？"

“回娘娘，今儿个奴才老早就候在乾元宫那边，皇上一回宫就去问了。”那内监面露难色，小心翼翼地瞅我，“可皇上只说让太医瞧着办，便再不理了。”

我一怔，文朗今儿个比我回来得要早许多，听说是照旧钻进勤政殿里不见人，只是没想到这等大事他都不给句话出来。

“派人去承先殿候着，那边完了事叫静妃赶紧回来。”我吩咐着，一只手托着额头支在一旁的桌上，沉默了一下，对那太医道：“保孩子。”

静妃匆忙赶回来的时候天已经黑透了，看她的样子竟是有一点慌。我见了没说什么，摆摆手让她坐下。很快就有里头接生的嬷嬷出来禀报，说顺容华产下了一位公主。

我点点头，脸上没什么表情。过了小半个时辰，孩子抱出来的时候，报说顺容华殁了。

我垂下眼睑愣了一下，站起身还未说话，静妃突然抢话道：“她这胎我一直小心谨慎……”

她才说半句，却又停下。我看着她有点泛青的脸色，微勾嘴角：“我知道，她的难产并无异样，只是命数罢了。”

静妃怔了一下，神色缓和了些。见我要走，她犹豫了一下又问：“那这孩子……”

我看着她道：“既然生在你长兴宫，你不养，又要给谁去呢？”

她目光一闪，满脸惊讶，眼里忽明忽暗地现了感激和犹疑，竟是话都说不出来。

我只当未见，继续道：“我没精力了，后头的事你看着办吧，尽量让她体面些。”

她怔怔地点头，少顷对我说了句：“娘娘的脸色很不好，也要保重自己。”

我听了淡淡一笑，点头：“嗯。”

我顿了一下，又道：“好歹是尚书家的，我去给她求个恩典。”

勤政殿，常远照例守在门口。据他说，文朗从大殡回来就一直闷在里头不理人，见我来了才大着胆子进去通传。

不料一会儿就见常远苦着一张脸出来，有点委屈地对我说：“娘娘，皇上说天晚了，叫娘娘早些回去歇着，有什么事明儿个再说。”

正说着，有个小内监端了茶过来，问常远要不要送进去。常远一脸没好气地道：“送什么送，没眼色的！想再被轰出来吗！”

我看着里头点了灯，却并不通明，想了一下，从那小内监手里接过茶：“给我。”

我说着就推了门进去，常远见状也不敢再拦。

如我所料，文朗并没有在忙政务，甚至都没有坐在御案前，而是负手站在窗边，背对着我。

我关上门走过去，再轻他也依旧听见了，并未转身，只不悦地道：“怎么又来了！”顿了一下又沉声斥道，“出去！”

我没出声，把那茶放到他手边的桌上，顺着他的目光往窗外看。一开始并没看到什么，外头只是黑漆漆一片，隐约有沙沙的树影摆动。

略一抬眼，又忽地怔住。半月当空，蒙蒙地泛着光亮。今儿个是四月初七，记得正月二十二那日他酒醉念叨着要赏月，赏的大致也是如此的月光。

于是我又突然想起，睿蓉死的那日是十六的凌晨，月圆的日子，皎洁明亮。

也许是没有得到身后人的回应，也没有听到退出去的动静，文朗有点恼，突然就挥手把那杯茶扫到了地上。伴随着清脆的碎裂声，他低吼了一句：“叫你出去听不懂吗！”

我正出神，一时并未防备，脚步迟疑了一下才连忙去躲那四散的碎片和热茶。本就反应慢了，近三个月的身孕又让我不敢大肆地纵身动作，衣裙上当即就被溅了不少。

这一会儿工夫，文朗总算是看见了我。他一时大惊，忙迈步过来扶住立身不稳的我：“愉儿！怎么是你？不是说……”

说到这儿，他又顿住，问我：“烫着没？”

我抹了一把涌出的泪，说出此行的缘由：“拜皇上所赐，顺容华难产，留下一个小公主，恭喜皇上。”

说着说着，我心里有点为顺容华不平，自己也钻了牛角尖：“等到愉儿生这个孩子的时候，皇上不用吩咐，愉儿自己会瞧着办的。到时候一尸两命，管保一个也不给你留下！”

我终于说不下去了，感觉有点气短，深吸一口气，转身要走。文朗自是追上来，语气又惊又急：“愉儿，你这是说什么话呢！你别这么急，小心身子！”

我不理他，只是一边哭一边挣扎。看着门口有焦急的人影在晃动，知道是常远和环佩，听见里头这等动静自然急得不行。

文朗从身后一把抱住我，声音里添了一丝担忧：“愉儿，是我不好是我不好，你冷静一下，你还怀着孩子呢！”

身后这个久违的温暖怀抱让我的心安定了些，我就这样怔了一会儿，身子开始慢慢地软下去，喘不过气，冷汗也不断地冒出来。

文朗吓坏了，叫了我几声不应，慌忙喊人，并很快抱起我就往侧殿跑去。

乾元宫一夜闹得人仰马翻，好在有惊无险，环佩一直以来的贴身调理让我肚子里的胎还算稳固，只是因为劳累过度，情绪又一时失控所致。

文朗一脸愧疚地守了我一整夜，到天明时再三问了无大碍才送我回了翊仁宫，看着我好好睡下以后，他就去了长兴宫那边。

顺容华追封了贵嫔，以妃礼葬，李尚书家也得了一些抚恤。在皇后新丧期间，这对于只生了公主的她来说，已算得上十分荣光。众人都以为是我替她求的恩典，其实我根本没来得及跟文朗提追封的事。我想，这么安排大概多少表达了他的歉疚吧。

这日之后，文朗也知道了我这一胎并不如怀致暄时那么安稳，反应很重，吃睡都不大好。可能是令他想起了睿蓉的第二胎，于是在他的强力干预下，我彻底暂离后宫事务，吩咐了任何事都不许来打扰，只叫我安心养胎。

我与文朗闹了这么一次，他总算恢复了些。除了日日来看我与我说话外，也开始间或召后宫侍寝。只是并不往妃嫔宫里去，大多是召人去乾元宫，一切按着规矩来，仿佛回到了最开始的那个阶段。

太后对我半年多以来管持后宫的情况一向满意，这会儿见我接连处置了几桩大事都还稳妥，养胎期间文朗也尚如常，比之去年怀孕时的独宠强之不少，更是没有话说，时常也会遣人过来体恤问候一声。

在文朗和环佩的严防密守下，外头的消息我几乎听不到。虽然后宫众人还是日日过来请安，但除了几个高位的，我几乎一概不见，只叫她们点个卯就回去。就这样十分平静地过了一个多月，身子一日日见了好，人也丰韵了些。

二公主满月时赐名颂音，依着我的意思交由静妃抚养。静妃熬了六年总算得了一个依托，对文朗和我都十分感激，对后宫的事更加不再伸手。

睿蓉身后留下致祯和颂莞，两个孩子如何抚养的问题文朗一直没给一个准话。当时事多无暇顾及，致祯便被太后那边派人抱了过去，吩咐说等文朗定了哪宫抚养再来接走。颂莞则哭闹着死活不肯离开坤裕宫，无法，便让她留了下来，由小黛领着人在那边照看，有什么事，都是回给我。后来我休养身子了，就回给涵妃。

那日刚好涵妃来看我，我与她说起想办个小宴给颂莞庆生。她先是点头称好，随即略一沉吟道："皇上也提过这事，不过既是要办，有件事还是要跟你说一下才好。"

我挑眉一笑："什么事能让你这么谨慎？"

她淡淡地道："今年进宫的胡才人十分得宠，想必你也听说了。"

我问："嗯，晋到贵人的那个？"

她点头："昨儿个又晋了嫔，颖嫔。"

"一个月晋了四级，还真是有点本事。"话是这么说，我其实还是没放在心上。低位一般晋得快也不稀奇，文朗看着顺眼或是因着家里的缘故都有可能。不过是个嫔位，离主位都还差得远，离妃位就更不可及，我不明白宋碧宁怎么会特意说起。

于是我忍不住笑着问："怎么，都引起你的注意了？是貌美还是才高啊？"

宋碧宁不理我的揶揄，只道："你有空叫进来见一见吧。"

我是在颂芫四岁生辰的前两日见到胡佩蓉的。在这之前，她已经得宠了一个多月。

我见到她的时候，突然就明白了她得宠的原因。

这个名字中同样有一个蓉字的女子，竟然长得与睿蓉有七分像。特别是第一眼看她从殿外走进来的时候，那身段、步伐，简直与睿蓉一般无二，直接让我愣在当场。

她一开口我才发现，连声音和谈吐都有点相似，这让我颇有些难以接受。而那颖嫔似乎早已习惯旁人对她的惊讶，坦然相对，更让我觉得别扭。

只听宋碧宁又道："今年这几个是未经甄选直接召进宫的，宫里大丧，也没顾得上去锦粹宫瞧一眼。早发现了，早早打发了便是，谁想到会有这么一号。"

我垂下眼睑没吭声，宋碧宁的话是这么说，但名单是睿蓉拟的，事是我吩咐去办的，谁还能上赶着去查有没有问题不成。

过了一会儿，我问："皇上那边……"

我本来是想问文朗的反应如何，忽又停下。事实摆在眼前，一个月连晋四级，还用问吗？

"侍寝并不多，只召了三两次，但是……"她看我一眼，说道，"皇上头一回看见她是在坤裕宫。"

我一怔，知道自睿蓉不在了，颂芫一直不安稳，常常哭闹不休，病也病了几回，文朗几乎日日都会过去看她。我和涵妃早吩咐了不许后宫众人趁机去接近父女俩，看目前这种状况，敢造次的实在不多。颖嫔当时以一个才人的身份能出现在那边，一定是得了什么人的安排。

连我都尚且发愣，我更能想象到文朗初见她时的目瞪口呆，若是身边还有颂芫……

于是我忙问："现在怎样？"

“颂芫很黏她，日日都要她去哄，与皇上自然也有很多共处的时间。”宋碧宁又是微叹一声，“颂芫晚上不肯睡的时候，偶尔还会留她住下。”

我开始有点蒙，揉了揉额头，看见她闭了口不再说，淡淡一笑：“得了，还有什么，就一齐说出来吧。”

“她不光长得像裕孝皇后，话多说几句你就会发现，”宋碧宁直直地看着我，担忧乍现，“她还像你。”

五月二十五，弘元朝长公主颂芫四岁生辰。因着睿蓉未出百日，只在坤裕宫侧殿设了小宴相庆。说是小宴，也是后宫齐聚，文朗正中坐定，我略侧坐在他身边。这是我闭门养胎一个多月以来头一回正式出现在众人面前，四个月的身孕，夏装之下小腹已见隆起。

话还没说几句，就有传长公主来了。

所有人都抬头朝门口看，我只看了一眼，就歪头去看文朗，他却没有注意到我在看他。

颂芫的手是牵在颖嫔手里的，小黛跟在两人身后。这情景在旁人看来，也许已经看了一个月，并不算太稀奇。但是我知道，在我和文朗眼里绝对不同。

她竟穿了一身鹅黄，不光是一身鹅黄，连装扮和发饰都像极了六年前的睿蓉。

我忽地想到睿蓉死之前跟我说的那句——与其为昨日的因自偲，不如为来日的果修行。

原来这就是她要修行的果。

我也明白了是谁安排颖嫔在坤裕宫见到文朗，正如今日她的这一身衣衫打扮，甚至是她的言谈举止方式，除了小黛，还会有谁知道得这么详细。

颖嫔拉着颂芫走上前来，先给文朗和几个主位见礼，得了免又来看我，满眼笑意：“淑妃娘娘的气色比前几日越发见了好，臣妾真是替姐姐感到高兴。”

我缓缓地笑，只笑，却不出声，同时淡淡地去看文朗。

文朗是何等敏锐，很快便冲颂芫伸手：“芫芫，到父皇这儿来。”

颂芫乖巧地被文朗拉过来坐到他身边单设的小桌旁，颖嫔顺势跟了两步。不想文朗淡看了她一眼，道：“下去坐吧。”

颖嫔的面色微变，迅速看了一眼文朗，见没有任何缓和，只得施了一礼退到她应有的位子上去。

殿内众人一时自然各怀心思，有看得透的，有尚含探究的。我把眼睑垂下来谁也不看，很快，文朗就在桌下伸手握住了我的手。我低头看了一眼，没说什么。

颖嫔，颖，不就是影吗？

晚上，文朗和我一起回翊仁宫。我从宴上回来到沐浴再到睡下都一直闷闷的，文朗知道我在膈应什么，躺下后主动提起："愉儿，那个颖嫔，你不必放在心上。"

"不管是不是睿蓉刻意安排的，也不管她当初是怎么打算的，"他的声音听起来温和又诚恳，"我只是为了颂茺。旁的，什么都不会有。"

我沉默了一下，伸手去握他的手，表达了我的理解："那致祯呢？"

文朗淡淡地道："等致祯周岁了再好好选一宫来养，或者再晚点再说。想来他也不敢去奢望够不着的。"

敢不敢奢望，现在说可能还太早了。不过既然文朗没有这个心，我也没再多说，只低声道："颂茺是长公主，品级比她还高。若是给她养，至少也得是个主位才成。"

"嗯。"他不置可否，"不急，再看些日子。"

说着，他把头凑到我耳边，声音低低的："愉儿，她只伴驾，不曾侍寝。"

我听了一怔，像是被说中了心事一般："哦。"

他淡笑地盯着我，低下头吻了我一会儿，喑哑着声音道："快睡吧。"

于是日子就这么继续过，文朗当真不再召颖嫔侍寝，不过这并不影响她照顾颂茺和在后宫的动作。如我所料，后宫很快不再平静。尽管看起来依旧是宣贵嫔和俪贵嫔两个在闹，但本来势均力敌的两人如今竟然开始往一边倒。宣贵嫔春风得意，俪贵嫔接连吃亏，涵妃压都压不住。

宣贵嫔这边的手段越来越妙，明知是她始作俑者，却叫人挑不出错处来。多了几次，也就看出了端倪，果然是颖嫔在里头起了作用。

六月二十五是睿蓉的百日之期，出了百日，皇后薨逝的丧仪就算是告了一个段落，官民嫁娶、音乐饮宴俱恢复如常。宫里头最先迎来的就是二十六日晌午的一场大宴——致暄周岁，亲贵诰命一起进宫同庆，直把一个庶子的周岁办出了嫡子的风头。

致暄是现在宫里宫外最炙手可热的皇子，无论从得宠还是受重视程度上都是首屈一指，唯一能与之抗衡的先皇后嫡子致祯也因着皇后薨逝而略逊一筹。看着这一场无限盛大的歌舞升平，众口一词的极尽赞扬，我倒是有点理解睿蓉当初着急争储的心情了。

下午，我心血来潮地缠着文朗要给致暄抓周。桌上摆了一堆东西，什么笔墨纸砚、书籍印章、吃食玩具，应有尽有。

五个多月的身孕让我抱着致暄有点费劲，文朗见状接了过去，跟我一起哄着致暄去抓桌上的东西。

致暄一只手悬在空中，却晃来晃去也不动手抓。我正发愁，突然见致暄另一只手不知什么时候伸到文朗的怀里，文朗那个盘龙翡翠的私印竟被这孩子给掏了出来。

我吓了一跳，忙夺过来塞回文朗怀里，重新去哄致暄抓桌上的东西。一岁的孩子什么都不懂，手里东西被抢了立刻就号啕大哭起来，并且声音洪亮。

文朗拨开我，把那印重新给致暄放在手里拿着，一边哄一边道："抓都抓过了，还能后悔吗？"

我看着那印被致暄紧紧攥着，带着点不安道："这哪能算？"

文朗搂着致暄又亲又抱，嘴里连说"抓得好"，很快就惹得致暄破涕为笑，奶声奶气地叫了一声"父皇"，听着倒是无比清晰，文朗更是乐不可支。父子俩闹了好一会儿才交给奶娘抱下去，连那印都没想着拿回来。我忙打发环铃跟着去，趁机从孩子手里抢了回来给我。

待屋里没人了，我把那东西还给文朗，嗔道："什么东西就敢给孩子玩，也不怕他给你碎了。"

文朗笑笑，没说什么，过了一会儿才道："愉儿，上回与你说起想立致暄为太子的事，并不是醉话。"

我点头："我知道。"

他挑眉，眼含探究："哦？"

我淡淡一笑："君无戏言，你从来不会胡乱说话。"

他愣了一下，问："既如此，你怎么不挟着君无戏言要我下诏，反而掩饰忽略过去，难道你真的不在意？"

"怎么会不在意。"我抬眼望他，"我只是知道你不着急。"

文朗当初只是想表达他不会立致祯的态度，后来把致祯暂时放在太后那儿也是怕有心人又来打立储的主意。至于要不要立致暄，又什么时候立，现在来说也太早了。太子之位不是一件东西、一个声名，而是代表整个天下。大凡太平盛世，太子一般都不会早立，总要等孩子们大些，审视详细了再选定。当年文川便是到了十几岁才被选定，十七岁才被正式立为太子的。

文朗深深地看我，眼里刹那饱含了许多情感。他轻轻地拥住我，下巴摩挲着我的额边，并没有再说什么，一如彼此早就知道，根本无须多言。

一晃又一个月过去，我听了文朗的话暂不出面，依旧叫宋碧宁凑合着压着。不过很快就有人迫不及待地等着我来整治了。

待身孕稳当一些之后，我就不再让环佩日日守在宫里，隔几天进来一趟就是，说是待临盆时还要等着她来挑大梁，我可不想甲子御天天在背后抱怨我。环佩嘴里说着甲子御绝对没这个胆子，却也没过多推脱，很快就被我赶出宫夫妻团聚去了。

其实我也知道环佩是为了我好，这一胎不比上回轻松，我心里也会担心生产时不顺，于是天气不算太热的时候，也是尽可能地出去走走。

这日，宋碧宁陪着我在园子里头溜达，走着走着就到了景和宫附近。这里自从我第一次出宫时那一场大火以后，尽管修缮一新，却一直空着没再安排人住进去。

毕竟是自己进宫以后住了三年多的地方，我远远地瞧见了，就有点出神。

宋碧宁见状，说道："过去看一眼吧。"

我自然称好，慢慢地走过去。还没到门口就发觉不对劲，里头竟然人头攒动来回忙碌着。

宋碧宁扶我上了台阶，迈步进门。里头的下人一见是我们二人，忙跪了一地。

我问："你们这是在做什么呢？"

有个领头的道："回娘娘，奴才们在收拾打扫景和宫，预备迎接新主子。"

我一时疑惑，没听说谁要搬到景和宫啊。文朗也知道我心里惦记着，好几年都没往这儿安排人。

"哪个主位要搬过来？"

"回娘娘，"那内监毕恭毕敬地答，"是瑞贵嫔娘娘。"

"瑞贵嫔？"我皱眉去看宋碧宁。

"放肆！"不料宋碧宁却张口便斥，"尚未册封也能随便改口？知道是在给谁回话吗！"

那内监只是个负责洒扫的，恐都没跟高位分的宫妃直接回过话，本就战战兢兢，此时更是吓得伏在地上只剩求饶。

宋碧宁见我疑惑地看她，这才道："便是颖嫔，颂芫现在越发离不了她，昨儿个太后提起来叫皇上册个主位给她，好正式把颂芫给养过去。"

"哦。"我听了倒也不是很意外。本就是早晚的事，颂芫这两个月吵闹少了许多，也没再生病，便是太后瞧着满意也是应当，"怎么连封号也要变？"

她蔑然地道："是她自个儿要求的，当着众人的面，皇上也没反对。"

我问："那景和宫呢？"

"是从颂芫嘴里说出来的。皇上一样没有当场应，说是回头再说。"她瞄了一眼那一地的洒扫下人，"看来是有人提前献殷勤了。"

我听了一时无言，低头沉吟了一下，对着那哆哆嗦嗦的内监道："带人先撤了吧，回头有人问起来，就说本宫的意思，景和宫暂不安排人住。"

看着一群人很快便撤了个干净，我才淡淡地问宋碧宁："你今儿个是特意引我来看的吧？"

她大方地点头承认："回头人住进来，再往外轰就不好了，毕竟带着颂芫一起。"

"若是她把颂芫照看得好，人安分些，也算给咱们分了忧，晋个主位倒也没什么。"我环视了一下景和宫，"只是这景和宫不能给她。"

她冷哼一声："可惜注定不是个安分的。"

"听说前两日颖嫔当众顶撞你？"我抬眼看她，"她已经嚣张到这种地步了吗？"

她坦然笑道："是啊，给她点便宜占占，立刻就露出尾巴来了。"

我就知道宋碧宁不会这么轻易吃亏，她肯丢这个面子，一定有她的用意："怎么？不能留了吗？"

"嗯。"她闻言，缓缓点头，"听说之前皇上曾打算晋她为容华，却被她拒绝了。看来她就是想直接晋到贵嫔。"

我想了一下，道："不错，裕孝皇后当年就是这么晋的，从才人到贵人，然后从嫔直接到贵嫔，看来这是要原样效仿了。"

她却摇头："若真只是效仿也就罢了。本来我还只是怀疑，现在看来的确有问题。从太后口里说出晋位的事本就稀奇，昨儿个说起改封号的时候，帮她说话的除了宣贵嫔，竟然还有俪贵嫔。俨然是咱们没留神，叫她从太后和俪贵嫔那边暗度陈仓了。"

见我一怔，她又道："颂芫说搬出坤裕宫要去住景和宫完全没道理，她出生在景福宫，对景和宫根本不会有什么感情，一定是被教着说的。"

我笑笑，觉得有点不可思议："要学我，她凭什么？就靠着一个颂芫，胃口未免太大了。"

"还有更大的呢。"宋碧宁顿了一下，"昨儿个颂芫还当着太后提了一句，她想跟弟弟一起住。"

我一呆，眼睛骤然眯了起来。少顷道："看来是真留不得了。"

事实证明，这人若是得意忘形起来，不自量力的事会做出一连串，倒是省了我不少事。

第四十八章
终章

我才回到翊仁宫，就见环铃在跟赵安康吵着什么。

环铃先说了出来："小姐，内务府说让环佩改名字！"

赵安康的脸都绿了，忙道："不是不是，只是来给娘娘回禀一声……"

"都回禀了，还不是什么！"环铃满面愤恨，毫不饶人："小姐，你千万不能答应他！"

我对着环铃皱了皱眉："别吵，像什么样子！"

然后我又看着汗都流下来的赵安康，道："赵总管进来说话吧。"

进了屋，我坐下来，淡笑着问赵安康："赵总管说说看，倒是什么事？"

"回娘娘，是这么回事。"赵安康赔着笑，"颖嫔主子那边不是要晋贵嫔吗，宫里头的规矩是为三品以上的主位娘娘讳名，刚好撞上环佩的名字了，所以特来跟娘娘回禀一声。"

"哦。"我想着怪不得环铃会与他吵闹呢，搁我也忍不下这口气。

于是我清淡了连色，声音不大地问："讳名都讳到我翊仁宫来了？"

赵安康忙躬身："这……奴才当然不是这个意思……"

"环佩是我家带的丫头，跟在我身边十几年了，名字也是我亲取的。"然后我面色一沉，"莫说还没册封，便是册了，谁要讳这个名，叫她自己来跟我说！"

赵安康连声应着："是，是，奴才懂了。"

我却丝毫没有放过他的意思："赵总管，你在这内务府总管的位子上也伺候了两朝了，什么事该办什么事不该办你比谁都清楚。景和宫那边是怎么回事我也不想多问，这讳名的事究竟是你想起来的，还是颖嫔的意思？"

赵安康总算松了口气，爬起来道："奴才哪能讨那个嫌啊，不过颖嫔主子也并未明说。"

我听后笑笑，打发他走了。

第二日一早，众人来请安的时候，我破例露了面，把所有人都叫了进来。

给主位以上落了座后，我环视一圈，淡淡地开口："本宫虽位至淑妃，但毕竟不是皇后，受不得你们日日请安。今儿个叫大伙进来，也是要说个事。”

“昨儿个内务府的人过来，说起个讳名的事。”我的眼睛扫过去，“这主位以上方可讳名，怎么皇上的册封旨意还没下，就有人着急起来了？”

颖嫔想必早得了内务府的信，听了知道躲不过，忙出来跪了：“臣妾糊涂，绝不敢造次，不过是下人们提了句翊仁宫的环佩姑姑，不想被内务府听了去，方多此一事。扰了娘娘的清静，实在是臣妾的罪过。”

“这几天犯糊涂的人还真是不少啊。”我轻轻一笑，并未追究，只道，“无妨，等你册封了，再来找环佩的讳名。”

颖嫔松了口气，刚要起身，不料我话锋一转，又道：“不过既然提起这件事，颖嫔倒要先讳个名才是。”

她一怔，抬头看我。我肃了面色：“裕孝皇后的名讳中有个蓉字，这你是知道的。你们进宫的时候刚好裕孝皇后大行，紧跟着顺贵嫔又殁了，这几个月事情太多，本宫怀着身孕也没顾得上，这会儿既然提起来，你就赶紧把你那个蓉字给去了吧。”

“另外，”不等她回话，我又兀自道，“听说你对皇上钦赐的封号不满，想换一个？这个实在是少有先例，不过既然你提出来了，想来自是有你的道理。如果不喜欢那个颖字，也就一并去了吧。刚好本宫也觉得不大好听，等再册封的时候，让皇上给你换个称心的。”

“不过，你自个儿提的那个瑞字不能用，一样是要避裕孝皇后的名讳。”我冲着她笑笑。

我看着她，在心里冷笑，狠狠地啐她活该。有了颂芫还惦记着致祯，有了蓉还想要瑞，真想当睿蓉的替身吗？还想要景和宫，倒不如直接要坤裕宫算了！贪心不足，我就叫你瑞蓉都无，从此名字里只剩了胡佩，念起来跟环佩更像。册贵嫔之前连个封号都没了，倒看是颖嫔难听还是胡嫔难听！

况且我既插了手，那贵嫔还不一定册不册得成。

“哦，对了。”我忽地想起什么的样子，“颂芫是弘元朝的大公主，皇上钦封的漪澜长公主，地位尊贵，品级更是高过你，她的名讳可不是什么人都能随便叫的，胡嫔自此记得才是。”

在场众人谁也没料到我今天会突然对颖嫔发难，此时面面相觑，连口大气都不敢出。等着看好戏的倒有好几个，我一句胡嫔叫出来，有人笑得都快憋不住了。

“没什么意见那就这么定下了。”我心里解气，面上却不动声色，转头对着宋碧宁道：“涵妃去叫内务府重改名册，抓紧办了。”

宋碧宁自然马上带着笑应下，环铃则扶着我站起身：“成了，那就散了吧。”

改名剥封号可不是什么小事，很快就有人把这事捅到了文朗那儿。文朗倒是立刻就给了话出来——

照淑妃的意思办。

一连十来日过去，册贵嫔的旨意果然没有下。

名字里平白少了个最重要的字，颖嫔变成了胡嫔，景和宫和瑞贵嫔眼瞅着都泡了汤。后宫里头对这种事敏感得很，得过胡嫔好处的都忙着往回缩，吃过亏的就算不敢落井下石，也足足地嘲笑了一番。而我收到了还算满意的效果，暂时没再与她为难。

眼看着快到中秋，宫里头又开始忙起来。到这会儿涵妃再不敢让我理事，只是催着我出去散步。我特意挑了个阴云不晒的日子出来，带着环铃溜达了好远。到湖边我走不动了，挑了个亭子坐下，打发环铃回去传轿来接。环铃再三嘱咐了要我原地等着不许往别处去，见我应了才小跑着离开。

难得天气不太热，湖边开阔，还有点微风吹拂，倒也心旷神怡。只可惜，偏有人见不得我心旷神怡。

“臣妾参见淑妃娘娘。”

我一歪头，见是胡嫔，心里没来由就生了烦。不过还没等我开口，一个小小的人就扑到我腿边，一个清脆的声音响起：“淑母妃——”

竟然是颂芫。我正奇怪这孩子怎么突然与我这般亲切，就听颂芫道：“淑母妃你很久不来看芫芫了，你都会去看恒哥哥，还有致铭弟弟，就从不来看芫芫……”

颂芫仰起小脑袋巴巴地瞅着我，眼睛里竟蒙着一层水雾。

我也顾不上疑惑，心当即就软了，摸着她的头，温声道：“芫芫乖，以后母妃会记得去看你的，你有空也可以到母妃宫里来玩啊。”

又跟我再三确认了好几遍，颂芫这才满意地点头，很快被小黛拉起来站到一旁去。胡嫔见我不理她本就不痛快，看到这一幕，脸色更是陡变，强压着对小黛开口：“先带公主去玩一会儿。”

小黛应了一声，看着我笑了一下，才施礼拉着颂芫离开。胡嫔带的另一个宫女也被打发到了亭子外头候着。

我微皱了下眉，思索着这里头的端倪，不过很快就被胡嫔打断。她见我只有一人，很聪明地站在三步以外说话：“娘娘已经这么急着要把公主抢走了吗？”

我愣了一下，瞥她一眼道：“不知胡嫔这么跟本宫说话，是以一个什么样的身份？”

“臣妾是什么身份，娘娘清楚得很。”她守着礼，话却不动听起来，“娘娘手段高明，不动则已，出手致命，真是让臣妾心服口服呢。”

我嗤笑一声：“我怎么就看不出心服口服的样子呢？”

为了能更好地在宫里生存下去，长久地替她守护孩子，睿蓉特意找了个聪明的。聪明倒的确是聪明，可惜这种人往往不安于室，没人甘愿成为替身，胡嫔也一样。她这么急着爬上来就是希望尽快摆脱这样一个尴尬的身份，只可惜还没有开始爬就被我按了下去，连替身都快要当不成，恼羞成怒倒也可以理解。

她笑起来：“你夺了我的封号，可曾想过你自己的封号。你是瑜她为瑾，瑾瑜何解？”

“瑾为玉瑜为芒，就算是握瑾怀瑜的齐人之福，也是有瑾才有瑜，你难道从来没想过吗？”

她忍不住走近一步，越发得意：“尽管现在你是淑妃，却改不了你以前是瑜妃、瑜昭仪、瑜贵嫔！这个瑜字会世世代代写在太庙宗谱里，死后在你的谥号上，你生死都别想摆脱！”

我看着她，没有出声。

远处已能看到环铃领了软轿过来，我突然淡淡一笑，对胡嫔道：“扶我起来。”

胡嫔一愣，自己却没有动，而是招手把外头那个宫女叫过来：“还不去扶淑妃娘娘。”

说着，她嘴上也是挂着一抹讥笑，仿佛猜透了我的意图一般，看了一眼身侧波光粼粼的湖水，道：“娘娘在湖边会心慌吗？怀着身孕可别不小心掉下去，这会儿恐怕不会出现第二个瑜贵嫔救你上来。”

我扶着那个宫女站起来，待站稳后，一把推开她，伸手就朝着胡嫔抓过去！

尽管快七个月的身孕让我的动作笨拙了不少，但我出手很快，离得本来就只有两步远，她哪里躲得开，一下就被我扯住了手臂，大惊失色道：“你要做什么！”

“做什么？”

我凌厉的一眼剜过去，另一只手突然一巴掌狠狠地扇到胡嫔的脸上。那是极响亮的一声，出手的同时扯住她的手也松开，胡嫔失了重心，一下子就往后退了好几步。

我怒道：“你算个什么东西！我就是做给你看看，我若是想动你，你有可能躲得开吗！”

环铃飞快地朝我奔过来，比她更快来到我身后的是一个坚实的胸膛，并扶住我：“愉儿！”

我仰头，身后的文朗满脸沉怒，双眸冒火。

我的喘息很剧烈，并说不出什么，但这种场面足以说明一切。

文朗紧紧地搂着我，怒斥道：“这是要反了吗！”

胡嫔和那宫女见状忙跪了，只听胡嫔俯身道：“臣妾该死，言语无意中冲撞了娘娘。”

文朗没有理她，而是一手指着那宫女：“淑妃站不稳也不知道扶一把，摔着了你有几条命赔！拉下去杖毙！”

文朗是带了人的，很快就有人来拖那宫女。那宫女吓得大叫：“皇上饶命！娘娘饶命！”

环铃跑过来抓住我的胳膊，吓得脸都白了：“小姐，你怎么样？”

折腾了这么一会儿，我喘得很厉害，汗也不停地冒出来，摇头不语。

文朗见状也不敢耽搁，厉声对那胡嫔道：“你就好好跪在这儿反省！没朕的话不准起来！”

说罢，他一把把我抱起来，就往轿辇那边走。

周围的人已经多了起来，小黛和颂芫也像惊呆了般站在一旁。我这时缓过神来，挣扎着要下地：“我身子沉了，快放我下来，叫人看见像什么样子。”

“再沉也抱得动，别乱动。”文朗的声音更沉，“谁爱看谁看！”

太医召来好几个，环佩得了信也火速赶回宫。其实什么事都没有，一堆人跟文朗再三保证了无碍后，他才放下心来，轰了人，搂着我道：“非得自己动手吗？”

我只笑笑：“自己动手才解气。”说着，我靠近他，道，“颂芫给她哄哄也就罢了，不能给她养，早晚教坏了。”

“嗯。”他点头，“过些日子叫涵妃接过去。”

过了片刻，他又道：“连致祯一起，还是叫他们姐弟俩在一块吧。”

我听了自然点头称好。

当夜下了雨，据说胡嫔就一直在那湖边跪着。文朗仿佛把她忘了一般，直到第二日一早晕倒在地才叫人给抬了回去，并降为贵人，罚俸三月。本来还要禁足的，但颂芫眼泪汪汪地去求了，便也作罢。

太平殿，宴席过半，太后照例提前离了席。我正端起新上的一碗八珍竹荪汤要喝，突然看见环佩从外头冲进来，后头还跟着一脸惊慌的小黛和怯生生的颂芫倚在门口。

我看了一眼文朗，他也是不解。尚未说话，环佩已经跑到我的面前，还没站稳就一下子打掉了我手里的调羹。慌乱中那碗汤也泼到了地上，随着一声碎裂，殿内顿时安静了下来。

环佩才不理多少人在看她，喘着大气，异常焦急地问："小姐，你喝了没有？"

我吓了一跳，怔怔地摇头："没……"

"怎么了？"开口询问的是文朗，他扶着我站起来，小心地避开那一堆碎片。

环佩并不言语，蹲下去用手指蘸了那摔碎的碗里的汤，放在鼻尖闻了闻，随后又用舌头尝了一下，脸色变得更加难看，跪在地上对文朗道："皇上还是请太医来验一验吧。"

文朗闻言眯了眼睛，面色不善："你先说说看。"

"膳房那边的汤煲奴婢已经扣下了，一查便知。"环佩抬起头，满脸担忧地看了我一眼，又低下头去，低声道，"这汤里被下了红花。"

即使她声音再低，依然被许多人听到了。不少人脸色骤然大变，我身子一颤，若不是文朗扶着我，差点都快站不稳。涵妃更是一下就站了起来。

后头的小黛此时缓缓走上前来跪下，手里捧着一个小纸包。文朗的脸色沉得有些吓人，死死地盯着小黛。小黛抬头瞄了他一眼，轻轻地点了点头。

文朗问："这是从谁的宫里找出来的？"

此言一出，满堂皆惊，面面相觑。人人都担心自己受到牵连，或是被陷害。

小黛站起来，声音很小地说了一句，只有我和文朗听得到。

文朗听后顿时怒极："好啊！了不得了！"

我一下子挣开文朗，从上头快步走下来。环佩慌忙就来扶我，却扶都扶不住。我很快奔到胡贵人的面前，伸手指着她："你……"

我开了口，却不知道骂什么好。一旁的环佩赶紧劝我："小姐，你别太激动！"

文朗也走了下来，众人见状，全站起身来。他快步到我身边："愉儿，你冷静一下。"

接着，他转过头去看胡贵人："你还有什么话说！"

胡贵人眼里是掩饰不住的惊慌，忙跪下道："此事与臣妾无关！"

"事实证据俱在，"文朗沉声，"你还要狡辩！"

"臣妾冤枉！"胡贵人急着喊冤，很快又道，"若是臣妾所为，又怎么可能把证据留在身边这么轻易被人搜出来，况且东西搜出来的时候臣妾并不在场。臣妾不服，分明是有人着意陷害，请皇上明鉴彻查！"

"你当然不会留在身边，却是挑了个极好的地方藏。"文朗冷笑一声，对着小黛道："说给她听！"

"是。"小黛垂首，"这东西是公主在自己房里无意中翻出来给奴婢的。"

这话在众人听来便已经没什么可辩了，许多人的目光里都带着如释重负。

“你倒是说说。”文朗气极，伸手一指在门口瞪大眼睛看着的小女孩，“难道是颂芫做的不成？”

说着，他又指着她：“你以为你平日的那些小动作和手段朕看不到？你说的那些话朕听不到？每每仗着颂芫遮掩过去，得了教训还不知收敛，当所有人都是傻子吗！”

胡贵人怔了一下，突然笑了笑，不管不顾地站起来：“何以见得就不是旁人陷害的，恨淑妃的又不止臣妾一个，整个后宫人人皆有可能！何以见得就不是淑妃自己做的，再诬赖到我的头上，要置我于死地！”

我听了这话，浑身颤抖起来，用力咬了唇。就知道这个女人不能留，非要放任到今天，再手软早晚自食恶果。

“放肆！”说话的是涵妃，她也气得浑身发抖，“你倒问问哪个做母亲的会拿自己肚子里的孩子做赌注，来陷害你这么一个无关紧要的小人物！”

虽然眼下是一个一边倒的局面，我的眼泪还是不争气地掉下来，也不想再与她争论什么，只歪过头去看着文朗，声音哽咽：“任皇上处置吧，臣妾告退。”

说罢，我再也待不下去，也不等文朗答话，颤抖着手拉着环佩就回了翊仁宫。

回来以后，我吩咐环铃关了门，坐在桌边不出声。

环佩小心翼翼地来劝我：“小姐，你也别太生气了，好在及时发现了，总没酿出大祸。”

见我不语，她又道：“要不早点歇着，奴婢去那边看一眼。”

我扫她一眼，淡然道：“你现在去了，岂不是欲盖弥彰。”

环佩一呆，面上当即就有点变色，怔怔地瞅着我。

“敢做，就不要怕。”我哼笑一声，“你了不得啊，敢当着这么多人精的面生事。”

她吃不准我是什么态度，讷讷地道：“小姐——”

“好在及时发现。”我面上没什么表情，“要是没及时发现，你待怎么着？”

环佩见被我拆穿，早没了冲进太平殿时的勇敢和冷静，小声道：“小姐桌上那碗汤没事的。”

我淡淡一笑：“不错啊，都懂得偷梁换柱了。”

环佩显得有点着急：“小姐，经过了湖边那一回，就算咱们不动手，她来动你也是早晚的事。”

我有些无奈地看她：“我要是没当场气得冲过去，又迅速伤心离场把你带走，单靠你跟小黛，恐怕很快就圆不过去了。”

顿了一下，我又忍不住问：“陈雁羽就是这么教你的？”

见我连主谋都猜到了，环佩勉强笑笑：“她说对付小人物不用太缜密费劲，罪过大一点，没人敢帮她说话，落井下石的倒会有一堆。她还说现在宫里是你和涵妃娘娘的天下，该清掉的人绝不能手软……”

环佩这时总算想起来问我：“那小姐，现在要怎么办？”

“怎么办？”我想了一下，道，“传话出去，说我气急攻心，回来哭了好一阵子，躺下就没起来。”

环佩“啊”了一声，有点惊讶我会这么安排。

第二日一早，文朗就下了旨：胡氏心肠歹毒，祸乱宫闱，谋害皇嗣，着即贬为庶人，逐出宫廷发回原籍，赐死。胡氏一族连坐下狱，三族罢官，当地所有采选经办官员一并革职，永不复用。

旨意一出，后宫一片哗然。这是一个从未见过的惩罚，比打入冷宫更受煎熬，比立即赐死更为残酷，不但罪及家人，连死都不让你死在宫里。

小黛是在事出之后的第三日跪到我面前的。

我看着她，没有叫她起来，而是直接问：“小黛，颂芫几次在众人面前说的话，都是你教的吧？包括那天突然跑来亲近我，也是你安排的？”

她笑笑，没有正面回答我，只道：“娘娘，小姐弄了那个胡佩蓉进宫来，并不是打算对付你的。”

我点了点头：“我知道。”

“所以既然她不能好好地尽自己的本分，反而贪图其他，”她的表情很淡，“那就没有留着的必要了。”

我盯着她，蓦然发现当初那个十三四岁的圆脸小丫头已经长大了。二十岁的她终于摆脱了睿蓉独自站出来的时候，竟是这等的果敢犀利。

睿蓉花了数月，甚至是更久的时间寻找调教出来的胡佩蓉，是要把自己的孩子托付给她，绝不会是那么简单的一个草包。初时那阵子的手段也的确曾让人侧目，连宋碧宁都说过她的聪颖神似于我。但后来却屡屡犯些低级错误，根基未稳就过早地暴露自己的企图，特别是涉及我的那些，简直拙劣得与之前判若两人。

一步一陷，环环相扣，都昭示着这个女人已经落入了某个幕后人的圈套还不自知，一步步走上不归路，最后成为炮灰也是理所当然的事。

而这个幕后人，就是日日出现在她身边，给她各种提示的小黛。

即使她长得再像，也毕竟不是睿蓉。颂芫四岁了，再不懂事也是认得人的。小黛在颂芫身边四年，怎么都要比那个突然出现的胡佩蓉更加亲近。

“小黛，”再开口的时候，我由衷地感叹，“你实在比睿蓉强了许多。”

“娘娘，”小黛抬头看我，“奴婢自小跟在小姐身边，她是我唯一的亲人。她要做什么，奴婢不能拦着。”

我笑笑：“我明白。”

“可既然她不在了，”不料小黛却话锋一转，“奴婢早就起过誓，这条命是娘娘的。”

我听了一时唏嘘，想不到那么久远的事她还记在心上。过了一会儿，我道：“当初我救你也不是图你的回报，以后你只要好好照看颂芫就好，过些日子可能连着致祯一起送到涵妃那儿去，她自不会为难你。”

小黛点点头，沉默了一下，问我：“娘娘，你能原谅小姐吗？”

我怔了怔，想起睿蓉，忍不住轻轻一叹，出口喑哑：“小黛，不是我能不能原谅的问题，是她从来就没有给过我原谅她的机会。”

睿蓉到死都不曾说抱歉，又叫我何来原谅。

小黛直直地看我，声音似浓且淡：“所以奴婢要用未来的这条命来替她赎一个这样的机会。”

九月十四，四皇子致祯周岁，文朗下诏将长公主颂芫并先皇后嫡子致祯一起交由涵妃抚养。我淡笑着看一向冷静的宋碧宁差点喜极而泣。

第二日她来得很早，文朗才离开，她就进来问我：“皇上早就是这么打算的？”

我故作平静地看她，点头：“要不是你中秋的时候跟着她们胡闹，两个孩子早一个月就送你那儿去了。”

她一愣，没想到我这么轻易就把话说了出来，也不尴尬：“你早知我所图？”

“你要毫无所图我还真不敢用呢。”我笑笑，“现在你也算儿女双全了，以后只好心甘情愿替我做牛做马了。”

她轻笑道：“说得好像我以前没有做一样，还不是累死累活地帮你管了这么久。”

我淡淡地把眼睛别开去，看向门外院中又一年的秋意初现，道：“别太早把我推上那个位置。”

或许是秋高气爽的怡人，又或许是寓意收获的吉祥，十月一向是我最偏爱的时节。我的生辰就在这个月份，而今年的十月，我还将迎来我和文朗的第二个孩子。

我笑意盈盈地坐在湖边，感受着清风徐徐。我搂着硕大的肚子，文朗搂着我。

今天是我的二十二岁生辰，自文朗下朝回来以后，我就名正言顺地霸占了他。

日头被薄薄的一层云遮住，这个午后，明亮却不刺眼。

晚上有着可想而知的一场巨大的生辰宴，文朗承诺了好几年的事总算实现了。所以趁着午后的空隙，把人都轰走，两个人就这么尽情地享受着难得的清闲。

一会儿后，文朗先开了口："愉儿，这些日子提请立后的折子越来越多了。"

我淡淡地道："哦，不过几本折子，皇上难道还摆不平吗？"

"怎么摆平？"他挑眉，"就说——淑妃善妒霸宠，不宜册立？"

我嘴角一扯，干笑一声："多谢皇上夸奖。"

他笑起来，隔了好一会儿才道："愉儿，其实我是想早些给你个保障。"

"什么是保障呢？"我出声，很快摸着肚子道，"不如愉儿多多生几个皇子，把位置多多地占着，以后无论怎么选，太子之位也跑不掉，如何？"

"那就这么说定了，我来负责生孩子。"我一脸奸计得逞的模样，咬牙切齿，"那些折子你去摆平。"

文朗笑笑，没出声。

"对了朗哥哥，"过了一会儿，我提起，"环佩说这胎可能又是个皇子。"

"嗯。"想必他早知道了，此时摸着我时常蠕动的肚子笑道，"这么闹，若是个公主倒也麻烦。"

我眨了眨眼："其实我挺想要个女儿的。"

"哦？"他歪着头看我，"刚才不是还说要多生皇子占位子吗。"

我低头笑笑："颂芫和颂音都很漂亮，愉儿看着眼馋嘛。"

说起环佩，我又忍不住提起："等这胎生下来，环铃也要出宫嫁人。"

然后我侧过身去抱他，仿佛有点伤感："环佩和环铃都走了，我就只剩你了。"

他顿了一下，然后在我耳边道："很早以前我就只剩你了。"

薄云散去，斜阳倾洒，我仰头看着他带笑的俊美轮廓，有着一层光晕在周围，让我微微眯了眼睛，缓缓莞尔展颜。

这是弘元六年的十月，我是慕冠愉。从我明白此生命运的那年开始，十年过去，如今身边这个爽朗谈笑，与我一起期待腹中孩子降生的人，是这个王朝的帝王，是我的夫君。

我把头靠在他的肩膀上，轻轻地笑。十年又怎样，二十二岁，一切还早，日子还长。

身处皇室，也许路途不会平顺，未来依旧坎坷。但我知道，无论多少年，这个坚实的臂膀和温暖的怀抱不会变，这个陪我赏日月美景，与四时为伴的人，是文朗。

锦书文化

《若有微风化作雪》

力水心作品

原连载名《双瑰》力水心

作品简介：

十年命运安排的追逐，半生嗟悔无及的等待。

你的生命里是否有这样一个人？你的出现，早已在他生命里赋予一个在劫难逃的定义，他爱你，他不说，因为他知道，你爱他，从不会离开。

你的生命里是否有这样一个人？他的出现，就是为了在你身边寻一处空位，听你欢笑，看你幸福，他爱你，他不能说，因为他知道，你这辈子永远都不会爱上他。

向允薇这辈子做得最错的事就是爱上了董予霄，正如阮允枫做得最错的事就是爱上了向允薇一样。在多雨的花季年华，青心初萌的少女第一次勇敢地承认心中蕴藏已久的爱恋，脸颊飞起的红晕如初开的玫瑰花瓣一样，渐渐绽开又羞涩地悄悄卷藏。

每个在未爱之前越是清醒的人，越在投入爱情时比任何人都要奋不顾身、毫无保留。

当全心全意变成伤痕累累后，你是否还会再敢吐露心声，像最初那般勇敢地再为内心拼一次赴汤蹈火。

这个世界到底，放过谁，才能放过自己。